Masson, Mori

Prosaische und poetische Lesestuecke

Masson, Moritz

Prosaische und poetische Lesestuecke

Inktank publishing, 2018

www.inktank-publishing.com

ISBN/EAN: 9783750128477

Prosaische und Poetische
Lesestücke.

Ein Hülfsbuch

beim Unterricht in der deutschen Sprache

Für die unteren und mittleren Klassen.

Mit grammatischen Anmerkungen und einem Wörterbuche

von

Moritz Masson.

Elfte Auflage.

Zum Gebrauch in Gymnasien, Militär- und Weiblichen Erziehungs-Anstalten
approbirt.

St. Petersburg.
Verlag von J. Glasunoff.
1874.

Grammatische Vorübungen.

1. Der Mensch denkt. Der Löwe brüllt. Der Knabe spielt. Der Arbeiter arbeitet. Der Lehrer unterrichtet. Der Schüler lernt. Der Vogel singt. Der Esel schreit. Der Wagen fährt. Der Regen fällt. Der Baum wächst. Der Hund bellt. Der Wind weht. Der Fisch schwimmt.

Die Schülerin strickt. Die Arbeiterin wäscht. Die Schlange kriecht. Die Zeit vergeht. Die Fliege fliegt. Die Blume verblüht. Die Kuh blökt. Die Maus pfeift.

Das Feld grünt. Das Haus brennt. Das Pferd wiehert. Das Schiff segelt. Das Veilchen duftet. Das Bäumchen blüht. Das Vöglein fliegt. Das Hündchen winselt. Das Blümchen duftet.

Wer brüllt? Was brennt?

2. Die Menschen denken. Die Löwen brüllen. Die Arbeiter arbeiten. Die Schüler lernen. Die Vögel singen. Die Bäume wachsen. Die Schlangen kriechen. Die Kälber blöken. Die Pferde wiehern. Die Veilchen duften. Die Schülerinnen stricken. Die Kühe blöken. Die Mäuse pfeifen. Die Blumen verblühen.

Ich arbeite viel, du erzählst gerne, er lernt wenig, wir singen sehr oft, ihr schreibt recht gut, sie schlafen sehr lange.—Arbeitet der Schüler? Brennt das Haus? Bellen die Hunde? Duften die Veilchen? Lernen die Schüler? Wer arbeitet viel? Was duftet angenehm?

3. Das Silber ist weiß. Das Gold ist gelb. Das Blut ist roth. Der Ring ist rund. Das Leben ist kurz. Das Messer war stumpf. Das Blatt war grün. Der Hase ist schnell. Der Fuchs ist listig. Das Gras ist grün.

Dieser Hund ist wachsam. Dieses Pferd ist schnell. Diese Tinte ist schwarz. Jenes Papier ist grau. Welche Blume ist schön?

Diese Pferde sind schnell. Jene Kinder sind fleißig. Diese Füchse sind listig. Welche Blätter sind grün? Diese Schlangen sind giftig. Diese Kinder waren faul. Jene Messer waren stumpf.

Ich bin immer vergnügt, du bist heute sehr traurig, er ist selten krank, wir sind nicht immer gesund, ihr seid nicht sehr reich, sie sind sehr arm und unglücklich.

Masson, Lesestücke.   1

Ich war heute fleißig, du warst gestern sehr faul, er war immer sehr artig, sie war unartig, wir waren nicht sehr vergnügt, ihr waret recht aufmerksam, sie waren heute zu lustig. Wer ist listig? Was war stumpf?

4. Der wachsame Hund bellt laut. Das schnelle Pferd wiehert beständig. Die schwarze Tinte schreibt sehr gut. Jeder fleißige Schüler ist lobenswerth. Jedes faule Kind ist tadelnswerth. Jede listige Schlange ist gefährlich. Diese schöne Blume blüht kurze Zeit. Das gelbe Gold ist kostbar. Jener runde Tisch ist nicht hoch. Jenes faule Kind verdient Strafe. Dieses stumpfe Messer schneidet gar nicht. Die wachsamen Hunde bellen laut. Diese schnellen Pferde sind sehr scheu. Jene kleinen Kinder sind nicht sehr fleißig. Diese hohen Tische sind sehr lang. Diese giftigen Schlangen sind sehr gefährlich. Diese grünen Felder duften angenehm. Jene duftenden Veilchen blühen nur kurze Zeit. Diese blühenden Bäume sind sehr alt.

5. Ein Esel geht langsam. Eine Lerche singt schön. Ein Pferd läuft schnell. Ein Baum steht fest. Eine Blume verblüht bald. Eine Maus nascht gern. Ein Tisch ist nicht immer rund. Ein Blatt ist zuweilen gelb. Eine Uhr geht nicht immer richtig. Ein Freund ist ein Schatz. Wer lügt ist ein Lügner. Ein Komet ist auch ein Stern. Ein Vogel ist auch ein Thier. Ein Dieb ist zugleich ein Lügner. Der Husten ist eine Krankheit. Der Apfel ist eine Baumfrucht. Der Frosch ist kein Vogel, sondern ein Amphibium. Der Sperling ist keine Amphibie, sondern ein Vogel. Die Flinte ist kein Tischgeräth, sondern eine Waffe. Esel gehen langsam. Pferde laufen schnell. Lerchen singen schön. Mäuse naschen gern. Uhren gehen nicht immer richtig. Diebe sind zugleich Lügner. Aepfel sind Baumfrüchte. Sperlinge sind keine Fische, sondern Vögel.

6. Da geht ein fauler Esel. Eine giftige Schlange ist gefährlich. Ein nützliches Buch ist ein Schatz. Hier steht ein runder Tisch. Dort läuft ein wachsamer Hund. Eine schöne Blume riecht nicht immer gut. Eine faule Magd arbeitet wenig. Ein folgsames Kind gehorcht gern. Eine reife Frucht ist wohlschmeckend. Ein reifer Apfel ist nicht so süß wie der andere.—Geht ein Esel langsam? Ist ein Tisch immer rund? Ist ein Komet auch ein Stern? Da gehen faule Esel. Giftige Schlangen sind gefährlich. Nützliche Bücher sind wahre Schätze. Böse Kinder lügen und betrügen oft. Wer geht da? Was ist wohlschmeckend? Wer arbeitet wenig? Was für ein Hund bellt so laut? Was für eine Schlange ist gefährlich? Was für ein Buch ist ein Schatz? Was für Kinder lügen und betrügen oft?

7. Zucker ist süß. Brot ist nährend. Essig ist sauer. Bier ist nicht so schädlich wie Branntwein. Lügen ist eine Sünde. Malen ist eine Kunst. Baden stärkt. Arbeiten nützt. Faulsein schadet. Trägheit ist ein Laster. Bescheidenheit ist eine Tugend. „Du" ist ein Fürwort. Holz brennt. Gold und Silber sind Metalle. Milch ist ein sehr angenehmes Getränk.

St. Petersburg ist eine große Stadt. Dünaburg ist eine starke Festung. Alexander ist ein fleißiger Knabe. Alexander ist eben so fleißig wie Luise. Berlin ist so groß wie Petersburg. Luise ist ein artiges Mädchen. Preußen ist ein Königreich. Finnland ist ein Großfürstenthum. Sardinien ist eine große Insel. Paris ist eine sehr große und volkreiche Stadt. Rußland ist ein sehr mächtiges Reich.

Ich habe Geduld; du hast Papier; er hat Geld; wir haben Freunde; ihr habt nützliche Bücher; sie haben Aepfel.

8. Die Tage des Winters sind kurz. Die Farbe des Goldes ist gelb. Der Gesang der Lerche ist angenehm. Der Stamm der Eiche ist dick. Der Gipfel dieses Berges ist hoch. Der Huf des Pferdes ist rund. Die Füße des Storches sind lang. Die Ohren dieses Esels sind lang. Die Bücher dieses Kindes sind nützlich. Das Blöken der Kuh ist unangenehm. Die Füße der Gans sind kurz. Das Kleid der Schwester ist bunt. Die Hörner des Ochsen sind krumm. Das Gebrüll des Löwen ist schrecklich. Die Wachsamkeit des Soldaten ist lobenswerth. Der Rüssel des Elephanten ist beweglich. Die Blätter dieser Eiche sind ganz grün.

9. Die Blätter der Bäume sind nicht immer grün. Die Blüthen der Linden duften herrlich. Lindenblüthen riechen sehr angenehm. Das Holz der Buchen und Eichen ist sehr hart. Buchen-und Eichenholz ist dauerhaft. Die Zweige der Birken sind geschmeidig. Birkenzweige sind geschmeidig. Die Eier der Vögel sind eßbar. Vogeleier sind länglich rund. Der Biß der Schlange ist gefährlich.

Die Treue eines Hundes ist bekannt. Die Federn einer Gans sind weiß. Gänsefedern dienen zum Schreiben. Das Weinen eines Kindes ist unangenehm. Der Fuchs ist sehr schlau, der Hase furchtsam und der Tiger grausam. Die Schlauheit des Fuchses, die Furchtsamkeit des Hasen und die Grausamkeit des Tigers sind bekannt.

Ich habe heute viel gelernt; du hast wenig gespielt; er hat gestern fleißig gearbeitet; wir haben viel erzählt; ihr habt gut geschrieben; sie haben nicht lange gelebt.—Ich bin oft fleißig gewesen, ihr seid aber immer faul gewesen.

Wessen Treue ist bekannt? Wessen Rüssel ist lang? Wessen Huf ist rund? Wessen Federn sind bunt?

10. Der Greis erinnert sich seiner Jugendjahre. Der Mörder ist des Todes schuldig. Der Müde bedarf der Ruhe. Der Blinde bedarf eines Führers. Die Krieger bedienen sich der Waffen. Die Jugend freut sich ihres Lebens. Ein guter Mensch erbarmt sich der Leidenden. Der Feind hat sich der Stadt bemächtigt. Der Verbrecher ist sich seiner Schuld bewußt. Der Arbeiter ist des Lohnes würdig (werth). Der tapfere Krieger ist des Sieges gewiß. Der Ordentliche schont seines Kleides. Der Dankbare gedenkt der Wohlthat. Der Kluge achtet der Warnung. Der Mensch ist der Bildung fähig. Der Rechtschaffene schämt sich der Lüge.

Ich hatte Geld, du hattest wenig Geduld, er hatte keine Freunde, wir hatten viel Besuch, ihr hattet sehr viel Zeit, sie hatten oft Zahnschmerzen.

11. Der Schüler muß dem Lehrer gehorchen. Der Rauch schadet dem Auge. Dem Vater, der Mutter, dem Lehrer sind wir Dankbarkeit schuldig. Der Hund ist dem Herrn treu. Dem Betrüger traut Niemand. Ein guter Mensch gehorcht dem Willen Gottes. Der Mensch muß dem Menschen nützlich sein. Der Maulwurf schadet dem Felde. Dem Soldaten ist der Krieg lieb. Der Aal ist der Schlange ähnlich. Der Esel gleicht dem Pferde. Die Küchlein folgen der Henne. Der Soldat dient dem Kaiser und dem Vaterlande. Ich will diesem Armen helfen. Du mußt dieser Frau und diesem Kinde beistehen.

Die Fliegen sind den Menschen beschwerlich. Die Kinder müssen den Eltern gehorchen. Das Gift ist den Menschen und Thieren sehr schädlich. Den Lügnern kann man nicht trauen. Den Pferden giebt man Hafer. Den Lastern muß man widerstehen. Die Bienen gehorchen der Königin, die Kinder den Eltern, die Diener ihren Herren. Diesen Lügnern traut Niemand.

Wem traut Niemand? Wem muß man gehorchen? Wem ist der Krieg lieb?

12. Einem Kinde verzeiht man viel. Kindern kann man Vieles verzeihen. Einem Betrüger kann man nicht trauen. Betrügern darf man nicht viel trauen. Einem Armen muß man helfen. Armen und Schwachen muß man beistehen. Einem Kranken muß man Hülfe leisten. Wer einem Armen giebt, gefällt Gott. Einem Seefahrer ist der Kompaß unentbehrlich. Dem Kranken fehlen die Kräfte. Der Wind ist dem Schiffer günstig. Die große Hitze ist dem Reisenden beschwerlich. Die Fliegen sind dem Menschen lästig. Der Freund ist dem Freunde willkommen. Der Starke muß dem Schwachen beistehen.

13. Das Kind liebt den Vater. Der Landmann bearbeitet das Feld. Die Mutter liebt die Tochter. Der Lehrer lobt den Schüler. Der Müller mahlt das Korn. Der Jäger fürchtet den Bären nicht. Das

Gewitter reinigt die Luft. Der Schatten der Erde verdunkelt zuweilen den Mond. Die Luft umgiebt die Erde. Das Kind muß den Befehl des Vaters und der Mutter vollziehen. Oft beneidet der Arme den Reichen und der Reiche den Armen. Der Wind treibt das Schiff. Lobt der Lehrer diesen Schüler und diese Schülerin? Wer will dieses Buch lesen? Die Mücken und Fliegen plagen die Menschen und die Thiere. Die Blumen bedecken die Wiesen und Felder. Die Landleute bearbeiten die Felder. Die Jäger lieben die Hunde. Die Vögel haben Flügel. Die Kinder müssen die Eltern lieben.

Der Jäger braucht einen Hund, der Schneider eine Nadel, der Landmann ein Pferd, der Blinde einen Führer. Einen Freund im Unglück zu haben ist ein großer Trost. Die Gefahr schreckt einen Helden nicht. Jeder Soldat muß eine Waffe haben.

Wen lobt der Lehrer? Was mahlt der Müller? Was bearbeiten die Landleute? Was für einen Schüler lobt der Lehrer?

14. Der Freund ist aufrichtig; die Aufrichtigkeit des Freundes ist mir lieb; ich vertraue dem Freunde; ein braver Mann verläßt den Freund nicht. Die Freunde sind nicht immer aufrichtig; die Ansichten der Freunde sind verschieden; den Freunden muß man vertrauen; ich werde die Freunde nicht verlassen.

Der Löffel, die Gabel und das Messer sind Tischgeräthe; der Griff des Löffels, der Gabel und des Messers ist abgebrochen; dem Löffel, der Gabel und dem Messer muß ein neuer Griff gemacht werden; man kann den Löffel, die Gabel und das Messer nicht gebrauchen. Die Löffel, die Gabeln und die Messer liegen dort; der Eigenthümer der Löffel, der Gabeln und der Messer wird bald kommen. Den Löffeln, den Gabeln und den Messern fehlt es an Glanz. Man muß die Löffel, die Gabeln und die Messer reinigen.

15. Man nennt gewöhnlich das Wasser, die Luft, das Feuer und die Erde die vier Elemente. Die Bienen gehorchen der Königin, die Pferde und die Ochsen der Peitsche, die Schafe der Stimme des Schäfers. Die Esel gleichen den Pferden und die Rehe den Hirschen. Wir hören den Gesang der Vögel, das Rollen des Donners, das Bellen eines Hundes, die Töne der Musik und den Knall einer Flinte. Die Bewegung nützt dem Körper und dem Geiste. Die Augen sind der Spiegel der Seele. Die Erde ernährt die Menschen und die Thiere. Die Menschen haben einen Kopf, einen Mund und eine Nase. Die Affen essen Früchte, besonders Weintrauben, Aepfel, Nüsse und Reiß. Die Raupen und Käfer fressen die Blätter der Bäume und Sträucher. Die Dünste erzeugen den Thau, den Nebel, die Wolken, den Regen und den Hagel. Die Gärtner und die Gärtnerinen verkaufen eine Menge Blumen und Früchte.

16. Ich werde gelobt und geliebt, denn ich folge meinen Eltern und Lehrern; du wirst oft getadelt, weil du faul bist; er wird ge-fürchtet, weil er stark ist; sie werden geachtet, weil sie gut sind. Die Federn werden zum Schreiben gebraucht. Die Perser haben die Griechen nicht besiegt. Die Germanen sind von den Römern nicht besiegt worden. Die Römer haben Carthago gänzlich zerstört. Die Stadt Troja ist von den Griechen zerstört worden. Die Ein-wohner werden ihre Stadt vertheidigen. Das Vaterland wird von den tapferen Soldaten vertheidigt werden. Wer wird dieses Buch übersetzen? Dieses Buch wird bald übersetzt werden. Das Gewit-ter wird die Hitze gewiß mildern. Die Hitze der Luft wird von dem Gewitter bald gemildert werden.

Die römischen Kaiser haben die Christen grausam verfolgt. Die ersten Christen sind von den römischen Kaisern verfolgt worden. Konstantinopel wird von den Russen erobert werden. Werden die Franzosen die Stadt Neapel erobern?

Ich wurde gelobt, denn ich war fleißig; du wurdest bestraft, weil du faul warst; er ist heute bestraft worden, weil er seine Aufgabe nicht gelernt hat; wir werden bestraft werden, wenn wir unsere Aufgaben nicht lernen.

17. Speise und Trank erhalten den Leib. Um etwas zu lernen, muß man Geduld haben. Noth bricht Eisen. Gottes Macht ist unendlich. Gute Waaren finden Käufer. Eine Elle Tuch ist eben so lang wie eine Elle Leinwand. Ohne Salz schmeckt keine Speise. So viel Köpfe, so viel Sinne. Der Mensch ist zuerst Kind, dann Knabe und hierauf Mann.

Karl der Große besiegte die Sachsen. Die Thaten Karl's des Großen sind allgemein bekannt. Die Sachsen wurden von Karl dem Großen gänzlich besiegt. Karl den Großen kennt jeder ge-bildete Deutsche.

Die Buchdruckerkunst wurde von einem Deutschen, Johann Gut-tenberg, erfunden. Peter der Große, Kaiser von Rußland, gründete die Stadt St. Petersburg. Catharina die Zweite hat Peter dem Großen ein Denkmal errichten lassen. Unter der Regierung Catharina's der Zweiten lebte der berühmte Dichter Derschawin. Die Hauptflüsse Rußlands sind: die Wolga, der Dniepr und die Dwina. Die Fruchtbarkeit Frankreichs ist allgemein bekannt.

18. Sokrates war ein sehr weiser und tugendhafter Mann. Crö-sus war ein reicher und mächtiger König. Die Weisheit und Tu-gend des Sokrates und die Reichthümer des Crösus sind bekannt. Sokrates zwang man zum Ausleeren des Giftbechers.

Der Montblanc ist der höchste Berg Savoyens und Europas über-
haupt. Der Gipfel des Montblanc ist mit Schnee und Eis bedeckt.
Wenigen Reisenden ist es gelungen den Montblanc zu ersteigen.
Die Insel Malta, die Königreiche Sachsen und Würtemberg sind
sehr bevölkert. Die Hauptstadt des Königreichs Sachsen ist Dres-
den. Würtembergs Hauptstadt ist Stuttgard. Die reizende Lage
Neapels wird von allen Reisenden gepriesen. Die Straßen von
Paris sind breit und sehr gut gepflastert.
Der jetzt regierende König von Griechenland ist noch sehr jung.
Griechenlands junger König heißt Georg. Man nennt Italien den
Garten von Europa. Die Türkei ist größer als die Schweiz. Die Grie-
chen preisen die Schönheit des Apollo und der Venus. Der Apostel
Paulus predigte das Evangelium in Rom, Korinth und Ephesus.

19. Alter Wein ist schmackhaft und stärkend. Ein Glas alten Wei-
nes stärkt die Gesundheit. Altem Weine schreibt man heilsame Kräfte
zu. Wir trinken gern guten alten Wein. Alte Weine sind selten und
sehr theuer. Der Genuß alter Weine ist stärkend. Alten Weinen
schreibt man heilsame Kräfte zu. Hier verkauft man gute alte Weine.
Frisch gebackenes Brot schmeckt gut. Der Genuß frisch gebak-
kenen Brotes ist der Gesundheit sehr nachtheilig. An frisch gebacke-
nem Brote kann man sich leicht den Magen verderben. Unser
Bäcker verkauft nur frisch gebackenes Brot.
Süße Milch kann bald sauer werden. Eine Schale süßer Milch
ist ein angenehmes und gesundes Getränk. Wir haben heute Thee
mit süßer Milch getrunken.
Neue Kraft giebt neuen Muth. Faule Luft erzeugt gefährliche
Krankheiten. Hier werden ausländische Weine, vorzüglicher Thee
und echter arabischer Kaffee verkauft.

20. Ein kluger Vater hat bisweilen einen dummen Sohn. Ein
schlechtes Beispiel kann ein gutes Kind verderben. Eine aufmerksame Schülerin ist einer unaufmerksamen vorzuziehen. Ein guter
Lehrer behandelt einen fleißigen Schüler anders als einen nachläs-
sigen. Der größte Ruhm eines gehorsamen Sohnes oder einer gehorsamen Tochter ist von den Eltern geliebt zu werden. Ein edles
Pferd achtet das Gebell großer Hunde nicht. Einen treuen Freund
zu haben ist ein großes Glück. Ein zorniger Mensch ist einem wahn-
sinnigen Menschen ähnlich. Einem ehrwürdigen Greise glaubt man
eher als einem leichtsinnigen Jünglinge. Der Genuß unreifer Aepfel ist der Gesundheit sehr nachtheilig. Guten Kindern verzeiht man
gern kleine Fehler. Unterirdisches Feuer verursacht starke Erdbeben.
Gesunden Menschen schadet weder Wind noch Wetter. Der Biß

eines tollen Hundes ist tödlich. Böse Gespräche verderben gute Sitten. Riesen sind ungewöhnlich große und starke Menschen; Zwerge sind außerordentlich kleine und schwache Menschen.

21. Ein fleißiger Schüler, eine aufmerksame Schülerin und ein folgsames Kind werden gelobt und geliebt.

Die Bücher und Hefte eines fleißigen Schülers, einer aufmerksamen Schülerin und eines folgsamen Kindes sind immer reinlich und in Ordnung.

Einem fleißigen Schüler, einer aufmerksamen Schülerin und einem folgsamen Kinde gewährt man gerne manches Vergnügen.

Einen fleißigen Schüler, eine aufmerksame Schülerin und ein folgsames Kind hält Jedermann lieb und werth.

Fleißige Schüler, aufmerksame Schülerinen und folgsame Kinder sind die Freude der Eltern und Lehrer.

Das größte Glück fleißiger Schüler, aufmerksamer Schülerinen und folgsamer Kinder ist von den Eltern geliebt zu werden.

Fleißigen Schülern, aufmerksamen Schülerinen und folgsamen Kindern sind alle Menschen gut.

Fleißige Schüler, aufmerksame Schülerinen und folgsame Kinder muß ich loben und lieben.

22. Der kluge Biber baut sich eine unterirdische Wohnung. Der starke Arm des mächtigen Kaisers beschützt die treuen Unterthanen. Auch dem kleinen Wurm ist sein kurzes Leben lieb. Die zunehmende Menschenzahl hat die Menge der wilden Thiere sehr vermindert. Unter Hermann's Anführung vernichteten die tapferen Germanen einen großen Theil des schönen römischen Heeres. Die Fruchtbarkeit der südlichen Gegenden Arabiens wird gerühmt. Den arabischen Pferden wird ungewöhnliche Schnelligkeit zugeschrieben. Das vorzüglichste Werk des berühmten Karamsin ist seine Geschichte des russischen Reiches. Ich habe Karamsin's Geschichte und Krylof's Fabeln geschenkt bekommen.

Das kleine Portugal erzeugt viel Wein und edle Früchte. Das fruchtbare Sicilien wurde die Kornkammer des römischen Reiches genannt. Friedrich dem Großen verdankt das Königreich Preußen seine gegenwärtige Macht und Größe. Das zahllose Heer des Xerxes wurde von dem kleinen aber tapfern Heere der Griechen in die Flucht geschlagen und fast gänzlich vernichtet. Das schöne Dresden ist die Hauptstadt von Sachsen. Die Lage Dresdens ist reizend. Die Stadt Dresden hat über hunderttausend Einwohner. Dem kleinen Karl gefällt dein Garten. Die Fabeln Gellert's sind jedem Deutschen bekannt.

23. Die Erde ist kleiner als die Sonne, aber größer als der Mond. Das Meer ist tiefer als der Fluß. Die Nachtigall singt schöner als die Lerche. Der Tiger ist grausamer als der Löwe. Der Storch hat längere Füße als die Gans. Im Winter haben wir kürzere Tage als im Sommer. Die Sinne einiger Thiere sind schärfer als die Sinne der Menschen.

Die Kuh giebt mehr Milch als die Ziege. Der Hund ist besser als der Wolf. Berlin ist von hier näher als Paris. Der Montblanc ist höher als der St. Gotthard.

Der reichere Mann ist nicht immer der glücklichere. Der Mond ist der Erde näher als die Sonne. Gänsefedern sind nützlicher als Entenfedern. Gute Waaren haben einen besseren Abgang als schlechte. Der Adler fliegt höher als alle andere Vögel. Der Russe lernt gewöhnlich eher deutsch als der Deutsche russisch. Je länger man eine Sprache lernt, desto besser versteht man sie. Deutschland ist weit bevölkerter und fruchtbarer als Schweden. Das Wasser und die Milch sind viel gesündere und wohlfeilere Getränke als der Kaffee.

Ich würde dich besuchen, wenn ich Zeit hätte. Du würdest besser schreiben, wenn du mehr Geduld hättest. Sie würden das Buch lesen, wenn es nützlicher wäre. Die Menschen würden glücklicher sein, wenn sie der Natur gemäßer lebten und keine künstliche Bedürfnisse hätten. Viele Kinder würden geschickter sein, wenn sie fleißiger wären.

24. Das Schaf ist das dümmste, aber auch das nützlichste Thier. Der Elephant ist das größte Landthier. Im Sommer sind die Tage am längsten und im Winter am kürzesten. Der Kolibri ist der kleinste Vogel. Die höchsten Berge findet man in Asien, die größten Flüsse in Amerika. Der Diamant ist der kostbarste Stein. Das Gold ist das schwerste Metall. Die Ceder ist der höchste Baum.

Die besten Tuche wurden sonst in Holland verfertigt. Die meisten Eier sind länglich rund und an einem Ende dicker als an dem andern. Wenn die Noth am größten ist, ist Gott am nächsten. Die meisten Vögel können singen. Am schwersten fällt es uns, das zu thun, wozu wir keine Lust haben. Die Lehrer tragen zum allgemeinen Wohl am meisten bei, indem sie die Jugend zu nützlichen Bürgern bilden. Die gelehrtesten Männer sind gewöhnlich die bescheidensten. Der Kaffee wächst nur in den heißesten Gegenden. Die kältesten Gegenden haben auch die meisten Wälder.

Ich würde den Brief geschrieben haben, wenn ich eine bessere Feder gehabt hätte. Wir würden länger getanzt haben, wenn wir nicht müde gewesen wären. Wenn ich deinen Rath befolgt hätte, so würde ich weit mehr Fortschritte gemacht haben.

25. Ein Tag und eine Nacht zusammen betragen vier und zwanzig Stunden. Ein Jahr enthält zwölf Monate, ein Monat dreißig oder ein und dreißig Tage. Die Obelisken sind hundert bis hundert fünfzig Fuß hoch. Es gab Zeiten, wo zwei, ja drei Päpste regierten.

Im Jahre ein tausend vier hundert zwei und neunzig wurde Amerika entdeckt. Den neunzehnten November ein tausend acht hundert fünf und zwanzig starb Kaiser Alexander der Erste in der Stadt Taganrog. Peter der Dritte bestieg den Thron im Jahre 1762 und starb in demselben Jahre. Im fünfzehnten Jahrhundert wurde die Buchdruckerkunst erfunden. Bei Erlernung der Geschichte sind zwei Wissenschaften nöthig: erstens die Zeitrechnung, zweitens die Erdbeschreibung. Der Ritter Bayard lebte unter der Regierung Karl's des Achten, Ludwig's des Zwölften und Franz des Ersten.

26. Eine Meile ist sieben Werst lang. Die Wolga ist bei Twer gegen sechs hundert Fuß breit. Dieses Brett ist einen Faden lang, aber nur einen Zoll dick. Dein Federmesser ist kaum einen Groschen werth. Dieser Fisch ist über einen Centner schwer. Peter der Erste legte sich gewöhnlich um zehn Uhr zu Bette und stand im Sommer und im Winter um drei Uhr auf. Die Erde vollendet ihren Lauf um die Sonne in 365 Tagen, 5 Stunden, 49 Minuten und 10 Sekunden; sie durchläuft in einer Stunde 12,500 Meilen und bewegt sich 120 Mal schneller als eine Kanonenkugel. Der Anfang des Jahres ist den ersten Januar und der Eintritt des Frühlings den ein und zwanzigsten März. Das gegenwärtige Jahr ist das 1874-ste seit Christi Geburt.

Silberne Sachen enthalten bald mehr, bald weniger reines Silber; einige enthalten fünf Sechstel Silber und ein Sechstel Kupfer, andere vier Fünftel Silber und nur ein Fünftel Kupfer. Es ist jetzt halb zehn; bis um ein Viertel auf zwölf werde ich arbeiten und um drei Viertel auf zwei ausgehen.

27. Ich habe heute viel geschrieben. Der gute Mann hat sich meiner angenommen. Heute geht es mir besser als gestern. Der Lehrer hat mich heute zwei mal gefragt. Wir haben heute viel Besuch gehabt. Der Onkel hat sich unser erinnert. Er hat uns zu Weihnachten etwas geschenkt. Zu Ostern wird er uns besuchen.

Du bist gesund. Ich schone Deiner. Ich kann Dir nicht trauen. Dich werde ich immer achten und lieben. Ihr habt meiner nicht gedacht. Wir haben euer täglich gedacht. Wir werden euch viel Neues erzählen. Der Lehrer hat euch stets gelobt.

28. Der Vater ist verreist; er kommt morgen zurück. Die Mutter ist krank; sie leidet an Zahnschmerzen. Das Kind schläft noch; es wird bald aufwachen. Dein Nachbar bedarf der Hülfe; gedenke seiner (sein). Die Schwester gedenkt deiner oft; vergiß ihrer ja nicht. Das Kind weint; spotte seiner (sein) ja nicht. Der Vater will ausgehen; gieb ihm den Hut. Die arme Frau dürstet; reich ihr ein Glas Wasser. Unser Kätzchen hat Durst; gieb ihm etwas frisches Wasser. Karl sucht den Diener; rufe ihn herein. Ich kenne deine Tante; grüße sie von mir. Das Kind ist ungehorsam; man wird es bestrafen.

Diese Schüler sind fleißig; sie machen Fortschritte. Deine Freunde sind jetzt weit von hier; vergiß ihrer nicht. Die kleinen Vögel sind sehr traurig; gieb ihnen die Freiheit. Deine kleinen Freunde sind sehr krank; besuche sie.

Ich freue mich, wenn du fleißig bist; du beschäftigst dich beständig; er ärgert sich, daß ich faul bin; wir vertheidigen uns gegen unsere Feinde; ihr setzet euch, wenn ihr müde seid; sie freuen sich über das schöne Wetter.

29. Ich kann empfinden, daß das Feuer wärmt. Wir sehen, daß der Schnee weiß ist. Du sollst Gott lieben von ganzem Herzen und deinen Nächsten wie dich selbst. Alles, was ihr wollt, daß euch die Leute thun sollen, das thut ihr ihnen auch. Freuet euch mit den Fröhlichen und weinet mit den Weinenden. Gehorchet euren Lehrern und folget ihnen, denn sie wachen über eure Seelen. Sehet die Vögel unter dem Himmel an, sie säen nicht, sie ernten nicht, sie sammeln nicht in die Scheunen, und euer himmlischer Vater nährt sie doch. Wer mir die Wahrheit sagt, ist mein Freund und liebt mich. Ein zorniger Mensch ist seiner selbst nicht mächtig und thut sich und seiner Gesundheit den größten Schaden.

30. Gott hat uns eine vernünftige Seele gegeben. Erinnere dich deiner Freunde auch in der Abwesenheit. Der Anblick der Sonne, des Mondes und der Sterne führt uns dahin, daß wir Gott erkennen. Wenn sich der Vogel in die Höhe heben will, so muß er die Flügel ausbreiten; wenn er keine Flügel hätte, so könnte er sich nicht in die Luft schwingen. Erbarme dich fremder Noth, und Gott wird sich deiner erbarmen. Gewiß ist es gut für uns, daß wir nicht in die Zukunft sehen.

Der Mensch hat sich über die ganze Erde verbreitet und sich zum Herrn aller Geschöpfe gemacht. Wir werden uns bald an das Gute gewöhnen, wenn wir es oft thun. Es würde mich freuen, wenn ich täglich Gelegenheit hätte etwas Neues zu lernen.

31. Seinem Feinde verzeihen, ist edel und großmüthig. Liebe deinen Nächsten wie dich selbst. Wenn wir unsern Feinden verzeihen, so können wir auch von Gott Verzeihung erwarten. Derjenige, welcher seine Zeit immer dem Vergnügen widmet, vernachläßigt seine Geschäfte.

Das Wasser, welches die Erde umgiebt, heißt Meer. Solche Flüsse, die sich nicht ins Meer oder in ein anderes Gewässer ergießen, heißen Steppenflüsse. Man findet überall Menschen, mit denen man Mitleid haben muß. Wer Niemand ehrt, der verdient auch nicht geehrt zu werden.

Dasjenige, woran wir uns einmal gewöhnt haben, wird uns angenehm und unentbehrlich. Der wahre Freund des Vaterlandes thut bei Gefahren desselben alles, um es zu retten. Der Landmann ist frei von vielen Krankheiten, die der Städter hat, weil jener reinere Luft einathmet als dieser. Nicht derjenige ist gut, der sich selbst lobt, sondern derjenige, den die besten Menschen loben. Wer seine Zeit mit Müßiggang hinbringt, der heißt billig (mit Recht) ein Müßiggänger.

32. Derjenige Mensch, welcher lügt und betrügt, wird von anderen verachtet. Diejenige Jahreszeit, welche den wohlthätigsten Einfluß auf die Gesundheit hat, heißt Frühling. Dasjenige Heilmittel, welches alle Krankheiten heilt, soll noch gefunden werden. Derselbe Mond, welcher das Paradies beschien, leuchtet auch uns noch. Dieselbe Sonne, welche Adam auf-und untergehen sah, sehen auch wir noch ihre hohe Bahn wandeln. Dasselbe Gestirn, welches den Urvätern leuchtete, glänzt noch in unsern Nächten. Kinder die nicht hören wollen, müssen fühlen. Er hat sein Geld solchen Menschen geliehen, die ihm nichts wiedergeben können.

33. Der Ochs und der Esel sind Hausthiere; dieser so wie jener gewähren uns Nutzen. Die Kuh und die Ziege sind uns nützlich; diese hat gespaltene Klauen, aber jene hat runde Hufe. Das Pferd und das Schaf nützen uns; dieses durch Wolle und Fleisch, jenes durch seine Kraft. — Der Hund und das Pferd sind Säugethiere; dieses bedient man sich zum Reiten und jenes zur Bewachung des Hauses. Der Ochs und die Ziege sind hungrig; gieb dieser und jenem Futter. Das Pferd und der Hund dürsten, reiche diesem und jenem Wasser. Der Ochs und die Ziege sind noch nicht gefüttert; füttere diese und jenen. Das Pferd und das Schaf sind nützlich; behalte dieses und jenes. Die Pferde und die Schafe sind mir lieb; diese und jene gewähren uns Nutzen. Die Pferde und die Schafe werden krank; warte dieser

wie jener.—Die Pferde und die Schafe wollen Nahrung; reiche
sie diesen und jenen. Die Pferde und Schafe werden alt; pflege
diese und jene.

34. Der Hund, welcher (der) unser Haus bewacht, ist ein treues
Thier. Die Katze, welche (die) den Mäusen nachstellt, gehört zu den
Säugethieren. Das Pferd, welches (das) zu den Einhufern gehört,
hat ein stolzes Ansehen. Der Hund, dessen Treue bekannt ist, verläßt
seinen Herrn nicht. Die Katze, deren Falschheit sprichwörtlich ist,
hat scharfe Klauen. Das Pferd, dessen Hufe von Horn sind, wird
beschlagen. Der Hund, welchem (dem) der Herr ein Zeichen giebt,
folgt. Die Katze, welcher (der) man kein Futter giebt, fängt keine
Mäuse. Das Pferd, welchem (dem) gute Pflege fehlt, verdirbt bald.
    Der Hund, welchen (den) man neckt, pflegt zu beißen. Die Katze,
welche (die) ein Hund verfolgt, klettert auf Bäume. Das Pferd,
welches (das) der Knecht hungern läßt, kann nicht arbeiten.
    Die Hunde, welche (die) viel bellen, beißen nicht. Die Hunde,
deren es viele Arten giebt, leben auf der ganzen Erde. Die Hunde,
welchen (denen) man Unterricht giebt, lernen gewisse Kunststücke.
Die Hunde, welche (die) man kennt, beißen nicht.

35. Der Elephant lebt in den heißesten Gegenden von Asien
und Afrika; er hat zwei große Zähne zu beiden Seiten seines
Rüssels, welchen er wie eine Hand braucht; seine Nahrung sind:
Gras, Pflanzen und Früchte.
    Die Gemse lebt auf den höchsten Gebirgen der Schweiz; ihre
Jagd ist sehr gefährlich; mit ihrem scharfen Gesichte erkennt sie
ihre Verfolger von weitem; die Adler sind ihre Feinde, denn sie
rauben ihr oft die Jungen.
    Die Nachtigall ist klein und nicht schön; Jedermann liebt ihre
Stimme und ihren Gesang; ihre Nahrung sind Würmer; ihr Auf-
enthalt ist auf schattigen Bäumen, nahe am Wasser.
    Die Hunde sind ihrem Herrn treu; sie verkündigen durch ihr
Bellen die Ankunft der Fremden; ihr leises Gehör und ihr feiner
Geruch sind ihnen sehr nützlich; die Kamtschadalen spannen die
Hunde vor ihre Schlitten.

36. Es giebt Berge, welche beständig mit Schnee bedeckt sind.
Europa, welches wir bewohnen, ist zwar der kleinste, aber der volk-
reichste Theil der Erde. Die Sonne ist es, welche die Erde erleuchtet
und erwärmt. Die Wälder enthalten viele Thiere, mit deren Fellen
sich die Menschen bekleiden. Derjenige, welcher Gott kennt, verehrt
ihn auch. Die reinsten Quellen sind diejenigen, welche auf hohen
Bergen entspringen. Nichts gefällt demjenigen, welcher unzufrieden
ist. Man betrügt denjenigen leicht, welcher leicht glaubt.

Für Gott ist alles leicht zu thun. Vermeide zu sagen, was schäd-lich ist zu thun. Was für dich angenehm ist zu erzählen, ist oft für einen andern unangenehm zu hören. Die Bestimmung der Menschen ist: die Wahrheit zu erkennen, das Schöne zu lieben, das Gute zu wollen und immer das Beste zu thun. Es ist un-recht, das Angenehme dem Nützlichen vorzuziehen. Man geht zei-tig zu Bette, um früh aufzustehen. Um etwas zu lernen, muß man Geduld haben. Die Römer haben Deutschland verlassen, ohne es besiegt zu haben. Bei schlechtem Wetter ist es nicht angenehm auszugehen. Der Fleiß ist die Lust etwas zu lernen. Die Feigheit ist die Furcht zu sterben. Hunger ist der Trieb zu essen.

37. Wer Unrecht thut, ist nie ohne Furcht. Welcher Mensch ist glücklicher—der, welcher arm und zufrieden ist, oder der, welcher reich und unersättlich ist? Wer sich nur liebt, hat keine Freunde. Ein Plauderer kann das, was ihm anvertraut ist, nicht verschweigen. Wessen Kleider sind immer rein? Wen sollen wir über Alles lieben? Wem sind wir Liebe und Dankbarkeit schuldig? Was für Bücher soll man lesen? Was für ein furchtbarer Regen und welch schöne helle Nacht! Wer unter der Wölfen ist, der muß mit heu-len. Wer A sagt, muß auch B sagen. Weß' das Herz voll ist, deß' geht der Mund über. Wem nicht zu rathen ist, dem ist nicht zu helfen. Wen Gott liebt, den straft er.

38. Reich ist der, dem das genügt, was er hat. Die Magnet-nadel, der wir so viel zu verdanken haben, ist den Seefahrern unentbehrlich. Das Glück hilft denen, die sich selbst helfen. Dem Nächsten muß man helfen. Wenn man einem Gutes thun will, muß man es nicht aufschieben. Keiner kann voraussehen, ob er morgen noch leben oder sterben werde. Manches auf Erden ver-liert an Güte, wenn es alt wird. Jedermann hat seine Fehler und Niemand läugnet es ab. Aller Anfang ist schwer. Wer Je-dermann gefallen will, gefällt gewöhnlich Niemandem. Mancher fängt alles an und endigt nichts.

39. Das Meer strömt von Westen nach Osten um die Erde. Viele Menschen haben einen natürlichen Widerwillen gegen die Spinnen. Die Vögel sorgen ängstlich für ihre Jungen. Wir wür-den erfrieren ohne warme Kleidung. Ein Schiff segelt zuweilen auch wider den Strom. Einige Tauben haben einen Ring um den Hals. Die Bienen sammeln ein für den Winter. Der Landmann wird wohlhabend durch Fleiß und Arbeit. Durch Schaden wird man klug. Kinder irren leicht ohne den Rath der Eltern. Die Trägheit ist ein Vorwurf für die Knaben. Lernet nicht für den Lehrer und die Schule, sondern für das Leben. Böse Bei-

spiele sind eine Seuche für das unverdorbene Herz der unschuldigen Jugend.

Wogegen (dagegen) haben viele Menschen einen großen Widerwillen? Wodurch (dadurch) wird man wohlhabend?

40. Die Planeten drehen sich um die Sonne; der Mond dreht sich zugleich um die Erde. Krusenstern machte eine Reise um die Welt. Jedes Thier kämpft für seine Jungen. Die Donau fließt durch Deutschland, Ungarn und die Türkei. Für einen Freund muß man durch Feuer und Wasser gehen. Die Eltern sorgen für die Nahrung, Kleidung und Erziehung ihrer Kinder. Wofür sorgen die Eltern? Der Pfau breitet seinen Schweif wie ein Rad aus; das Männchen sieht schöner aus als das Weibchen. Der Haushahn zeigt durch sein Krähen den anbrechenden Tag an und wecket die Faulen vom Schlafe auf. Die Nachtigallen kommen im April und Mai einzeln an und ziehen im September eben so wieder fort. Sind die Nachtigallen schon angekommen? Nein, noch nicht; sie werden aber vermuthlich bald ankommen. Voriges Jahr kamen sie bereits im April an, zogen aber schon im August fort.

41. Die Opfer waren sehr gebräuchlich bei den Griechen und Römern. Die Kinder sind am besten aufgehoben bei den Eltern. Mit einem stumpfen Messer kann man nicht gut schneiden. Der Töpfer bildet Gefäße aus Thon. Aus den Wolken strömt der Regen. Das Getreide wird entweder mit der Sense abgemähet, oder mit der Sichel. Eine Krähe sitzt gern bei der andern. Nach dem Regen kriechen die Regenwürmer aus der Erde. Die Erde bekommt ihr Licht bei Tage von der Sonne und des Nachts von dem Monde und den Sternen. Den Gebrauch des Pulvers kennt man seit vier Jahrhunderten. Amerika wurde von einem Genuesen entdeckt. Nächst der Rose ist die Nelke eine der wohlriechendsten Blumen. Alle Vögel können fliegen, außer dem Strauße. Der Wallfisch lebt im Wasser, gehört aber nicht zu den Fischen, sondern zu den Säugethieren. Alle Uhren haben Räder und Federn und dienen zur Bestimmung der Zeit.

42. Aus Erfahrung wird man klug. Zum Fliegen sind Flügel nothwendig. Zur Arbeit muß man sich Zeit nehmen. Aus dem Meere steigen täglich Dünste empor. Seit Erschaffung der Welt zählt man 7378 Jahre. Der Hände bedarf der Mensch bei jeder Beschäftigung. Zum Schreiben gebraucht man schwarze Tinte. Einige Fische werden sammt den Gräten gegessen. Die Ochsen und die Pferde sind bei uns die größten Thiere. Von Adam und Eva stammen alle Menschen ab; Abel, Adam's Sohn, trieb Viehzucht; Kain, sein Bruder, nährte sich vom Ackerbau. Abraham zog aus Chal-

däa nach Palästina. Kutusow schlug die Franzosen bei Smolensk. Gustav Adolf, König von Schweden, fiel in der Schlacht bei Lützen. Womit (damit) kann man nicht schneiden? Woraus (daraus) wird man klug? Wozu (dazu) sind Flügel nöthig?

43. Im Sommer steht man gewöhnlich früher auf als im Winter. Heute bin ich um sechs Uhr aufgestanden; morgen werde ich um 5 aufstehen. Die Tage haben zugenommen; bald werden sie wieder abnehmen. Nehmen die Tage zu oder ab? Der Krebs wirft jährlich seine Schale ab. Die Reinlichkeit trägt zur Erhaltung der Gesundheit bei. Der Rhein tritt oft aus; wenn er austritt, richtet er gewöhnlich große Verwüstungen an; dieses Jahr ist er nicht ausgetreten. Die Sonne geht des Morgens auf und des Abends unter; wenn die Sonne untergeht, ist gewöhnlich der ganze Himmel roth. Heute ist die Sonne um fünf Uhr aufgegangen; sie wird um acht Uhr untergehen.

Heinrich der Vierte sah die Erziehung als eine Sache an, von welcher die Glückseligkeit der Staaten und Völker abhängt. Ein Narr häuft Fragen auf Fragen und wartet keine Antwort ab, oder er hört sie nicht an; er antwortet oft, ohne daß man ihn befragt hat. Es hängt nicht immer von uns ab, glücklich zu sein; aber Niemand kann uns hindern, uns des Glückes würdig zu machen.

44. Der gute Schüler geht gerne in die Schule; er lernt viel Nützliches in der Schule. Die Wolga entspringt im europäischen Rußland auf den alaunischen Höhen und ergießt sich ins Kaspische Meer. Die Schlangen haben ihr Gift in einem Zahn und spritzen es aus diesem in die Wunde. Der Matrose lebt fast immer auf dem Wasser. Der Regen stürzt aus den Wolken aufs Feld. Man denkt im Alter gern zurück an die Zeit der Kindheit. Jupiter thronte, nach der Meinung der Alten, über den Wolken und herrschte über die andern Götter. Das Adjectiv steht stets vor dem Substantiv, nur Dichter stellen es zuweilen hinter dasselbe. Mit dem Hute in der Hand kommt man durch das ganze Land. Neben der stolzen Rose blüht das bescheidene Veilchen. Zwischen dem Sperling und der Fledermaus ist ein großer Unterschied.

45. Frankfurt am Main ist eine größere Stadt als Frankfurt an der Oder. Der Furchtsame fürchtet sich vor einem rauschenden Blatte. Einige Thiere leben über der Erde; einige auf Bäumen und Pflanzen, andere im Wasser, einige in der Luft, andere auf anderen Thieren. Es giebt nichts Neues unter der Sonne. Der Elephant ist unter den Landthieren das größte. Der Kolibri ist unter

allen Vögeln der kleinste; seine Federn haben die schönsten und glänzendsten Farben. Der müde Wanderer liegt unter dem Baume; er hat sich so eben unter denselben hingelegt. Das Herz schlägt bis an den Tod. Cröfus war stolz auf seinen Reichthum.

Woran (daran) denkt man gerne zurück? Worüber (darüber) freuen sich die Eltern? Worin (darin) haben die Schlangen ihr Gift? Wovor (davor) fürchtet sich der Furchtfame?

46. Anstatt der Pferde brauchen die Lappländer Rennthiere. Die Krieger hatten sonst Armbrüste und Pfeile statt der Feuergewehre. Die alten Deutschen wurden ihrer Treue wegen geachtet. Der Furchtfame wird seiner Furchtfamkeit halber verspottet. Innerhalb der Wendekreise sind die Tage fast immer von einer Länge. Während des Decembers und Januars scheint auf dem Nordkap in Norwegen die Sonne gar nicht. Dießseit des Rheins liegt Baden; jenseit dieses Stromes Frankreich. Der Dniepr fällt unweit der Stadt Cherfon ins Schwarze Meer. Die Pyramiden befinden sich unfern des Nils. Die große Insel Madagaskar liegt der Küste von Afrika gegenüber; ungeachtet vieler dahingethaner Reisen ist sie bis jetzt noch ziemlich unbekannt geblieben. Viele Vögel bleiben nur während des Sommers in Europa. Hannibal überstieg die Alpen, der Beschwerden ungeachtet, während des Winters; die Römer glaubten ihn jenseit der Pyrenäen; allein er war schon dießseit der Alpen.

47. Der hohen Berge wegen ist die Schweiz zum Ackerbau wenig geeignet. Viele Menschen sind nur um ihres Vortheils willen tugendhaft. Adam wurde seines Ungehorsams wegen aus dem Paradiese getrieben. Wider den Tod ist kein Kraut gewachsen. Die Würmer haben statt des Blutes einen weißlichen Saft. Kinder sollen um ihres eigenen Besten willen den Eltern gehorchen. Wegen des immerwährenden Schnees werden die Lappländer im Alter häufig blind. Innerhalb des Kopfes liegt das Gehirn. Unterhalb der Nase befindet sich der Mund. Oberhalb des Schiffes schweben die Segel. Außerhalb der Stadt wohnen im Winter gewöhnlich ärmere Leute.

48. Schafe, Pferde, Ochsen und Kühe stehen im Winter und des Nachts gewöhnlich in Ställen. Ratten und Mäuse verbergen sich in Löchern, sowohl im Hause als auch auf dem freien Felde. Hirsche und Hasen leben im Winter in Wäldern, im Sommer auf den Feldern und Wiesen. Die Nachtigall hält sich auf grünen Bäumen und in Gebüschen auf und singt weniger am Tage als gegen die Nacht. Die Störche nisten auf hohen Bäumen und auf den

Maffon, Lefeftücke. 2

Giebeln der Häuſer, bauen ein ſehr dauerhaftes Neſt von Reiſig und ernähren ſich von Fröſchen und Schlangen. Die Schlangen leben in Sümpfen und Moräſten, fürchten ſich vor den Menſchen und ſind größtentheils nicht giftig und gefährlich. Die Eier der Vögel ſind von verſchiedener Form, Größe und Farbe. Die vier= füßigen Thiere nähren ſich entweder von Pflanzen oder von Fleiſch. Der Maulwurf wohnt unter der Erde. Die Fiſche ſterben bald außerhalb des Waſſers. Die Mücken ſaugen mit ihren Rüſſeln den Menſchen und den Thieren das Blut aus.

49. Der Müde ſehnt ſich nach Ruhe. Der Verſchwender kommt um ſein Vermögen. Der Geduldige fügt ſich in ſeine Lage. Der Arme bittet um eine Gabe. Der Rachſüchtige rächt ſich an ſeinem Feinde. Die Alpen ſind reich an vortrefflichen Viehweiden. Ein eitler Menſch iſt ſtolz auf ſeine Kleider. Sei nicht ſtolz auf dein Wiſſen. Kinder dürfen an der Liebe ihrer Eltern nicht zweifeln. Beneide keinen Menſchen um ſeinen Reichthum. An dem Daſein Gottes kann kein vernünftiger Menſch zweifeln. Von der Vergäng= lichkeit alles Irdiſchen können wir uns alle Tage überzeugen. Nur ein böſer Menſch kann ſich über das Unglück Anderer freuen. Handle immer rechtſchaffen und kehre dich nicht an den Spott böſer Menſchen. Der Menſch unterſcheidet ſich von dem Thiere durch den Beſitz der Vernunft und des freien Willens.

50. Die Nelken gehören zu den gewöhnlichen Gartenblumen, ſind von verſchiedener Farbe, doppelt und einfach, und riechen an= genehm. Die Roſe wächſt an einem Strauch, iſt an ihrem Stiel mit Stacheln beſetzt, blüht roth, auch weiß, und riecht angenehm; aus den Roſenblättern wird das Roſenwaſſer verfertigt.

Die Erdbeeren ſind zuweilen ſo groß wie Taubeneier und auch ſo klein wie Erbſen, gewöhnlich roth, auch weißlich und gelblich, und haben einen angenehmen Geruch; ſie wachſen wild in den Wäldern. Die Johannisbeeren werden in Gärten gezogen, wach= ſen traubig an einem Geſträuch, ſehen roth und weiß aus und ha= ben einen weinſauern Geſchmack.

51. Der Roggen iſt die vorzüglichſte Getreideart, wächſt in Ähren, wird zu Mehl gemahlen und dann gewöhnlich zu Brot verbacken. Der Weizen hat dickere und gelblichere Körner als der Roggen und giebt ein weißeres Mehl zu Semmeln und Kuchen. Der Hafer iſt ein vorzügliches Futter für die Pferde. Die Kartoffeln ſind von Drake aus Amerika nach Europa gebracht, vermehren ſich ſehr und werden ſehr verſchieden zum Eſſen zubereitet. Die Fichten, Kiefern und Tannen gehören zu den Nadelhölzern; die Buchen, Eichen und Birken gehören aber zu den Laubhölzern.

52. Im Frühjahr schmilzt zuerst das Eis und der Schnee; dann werden die Felder grün; hernach brechen die Bäume auf; endlich wird die ganze Schöpfung belebt im Feld und im Wald, auf dem Hügel und im Thal. Im vierten Monat des Jahres ist die Witterung sehr abwechselnd: bald schneit es, bald regnet es, bald kommen geringe Nachtfröste, bald ist das schönste Wetter. Kaum ist im Frühjahr der Schnee fort, so zeigen sich auch schon die Marienblümchen, und etwas später die Schneeglöckchen.

Wenn die dichten Wassertropfen in der Luft gefrieren, so hagelt es; gefrieren aber die dünnen Wassertheilchen in der Luft, so schneit es; und fallen sie, ohne zu gefrieren, auf die Erde herab, so regnet es. Gefrören die Wassertropfen nicht, so würde es weder hageln noch schneien. Es giebt Jahre, in welchen es wenig regnet. In schwülen Tagen donnert und blitzt es oft; wenn es in der Ferne blitzt, so hört man den Donner nicht. Wenn wir gearbeitet haben, so hungert und dürstet uns mehr, als wenn wir müßig gewesen sind. Kleine Kinder sind verdrießlich, wenn sie hungert, dürstet oder schläfert.

53. Die Geschichte erzählt uns von Karl dem Großen: er habe fremde Gelehrte kommen lassen, um seine Völker zu unterrichten; er habe eine gelehrte Gesellschaft gestiftet, von der er selbst Mitglied gewesen sei; er habe Schulen angelegt und sogar angefangen eine deutsche Sprachlehre zu schreiben. Das Gesetz Mahomeds verordnet, daß man viel bete, sich täglich bade, viel Almosen gebe, und in seinem Leben wenigstens eine Reise nach Mekka mache. Die Gelehrten behaupten, die Erde bewege sich um die Sonne. Manche Kinder glauben, die Fledermaus sei ein Vogel. Die Fledermaus wäre ein Vogel, wenn sie Eier legte. Die Geschichtschreiber behaupten, daß Titus Jerusalem erobert habe. Titus hätte Jerusalem nicht zerstört, wenn die Juden sich unterworfen hätten.

54. Wenn man Holz in den Ofen legt und es anzündet, so wird die Stube warm: denn das Feuer macht warm. Wenn die Sonne aufgeht, so wird es Tag, und wenn sie untergegangen ist, so wird es Nacht; denn die Sonne erleuchtet die Erde. Wenn des Nachts der Mond scheint, so ist es hell; schiene er nicht, so wäre es finster; denn der Mond erleuchtet die Nacht. Wenn keine Wolken in der Luft schweben, so kann es nicht regnen; denn der Regen fällt aus den Wolken. Wenn man einen Stein in die Höhe wirft, so fällt er wieder auf die Erde herab, weil er schwer ist. Sänge der Vogel, so gefiele er mir. Schiene die Sonne, so bliebe ich im Garten.

55. Kommt der Herbst heran, so fliegen viele Vögel in wärmere Länder, oder verkriechen sich auch in Sümpfen und Löchern, und bleiben erstarrt während des Winters. Verkröchen sie sich nicht, so würden sie vor Kälte umkommen. Die Vögel fliegen entweder in der Luft, oder sie sitzen auf der Erde, auf Bäumen und in Hecken, oder sie schwimmen im Wasser. Man fängt die Fische entweder mit Angeln oder mit Netzen. Alle Planeten erhalten sowohl Licht als Wärme von der Sonne. Die Pflanzen können weder empfinden, noch ihren Ort verändern. Schliefe der Hund, er finge keinen Hasen. Ich verstände dich besser, wenn du lauter sprächest. Du schriebest besser, hättest du eine andere Feder.

56. Obgleich man gewöhnlich den Esel wegen seiner Langsamkeit verachtet, so ist er doch, zumal in wärmeren und gebirgigen Gegenden, ein sehr nützliches Thier. Die Raupen sterben nicht aus, obschon unzählige von den Vögeln verzehrt werden. Der Arme ist glücklich, denn er kennt nicht die Vergnügungen und Bequemlichkeiten, welche der Reichthum schafft. Die Enten und Gänse haben eine Schwimmhaut zwischen den Zehen; daher können sie rudern und steuern. Die Hunde haben einen sehr feinen Geruch; deswegen sind sie so geschickt zur Jagd. Die Fische können nur im Wasser leben; also sterben sie auf dem Lande. Da die Federn bei weitem leichter sind als das Wasser, so schwimmen sie auf demselben. Die Jäger genießen viel die frische Luft, haben häufige Bewegung und müssen Wind und Wetter ertragen; deshalb leben sie gewöhnlich lange. Ein fleißiges und frommes Kind erwirbt sich nicht nur das Wohlwollen seiner Lehrer, sondern auch die Liebe seiner Mitschüler.

57. Nicht nur das Brot, sondern auch die Semmel ist ein nahrhaftes Gebäck. Der Kaffee sowohl, als auch der Thee sind ausländische Produkte. Die Bienen nicht allein, sondern auch einige andere Insekten sind mit einem Stachel versehen. Die Bäume, besonders Eichen und Buchen, wachsen sehr langsam. Hitzige Getränke, besonders Rum und Branntwein, sind der Gesundheit nachtheilig. Die veränderlichen Menschen wollen bald dieses, bald jenes. Ein treuer Hund folgt seinem Herrn und den Seinigen, sonst Niemand. Viele, jedoch nicht alle Vögel, ziehen im Herbst fort. Cröfus war zwar reich, aber nicht immer glücklich.

58. Nachdem das Volk der alten Preußen von den Rittern des deutschen Ordens zum Theil ausgerottet war, wurde Ostpreußen großentheils durch deutsche Einwanderer bevölkert. Seitdem das

Schießpulver erfunden ist und im Kriege angewendet wird, entscheidet nicht mehr, wie früher, persönliche Tapferkeit die Schlachten. Die Israeliten verfielen, nachdem sie aus der babylonischen Gefangenschaft zurückgekehrt waren, nicht wieder in Abgötterei. Kaum ist der Segen der Felder eingeerntet, so werden die Aecker schon wieder bestellt fürs kommende Jahr. Kaum waren im Jahre 1813 die Franzosen bei Leipzig geschlagen, als ganz Deutschland gegen den gefürchteten Feind die Waffen ergriff. Die Zugvögel bleiben so lange in fremden Gegenden, bis die mildere Jahreszeit bei uns wiederkehrt. Niemand soll etwas versprechen, bevor er gewiß weiß, daß er es halten kann.

59. Der Schnee schmilzt, die Tage werden länger, laue Lüfte wehen, die Saaten auf den Feldern grünen, auf Wiesen und in Gärten zeigen sich die Blumen; Schwalben und Störche kehren in ihre Nester zurück, Mücken und Bienen fliegen summend umher, die Frösche quaken, die Lerchen erheben sich trillernd in die reine blaue Luft, in Gebüschen singen die Nachtigallen, warmer Regen träust auf die Fluren hernieder—der Frühling ist da, und neues, frisches Leben regt sich überall in Gottes schöner Welt!

Der Frühling beginnt mit dem 21. März und währt durch drei Monate: April, Mai und Juni, von Ostern bis Johannis.

60. Wenn die Tage heißer werden, die Erdbeeren, Johannisbeeren und andere Früchte reifen und uns zum Genusse locken, das Gras gemähet wird, das Getreide reift und vom Landmanne fröhlich in die Scheunen gebracht wird, und Alles den Schöpfer lobt und preist, der mit seinen Gaben die Erde segnet—dann haben wir Sommer.

Der Sommer beginnt mit dem längsten Tage, mit dem 21. Juni, und währt durch drei Monate bis zum 21. September, von Johannis bis Michaelis.

61. Im Herbste werden die Tage immer kürzer, die Nächte länger, die Luft kühlt sich immer mehr und mehr ab, die Feldfrüchte werden alle eingeerntet und die Obstbäume ihres Segens entladen. Der Landmann bestellt seine Wintersaat fürs nächste Jahr und die Zugvögel, Störche, Lerchen, Schwalben u. a. schicken sich zum Abzuge in wärmere Gegenden an. Die Blätter der Bäume färben sich gelb und roth und fallen allmälig ab, und kalte Winde mit feuchten Nebeln treiben uns aus dem Freien in die Häuser.

Der Herbst nimmt seinen Anfang mit dem 21. September und dauert durch die Monate Oktober und November bis zum 21. December, also von Michaelis bis Weihnacht.

62. Der Winter, welcher mit seiner Schneedecke die Erde deckt, mit glänzendem Eise die Gewässer belegt, zur Freude der schlittschuhlaufenden Knaben, und überall uns Wege bahnt und Brücken baut über Flüsse, Seen und Sümpfe, treibt Menschen und Thiere aus den Gärten und Feldern hinein in die schützenden Wohnungen.

Der Winter beginnt mit dem Weihnachtsfeste und dauert bis zum 21. März.

Wortfamilien.

Eigentliche und uneigentliche Bedeutung der Wörter und Redensarten.

63. Gehen. — Die Menschen und die Thiere gehen, indem sie nicht zu schnell die Füße wechselweis fortbewegen. Geschieht das Gehen sehr schnell, so heißt es ein Laufen. Man soll gerade und nicht gebückt gehen. Der Lahme geht an Krücken, der Lauscher auf den Zehen. Auf dem Eise geht es sich glatt, und auf einem gepflügten Acker schlecht und holprig. Der Fleißige geht des Morgens bald an die Arbeit, der Landmann geht oft aufs Feld, das Kind geht in die Schule, der Bruder auf den Ball, der Kaufmann an die Börse. Wenn ein Wagen kommt, muß man auf die Seite gehen, und einem Betrunkenen aus dem Wege. Für einen Freund muß man durch Feuer und Wasser gehen. Den Weg der Sünde soll keiner gehen, sondern den Weg der Tugend. Die Tochter soll der Mutter an die Hand gehen.

64. Raubfische gehen Abends auf Raub aus. Wer auf bösen Wegen geht, liebt die Dunkelheit. Es ist nie zu spät, in sich zu gehen (Reue zu empfinden, sich zu bekehren) und das Böse zu meiden. In allen, besonders in wichtigen Dingen, gehe man vorsichtig zu Werke (handle, verfahre man vorsichtig). Dem Menschenfreunde geht es nahe (schmerzt, bekümmert es), wenn er Andere leiden sieht. Der Krug geht so lange zu Wasser, bis er bricht. In den Städten gehen die Hausthüren auf die Straßen. Von Köln gehen täglich Posten ab. Der Redliche geht nicht von seinem Worte ab. Bei Erbtheilungen geht's häufig nicht ohne Zank ab. Die Kirche geht des Sonntags um 9 Uhr an.

65. Wenn das Holz naß ist, so geht das Feuer nicht gut **an** (fängt nicht an zu brennen). Im Kriege gehen manche Städte in Rauch auf (sie werden ein Raub der Flammen, verbrennen). Das Eis der Newa geht gewöhnlich im Mai auf. Raubthiere gehen auf Beute aus. Wenn Pferde scheu werden, so gehen sie durch (sie nehmen reißaus, laufen davon). Vor dem Examen geht der Lehrer mit den Schülern noch Manches durch. Sage mir, mit wem du umgehst (Umgang, Bekanntschaft hast), und ich will dir sagen, wer du bist! Wer nicht mit Gewehren umzugehen weiß, kann oft entsetzliches Unglück anrichten. Niemand kann wissen, was noch mit ihm vorgehen wird. Die Alten sollen den Jungen mit gutem Beispiele vorgehen. Schlechte Uhren gehen bald vor, bald nach.

66. Stehen.—Ein neugeborenes Kind kann noch nicht stehen. Nicht nur von lebendigen Wesen, sondern auch von leblosen Dingen sagt man unter gewissen Bedingungen, daß sie stehen: Tische und Stühle stehen; Bäume und Häuser stehen; Roggen, Weizen und andere Feldfrüchte stehen gut oder schlecht. Parallellinien stehen überall gleichweit von einander ab. Welk gewordene Pflanzen stehen nach dem Regen wieder auf; Völker stehen gegen ihre Zwingherren auf; Verschworene erregen einen Aufstand. Fleißige Schüler werden in der Prüfung gut bestehen. Flatterhaftigkeit und Ernst können nicht mit einander bestehen. Nur eigensinnige Menschen bestehen immer auf ihre Meinung. In großen Kirchen kann man nicht überall den Prediger gut verstehen. Man soll auch Scherz verstehen; das versteht sich eigentlich von selbst. Gelehrte verstehen in der Regel mehrere Sprachen. Wer Unrecht hat, muß sich zum Nachgeben verstehen.

67. Liegen. Legen.—Wo Ordnung herrscht, da liegt Alles an seinem Ort. Liegend empfindet der Mensch oft anders, als stehend. Unbewegliche Güter, z. B. Häuser, Aecker, Wiesen, Waldungen rc. heißen zum Unterschiede von beweglichen, die man mitnehmen kann, liegende Güter oder liegende Gründe. Jeder Mensch kann nur ein gewisses Maß von Arbeit und Schmerz ertragen; wird dies erhöht, so erliegt auch die größte Kraft; nur der schwächliche Mensch aber unterliegt leicht. Die Wahrheit unterliegt keinem Zweifel. Gott zeichnet den einen Menschen vor dem andern durch besondere Anlagen des Körpers und des Geistes aus. Alte Kleider werden abgelegt. Ein Haus, das weit von Hauptstraßen entfernt liegt, heißt abgelegen oder entlegen. Uebele Gewohnheiten muß man abzulegen suchen.

68. Manche Pflanzen werden durch **Ableger**, d. h. durch Zwei-

ge, die man in die Erde steckt, damit sie neue Wurzeln treiben, fortgepflanzt. Ehe man sich zu einem wichtigen Schritte entschließt, muß
man seine Umstände und die Lage, in der man sich befindet, reif-
lich überlegen. Vorschläge pflegt man in Ueberlegung zu nehmen.
Will man bequem schreiben, so muß man dem Bogen, auf dem
man schreibt, etwas unterlegen. Was so klar ist, wie „zwei mal
zwei ist vier", unterliegt keinem Zweifel. Beamte, die sich um den
Staat verdient gemacht haben, erhalten zur Anerkennung ihrer Verdienste Orden und Zulagen. Wenn Soldaten, Vogelschaaren oder
Heuschrecken sich auf freiem Felde niederlassen, so sagt man, daß
sie sich lagern. Wenn die ersteren einen Ueberfall des Feindes befürchten, so legen sie ein verschanztes Lager an.

69. Sehen.—Wir sehen mit den Augen. Der Geist sieht die
äußeren Dinge vermittels des Auges. Die Augen sind die Organe
des Gesichtssinnes. Einige Menschen haben ein gutes, andere ein
schlechtes Gesicht; einige sind weitsichtig, andere sind kurzsichtig.
Wer einen äußeren Gegenstand genau kennen lernen will, muß ihn
besehen, ihn genau ansehen. Bei Nacht kann man sich leicht versehen. Wer ein Versehen begangen hat, muß dies offen anerkennen. Aus alten Büchern kann man ersehen, wie die Welt ehemals
beschaffen gewesen ist. Feige Menschen sehen zu, wenn Andere sich
schlagen. Gesunde Menschen sehen gut aus.

70. Gute und edle Gesinnungen geben auch dem häßlichen Menschen ein angenehmes Aussehen. Auf hohen Thürmen in ebenen
Gegenden genießt man eine herrliche Aussicht. Auf Berggipfeln
kann man sich in der Regel frei umsehen, also Alles bemerken,
was in der Nähe zu sehen ist. Manchen Menschen kann man ins
Innere der Seele schauen; ihr Innerstes ist durchsichtig wie Glas;
andere Dinge sind undurchsichtig, wenn auch glänzend wie Gold
und Silber. Reine Luft besitzt die höchste Durchsichtigkeit, Erde—
vollkommene Undurchsichtigkeit. Vorsicht kann nie schaden. Vorsicht
ist besser als Nachsicht.

71. Schlagen.—Wer andere schlägt, wird in der Regel wie-
der geschlagen. Ein einziger unvorsichtiger, wenn auch leiser Schlag,
kann einen Menschen tödten. Wer hörte nicht gerne den Schlag
(Gesang) der Wachteln am frühen Morgen und den Schlag der
Nachtigallen in der Nacht? Die Hufschmiede beschlagen die Pferde.
Böse Pferde schlagen leicht hinten aus; aber nicht leicht schlagen
Anfänger ein Amt, das ihnen angeboten wird, aus. Wenn der

Blitz in der Nähe einschlägt, so hört man gewöhnlich einen furcht-
baren Donnerschlag. Die meisten Menschen ertheilen gern Rathschlä-
ge, und in zweifelhaften, schwierigen Fällen thut man wohl daran,
mit andern zu Rath zu gehen, sich mit ihnen zu berathschlagen.
Wenn dicker Hagel herabfällt, so werden die Fensterscheiben zerschlagen, und in manchen Krankheiten hat man ein Gefühl in den
Gliedern, als wären sie zerschlagen.

72. Richten. — Der Officier richtet die Soldaten so, daß sie
eine gerade Linie bilden. Der Untergebene muß sich nach den Vorgesetzten richten. Die Richter richten und schlichten die Prozesse.
„Richtet nicht, auf daß ihr nicht gerichtet werdet!" Jeden Menschen
erwartet nach dem Tode das Gericht Gottes. Wohl dem, der hier
vor dem Gerichte seines Gewissens bestehen kann! Der gesunde, un-
verwöhnte Mensch ißt sich mit Zufriedenheit an einem Gerichte satt;
viele Gerichte verderben den Magen. Zum Andenken an berühmte,
verdienstvolle Männer lassen dankbare Nachkommen Denkmäler errichten. Die Muhamedaner pflegen dreimal täglich vorgeschriebene
Gebete zu verrichten. Zur Entrichtung der gesetzlichen Abgaben ist
jeder Staatsbürger verpflichtet.

73. Untergeordnete Beamte pflegen an die Vorgesetzten zu berichten. Kurze Berichte können am schnellsten durch Telegraphen
fortgepflanzt werden. Thiere werden abgerichtet, Menschen unterrichtet; Beides kostet Mühe, sowohl die Abrichtung der Thiere,
als der Unterricht der Menschen. Wer Böses angerichtet hat, wird
bestraft. Wenn die zu einem Mahle eingeladenen Gäste versammelt
sind, so läßt man die Mahlzeit anrichten. Aufträge, die man über-
nommen hat, soll man mit Gewissenhaftigkeit ausrichten. Mancher
giebt sich viel Mühe, aber richtet nichts aus. Während der französischen Revolution sind Tausende von Menschen unschuldig hingerichtet worden, die Hinrichtung geschah gewöhnlich durch die
Guillotine. Das Haus, in welchem Verbrecher verhört werden, heißt
das Gerichtshaus, und der Ort, wo sie hingerichtet werden, der
Richtplatz.

74. Fahren.—Der Landmann fährt seinen Ueberfluß an Früchten auf den Markt zum Verkauf. Der Blitz fährt leicht in hohe
Bäume und Thurmspitzen. Zornsüchtige Menschen möchten manchmal vor Wuth aus der Haut fahren. Wer zu leben anfängt, hat
noch wenig oder gar nichts erfahren. Weltumsegler haben Gelegenheit, mancherlei Erfahrungen zu machen. Erfahrung macht

flug. Die Fahrt von Köln nach Rotterdam dauert auf Dampf=
schiffen nur einen Tag; die Abfahrt geschieht in Köln, im Som=
mer Morgens um 4 Uhr, und die Ankunft in Rotterdam Abends
gegen 10 Uhr. In Kriegszeiten ist die Durchfahrt durch Festungen
verboten. Fahrbare Wege und Gewässer sind ein Segen für die
ganze Gegend. Wo eine Fähre ist, da wird man übergefahren; die
dazu bestimmten Leute heißen Fährleute; das Geld, das sie dafür
erhalten, heißt Fährgeld, und die Stelle, wo sich die Fähre be=
findet, die Fährstelle. Eine seichte Stelle in einem Flusse, durch
die man leicht fahren oder gehen kann, heißt eine Furt.

75. **Führen.**—Auch der harte Mensch fühlt sich ergriffen, wenn
ein Verbrecher zum Richtplatz geführt wird. Gut angeführte Sol=
daten sind in der Regel auch tapfer. In großen Theatern werden
die Meisterwerke unserer Dichter aufgeführt. Untadelhafte Aufführ=
rung gewinnt dem Knaben und Jüngling die Achtung der Männer.
Peru und Chili führen Gold und Silber aus. Prahlerische Menschen
sprechen wohl von großen Thaten, aber sie führen wenig oder
nichts aus. Oft stößt man bei der Ausführung eines Unternehmens
auf unerwartete Schwierigkeiten. Uebersteigt die Ausfuhr eines Lan=
des die Einfuhr, so nimmt der Wohlstand der Bewohner desselben
zu. Eine interessante Begebenheit muß ausführlich erzählt werden;
allzu große Ausführlichkeit aber schwächt das Interesse. Wenn es
der Besatzung einer belagerten Festung an Lebensmitteln fehlt und
keine Zufuhr möglich ist, so muß die Festung übergeben werden.
Die Blutadern führen dem Herzen das in dem ganzen Körper ver=
theilte Blut wieder zu.

76. **Stechen.** — Auch an den Rosen stechen die Dornen. Bei
günstigem Winde stechen die Schiffer gern in die offene See. In
den Hundstagen sticht die Sonne am heftigsten. Pferde und Men=
schen werden oft vom Hafer gestochen; d. h. bei vorzüglicher Arbeit
und Pflege werden sie übermüthig. Manche Reden wirken wie
Stiche ins Herz. Feige Soldaten halten, wenn die Schlacht an=
fängt, nicht Stich; sie ergreifen die Flucht oder sie reißen aus.
Aber der Tod steht dem bevor, der die Fahne im Stiche läßt.
Oefters kleine Stiche machen, heißt sticheln. Man kann aber auch
auf Personen sticheln oder Sticheleden gegen sie halten, wenn
man sie nämlich zum Gegenstand versteckten Spottes macht. Die
Bienen, Wespen und Hornisse sind zu ihrer Vertheidigung mit
Stacheln versehen. Es wird dir schwer werden, wider den Stachel
zu lecken. Wer Honig lecken will, muß den Stachel nicht scheuen.
Schlechte Richter lassen sich bestechen. Es giebt kein schändlicheres

Laster als die Bestechlichkeit. Ehre dem Manne, der unbestechlich ist gleich dem alten Römer Regulus! Kann eine vorgefallene Bestechung bewiesen werden, so wird sie streng bestraft. Wenn Bienen gereizt werden, so können sie Menschen und Pferde so zerstechen, daß diese an den Wunden sterben. Sie stechen mit ihrem Stachel, und dann lassen sie denselben in der Wunde stecken.

77. Stecken. — Wenn ein Dorn im Fleische steckt, so muß er herausgezogen werden. Als Epaminondas in der Schlacht von Mantinea von einem Pfeile tödtlich verwundet worden war, ließ er denselben so lange in der Wunde stecken, bis er des Sieges gewiß war. Ein Freund läßt den andern in der Noth nicht stecken. Mordbrenner stecken die Wohnungen der Menschen an. Diebische Menschen pflegen Alles einzustecken, was sie bekommen können; aber oft werden auch sie eingesteckt. Versteckt sich die Sonne hinter Wolken, so trauern manche heidnische Völkerschaften, meinend, daß die Gottheit zürne. Das offene, faltenlose Gemüth eines Menschen wird von Jedermann einem versteckten Sinn vorgezogen. Fröhliche Kinder lieben das Versteckspiel, spielen gern Versteckens.

78. Fallen. — Ein Stein fällt mit beschleunigter Geschwindigkeit. Der Apfel fällt nicht weit vom Stamme. Gustav Adolph fiel 1632 bei Lützen. Es ist unschicklich, vornehmen Personen in die Rede zu fallen. Auch der schlaueste Dieb fällt gewöhnlich vor seinem Ende (Tode) der Obrigkeit in die Hände. Zudringliche Menschen fallen zuletzt Jedermann zur Last. Im Herbst erinnert das fallende Laub der Bäume an die Vergänglichkeit alles Schönen und Herrlichen auf der Erde. Ein Hase geht eher in eine ihm gestellte Falle als ein Fuchs. Wer einem Andern eine Falle stellt, verdient, daß er selbst hineinfalle. Es ist fast nicht möglich, daß ein Mensch zugleich Allen gefalle. Nur der feige Mensch oder der Schmeichler läßt sich Alles gefallen. Durch gefälliges Betragen öffnet sich der Jüngling die Thür zu mancher wichtigen und angenehmen Bekanntschaft. Wenn gesundes Obst von selbst abfällt, so ist dies ein Zeichen seiner Reife.

79. Fällt die Provinz eines Landes von ihrem Regenten ab, so entsteht gewöhnlich ein Bürgerkrieg. Der Abfall der Niederlande von Spanien endigte mit der Befreiung derselben vom spanischen Joche. Bei herannahendem Alter pflegen die Haare und die Zähne allmälig auszufallen. Auch fleißige Knaben freuen sich, wenn zuweilen eine Lehrstunde ausfällt. Arbeitet man sehr flüchtig, so fällt die Arbeit schlecht aus (gelingt nicht, geräth schlecht). Wird eine Festung belagert, so thut die Besatzung gewöhnlich von Zeit zu Zeit Ausfälle. Eingefallene Augen und Wangen sind ein Zeichen des Alters, des Kummers oder der Kränklichkeit. Schon seit Jahrhunderten haben die Franzosen zu Einfällen in Deutschland Lust gehabt; sollten sie sich dies aber wieder im Ernste einfallen lassen, so würden alle Deutschen sich zusammenschaaren, um einen solchen Einfall mit aller Kraft zurückzuschlagen. Die Menschen haben allerhand Einfälle (Launen): gute und böse, nützliche und schädliche, witzige und dumme, tolle und gewöhnliche, alberne und kluge, zeitgemäße und unzeitige und viele andere. Unfälle treten gewöhnlich plötzlich ein. Der Fromme benutzt die Unfälle, die ihn treffen, zur Veredlung seines Herzens. Eine unerwartete Begebenheit, deren Ursache man in der Regel nicht anzugeben vermag, wird ein Zufall genannt. Leichtsinnige Menschen vertrauen ihr Geschick dem Zufalle an. Es giebt allerhand Zufälle: glückliche und unglückliche, außerordentliche, seltsame, blinde und andere.

80. Sprechen. — Nur der Mensch kann sprechen. Man kann nicht bloß in Worten, sondern auch durch Mienen, Blicke und Geberden, überhaupt auch durch andere Zeichen sprechen. Obgleich es ganz richtig ist, die Sprache als einen eigenthümlichen Vorzug des Menschen zu betrachten, so kann man doch auch ganz richtig sagen: das Gewissen, die Vernunft, die Pflicht spricht zum Menschen. Die Natur spricht: es ist ein allmächtiger und allweiser Gott; die Unschuld spricht aus dem Auge der Kinder; die Verdienste dieses Mannes sprechen für ihn ꝛc. Gerechte Richter sprechen unschuldig Angeklagte frei und der Papst spricht Menschen heilig und selig. Die Alten sagten: Sprich, damit ich dich sehe!

Was der unsterbliche Schiller geschrieben hat, spricht jeden gebildeten Deutschen an (gefällt jedem Deutschen). Ein bescheidener und dadurch liebenswürdiger Mensch macht keine Ansprüche (ist bescheiden, anspruchlos). Es ist schon kein gutes Zeichen, wenn der Feldherr seinen Soldaten Muth einsprechen (einflößen) muß. Der brave Sohn sucht den Wünschen und Hoffnungen seiner Eltern zu entsprechen. Der Erfolg entspricht meinen Erwartungen. Wer sehr schnell spricht, verspricht sich leicht. Was man versprochen hat, ist man zu halten verbunden.

81. Ziehen. — Auf Eisenbahnen kann ein Pferd mehre hundert Pud ziehen. Wenn die Soldaten vom Leder ziehen (den Degen aus der Scheide), so zieht einer gewöhnlich den Kürzeren (muß unterliegen, wird überwunden). Die meisten Menschen ziehen ungern den Beutel. Es giebt fast kein Unglück, aus dem nicht irgend ein Mensch Nutzen zöge. Pflanzen ziehen ihre Nahrung theils aus der Luft, theils aus der Erde. Wer Böses thut, wird zur Verantwortung gezogen. Der Gärtner zieht Blumen, der Landmann Rindvieh und Schafe; gute Eltern erziehen ihre Kinder.

Der Zug der Luft (Zugwind) ist den meisten Menschen schädlich. Die Wahrsager der Römer weissagten aus dem Zuge der Vögel. Einmal kommt für jeden Menschen die Stunde, wo er in den letzten Zügen (im Sterben) liegt. Aus den Zügen im Gesichte (Gesichtszügen) der Menschen schließt man auf ihre Leidenschaften. In dem Leben des weisen Sokrates stößt man auf die edelsten Züge (Charakterzüge, Züge des Gemüths).

82. Reisekoffer pflegt man mit Thierfellen zu beziehen (überziehen, bedecken). In unserm Klima pflegt sich der reinste Himmel oft in wenigen Stunden zu beziehen. Wohl dem, der gut erzogen ist! In großen Städten giebt es viele verzogene (schlecht erzogene) Kinder. Wenn Kinder bittere Sachen in den Mund bekommen, so verziehen sie das Gesicht (machen, schneiden, ziehen Grimassen). Wenn sich die Wolken langsam fortbewegen und allmälig verlieren, so sagt man: die Wolken verziehen sich; der Nebel, das Gewitter hat sich verzogen. Will man etwas unternehmen, so ist es gut, verständige Leute zu Rathe zu ziehen (sie um Rath zu fragen); aber alle in sein Geheimniß ziehen (sein Geheimniß mittheilen), wäre thöricht.

83. Nehmen. — Wer etwas nimmt, der bringt etwas an sich, wobei er sehr verschiedene Absichten haben kann. Der Dieb nimmt etwas, um es als Eigenthum zu behalten; das Kindermädchen nimmt das Kind auf den Arm, um es zu warten; man nimmt eine Stelle an, um sie zu verwalten; der Reisende nimmt Pferde, um schnell weiter zu kommen. Der aufrichtige Mensch nimmt kein Blatt vor den Mund, sondern redet frei vom Herzen. Wen man beim Wort nimmt, den erinnert man an sein Versprechen. Wenn Jemand dasselbe sagt, was man hat sagen wollen, so nimmt er einem das Wort aus dem Munde. Zur Arbeit muß man sich Zeit nehmen, den Unterdrückten soll man in Schutz nehmen, den Hülflosen ins Haus und den Dürftigen an den Tisch. Der Schneider nimmt Maß, bevor er das Kleid macht. Seine Sachen muß man in Acht nehmen. Wenn Jemand ausgeredet hat, so kann man das Wort nehmen. Wer alles gleich übel nimmt, mit dem kann man nicht scherzen. Wer fällt, nimmt leicht Schaden.

84. Klein nennt man das, was keine beträchtliche Größe hat. Die Maus ist ein kleines Thier, die Fliege ist noch kleiner, und die kleinsten Thiere sieht man nicht einmal mit bloßen Augen. Was gering ist, hat keinen großen, bedeutenden Werth. Die Kupfermünzen sind geringer als die Goldmünzen; das Stroh ist geringer als das Korn; eine Stecknadel ist eine geringe Sache. Wenig ist dasjenige, was nicht in bedeutender Menge vorkommt. Für wenige Kopeken kann man nicht viel kaufen.

Was heiß ist, das hat Hitze, oder einen hohen Grad von Wärme, so daß man sich leicht daran verbrennen kann; was aber warm ist, an dem kann man sich nicht verbrennen. Was lau ist, das hat nur einen geringen Grad von Wärme, so das es nicht kalt und nicht warm ist. Man gebraucht das Wort lau nur von Flüssigkeiten, z. B. laues Wasser, laue Luft.

85. Das Gerade steht dem Krummen entgegen. Von einem Orte zum andern ist der gerade Weg immer der kürzeste. Der Weg der Tugend heißt oft der gerade Weg, und die Wege des Lasters sind krumme Wege. Man soll gerade gehen, stehen und sitzen. Eine gerade Zahl läßt sich durch zwei in gleiche Theile theilen. Was gerade geschieht, das geschieht ohne Umwege. Man muß die Wahrheit geradezu heraus sagen, dem Fragenden geradehin antworten. Wer gerade auf etwas zugeht, der verfehlt sein Ziel nicht; daher sagt man: das trifft gerade zu, das ist gerade mein Wunsch, das geht mir gerade wie ihnen.

Was einen Eingang gewährt, das nennt man offen. Thüren und Fenster stehen offen; manche Leute haben den Mund oft offen, zumal wenn sie staunen. Der Tölpische sieht mit offenen Augen nicht. Einen guten Freund empfängt man mit offenen Armen. Offene (unversiegelte) Briefe werden auf der Post nicht angenommen. Eine offene Stadt hat keine Festungswerke. Ein offener Kopf begreift leicht. Ein offenes Gesicht ist eine Zierde.

Einiges aus der Naturgeschichte.

Pflanzen.

86. Der Weizen hat eine Ähre, worin gewöhnlich 30 bis 40 Körner sitzen (sich befinden, stecken), die in den Mühlen zu Mehl gemah-

len werden. Aus dem Mehle backt man allerhand schönes weißes
Brot, Semmel und Kuchen. Auch braut man aus Weizen Bier
und macht Perlgraupen daraus.

87. Der Roggen oder das Korn giebt wohlschmeckendes Brot
für Reiche und Arme. Roggenbrot ist fast in allen Gegenden von
Europa eins der vorzüglichsten Nahrungsmittel der Menschen; auch
brennt man aus Roggen eine Menge Branntwein. Aus Roggen-
stroh macht man schöne Sommerhüte für Herren und Damen, deckt
Dächer damit und zerschneidet es zu Häckerling.—Aus Gerste braut
man Bier und macht verschiedene Arten von Graupen daraus. Die
Graupen geben für gesunde und kranke Menschen eine herrliche
Speise.—Der Hafer giebt Grütze zu Suppe und andern Speisen,
gewöhnlich ist er aber das beste Futter für Pferde.

88. Die Kartoffeln sind ein sehr nützliches Gewächs und gewähren vielen Millionen Menschen eine nahrhafte und wohlschmeckende Speise. Amerika ist das Vaterland der Kartoffeln. Der
Engländer Franz Dracke brachte sie im Jahre 1586 zuerst nach
Europa.

89. Der Pfeffer wächst auf den Inseln Java und Sumatra
und auch in Amerika. Der schwarze Pfeffer ist bei uns der ge-
wöhnlichste und wird von den Holländern aus Ostindien gebracht.
Der sogenannte spanische Pfeffer kommt aus Amerika.

90. Der Zimmet ist die Rinde eines Baumes, der in einigen
Gegenden von Asien und Amerika wächst. Der beste Zimmet kommt
von der Insel Ceylon. Man gebraucht ihn in den Apotheken zu
Arzneien und in unsern Küchen zu verschiedenen Speisen. Er riecht
scharf und schmeckt etwas süßlich.

91. Der Muskatennußbaum trägt Früchte, die etwa so groß
wie eine Wallnuß sind. Den Kern derselben nennt man Muska-
tennuß und die Schale, in welcher die Kerne liegen, Muskaten-
blume. Dieser Baum wuchs früher nur auf der holländisch-ostin-
dischen Insel Banda; wer also Muskatennüsse haben wollte, mußte
sie den Holländern abkaufen. Jetzt werden sie auch auf andern
Inseln bei Asien gebaut.

92. Der Thee kommt aus China und Japan. Er wächst daselbst in so großer Menge, daß die ganze Welt damit versehen

werden kann. Im fünfzehnten Jahrhundert lernten ihn die Europäer zuerst kennen, und jetzt ist er in ganz Europa so bekannt und
beliebt, daß man ihn fast allenthalben trinkt.

93. Der Kaffeebaum trägt Früchte, welche fast so aussehen,
wie die Kirschen. Das Fleisch dieser Kirschen soll nicht gut schmek-
ken; aber die Kerne sind es, welche wir Kaffeebohnen nennen,
und aus denen man das beliebte und wohlschmeckende Getränk,
den Kaffee, bereitet. Der beste Kaffee kommt aus Arabien; die
Venetianer brachten ihn im Jahre 1624 zuerst von dort nach
Italien.

94. Der Zucker wird aus dem Mark einer Pflanze bereitet,
die man Zuckerrohr nennt. Wenn das Rohr reif ist, wird es abgeschnitten, in der Mühle zerquetscht und der Saft ausgepreßt. Dieser
Saft wird alsdann in großen Kesseln so lange gekocht und geläutert,
bis er rein und dick geworden ist. Hierauf wird er in Tonnen gefüllt und aus Amerika unter dem Namen Rohzucker nach Europa
gebracht. Hier wird er in den Zuckersiedereien völlig raffinirt oder
geläutert und in länglich runde Formen gegossen, die man Hüte
nennt. Der süße braune Saft, der aus den Formen läuft, worin
der Zucker gegossen worden ist, wird Sirop genannt.

95. Pomeranzen- oder Orangen- und Citronenbäume, die im
südlichen Europa wachsen, sind erst unter den ersten römischen Kaisern aus Asien nach Italien verpflanzt worden. Sie unterscheiden
sich von allen andern Bäumen durch ihre schwärzliche Rinde, ihre
dicken, glänzenden, glatten Blätter, die oben dunkelgrün, unten
hellgrün und von starkem Geruche sind. Die weiße wohlriechende
Blüthe kommt unmittelbar aus dem Holze hervor; die Frucht ist
meistentheils rund oder auch länglich, und zur Zeit der Reife
allemal gelb. Die Citronen, womit Spanien und Italien den
stärksten Handel treiben, werden zum Verschicken gewöhnlich noch
vor völliger Reife abgenommen und dann in Kisten versendet.

96. Der gemeine Feigenbaum, in Asien und Südeuropa zu
Hause, wird 16—20 Fuß hoch und hat große, handförmige Blätter, die einen milchichten Saft enthalten. Die Feigen haben einen
sehr süßen Geschmack, sind sehr nahrhaft und werden entweder
frisch oder getrocknet gegessen.

97. Der **Mandelbaum** hat viele Ähnlichkeit mit dem Pfirsichbaum. Der Kern der Nuß ist die gewöhnliche Mandel, von der man zwei Spielarten, süße und bittere, hat. Der Mandelbaum findet sich in Asien, Afrika und im südlichen Europa. Die Römer brachten ihn aus Griechenland nach Italien und Frankreich, von wo er selbst nach den milderen Gegenden Deutschlands verpflanzt worden ist.

98. Der gemeine Lorbeerbaum hat immer grüne Blätter, die getrocknet als Gewürz zu Speisen gethan werden, und trägt Früchte von der Größe einer Kirsche, die einen gewürzhaften Geschmack und Geruch haben, und davon man nur in der Medicin Gebrauch macht. Der Lorbeerbaum war dem Apollo geheiligt und mit Lorbeerkränzen schmückte man die Sieger; noch jetzt ist der Lorbeerkranz ein Sinnbild des Ruhms, besonders für Krieger und Dichter.

99. Der Reiß ist eine Pflanze, deren Frucht in Indien und China die Hauptnahrung des Volks ausmacht. In Europa wird der meiste Reiß in Italien und Spanien gezogen. Er gewährt hunderten von Millionen Menschen in Asien Nahrung und ist ihnen eben so unentbehrlich, wie uns Weizen und Roggen. Auch bereitet man daraus einen starken Branntwein, der bei uns unter dem Namen Arak verkauft wird.

Säugethiere.

100. Der Ochs ist ein sehr nützliches Thier, das fast in allen Theilen der Welt zu finden ist. Er hat gespaltene Klauen, am Kopfe zwei lange Hörner, die so krumm wie eine Sichel und inwendig hohl sind. Man braucht den Ochsen beim Landbau zur Arbeit, oder man mästet ihn, um ihn zu schlachten und sein Fleisch zur Speise zu gebrauchen. In Amerika und in einigen Gegenden von Polen giebt es auch wilde Ochsen, welche Auerochsen genannt werden.

101. Die Pferde sind schöne, nützliche und geduldige Thiere, auf denen man reiten kann und die man gewöhnlich in Karren und Wagen, in Kutschen und in den Pflug spannt. Sie tragen und ziehen ihren Herrn über Berg und Thal, durch Feuer und Wasser. Pferde giebt es viel in der Welt, besonders in Europa; die schönsten findet man aber in Arabien. In Rußland giebt es auch wilde Pferde; in den Steppen kann man oft viele hundert mit einander herumschweifen sehen; sie sind klein und häßlich und schwer zu bändigen.

Masson, Lesestücke. 3

102. Der Zobel ist ein kleines Thierchen, von dem das schöne, aber auch sehr kostbare Pelzwerk kommt, mit dem nur sehr reiche
Leute ihre Winterkleider füttern oder besetzen lassen können. Der
Zobel wohnt nur in den dichtesten sibirischen Wäldern, in hohlen
Bäumen, nahe bei Flüssen und Bächen, und frißt Vögel und Vogeleier, Eicheln, allerhand wilde Beeren und Baumknospen. Damit
sein herrlicher Pelz beim Fangen nicht durchlöchert und verdorben
werde, schießt man ihn nicht mit Kugeln oder Schroten, sondern
nur mit stumpfen Pfeilen oder Bolzen oder fängt ihn mit Schlingen.

103. Der Löwe ist das stärkste, verwegenste und schrecklichste
Thier auf dem Erdboden. Er bezwingt alle andere Thiere, er selbst
aber wird keinem einzigen Thiere zur Beute. Alle fürchten ihn,
Alle fliehen vor ihm; er ist gleichsam der König der Thiere. Auch
Menschen sind in seiner Gegenwart ihres Lebens nicht sicher, denn
wenn er gereizt oder hungrig ist, so zerreißt er, was er kriegen
kann, es sei nun Mensch, Affe oder Kameel. Trifft er aber Menschen und Thiere beisammen, so überfällt er nur die letzteren und
läßt die Menschen gehn.

Der Löwe ist oft großmüthig und erkenntlich und vergiebt leicht
Beleidigungen. Man hat Beispiele, daß er die Beleidigungen und
Neckereien kleiner Feinde verachtet, auch denen das Leben geschenkt
hat, die ihm zum Fressen vorgeworfen wurden, oder zu ihm ihre
Zuflucht genommen hatten. — Der Löwe ist in Afrika und Asien
zu Hause, hat röthlichbraune Haare, einen dicken Katzenkopf, einen
Schnurrbart um das Maul, frißt nichts als Fleisch und erreicht ein
Alter von 25 bis 30 Jahren. Der Löwe ist merklich größer als die
Löwin und am Halse, Brust und Kopf mit langen Haaren bedeckt;
sein 3 bis 4 Ellen langer Schweif läuft in einen Haarbüschel aus.

104. Der Tiger ist viel wilder und fürchterlicher als der Löwe
und das geschwindeste und grausamste unter allen vierfüßigen
Thieren. Der Löwe ist doch zuweilen gütig und großmüthig und
mordet nicht aus Lust, sondern nur aus Noth; der Tiger hingegen
mordet Alles, Menschen und Thiere, und das in einem fort, er
mag hungern oder nicht, und schont im Hunger selbst seines
Weibchens und seiner Jungen nicht. Seine Stärke ist so groß, daß
er ein Kalb oder ein Füllen ins Maul nehmen und so geschwind
damit fortlaufen kann, als trüge er nur einen Hasen. Er greift
auch den größten Elephanten an, reißt ihm den Rüssel ab,
springt ihm auf den Nacken und zerfleischt ihn. Dieser legt sich in
der Noth auf den Rücken und zerdrückt seinen Mörder, so daß
nun Beide sterben müssen.

105. Der Elephant ist das größte Landthier. Sein wunderbarer Körperbau, seine Größe, Stärke und Gelehrigkeit machen ihn zu einem der merkwürdigsten Geschöpfe. Er wird 12 bis 15 Fuß hoch; die Länge beträgt 15 bis 17 Fuß. Er lebt in dem heißesten Theile von Asien und Afrika, in sumpfigen und waldigen Gegenden, bei Flüssen und Bächen, frißt Gras, Reiß und Baumblätter und erreicht ein Alter von 150 bis 200 Jahr. Vorderzähne hat er nicht; aber aus der oberen Kinnlade ragen zwei, sieben bis acht Fuß lange, Zähne hervor, welche das sogenannte Elfenbein liefern. In seinem Rüssel besitzt er eine unglaubliche Stärke und das feinste Gefühl. Er hebt mit demselben die größten Lasten, kann aber auch mit der Spitze Blumen pflücken, Knoten lösen, kleine Münzen von der Erde aufheben, einen Propfen aus einer Flasche ziehen und verschlossene Thüren, durch Umdrehen der Schlüssel, öffnen und wieder verschließen. Er hat ein gutes Gedächtniß und vergißt Beleidigungen nicht leicht; denkt aber auch lange an genossene Wohlthaten und schützt und verschont die Unschuldigen.

Vögel.

106. Der Adler baut sich ein Nest auf hohen Bäumen und steilen **Felsen** und nährt sich vom Raube lebendiger Thiere. Er hat unter allen Vögeln das schärfste Gesicht und ist so stark, daß er selbst Lämmer, Ziegen und Hirsche durch die Luft forttragen kann.

107. Die **Papageien** sind die Affen unter den Vögeln. Der Affe ist immer munter, listig und schelmisch und stiehlt Alles weg, was er sieht und erwischen kann, er mag es fressen können oder nicht. Und gerade so macht es auch der Papagei. Er nimmt Alles, was glänzt in seinen dicken krummen Schnabel: Glas, Ringe, Schnallen und Löffel, oft gar glühende Kohlen, und schleppt sie weg. In seiner Freiheit frißt er Kokosnüsse, Eicheln und fast alle Arten von Getreidekörnern; wenn er aber einmal zahm geworden ist, so frißt er alles, was die Menschen essen: Gekochtes und Gebackenes, Obst, Brot und Gemüse.

Man zählt an dreißig Arten von Papageien, die an Größe und Farbe merklich von einander unterschieden sind. Es giebt welche, die die Größe eines Haushahns haben, aber auch solche, die kaum größer als ein Sperling sind. Weil der Papagei eine starke, helle Stimme, eine dicke, breite Zunge und ein gutes Gedächtniß hat, kann er bald deutlich sprechen lernen.

108. Der Pfau ist der schönste Vogel in der Welt. Er über-
trifft alle Vögel und alle übrige Thiere an Schönheit. Was hat
er nicht für einen trefflichen blauen Hals! Welch herrliche Federn
glänzen nicht in seinem Federbusch auf dem Kopfe! Wie groß ist
nicht die Pracht seiner Spiegelfedern im Schweif! Und welch ent-
zückender Anblick ist es nicht, wenn er diese Spiegelfedern erhebt
und damit ein Rad schlägt! Kurz, Jedermann, der den stolzen
Pfau sieht, muß sagen, daß er ein bewunderungswürdiger Vogel
ist. So schön aber der Pfau ist, so häßlich klingt seine Stimme.
Er schreit oft stunden lang sein ärgerliches Echo! Echo! so daß
man Kopfweh davon bekommen möchte. In Rußland, Schweden
und Norwegen giebt es auch ganz weiße Pfauen.

109. Der Strauß ist der Riese unter allen Vögeln in der Welt;
er ist so groß wie ein Mensch, der zu Pferde sitzt, und wiegt 70
bis 80 Pfund. Ein Straußenei wiegt zuweilen vier bis sechs
Pfund, so daß sich zwei bis drei Personen an einem einzigen satt
essen können. Er wohnt in den unfruchtbarsten Wüsten von Afrika
und Arabien und nährt sich von Gras, Nüssen und andern Baum-
früchten; doch verschlingt er, um sich zu sättigen, gewöhnlich auch
noch Steine, Knochen, Eisen, Glas, kurz, was er nur sieht. —
Der lange und dünne Hals des Straußes und der größte Theil
seines Körpers sind mit dicken weißen Haaren bedeckt; in den
Flügeln und im Schweife hingegen hat er schöne weiße, schwarze
oder graue Federn, aus denen man Fächer, Federbüsche und
allerlei Putz und Zierrathen macht.

110. Der Kolibri ist der kleinste, aber auch nebst dem Pfau
der schönste Vogel in der Welt. Er ist nicht viel größer als ein
Maikäfer, hat grüne, gelbe, rothe und blaue Federn und ist wegen seiner Schönheit und kleinen Gestalt ein wahres Wunder
Gottes. Er wohnt im südlichen Amerika und nährt sich vom Ho-
nigsaft der Blumen, den er schwebend und flatternd mit seinem
langen, dünnen Schnäbelchen auszusaugen weiß. Die amerika-
nischen Damen stecken ihn zuweilen ganz so wie er ist, mit Haut
und Federn, zur Zierde auf den Kopf.

Fische.

111. Der Lachs ist ein bekannter und beliebter Fisch, der frisch,
gesalzen und geräuchert gegessen wird. Er hält sich fast in allen
europäischen Meeren auf, geht aber im Frühjahr gewöhnlich in

die Flüsse, ist ziemlich groß und oft bis 50 Pfund schwer. Sein Fleisch ist zart und sieht frisch — röthlich-weiß, gesalzen und geräuchert aber — fast ganz blutroth aus. In Kamtschatka giebt es so viele, daß sie zu Tausenden ans Ufer geworfen werden, wo sie ein Raub der Bären, Wölfe, Füchse und Hunde werden.

113. Die Heringe gehören zu den nützlichsten Fischen, indem sie Tausenden von Menschen Nahrung und Unterhalt gewähren. Unter dem Nordpol vermehren sich diese Fische so stark, daß sie, wegen Mangel an Nahrung, in unermeßlichen Schaaren nach südlicheren Gegenden ziehen, wo Holländer, Dänen, Norweger, Schweden, Russen und Engländer auf vielen tausend Schiffen auf sie lauern, sie fangen, einsalzen oder räuchern und nach allen Gegenden von Europa versenden.

114. Die Störe sind zwei bis zehn Ellen lang, drei bis vier Ellen dick, oft über zwölfhundert Pfund schwer, und halten sich in der Ost- und Nordsee, im Schwarzen und Kaspischen Meere, in der Elbe, Donau, Weichsel und Wolga auf. Die linsengroßen Eier werden mit Salz und Pfeffer eingemacht und unter dem Namen Kaviar verkauft.

115. Der Wallfisch ist das größte unter allen Seethieren. Die Länge eines Wallfisches beträgt oft 60 bis 100 Fuß, sein Gewicht über hunderttausend Pfund. Der Kopf ist erstaunlich groß und macht fast den dritten Theil seiner ganzen Länge aus; sein Rachen ist zwanzig Fuß weit und so geräumig, daß man mit einem kleinen Kahn in denselben hineinfahren kann. Statt der Zähne hat er schwarze, hornartige Barten, von denen auf jeder Seite des Rachens drei bis vierhundert Stück sitzen und die man gewöhnlich Fischbein nennt.

116. Die Haifische sind diejenigen verrufenen Fische, welche Thiere und Menschen mörderisch anfallen und verschlingen. Sie ziehen deswegen immer den Schiffen nach und erhaschen und fressen Alles, was aus denselben herausfällt oder hinaus geworfen wird. Ganze Pferde fand man schon oft im Magen dieses Ungeheuers. Aus der Leber des Haifisches bereitet man Thran und aus seiner Haut ein vorzügliches Leder, Chagrin genannt.

Amphibien.

117. Die Schlangen haben weder Füße noch andere äußere Gliedmaßen, sondern kriechen oder schleichen auf dem Bauche sehr schnell auf der Erde hin und her. Im Wasser können sie sich zwar auch aufhalten, aber nicht lange. Die Schlangen haben eine schmale gespaltene Zunge und Zähne, nicht zum Zerbeißen ihres Raubes, sondern zum Festhalten desselben; denn sie verschlingen Alles ganz. Nur ein sehr kleiner Theil der Schlangen ist giftig und davon giebt es in Europa sehr wenige.

118. Die Klapperschlange hält sich in Afrika und Amerika auf, ist zwei bis drei Ellen lang und hat am Schweif zwanzig bis dreißig Klappern, mit denen sie ein Getöse machen kann, das ungefähr wie eine getrocknete Blase klingt, worin (in welcher) harte Erbsen sind. Zum Glück und zur Warnung für Menschen und Vieh gab Gott diesem schrecklichen Thiere diese Klapper; denn sobald sie etwas zu sich her kriechen, laufen oder fliegen sieht, so klappert sie. Da dies nun Menschen und Thiere hören, so können sie ihr entfliehen. Wer aber das Unglück hat, von einer Klapperschlange gebissen zu werden, der ist in etlichen Augenblicken todt, denn ihr Gift ist das schrecklichste auf der Welt.

119. Die Riesenschlange ist die größte von allen Schlangen, aber nicht giftig. Sie kann ein ganzes Reh verschlingen und den stärksten Ochsen, Löwen oder Tiger erdrücken. In einigen Gegenden Indiens betet man diese Schlangen an und bestraft denjenigen, der eine tödtet, mit dem Tode. Ostindische Gaukler zähmen sie und richten sie zu allerhand Künsten ab.

120. Das Krokodil ist eins der fürchterlichsten und gefährlichsten Thiere und hält sich vorzüglich am Nil in Aegypten auf. Es kann schwimmen und untertauchen und auf dem Lande herum gehen. Es legt alle Jahr in den Sand am Nil gegen hundert Eier, welche von der Sonnenhitze ausgebrütet werden. Seine Nahrung sind Fische, Schlangen, Ochsen, Kühe und alle andere Thiere, die es erwischen kann. Selbst Menschen fällt es mörderisch an, reißt sie nieder und zerfleischt und frißt sie.

Insecten.

121. Die Ameisen vereinigen sich in Gesellschaften oder Kolonien, die gewöhnlich nahe bei einander leben. Ihr Staat ist in

viele kleine Zellen abgetheilt, die alle mittelst kleiner, runder unterirdischer Kanäle Gemeinschaft mit einander haben. Eine jede
Kolonie hat ihre Königin, die an Größe und Farbe von den andern Ameisen unterschieden ist. Die Glieder einer und derselben
Kolonie leben in Frieden und Freundschaft unter einander und
erweisen sich gegenseitig alle möglichen Dienste und Gefälligkeiten.
Begegnen sich aber Ameisen verschiedener Kolonien, so fängt gleich
eine heftige Schlacht an, wobei oft funfzig und mehr Todte auf
dem Platze bleiben.

122. Die Spinnen sind weder schädlich noch giftig. Man darf
Fleisch, Obst, Backwerk und Getränke frei vor ihnen hinstellen;
sie essen und trinken nicht davon und vergiften es auch nicht. Und
wenn sie ja ihr Gespinnst über etwas hinziehen, so thun sie es
deswegen, um Fliegen und Mücken darin zu fangen.

123. Die Buschspinnen halten sich nur in Südamerika auf und
haben die Größe einer Kinderfaust. Sie sind so stark, daß sie im
Stande sind kleine Vögel, besonders Kolibri, zu fangen und zu
bezwingen.

124. Die Taranteln halten sich in kleinen Erdhöhlen auf und
sollen die Menschen so gefährlich stechen, daß sie davon närrisch
und wohl gar rasend werden, und ihre Krankheit mit sonst nichts,
als mit Musik und mit Springen und Tanzen vertreiben können.

---

125. Von der Welt.

Der Boden, auf welchem ich stehe, heißt die Erde. Diese Erde
ist ein sehr großer Körper, fast so rund wie eine Kugel. Sie
schwebt in einem unermeßlich großen Raume, welcher der Himmel
genannt wird. Der Himmel über mir sieht fast aus wie ein
blaues Gewölbe und ist mit Luft angefüllt.

Abends erblicke ich am Himmel eine Menge Lichter, eins größer
als das andere; man nennt sie Sterne. Sie sind aber nicht wirklich so klein wie sie aussehen, sondern es sind auch runde Körper,
die zum Theil noch größer sind als der Erdkörper.

Einige Sterne sind hell und heißen Sonnen oder Firsterne;
andere sind dunkel und werden von der Sonne erleuchtet. Unser
Erdkörper ist ein dunkler Stern und wird von der Sonne erleuchtet.
Aber die Sonne kann nicht alle Theile und Seiten der Erde zugleich bescheinen. Darum dreht sich die Erde beständig herum wie

ein Rad, damit alle Seiten derselben eine Zeitlang beschienen werden. Wenn wir früh die Sonne zum ersten Male sehen, so sagen wir: die Sonne geht auf und nun ist es Tag. Wenn wir sie Abends zum letzten Male sehen, so sagen wir: die Sonne geht unter und nun wird es Nacht.

Der größte Stern, den ich des Nachts bisweilen am Himmel sehe, heißt der Mond. Er kommt mir darum größer vor als die anderen Sterne, weil er näher bei der Erde steht. Der Mond ist ebenfalls ein dunkler Stern und wird von derselben Sonne erleuchtet wie der Erdkörper.

Der Himmel und die Sterne heißen zusammen die Welt; daher auch die Sterne zuweilen Weltkörper genannt werden.

Die Menschen theilen den ganzen Himmelsraum in vier Theile, welche sie die vier Himmelsgegenden nennen. Sie heißen: Morgen, Abend, Mittag und Mitternacht. Die Seite, wo ich die Sonne aufgehen sehe, heißt Morgen, und die, wo ich sie untergehen sehe—Abend.—Wenn ich mit dem Gesichte gegen Morgen stehe, so habe ich zur rechten Hand Mittag und zur linken Hand Mitternacht.

Der Erdkörper besteht aus festen und flüssigen Theilen. Die festen heißen mit einem Worte Land; die flüssigen aber Wasser und Luft. Daher sehen wir auf der Oberfläche der Erde Land und Wasser; von der Luft aber ist die ganze Erde umgeben.

Wenn das Land gleich und eben ist, so heißt es eine Fläche oder Ebene; ist aber ein Theil höher als der andere, so heißt der hohe Theil ein Hügel oder ein Berg. Eine Tiefe zwischen zwei Bergen heißt ein Thal, und viele Berge neben einander nennt man ein Gebirge. Einige Berge nennt man feuerspeiende (Vulkane), weil sie Öffnungen haben, aus denen zu manchen Zeiten Rauch und Feuerflammen fahren. Auch eine geschmolzene Materie fließt heraus, welche Lava heißt und, wenn sie erkaltet, hart ist wie Stein. Die Oberfläche der Erde wird bisweilen stark erschüttert; eine solche Erschütterung nennt man ein Erdbeben.

Es giebt auch sehr hohe Berge, welche beständig mit Schnee bedeckt sind; man nennt sie Eisberge, Firner, Gletscher.

In manchen Bergen sind große Löcher, welche tief unter die Erde gehen und so groß und lang sind, daß viele Menschen darin Platz haben; man heißt das unterirdische Höhlen oder Klüfte.

Die großen Stücke des festen Landes, die auf der Oberfläche der Erde zu sehen sind, nennt man insgemein Welttheile oder Erdtheile. Es sind ihrer fünf, nämlich: Europa, Asien, Afrika, Amerika, Australien.

Außer diesen giebt es noch viele Stücke Land, welche einzeln liegen und ganz von Wasser umgeben sind. Man nennt sie Inseln und, wenn sie auf einer Seite mit einem andern Lande zusammenhängen — Halbinseln.

Der größte Theil der Erdoberfläche ist mit Wasser bedeckt und diese große Wassermenge heißt das Meer, das große Weltmeer. Aber auch das Land ist durchaus mit Wasser vermischt. An vielen Orten quillt es aus der Erde hervor. Bleibt es stehen, so sammelt es sich, und daraus wird ein Brunnen, ein Teich, ein See oder auch ein Sumpf und Morast. Fließt es fort, so wird daraus ein Bach, ein Fluß, ein Strom. Der Rand eines Flusses heißt das Ufer; aber der Rand des Meeres—Küste. Alle Bäche, Flüsse und Ströme ergießen sich endlich ins Meer. Das Meerwasser ist salzig und bitter, weil es mit mancherlei andern Körpern vermischt ist.

Auch das Wasser, welches aus der Erde quillt, hat mancherlei Geschmack. An einigen Orten kommt es heiß aus der Erde; das kommt daher, weil auch inwendig in der Erde Feuer ist.

Wo es sehr kalt ist, da friert das Wasser auf der Erde und wird zu Eis. Daher heißt auch eine Gegend des Meeres das Eismeer, weil es stets mit Eis bedeckt ist.

Die Luft, von welcher der Erdkörper umflossen wird, ist niemals ganz rein; denn die Erde dünstet, wie alle andere Körper, beständig aus. Diese Dünste schwimmen in der Luft; daher wird auch ein Theil der Luft um den Erdkörper der Dunstkreis genannt.

Wenn diese Dünste an einem Ort beisammen sind und nicht hoch steigen, so werden sie Nebel genannt; der Nebel vermindert die Durchsichtigkeit der Luft. Steigen sie höher und schweben hoch über der Erde, so heißen sie Wolken.

Wenn die wässerigen Dünste in der Luft schwer werden, so fallen sie tropfenweise auf die Erde herunter. Das ist der Regen. Er heißt Staubregen, wenn die Tropfen klein —Platzregen, wenn sie groß sind. Bisweilen fällt das Wasser aus den Wolken nicht in Tropfen, sondern stürzt in großen Güssen herunter; das nennt man einen Wolkenbruch. Oft frieren die Wassertropfen in der Luft, indem sie herunterfallen. Werden es Flocken, so nennen wir es Schnee; werden es aber Körner, so heißt man es Graupeln, Hagel, Schloßen.

Auch der Thau ist nichts anders als wässeriger Dunst, der, besonders nach dem Untergange der Sonne, aus der Erde steigt und wieder zurückfällt. Wenn der Thau gefroren ist, so nennen wir ihn Reif.

Durch das Licht bekommen die Wolken mancherlei Farben. Wenn

sie früh, ehe die Sonne aufgeht und Abends, wenn die Sonne untergegangen ist, feurig aussehen, so nennt man das die Morgenröthe oder die Abendröthe. Wenn man zwischen einer regnenden Wolke und der scheinenden Sonne steht, so sieht man den **Regenbogen.**

Die Dünste enthalten auch brennbare, elektrische Theile. Wenn sich diese in der Luft entzünden, so sagen wir: es **blitzt** oder: das **Wetter leuchtet.** Auf den Blitz folgt gemeiniglich der **Donner:** Die Wolken, in welchen es blitzt und donnert, nennt man ein **Gewitter.**

Bisweilen sieht man leuchtende Materien in der Luft fliegen. Sind sie klein, so nennt man sie **Sternschnuppen;** sind sie aber größer, so heißt man sie **Feuerkugeln,** auch wohl fliegende Drachen. Die **Irrlichter** sind ebenfalls leuchtende Dünste, welche aber nicht hoch steigen, sondern auf der Erde hinschweben.

Die Bewegung der Luft, welche wir fühlen, heißt **Wind** und, wenn sie heftig ist, **Sturm.** Durch starken Wind werden auch die Bäume auf der Erde in Bewegung gesetzt.

Fabeln, Anecdoten und Erzählungen.

126. Ein Thor wollte ein Haus verkaufen. Er brach daher einen Stein aus der Mauer und zeigte ihn den Leuten zur Probe.

127. Ein Thor wollte wissen, wie er aussähe, wenn er schliefe. Er setzte sich also vor den Spiegel und machte die Augen zu.

128. Ein alter Mann hatte gehört, daß ein Rabe 200 Jahr alt werde. Er kaufte sich darauf einen einjährigen, um zu sehen, ob das wahr wäre.

129. Da ein Kutscher rasch über eine Brücke gefahren war, rief ihm sein Herr zu: „Hans, wäre ich herabgestürzt und hätte ich den Hals gebrochen, so würde ich dich erschossen haben. — „Herr," antwortete der Kutscher, „wenn Sie mich erschossen hätten, so hätte ich Sie verklagt und würde mir dann einen andern Dienst gesucht haben."

130. Ein Stummer saß am Wege und bettelte. Einige Leute, die vorübergingen, fragten ihn, was ihm fehle? „Ach", sagte der Bettler „ich kann nicht reden".

131. Ein Thor begegnete einem andern und sagte: „Du bist ja gestorben, wie ich gehört habe." Als dieser nun antwortete: „Du siehst aber doch, daß ich lebe," erwiederte jener: „Der es mir gesagt hat, ist ein weit glaubwürdigerer Mann als du."

132. Ein Maler rühmte sich in Gegenwart eines andern, daß er sehr geschwind malen könne. „Das sieht man wohl an der Arbeit", antwortete dieser.

133. Als man eines Tages einen Weisen fragte, warum der Mensch nur eine Zunge und zwei Ohren habe, antwortete er: „darum, daß man zweimal mehr hören als reden soll."

134. Der römische Kaiser Titus erinnerte sich eines Abends daran, daß er den ganzen Tag keine wohlthätige Handlung ausgeübt habe. „O," rief er aus, „Freunde, dieser Tag ist für mich verloren!"

135. Ein Weiser wurde einmal gefragt, wer wohl der Reichste unter den Menschen wäre? „Derjenige," erwiederte er, „welcher mit dem zufrieden ist, was er besitzt."

136. Ein Edelmann rief einst einen Bauerknaben zu sich, um ihn zu bestrafen, weil er gegen alle Warnungen täglich auf seinen Wiesen Schmetterlinge fing und dabei das Gras zertrat. Als er nicht kommen wollte, versuchte er seine Neugierde zu reizen und versprach ihm etwas Hübsches zu erzählen. „Ach, ich bin ja noch klein," rief der Knabe, „Kinder müssen ja nicht Alles wissen".

137. Ein türkischer Gelehrter wurde gefragt, wie er sich so erstaunliche Kenntnisse habe erwerben können. „Ich habe mich nie geschämt zu fragen, wenn ich Etwas nicht wußte," war seine Antwort.

138. Die geschicktesten Schlittschuhläufer werden in Holland gefunden. Ein afrikanischer Gesandter, der diese Uebung zum ersten Mal in diesem Lande sah, schrieb an seinen Monarchen: „In Holland wird im Winter das Wasser mit einem Glaskuchen überzogen, auf welchem man mit Schuhen herumläuft, woran man ein Messer gebunden hat."

139. Einst fragte der Treiber den Esel: „Warum schlägst du mit deinem Huse gegen deine Brüder nicht eben so aus, wie gegen die Menschen? „Der Grund ist sehr einfach," antwortete der Esel, „weil sie mich nicht schlagen."

140. Eine Fliege hatte sich auf einen Wagen gesetzt. Die
Pferde und die schnelle Bewegung der Räder erregten einen großen Staub. Da rief die Fliege frohlockend aus: „Seht nur, was
für einen Staub ich mache!"

141. „Lehre mich fliegen," bat eine Schildkröte den Adler.
„Das geht nicht, liebe Schildkröte, stellte er ihr vor, denn es
ist deiner Natur zuwider." Aber sie drang immer mehr in ihn.
Der Adler nahm sie nun in seine Krallen, hob sich in die Höhe
und ließ sie los. Da fiel sie auf einen Felsen und ward zer-
schmettert.

142. Der Esel ging einmal mit dem Löwen, der ihn statt eines Jagdhorns gebrauchte, in den Wald. Auf dem Wege begegnete ihnen ein anderer Esel von seiner Bekanntschaft. „Guten Tag,
Bruder," rief ihm dieser zu. „Unverschämter!" war die Antwort.
„Und warum das?" fuhr jener Esel fort. „Bist du deswegen,
weil du mit einem Löwen gehst, besser als ich? Bist du mehr als
ein Esel?"

143. „Gieb mir doch ein wenig von deinem Hafer," sprach ein
hungriger Esel zu dem Pferde. „Ich wollte dir gerne dienen," antwortete das Pferd, „aber ich habe selbst Mangel. Wenn ich es
übrig hätte, so solltest du sehen, daß Niemand großmüthiger ist
als ich. Komm aber auf den Abend wieder, da sollst du einen
ganzen Sack voll haben." — „Ich danke gar schön," versetzte der
Esel, „denn schlägst du mir jetzt das Wenige ab, so wirst du mir
noch weniger auf den Abend das Viele geben."

144. Ein kranker Hirsch wurde von seinen Freunden und Bekannten besucht, die rings umher alles Gras und Kraut verzehrten.
Als er wieder gesund geworden war, suchte er zu essen; aber er
fand nichts und mußte Hungers sterben.

145. Zwei Hähne geriethen in Streit und kämpften beide mit
einander; der Ueberwundene eilte endlich davon und verbarg sich
an einem sichern Ort. Der Sieger dagegen flog aufs höchste Dach,
fing an stolz mit den Flügeln zu schlagen und seinen Sieg zu bekrähen. Ein Habicht sah ihn, schoß herab und zerriß ihn.

146. Ein junges eitles Mückchen spielte im Abendsonnenstrahle;
da hörte sie, wie die Menschen den Gesang der Grasmücke lob-
ten und wie alles so fröhlich werde, wenn das kleine Thierchen
seine Lieder erschallen lasse. Das junge Mückchen fühlte sich hoch

geſchmeichelt. Jedenfalls, dachte ſie, ſpricht man von Meinesgleichen! und fort flog ſie und ſetzte ſich ins Gras und bildete ſich
ein, ſie ſei nun eine wirkliche Grasmücke. Dort ſummte und ſang
ſie nach ihrer Weiſe; aber Niemand wollte ſich darüber freuen.
Endlich — o Freude! ſtieg aus dem nahen Sumpfe ein Laub-
froſch und näherte ſich ihr. Sie ſummte und ſummte—der grüne
Fremdling ſchien ſich nach ihr umzuſehen — und jetzt war er
da! — Lockend und ſummend umſchwirrte ihn die Mücke — ſchon
that er ſeinen Mund auf — lieb Mückchen hoffte einige Worte
des Lobes über ihren Geſang zu hören, da — Schnapp! hatte er
die Mücke verſchlungen.

147. Vom liſtigen Vöglein.

Klaus iſt in den Wald gegangen,
Weil er will die Vöglein fangen.
Auf den Buſch iſt er geſtiegen,
Weil er will die Vöglein kriegen.
Aber's Vöglein, das alte,
Schaut vom Neſtlein durch die Spalte;
Schaut und zwitſchert: „Ei der Daus!
Kinderlein, es kommt der Klaus!
Hu, mit einem großen Prügel:

Kinderlein, wohlauf die Flügel!"
Prr... da flattert's: huſch, huſch, huſch!
Leer das Neſt und leer der Buſch.
Und die Vöglein lachen Klaus
Mit dem großen Prügel aus;
Daß er wieder heimgegangen,
Zornig, weil er nichts gefangen,
Daß er wieder heimgeſtiegen,
Weil er konnt kein Vöglein kriegen.

148. Liebe zur Arbeit.

Wer lange und glücklich leben will, muß tüchtig arbeiten. Arbeit lohnt mit Geſundheit, befördert den Schlaf, ſchützt vor langer Weile, bewahrt vor Thorheit und giebt frohen Muth.

Froher heit'rer Muth
Macht geſundes Blut.
Fröhlichkeit und Scherz
Stärken Geiſt und Herz.

Für den Müßiggänger ſind die Tage immer zu lang, für den
Fleißigen—zu kurz. Arbeit giebt Brot und Ehre, erwirbt uns
Achtung, Liebe und Zutrauen bei Menſchen und, was über
Alles geht, den Beifall Gottes.

149. Gott ist Vater.

Aus dem Himmel ferne,
Wo die Englein sind,
Sieht doch Gott so gerne
Her auf jedes Kind.

Höret seine Bitte
Treu bei Tag und Nacht;
Nimmt's bei jedem Schritte
Väterlich in Acht.

Giebt mit Vaterhänden
Ihm sein täglich Brot;
Hilft an allen Enden
Ihm aus Angst und Noth.

Sagt's den Kindern allen,
Daß ein Vater ist,
Dem sie wohlgefallen,
Der sie nie vergißt.

---

150. Die alten Griechen.

Das heutige Griechenland war in den allerältesten Zeiten von
Griechen oder Hellenen bewohnt. Diese Griechen waren freilich
ein ganz anderes Volk als die heutigen Griechen. Auch herrscht
heute über Griechenland ein einziger König, damals aber war es
in viele Staaten getheilt, von denen jeder seinen besondern Herrscher
hatte. Die bedeutendsten dieser Staaten waren: **Sparta, Athen** und
Theben. Auch an Sitten, Bildung und Gebräuchen unterschieden sich
die Griechen von einander. Als sie sich durch Eroberungen immer
mehr erweiterten und ein Staat mächtiger wurde als der andere,
entstand Eifersucht und Haß unter ihnen. Nur wenn es galt, einen
gemeinsamen auswärtigen Feind zu besiegen, oder wenn die großen
Volksfeste gefeiert wurden, kamen sie zusammen und vergaßen den
Groll, den sie gegen einander hegten.

---

151. Die olympischen Spiele.

Wie die Inder und Aegypter in ihrer Religion nicht einen einzigen Gott, sondern mehrere Götter hatten, eben so finden wir
auch bei den Griechen viele Gottheiten. Die Inder bauten Tempel
für ihre Götter und stellten ihnen zu Ehren festliche Tänze an;
die Griechen thaten etwas Aehnliches. Sie pflegten aus den einzelnen Landschaften an dazu bestimmten Orten zusammenzukom-
men und ihrem obersten Gotte Zeus oder einem Heros zu Ehren

Feste und Spiele zu veranstalten. Später verlor sich diese Bestimmung und die Spiele waren nichts anders als Volksfeste. Die merkwürdigsten waren die olympischen Spiele. Sie wurden in der Landschaft Elis gefeiert. Ein von Hügeln umgebener Platz wurde in zwei Theile getheilt. Der eine Theil, etwa 600 Fuß lang, war zum Wettrennen bestimmt; auf dem andern weit längern Platze fuhren die Wagen. Unten befanden sich Sitze für die sogenannten Kunstrichter und ein wenig höher Bänke für Musiker. Auf den Hügeln rings herum saßen viele Tausende von Zuschauern, welche durch ihr Jubelgeschrei die Kämpfer anfeuerten. Eine Mauer, die sich durch den Platz hindurch zog, war mit Bildsäulen, kleinen Tempeln und Altären geschmückt. Der linke Theil, für Reiterübungen bestimmt, hieß **Hippodromus**; den rechten, auf dem die Kämpfe und Wettrennen zu Fuß statt fanden, nannte man **Stadium**.

Die Spiele nahmen mit Sonnenaufgang ihren Anfang. In der vorangehenden Nacht wurden den Göttern Opfer gebracht; hierauf traten die nackten und mit Oel gesalbten Kämpfer und Athleten vor und schwuren den Göttern, daß sie sich zehn Monate lang zu den Kämpfen vorbereitet und ein sittliches Leben geführt hätten. Dann winkte der Herold und der Wettlauf begann. Den zweiten Kampf bildete das Wagenrennen. Ein kleiner Wagen, mit muthigen Rossen bespannt, mußte von dem Wagenlenker geschickt und schnell durch die Bahn geführt werden, ohne daß er an die Bildsäulen anstieß. Wer das Ziel zuerst erreicht hatte, war Sieger, und sein Name wurde laut vom Volke ausgerufen. Die Nachmittage waren für die Ringer, Faustkämpfer und Discus-Werfer bestimmt. Diese Spiele dauerten mehrere Tage. Am letzten Tage wurden die Sieger gekrönt. Sie erhielten unter Lob und Gesang einen Oelzweig und dann wurde der Hain zu Olympia mit ihren marmornen Bildsäulen geschmückt. Später traten bei diesen Festen selbst Dichter und Maler mit ihren Werken auf.

Die olympischen Spiele wiederholten sich im Monate Juli alle vier Jahre, und diesen Zeitraum nannte man eine **Olympiade**. Solcher Olympiaden bedienten sich die Griechen zu ihrer Zeitrechnung, indem sie das Jahr 776 vor Christi Geburt als das erste Jahr der ersten Olympiade festsetzten.

152. Wie gut ist Gott.

Es ist kein Mäuschen so jung und klein,
Es hat sein liebes Mütterlein;
Das bringt ihm manches Krümchen Brot,
Damit es nicht leide Hunger und Noth.

Es ist kein liebes Vögelein
Im Garten draußen so arm und klein,
Es hat sein warmes Federkleid,
Da thut ihm Regen und Schnee kein Leid.

Es ist kein bunter Schmetterling,
Kein Würmchen im Sommer so gering,
Es findet ein Blümchen, findet ein Blatt,
Davon es ißt, wird froh und satt.

Es ist kein Geschöpf in der weiten Welt,
Dem nicht sein eigen Theil ist bestellt;
Sein Futter, sein Bett, sein kleines Haus,
Darinnen es fröhlich geht ein und aus.

Und wer hat das Alles so bedacht?
Der liebe Gott, der Alles macht,
Und sieht auf Alles väterlich,
Der sorgt auch Tag und Nacht für mich.

Hey.

---

153. Der trojanische Krieg.

Troja war eine mächtige Stadt, die an der nordwestlichen Küste von Kleinasien lag. Da herrschte in uralter Zeit (ums Jahr 1200) der König Priamus mit vielen Söhnen und Töchtern. Einst ging sein Sohn Alexandros oder Paris auf Reisen und kam nach Griechenland, wo er den König Menelaus von Sparta besuchte und von diesem liebevoll aufgenommen wurde. Paris aber war bösen Herzens, er raubte dem Menelaus seine schöne Gemahlin Helena und nahm sie nebst vielen Kostbarkeiten nach Troja mit. Da beschloß Menelaus mit vielen andern griechischen Fürsten nach Troja zu ziehen, um die geraubte Helena wieder zurückzuführen. Es kam ein so großes Heer zusammen, daß 1200 Schiffe nöthig waren, um alle Krieger über das Meer zu setzen. Bald landeten sie an der trojanischen Küste und fingen an die Stadt zu belagern. Allein Troja war mit Thürmen und Wällen sehr stark befestigt, auch kamen viele Fürsten aus Asien zu Hülfe, und so dauerte es zehn Jahre, ehe die Stadt eingenommen wurde. Das kam daher, weil die Griechen nie in einem großen Heere zusammen kämpften, sondern immer nur einzelne Helden zum Kampfe auftraten. Außerdem mußten sie sich oft aus weiter Ferne ihre Lebensmittel herbei holen, sich mit Ackerbau beschäftigen oder auf Raub und Plünderung ausgehen.

Troja wurde durch List eingenommen. Mehrere Griechen nämlich versteckten sich in einem großen hölzernen Pferde und ließen sich in die Stadt hineinziehen; dann aber öffneten sie die Thore, so daß von außen Alle eindringen konnten. Priamus und seine Söhne wurden getödtet und die Stadt zerstört; die Frauen schleppte man auf die Schiffe und führte sie als Sklavinen nach Griechenland. Viele aber von den Helden kamen unterwegs um, viele wurden an ferne Küsten verschlagen, wo sie oft schwere Drangsale zu leiden hatten. Die meisten Schicksale auf der Rückkehr erfuhr Odysseus, König von Ithaka.

---

154. Der kleine Vogelfänger.

Warr', Vöglein, wart! jetzt bist du mein,
Jetzt hab' ich dich gefangen;
In einem Käfig sollst du jetzt
An meinem Fenster hangen.

„Ach, lieber Bube, sag' mir doch,
Was hab' ich denn begangen,
Daß du mich armes Vögelein,
Daß du mich hast gefangen?"

Ich bin der Herr, du bist der Knecht;
Die Thiere, die da leben,
Die sind dem Menschen allzumal
Und mir auch untergeben.

„Das, lieber Bube, glaub' ich nicht,
Das sollst du mir beweisen."
Schweig' still, schweig' still! sonst brat'
                          ich dich
Und werde dich verspeisen.

Der Knabe rannte schnell nach Haus,
Da fiel er von den Stiegen.
Das Vöglein flog zum Haus hinaus
Und—ließ das Büblein liegen.
                    Hofmann v. Fallersleben.

---

155. Gottes Fürsorge.

Weißt du, wie viel Sterne stehen
An dem blauen Himmelszelt?
Weißt du, wie viel Wolken gehen
Weithin über alle Welt?
    Gott, der Herr, hat sie gezählet,
    Daß ihm auch nicht eines fehlet
    An der ganzen großen Zahl.
Weißt du, wie viel Mücklein spielen
In der hellen Sonnengluth?
Wie viel Fischlein auch sich kühlen
In der klaren Wasserfluth?

Gott, der Herr, rief sie mit Namen,
Daß sie all' ins Leben kamen,
Daß se nun so fröhlich sind.
Weißt du, wie viel Kindlein frühe
Steh'n aus ihren Bettlein auf,
Daß sie, ohne Sorg' und Mühe,
Fröhlich sind im Tageslauf?
    Gott im Himmel hat an allen
    Seine Lust, sein Wohlgefallen,
    Kennt auch dich und hat dich lieb.

---

156. Rothkehlchen.

Rothkehlchen in der Stube.

Rothkehlchen saß im warmen Zimmer, während draußen die Schneeflocken flogen und Sperling, Haubenlerche und Goldammer auf der Straße froren. Rothkehlchen fing sich ein Fliegenpaar und aß ein Krümchen Semmel und trank frisches, klares Wasser aus der Schale, während die Brüder draußen kaum ein einziges Körnlein fanden.

Es setzt sich an das Fenster, pickt an die Scheibe und sagt zum Goldammer: „Komm herein, gelb Brüderchen, sollst Krümchen haben, frisch Wasser und ein Stückchen Zucker dazu."

Goldammer spricht: „Das möcht ich wohl, roth Brüderchen, aber bin ich erst drein in der Stube, darf ich nicht wieder hinaus. Drum bleib' ich hier. Leb' wohl! roth Brüderchen!" Husch, flog er fort!

Rothkehlchen schweigt und ist traurig.

Rothkehlchen fliegt vom Fenster auf das braune Brettchen neben dem Ofen und trinkt einmal. — Der Tisch wird gedeckt für die Herren, die Menschen; sie setzen sich um den Tisch und schmausen. Rothkehlchen fliegt auf den Tisch, setzt sich auf den Schüsselrand und nimmt sich auch ein Stückchen Fleisch. Die Kinder freuen sich darüber und die Eltern ebenso.

Alle Tage lebt Rothkehlchen lustig; es hat, was es braucht, ja noch mehr.

Der Frühling kommt; Sperling baut sein Nest und ruft: „Rothkehlchen, komm heraus!" Haubenlerche fliegt in das Feld und spricht: „Leb' wohl, Rothkehlchen!" Goldammer pickt draußen ans Fenster, lacht und sagt: „Kannst nicht heraus, roth Brüderchen?"

Rothkehlchen fliegt fort.

Da kommt das Kind vom Hause und fragt: „Rothkehlchen, warum bist du so traurig? Gefällt dir's nicht mehr im Stübchen? Warte, ich lasse dich hinaus, wenn's Zeit ist."

Der Flieder treibt Blätter, die Stachelbeeren werden grün. Rothkehlchen kann sich nicht mehr freuen im Stübchen.

Das Kind kommt und spricht: „Nun ist es Zeit." Es macht das Fenster auf. Husch! fliegt Rothkehlchen hinaus, setzt sich auf den Hollunderstrauch, putzt sich Schnäbelchen, Füßchen und singt: „Lebet wohl, gute Leute, lebe wohl, gut' Kind!"

Rothkehlchen in der Freiheit.

Rothkehlchen baut ein warmes Nest; es sitzt bei Regen und Sturm darin; bald liegen fünf bunte Eier im Neste; nach vier Wochen schauen zehn helle Augen heraus.

Rothkehlchen fängt Würmer für seine Kinder; es hat zwei Räupchen im Schnabel und sitzt auf dem Zweige.

Rothkehlchen füttert die Kinder, holt immer wieder Speise, zieht sorglich die Kleinen auf, lehrt sie fliegen, lehrt sie Käfer fangen und Würmchen suchen.

Sie sind flügge geworden. Sie sagen: „Lebe wohl, Vater! lebe wohl, Mutter! wir müssen in die weite Welt!" Fort fliegen sie. Mutter zieht mit in die Welt.

Rothkehlchen kommt zurück.

Rothkehlchen will rothe Beeren essen, pickt daran und fällt mit dem linken Beinchen in den Sprenkel. O, wie weh thut das! — Aber es befreit sich mit Gewalt aus der Schlinge und fliegt langsam weiter mit verwundetem Fuße.

Es setzt sich ans Fenster und schaut in die Stube; das kranke Beinchen liegt unter dem einen Flügel.

Das Kind vom Hause sieht Rothkehlchen, macht rasch das Fenster auf. — „O, schnell, komm herein.

Die Flocken fliegen und der Wind brauset. Sei willkommen!"

„Bist wieder traurig? Was hast du, lieb' Thierchen?"

Rothkehlchen zeigt den kranken Fuß und seufzt. Das Kind vom Hause holt schnell Wasser und wäscht das Blut ab. Es nimmt weiche Salbe, streicht sie auf ein Läppchen, legt es um den wunden Fuß und den andern Tag nochmals. Am dritten war Rothkehlchen gesund und munter.

Es zwitscherte lustig in der Stube: "Hab' Dank!" Sperling saß auf dem Dache und blickte nach einem Körnchen umher; Haubenlerche kam herein aus dem Felde und lief über die Straße durch

*

den Schnee; Goldammer war in den Sprenkel gefallen, konnte sich
nicht helfen und war todt.

Hoffmann.

---

157. Der Vogel am Fenster.

An das Fenster klopft es: pick! pick!
„Macht mir doch auf einen Augenblick!
Dick fällt der Schnee, der Wind weht kalt,
Habe kein Futter, erfriere bald.
Liebe Leute, o laßt mich ein,
Will auch immer recht artig sein!"

Sie ließen ihn ein in seiner Noth;
Er suchte sich manch' Krümchen Brot,
Blieb fröhlich manche Woche da;
Doch als die Sonne durch's Fenster sah,
Da saß er immer so traurig dort;
Sie machten ihm auf: husch, war er fort!

Hey.

---

158. Misekätzchen.

Misekätzchen ging spazieren
Auf dem Dach am hellen Tag;
Macht sich an den Taubenschlag,
Eine Taube zu probiren.
Schlüpft wohl in das Loch hinein;
Aber kaum ist es darein,

Ist der Appetit vergangen.
Eine Falle, siehst du, fällt,
Für den Marder aufgestellt,
Und das Kätzchen muß nun hangen.
Und im Sterben schreit es: trau
Nicht auf Diebstahl je—miau!

Tieck.

---

159. Das Schwalbennest.

Luise kam zu ihrer Mutter und sprach: „Mutter, komm, ich will
dir etwas Hübsches zeigen."

„Was willst du mir zeigen?" fragte die Mutter.

„O komm nur, du sollst es sehen!" antwortete das Kind, „es
ist ganz allerliebst."

Die Mutter ging mit ihr.

Luise führte die Mutter an ein Fenster und sagte leise: „Blicke einmal in die Höhe!" Die Mutter that es und sah oben am Dache ein Schwalbennest, aus dessen Oeffnung vier Schnäbelchen herausgesteckt waren und vier Paar Aeuglein in die Welt hinausblickten. „Nun gieb Acht!" rief das Kind.

Die Mutter gab Acht und sah eine Schwalbe eiligst herbeifliegen, die trug eine Fliege im Schnabel und legte sie schnell in das geöffnete Schnäbelchen des einen jungen Vogels, flog hinweg und kam wieder, und nochmals, und abermals. Und jedesmal brachte sie eine Fliege mit und legte sie, der Reihe nach, in einen der vier offenen Schnäbel. Nun waren alle vier gefüllt. Die Jungen zwitscherten fröhlich und die alte Schwalbe flog hoch in die Luft und zwitscherte hell und lustig darein.

„Ist dies nicht niedlich zu sehen?" fragte das Kind.

„Ganz gewiß," sagte die Mutter, „es gefällt mir sehr. Es kommt mir gerade so vor, als wenn ihr, du und die Brüder und Schwestern, des Morgens oder Mittags um den Tisch hersitzet."

„Und du giebst uns Speise, liebe Mutter," fiel Luise ein.

„Ja," fuhr die Mutter fort, „und ihr seid dann auch so fröhlich dabei, wie die Schwalben hier!"

„Es ist doch recht gut," sagte Luise, „daß die lieben, niedlichen Schwalben eine so gute Mutter haben, die ihnen Würmchen bringt, daß sie nicht verhungern, und die ihnen ein kleines Häuschen gebaut hat, in dem sie wohnen. Wer hat ihnen denn gesagt, daß sie das thun sollen?"

„Der liebe Gott hat es ihnen in ihr kleines Herz gegeben," sprach die Mutter. „Der liebe Gott will, daß es allen Geschöpfen wohlergehe, dem Menschen und der Schwalbe und jedem Thierchen im Walde und auf dem Felde, im Garten und auf der Wiese!"

„Das ist doch ein lieber, gütiger Gott," sagte Luise.

Hoffmann.

---

160. Der Käfer.

Ein kleiner Käfer schwirrte
Vergnügt ums Bäumchen her;
Allein im Garten irrte
Ein wilder Bub' umher.

Er fing das arme Thierchen
Und packt's bei seinem Bein,
Und bindet's an ein Schnürchen,
Das arme Käferlein.

Er spottet seiner Wunden,
Er freut sich seiner Noth;
Doch, ach! in wenig Stunden
War's arme Thierchen todt.

Du böses Kind! was haben
Die Käfer dir gethan?
Ach, aus dem bösen Knaben
Wird bald ein böser Mann.

Dinter.

---

161. Spitz und Pudel.

I.

„Hör', Spitzchen", spricht Pudelchen, „es ist schon recht dunkel und der Herr kann uns nicht sehen."

Spitzchen antwortete: „Wie soll er uns denn sehen können, wenn es so sehr dunkel ist?"

Nun fährt Pudelchen fort: „da können wir uns einmal recht lustig machen. Ich weiß ein Loch im Hofe, wo wir durchkriechen können. Dann wollen wir uns einmal auf den Gassen und in den Gärten nach Herzenslust auslaufen, und wenn du willst, so laufen wir auch aufs Feld, ja bis in das nächste Dorf, welches eben nicht weit ist; und bellen wollen wir, daß man es eine Stunde weit hören soll. Alle Leute sollen aus dem Schlafe fahren und denken, es seien Diebe da."

Spitzchen antwortet dem Pudel nicht, sondern geht hin und legt sich in seine Hütte.

II.

Der Pudel folgt dem Spitz nach, stellt sich vor die Hütte hin und spricht: „Du antwortest mir nicht; du willst wohl nicht mitgehen."

„Du bist böse," antwortete der Spitz, „und mit dem Bösen soll man keine Gemeinschaft haben."

„Ich böse?" erwiederte Pudel, „ei, warum nicht gar! Ich will mir ja nur einen Spaß machen."

„Das ist ein schlechter Spaß, wenn du die Leute aus dem Schlaf aufschrecken willst," antwortete Spitz. „Man muß sich keinen Spaß machen, der Anderen schadet und wobei man seine Schuldigkeit vergißt. Du willst Haus und Hof verlassen, die du bewachen sollst und wofür der Herr dich ernährt, bloß um dir einen Spaß zu machen. Nimm dich in Acht, daß sie dir nicht das Fell ausklopfen."

Pudel brummte ein wenig in sich hinein; aber er legte sich doch in seine Hütte und lief nicht umher.

III.

„Wir können uns jeder eine Wurst holen,“ sagte am folgenden Tage Pudel zu Spitz.

„Liegt denn die Straße voller Würste?“ fragte Spitz.

„Behüte!“ antwortete Pudel; „aber in Schlächters Hause auf dem Tische der Hausflur liegen sie. Wir passen die Zeit ab, wo der Schlächter nicht da ist; da klink' ich die Hinterthür auf — denn das habe ich gelernt — jeder nimmt sich eine Wurst und dann, heidi! fort damit.“

„Eine Wurst hätt' ich auch wohl gern,“ sagte Spitz, „aber mit Spitzbubenkünsten mag ich sie doch nicht erwerben.“

„Auf einmal heißt es: Pudel ist todtgeschlagen!“ Das geschah so: er hatte dem Schlächter von Zeit zu Zeit eine Wurst weggeholt. Da hatte der Schlächter eines Tages im Versteck aufgepaßt. Pudel ist gekommen, hat die Thür aufgeklinkt und eine Wurst genommen. Darauf ist der Schlächter herzugesprungen und hat den Pudel mit dem großen Fleischbeil erschlagen.—Pudel war erschlagen und also todt; aber Spitzchen lebte noch lange und war seinem Herrn sehr werth.

Merke dir: „Ehrlich währt am längsten; aber das Böse nimmt nimmer ein gutes Ende.“

Hoffmann.

---

162. Glaube an Gott.

Daß ein Gott ist, das verkündet
Jedes Blatt an Blum' und Baum!
Selbst im Sturm der Woge Schaum,
Selbst der Blitz, der sich entzündet,
    Er verkündet:
„Gottes Dasein ist kein Traum!“

Hoch am Himmel ist's zu lesen
In der hellen Sternennacht:
Daß, vor aller Sonnen Pracht,
Gott, der Ewige, gewesen!
    Hell zu lesen
Ist's: „Er ist ein Gott der Macht!“

Aber heller noch geschrieben
Stehet in der Menschenbrust:
„Schau und fühle! und du mußt
„An Ihn glauben und Ihn lieben!“
    Hell geschrieben
Ist das auch in meiner Brust.

---

163. Die Gründung Roms.

Zu der Zeit als Griechenland blühte, bestand es aus mehreren Staaten, während das alte Italien zur Zeit seiner Macht und seiner Blüthe nur einen Staat bildete. Ueber die Gründung Rom's wird Folgendes erzählt: Ein Sohn des Anchises aus dem Geschlechte des Priamus, Namens Aeneas, kam mit flüchtigen Trojanern nach Italien und ließ sich in der Mitte der Halbinsel in der Landschaft Latium nieder, wo die Lateiner wohnten. Hier gründete nun ein Sohn des Aeneas, Askanius die Stadt Albalonga, in der vier-hundert Jahre lang seine Nachkommen regierten. Von den Königen aus dieser Familie stammten zwei Brüder, Numitor und Amulius. Amulius stieß den Numitor vom Throne, weil er gern allein re-gieren mochte, und damit ihm nicht seine Herrschaft geraubt würde, machte er die einzige Tochter Numitor's, Rhea Silvia, zur ve-stalischen Priesterin. Rhea vermählte sich aber heimlich mit dem Kriegs-gotte Mars. Als sie zwei Söhne bekam, erschrack Amulius so sehr, daß er die Mutter gleich in ein Gefängniß werfen und die beiden Knaben in einer Mulde in die Tiber tragen ließ, damit wilde Thiere sie auffräßen. Da soll nun eine Wölfin gekommen sein und die Kleinen gesäugt haben, bis der Oberhirt des Königs, Faustulus, der seine Heerde an der Stelle weidete, die Kinder fand und sie mitleidig seiner Frau nach Hause brachte. So wurden sie groß ge-zogen und erhielten den Namen Romulus und Remus.

Als Hirtenknaben geriethen sie einst mit den Hirten des Numi-tor in Streit, und als sie vor ihn geführt wurden, zeigten sie sich so unerschrocken, daß er sie lieb gewann und bei sich behielt. Wie sie älter wurden, beschlossen sie, das ihrem Großvater geschehene Un-recht zu bestrafen, und es gelang ihnen, den Amulus zu tödten und Numitor wieder auf den Thron zu setzen. Zum Dank dafür er-laubte dieser seinen Enkeln an der Stelle, wo sie ausgesetzt worden waren, eine Stadt zu bauen. So entstand Rom im Jahre 753 v. Chr.

163. Die Regierung des Romulus.

Romulus war der erste König von Rom. Um nun in der neuen Stadt schnell viele Bewohner zu haben, forderte er Flüchtlinge und Sklaven auf, sich daselbst niederzulassen. Es kamen auch Viele. Es fehlte den Römern aber an Frauen, und da aus den benach-barten Städten die Väter ihre Töchter nicht mit hergelaufenen

Sklaven verheirathen mochten, so verfiel Romulus auf eine List. Er machte bekannt, daß er zu Ehren des Neptun Wettspiele anstellen würde, und lud dazu die benachbarten Städte ein. Da erschienen viele Nachbaren, besonders aber Sabiner, mit Weibern und Kindern. Am letzten Festtage fielen die römischen Jünglinge über ihre Gäste her und ein jeder raubte sich eine Jungfrau. Die Gäste waren ohne Waffen und flohen eiligst davon. Aber sie verbanden sich mit benachbarten Völkern, um gemeinschaftlich Rom anzugreifen und die geraubten Töchter heimzuführen. Titus Tatius, der König der sabinischen Hauptstadt Cures, wurde zum Anführer ernannt.

Nachdem Rom lange Zeit belagert worden war, legten sich die geraubten Sabinerinen ins Mittel und sagten ihren Vätern, daß sie mit ihren Männern glücklich lebten und daß man den Kampf beenden möchte. So kam ein Friede zu Stande, in dem festgesetzt wurde, daß Romulus und Tatius in Rom gemeinschaftlich regieren, die Römer aber, nach der Stadt Cures, den Namen Quiriten führen sollten. Zwischen den beiden Königen war keine Eintracht, und Tatius kam später in einem Aufstande um. Romulus führte mit benachbarten Städten noch mehrere glückliche Kriege, theilte das Volk in Stämme und machte manche gute Einrichtungen. Besonders sorgte er dafür, daß in seinem Staate Alles unter dem Schutze der Götter vorgenommen wurde.

Romulus soll, als er mehrere Jahre regiert hatte, unter einem heftigen Gewitter der Erde entrückt worden sein. Das Volk erschrak und wußte sich nicht eher zu fassen, als bis ein angesehener Römer erklärte, daß Romulus ihm in einer glänzenden Rüstung erschienen sei und zu ihm gesprochen habe: „Gehe und sage den Römern, wenn sie besonnen und muthig wären, würden sie zur höchsten Macht gelangen. Ich aber werde als Quirinus über sie wachen.

---

164. Wettstreit.

Der Kukuk und der Esel
Die hatten großen Streit:
Wer wohl am besten sänge
Zur schönen Maienzeit.
    Der Kukuk sprach: „Das kann ich!"
Und hub gleich an zu schrei'n.

„Ich aber kann es besser!"
Fiel gleich der Esel ein.
    Das klang so schön und lieblich,
So schön von fern und nah;
Sie sangen alle beide:
Ku-ku, ku-ku, i-a!—

v. Fallersleben.

165. Der Fuchs wird gefangen.

Der Fuchs ist das listigste unter allen Thieren im Walde.

Wenn er so hinschleicht unter den Bäumen mit gesenktem Kopfe, den langen rothen Schweif verbergend, glaubt man, er könne gar nichts Böses thun, er sei ganz unschuldig und gut; aber in seinem Kopfe wohnen arge Gedanken und sein Gebiß ist immer gewetzt. Bald überfällt er das junge Reh und zerfleischt es, bald den sorglosen Hasen, bald das zarte Rebhuhn.

Es war Nacht und der Fuchs lief durch den Wald auf einem betretenen Pfade einem Meierhofe zu. Er hatte erfahren, daß junge Hühner auf dem Hofe angekommen seien, lief leise um die Gebäude, fand eine niedrige Mauer, sprang auf dieselbe und darüber; nun war er im Hofe. Bald hatte er den Hühnerstall ausgespürt; er brach hinein und fing an zu morden. Die Hühnchen konnten ihm nicht entfliehen; nur wenige verbarg die ängstlich schreiende Glucke; der Hahn hatte sich auf eine Stange geflüchtet und krähte laut. Der Hausherr erwachte, erhob sich vom Lager, trat aus der Thür, öffnete den Stall.—schnell war der Fuchs hinaus und nahm zwei Hühnchen mit sich.

Als es Tag geworden war, sprach der Hausherr: „der Fuchs der Räuber und Mörder, ist listig; aber wir wollen ihn doch überlisten. Er wird wiederkommen, denn er ist gierig nach Blut. Wir wollen eine große Falle aufstellen, doch so, daß er es nicht merkt."

Das geschah. Als es Nacht geworden war, kam Fuchs wieder an, sprang über die Mauer, schlich leise an den Stall, horchte,— es war Alles stille.

Behutsam bricht er auf einer andern Seite, als in der vorigen Nacht, in den Stall ein; die Hühnchen flattern ängstlich, der Hahn schreit, Glucke schreit; der Fuchs greift zu und — liegt in der Falle. Er wüthet, er schlägt mit dem Schweife umher, er thut Alles, um sich zu befreien—umsonst, er ist gefangen.

Der Hausherr kommt; er sieht den Räuber in der Falle, er erschlägt ihn. „Da hast du nun deinen Lohn, du wilder, räuberischer Gesell," spricht er. Fuchs seufzt im Sterben: „Ach, wäre ich doch im Walde geblieben! Die Menschen sind klüger und stärker als wir".

Hoffmann.

166. Das Rennthier.

Das Rennthier hat die größte Aehnlichkeit mit dem Hirsche, nur ist es etwas länger und hat kürzere und etwas dickere Beine als der Hirsch. Die Füße haben gespaltene Klauen oder zwei Hufe, welche sehr breit sind, weßhalb es leicht über den Schnee wegläuft, ohne tief einzusinken. Der weiche Pelz hat im Sommer eine braune Farbe; im Winter sieht er fast weiß aus. Die Rennthiere sind mit einem langen, breitzackigen Geweihe versehen, das sie im Frühling abwerfen, worauf schnell ein neues wächst, das einige Zacken mehr hat.

Zur Nahrung dienen dem Rennthier Gras und Kräuter; doch frißt es lieber Knospen und Blätter der Sträucher und Bäume.

Im wilden Zustande leben sie schaarenweise und sind der Hauptgegenstand der Jagd der nordischen Völker. Zahm gemacht hält man sie in großen Heerden, die bei Reichen oft 500 bis 1000 Stück zählen; denn sie sind ihnen das nützlichste und einzige Hausthier. Die Milch und das Fleisch der Thiere, wovon erstere sehr fett ist, sind die vorzüglichste Nahrung der Lappen, Samojeden und vieler Völkerschaften in Sibirien wie auch in Nordamerika. Auch das Blut, das Mark und die ganz jungen noch knorpeligen Geweihe werden gegessen. In das Fell kleiden sie sich und benutzen es zu Zelten, Betten, Decken u. s. w.

Selbst die Geweihe, Knochen, Klauen und Sehnen der Thiere bleiben nicht unbenutzt; aus ersteren verfertigt man allerlei Geräthschaften und Geschirre; der Sehnen bedient man sich statt des Zwirns.

Alles an dem Thiere ist also nützlich und befriedigt die hauptsächlichsten Bedürfnisse des Menschen; denn es schafft ihm Nahrung, Kleidung, Wohnung und Hausgeräth. Das Innere jener nordischen Länder, wo kein Ackerbau mehr getrieben werden kann, könnte ohne das Rennthier gar nicht bewohnt werden.

---

167. Morgenlied.

Die Sterne sind erblichen
Mit ihrem goldnen Schein.
Bald ist die Nacht entwichen;
Der Morgen bricht herein.

Noch waltet tiefes Schweigen
Im Thal und überall;
Auf frisch bethauten Zweigen
Singt uns die Nachtigall.

Sie singet Lob und Ehre
Dem hohen Herrn der Welt,
Der über'm Land und Meere
Die Hand des Segens hält.

Er hat die Nacht vertrieben,
Ihr Kindlein, fürchtet Nichts!
Stets kommt zu seinen Lieben
Der Vater alles Lichts.

Hofmann v. Fallersleben.

168. Schooßhund und Kettenhund.

Ein liebes Händchen war Finette,
Klein, niedlich, weißer als der Schnee;
Es schlief auf einem seid'nen Bette,
Aß Zuckerbrot und trank Kaffee.

Allein trotz aller, guten Tage,
Selbst bei dem schönsten Leibgericht,
Ward ihm das Leben oft zur Plage;
Warum? das wußt' es selber nicht.

„Du bist so lustig an der Kette",
Sprach es zum Haushund, „schläfst im
Stroh,
Hast trocken Brot; ich hab ein Bette,
Ich eß' Konfekt, und bin nicht froh!"
„Hm!" spricht der Freund, „ das mußt
ich lange,
Das zu ergründen ist nicht schwer;
Das kommt, mein Freund, vom Mü-
ßiggange
Und von den guten Tagen her."

Pfeffel.

169. Das Rothkehlchen.

Ein Rothkehlchen kam in der Strenge des Winters an das
Fenster eines frommen Landmanns, als ob es gerne hinein möchte.
Da öffnete der Landmann sein Fenster und nahm das zutrauliche
Thierchen in seine Wohnung. Nun pickte es die Brotsamen und
Krümchen auf, die von seinem Tische fielen. Auch hielten die Kin-
der des Landmanns das Böglein lieb und werth. Aber als nun
der Frühling wieder in das Land kam und die Büsche sich be-
laubten, da öffnete der Landmann sein Fenster und der kleine Gast
entfloh in das Wäldchen, baute sein Nest und sang ein fröhliches
Lied.

Und siehe, als der Winter wiederkehrte, da kam das Rothkehlchen abermals in die Wohnung des Landmanns und hatte sein
Weibchen mitgebracht. Der Landmann aber sammt seinen Kindern freuten sich sehr, als sie die beiden Thierchen sahen, wie sie
aus den klaren Aeuglein zutraulich umherschauten. Und die Kinder
sagten: „Die Böglein sehen uns an, als ob sie Etwas sagen
wollten."

Da antwortete der Vater: „Wenn sie reden könnten, würden
sie sagen: „Freundliches Zutrauen erweckt Zutrauen und Liebe
erzeugt Gegenliebe."

Krummacher.

170. Der Landmann zu einem reichen Städter.

Du schläfst auf weichen Betten, ich schlaf' auf weichem Klee;
Du siehest Dich im Spiegel, ich—mich im stillen See.
Du wohnst in engen Mauern, ich wohn' auf freier Flur;
Dir malen theure Maler, mir malet die Natur.
Dich machen siech die Lüfte, und ich bin stets gesund;
Dich schützt um Geld ein Schweizer, mich schützt mein treuer Hund.
Du trinkst gefärbte Weine, und ich den klaren Quell;
Dein Auge sieht so finster, und meines blickt so hell.

Ewald.

---

171. Der Räuber und der Esel.

Des gestohl'nen Esels wegen
Zankten einst zwei Räuber sich,
Und von Worten kam's zu Schlägen:
Beide fochten ritterlich.

Als nun jeder in dem Streite
Seinen Feind aufs schärfste trieb,
Nahte sich ein klüg'rer Dieb
Und entging mit ihrer Beute.

Hagedorn.

---

172. Die kluge Maus.

Eine Maus kam aus ihrem Loche und sah eine Falle. „Aha!"
sagte sie, „da steht eine Falle! Die klugen Menschen! da stellen
sie mit drei Hölzchen einen schweren Ziegelstein aufrecht, und an
eines der Hölzchen stecken sie ein Stückchen Speck, das nennen sie
dann eine Mausefalle! Ja, wenn wir Mäuschen nicht klüger wären! Wir wissen wohl, wenn man den Speck fressen will, klapps!
fällt der Ziegelstein herunter und schlägt den Näscher todt. Nein,
nein! ich kenne eure List!"

„Aber," fuhr das Mäuschen fort, riechen darf man schon daran. Vom bloßen Riechen kann die Falle doch nicht zufallen. Und
ich rieche den Speck für mein Leben gern. Ein Bischen riechen
muß ich daran!"

Es lief unter die Falle und roch an dem Specke. Die Falle
war aber ganz lose gestellt, und kaum berührte es mit dem Näs-
chen den Speck, klapps! so fiel sie zusammen und das lüsterne
Mäuschen ward zerquetscht.

Wenn du deine Lüsternheit nicht ganz und gar zu bekämpfen verstehst, so bringt sie dich doch noch immer in Gefahr.

Grimm.

---

173. Bet' und finge.

Glöcklein klingt,
Vöglein fingt,
Wie ein jedes kann und weiß.
Kind, auch du
Sing' dazu
Deines lieben Schöpfers Preis.

Bet' und fing'!
Gutes Ding
Uebst du nimmermehr zu oft.
Schenket doch
Gott dir noch
Täglich mehr als du gehofft.

Sing' und bet'
Früh' und spät!
Kannst ja nimmermehr besteh'n,
Wenn nicht treu
Täglich neu
Gottes Huld will mit dir geh'n.

Bist ein Kind,
Lern' geschwind
Singen, beten alle Stund'.
Gott begehrt,
Hält gar werth,
Dank und Flehn aus Kindesmund.

Lern' es bald!
Bist du alt,
Thust du dann von selber so.
In der Noth
Und im Tod
Bist du dann getrost und froh.

Hey.

---

174. Der Specht und die Taube.

Der Specht und die Taube flogen eben von einem Besuche zurück, den sie bei den Pfauen gemacht hatten.

„Nun, wie hat dir heute der Pfau gefallen?" fragte der Specht. „War er dir nicht auch recht widrig? Und wie stolz ist er! Ich möchte nur wissen, worauf er sich so viel einbildet! doch wohl nicht gar auf seine Füße?—Hast du nicht bemerkt, wie unförmlich diese sind? Aber auf seine Stimme kann er sich auch nichts zu Gute thun. Etwas Häßlicheres und Unerträglicheres ist mir noch gar nicht vorgekommen.

Die Taube aber antwortete ganz unbefangen: „Ich gestehe, ich habe auf dieses Alles nicht Acht gegeben; denn ich mußte immer seinen schönen Kopf, die Schönheit seiner Federn und seinen majestätischen Schweif bewundern."

So sieht ein edler Mensch an seinem Nächsten immer nur das Gute und vergißt darüber gern kleine menschliche Gebrechen.

Meißner.

---

175. Die beiden Ziegen.

Zwei Ziegen begegneten sich auf einem schmalen Stege, der über einen tiefen reißenden Waldstrom führte; die eine wollte herüber, die andere hinüber.

„Geh mir aus dem Wege!" sagte die eine. „Das wäre mir schön," rief die andere. "Geh du zurück und laß mich hinüber; ich war zuerst auf der Brücke."

„Was fällt dir ein?" versetzte die erste, „ich bin viel älter als du und soll dir weichen? Nimmermehr!"

Beide bestanden immer hartnäckiger darauf, daß sie einander nicht nachgeben wollten; jede wollte zuerst hinüber, und so kam es vom Zanken zu Streit und Thätlichkeiten. Sie hielten ihre Hörner vorwärts und rannten zornig gegen einander. Von dem heftigen Stoße verloren aber beide auch das Gleichgewicht, sie stürzten und fielen mit einander über den schmalen Steg hinab in den reißenden Waldstrom, aus welchem sie sich nur mit großer Anstrengung ans Ufer retteten.

Sei nachgiebig gegen Jedermann, besonders gegen den Eigensinnigen und Hartnäckigen. Wenn zwei Eigensinnige einander gegenüber stehen, so thun sie sich beide mehr Schaden, als die Nachgiebigkeit dem einen von ihnen gebracht hätte.

Grimm.

---

176. Abendlied.

Schön ist es, wenn das Abendroth
Durch grüne Tannen lacht;
Man dankt so froh dem lieben Gott,
Der es so schön gemacht.

Schön ist es, wenn der Abendstern
Am klaren Himmel glänzt;
Man denkt so gern an Gott den Herrn,
Der ihn mit Strahlen kränzt.

Und wer den Tag vollbracht mit Gott
Dem ist es wohl zu Muth;
Und noch einmal so schön und roth
Glänzt ihm des Abends Gluth.

Dem, der nichts Böses je vollbracht,
Winkt jedes Sternlein zu:
„Schlaf wohl! schlaf wohl! und gute Nacht,
Du liebes Kindlein du!"

Und sanft und ruhig schläft er ein,
Von Engelein bewacht,
Und schläft so, bis der Morgenschein
Ihm hell ins Fenster lacht.

Lieth.

---

177. Die Mücke und der Löwe.

Als der Löwe einst den Wald durchtobte und alle Thiere vor ihm erschrocken flohen, forderte eine kühne Mücke ihn zum Zweikampf heraus.

Mit Hohngelächter nahm der Löwe denselben an; aber rasch flog die Mücke in seine Nasenlöcher und zerstach ihm dieselben dergestalt, daß er voller Wuth mit seinen eigenen Klauen sich zerfleischte und nach langem, fruchtlosen Sträuben doch endlich gestehen mußte, er sei überwunden.

Nicht wenig stolz auf ihren Sieg, schwang sich nun die Mücke empor und eilte diesen Triumpf ihren Gespielen oder, wo möglich, dem ganzen Walde zu verkündigen. Doch in der Eile sah sie das Gewebe einer Spinne nicht, ward verstrickt und mußte nun den schmerzlichsten Tod erleiden.

Darum überhebe dich nie deines Glücks! Stolz und Unvorsichtigkeit sind des Unterganges gewöhnliche Vorboten.

Meißner.

---

178. Das Krokodil und der Tiger.

Auf einem schmalen Wege, wo zur rechten Hand ein hohes Gebirge emporstieg und zur linken der Ganges floß, ging ein Wanderer. Plötzlich sah er vom Berge herab einen grimmigen Tiger auf sich zueilen. Um ihm zu entgehen, wollte er geradezu in den Strom sich stürzen, um sich durch Schwimmen zu retten, als aus diesem ein Krokodil emporfuhr.— „O, ich Unglücklicher!" rief der Wanderer; „wohin ich blicke, ist der gewisse Tod."—Voll unaussprechlicher Angst sank er bei diesen Worten zu Boden. Der Tiger, schon hart an ihn, that einen jähen Sprung — und fiel dem Krokodil in den Rachen.

Auch in der höchsten Gefahr verzweifle nicht! Oft dient zu deiner Erhaltung, was im ersten Augenblick deines Unterganges Vollendung schien.

Meißner.

179. Der hungrige Araber.

Ein Araber war verirrt in der Wüste. Zwei Tage fand er nichts zu essen und war in Gefahr vor Hunger zu sterben, bis er endlich eine von den Wassergruben antraf, aus denen die Reisenden ihre Kameele tränken, und auf dem Sande einen kleinen ledernen Sack liegen sah. „Gott sei gelobt," sagte er, als er ihn aufhob und anfühlte; „das sind, glaub' ich, Datteln oder Nüsse; wie will ich mich an ihnen erquicken und laben!" In dieser süßen Hoffnung öffnete er den Sack, sah, was er enthielt und rief voll Traurigkeit aus: „Ach, es sind nur Perlen!"

Liebeskind.

180. Der Ochs und der Esel.

Ochs und Esel zankten sich
Beim Spaziergang um die Wette,
Wer die meiste Weisheit hätte;
Keiner siegte, keiner wich.

Endlich kam man überein,
Daß der Löwe, wenn er wollte,
Diesen Streit entscheiden sollte;
Und was konnte klüger sein?

Beide stehen, tief gebückt,
Vor des Thierbeherrschers Throne,
Der mit einem edlen Hohne
Auf das Paar herunterblickt.

Endlich spricht die Majestät
Zu dem Esel und dem Farren:
„Ihr seid alle beide Narren!"
Jeder gafft ihn an—und geht.

Pfeffel.

181. Das zerbrochene Hufeisen.

Ein Bauersmann ging mit seinem kleinen Sohne Thomas übers Feld. „Sieh," sprach der Vater unterwegs, „da liegt ein Stück von einem Hufeisen auf der Straße, heb' es auf und steck' es ein." „Ei," sagte Thomas, „das ist ja nicht der Mühe werth, daß man sich darum bückt." Der Vater hob das Hufeisen stillschweigend auf und schob es in die Tasche. Im nächsten Dorfe verkaufte er es dem Schmiede für drei Pfennige und kaufte für das Geld Kirschen. Beide gingen weiter. Die Sonne schien sehr heiß; weit und breit war kein Haus, kein Baum und keine Quelle zu sehen. Thomas verschmachtete beinahe vor Durst und konnte dem Vater fast nicht mehr nachkommen.

Da ließ der Vater, wie von ungefähr, eine Kirsche fallen. Thomas hob sie so begierig auf, als wäre sie Gold, und fuhr

Masson, Lesestücke.   5

damit sogleich dem Munde zu. Nach einigen Schritten ließ der
Vater wieder eine Kirsche fallen. Thomas bückte sich eben so schnell
darnach. So ließ der Vater den Thomas alle Kirschen aufheben.

Als nun die Kirschen zu Ende waren und Thomas die letzte
verzehrt hatte, wandte sich der Vater lachend um und sprach: „Siehe,
wenn du dich um das Hufeisen einmal hättest bücken mögen, so
hättest du dich um die Kirschen nicht so oft bücken müssen.“

L. Schmid.

182. Der Kukuk und die Lerche.

Der Kukuk fragt die Lerche:
„Wie kommt es, sage mir,
„Daß die gereis'ten Störche
„Nicht schlauer sind als wir?“

„Sie sollen uns beweisen,“
Erwiedert sie und lacht,
„Daß nicht das viele Reisen
„Die dummen klüger macht!“

Hagedorn.

183. Der Gärtner.

Ein Gärtner pflanzte an die Gartenwand ein Bäumchen von
besonderer guten Art. So wie es jährlich größer wurde, trieb es
starke Sprößlinge; allein der Gärtner schnitt mit jedem Frühjahre und jedem Sommer viele derselben ab; es war wildes Holz,
wie er sagte, welches den guten Zweigen schadet, ihnen die
Säfte benimmt und sie ganz mit Schatten überzieht. Die Kinder
wunderten sich und konnten dies Benehmen nicht begreifen; allein
nach einigen Jahren gab das Bäumchen seine ersten Früchte, die
den Kindern köstlich schmeckten. Der Gärtner aber fuhr immer
fort zu beschneiden.

Das Bäumchen ist das Kind; der Gärtner ist der Vater und
der Lehrer. Dem Kinde sind von Gott gute Gaben ertheilt und
erhebliche Triebe; allein diese arten leicht aus und verderben das
Gute an Leib und Seele; daher Eltern und Erzieher am Kinde
stets zurechtweisen, es belehren, tadeln und selbst züchtigen müssen. Dann wächst zuletzt ein guter und nützlicher Sohn, eine
liebenswürdige Tochter heran; stets muß aber der Mensch dies und
jenes an sich bessern lassen.

Hänle.

184. Die Eulen.

Der Uhu, der Kauz und zwei Eulen
Beklagten erbärmlich ihr Leid.
„Wir singen, doch heißt es wir heulen;
So grausam belügt uns der Neid.

Wir hören der Nachtigall Proben,
Und weichen an Stimme nicht ihr.
Wir selber wir müssen uns loben;
Es lobt uns ja Keiner als wir.''

Hagedorn.

---

185. Zwei Gespräche.

Es war ein heiterer Frühlingsmorgen; ich stand im Dorfe auf
dem Kreuzwege, wo das kleine Brückchen rechts gleich in die Schule
führt, der größere Fußsteig aber links nach der Wiese sich fortschlän-
gelt. Da hörte ich, wie zwei Knaben Folgendes sprachen:

„Guten Tag, Karl!"

Guten Tag, Michel!

„Wo gehst du hin, Karl?"

In die Schule, Michel.

„Ei was, in der Schule ist's garstig, da muß man lernen;
draußen auf der Wiese sollst du einmal sehen, da ist's jetzt hübsch!
Komm, wir wollen dahin spielen gehen, Karl."

Am Abend, Michel; jetzt geh' ich lernen, Adieu!

„Meinetwegen, geh du arbeiten, Karl, ich gehe spielen. Adieu!"

Zwanzig Jahre darauf stand ich in demselben Dorfe auf derselben Stelle. Es war ein böser kalter Wintertag. Ein blasser,
ärmlich gekleideter Mann klopfte an der Thüre des Schulhauses
an. Der Schullehrer, ein rüstiger stattlicher Mann, öffnete diese
und ich hörte nun Beide Folgendes sprechen:

„Guten Tag, lieber Herr!"

Guten Tag, lieber Mann!

„Ach, Herr, erbarmt Euch mein!"

Was verlangt Ihr denn von mir?

„Arbeit, Herr. Ich will Euch die Schulstuben fegen, ich will
Euch die Öfen heizen oder andere Dienste der Art thun. Nehmt
mich auf."

Könnt Ihr denn nicht bessere Arbeit thun, als dies?

„Nein, Herr!"

Warum denn nicht?

„Ich habe nichts gelernt."

Wie heißt Ihr?

„Ich heiße Michel."

Kommt herein, Michel, draußen ist's heute garstig, in der Schulstube ist's schön. Da werdet Ihr hoffentlich auch jetzt noch Etwas lernen.

So gingen Beide hinein und die Thür ward wieder geschlossen. Der um Arbeit bettelnde Mann wußte in jenem Augenblicke noch nicht, wer der freundliche Schullehrer war. Wir wissen es besser.

186. Die vier Brüder.

Vier Brüder ziehn, Jahr aus, Jahr ein,
Im ganzen Land spazieren;
Doch jeder kommt für sich allein,
Uns Gaben zuzuführen.

Der erste kommt mit leichtem Sinn,
In reines Blau gehüllet;
Streut Knospen, Blätter, Blüthen hin,
Die er mit Düften füllet.

Der zweite tritt schon ernster auf
Mit Sonnenschein und Regen,
Streut Blumen aus in seinem Lauf,
Der Ernte reichen Segen.

Der dritte naht mit Ueberfluß
Und füllet Küch und Scheune;
Bringt uns zum süßesten Genuß
Viel Aepfel, Nüß' und Weine.

Verdrießlich kraust der vierte her,
In Nacht und Graus gehüllet;
Sieht Feld und Wald und Wiese leer,
Die er mit Schnee erfüllet.

Wer sagt mir, wer die Brüder sind,
Die so einander jagen?
Leicht räth sie wohl ein jedes Kind,
Drum brauch ich's nicht zu sagen.

187. Der Strom und der Bach.

Ein kleiner Bach stürzte mit großem Geräusch in ein Strom, der still und ruhig dahinfloß. „Ich begreife nicht," sprach einst der rauschende Bach zu ihm, „warum du so schweigend vorüber ziehst. Ich an deiner Stelle wollte rauschen, daß ich Meilen weit gehört würde."

„Mich," erwiederte der Strom, „der viele hundert Meilen weit das Land tränkt, die Bewohner der Ufer mit Ueberfluß an Fischen versieht und Schiffe ins Meer hinabträgt, mich kennt und ehrt auch die Welt ohne Geräusch. Dies ist mehr für dich, der einige Stunden lang über Kiesel hinwegtändelt, damit man wenigstens höre, daß du da seist."

Ein Weiser stand am Ufer und sprach zum Jüngling neben ihm: „Siehst du? Je größer das Verdienst, je größer die Bescheidenheit."

Lessing.

188. Frohsein und Gutsein.

Wer froh ist und gut,
Dem lächeln die Tage und Stunden:
Und leicht sind die Wege gefunden
Zum fröhlichen Muth.

Wer froh ist und gut,
Ist gern auch mit Wenig zufrieden;
Denn ihm ist ein Kleinod beschieden, —
Ein fröhlicher Muth.

Wer froh ist und gut,
Der schaffet und wirket so gerne,
Und strebet, daß Vieles er lerne
Mit fröhlichem Muth.

Wer froh ist und gut,
O, dem ist das Höchste geblieben:
Denn Gott und die Menschen zu lieben,
Macht fröhlichen Muth.

Lieth.

189. Drei Freunde.

Ein Mann hatte drei Freunde. Zwei derselben liebte er sehr;
der dritte war ihm gleichgültig, ob dieser es gleich am redlichsten
mit ihm meinte. Einst ward er vor Gericht gefordert, wo er hart,
aber unschuldig verklagt ward. „Wer unter euch," sprach er,
„will mit mir gehen und für mich zeugen? denn ich bin hart
verklagt worden und der König zürnet." Der erste seiner Freunde
entschuldigte sich sogleich, daß er nicht mit ihm gehen könne,
wegen anderer Geschäfte. Der zweite begleitete ihn bis zur Thür
des Rathhauses; da wandte er sich und ging zurück, aus Furcht
vor dem zornigen Richter. Der dritte, auf den er am wenigsten
gebaut hatte, ging hinein, redete für ihn und zeugte von seiner
Unschuld so freudig, daß der Richter ihn losließ und beschenkte.

Drei Freunde hat der Mensch in dieser Welt. Wie betragen
sie sich in der Stunde des Todes, wenn ihn Gott vor Gericht
fordert? Das Geld, sein bester Freund, verläßt ihn zuerst und
geht nicht mit ihm. Seine Verwandten und Freunde begleiten ihn bis zur Thür des Grabes und kehren wieder in ihre
Häuser zurück. Der dritte, den er im Leben oft am meisten vergaß, sind seine wohlthätigen Werke. Sie allein begleiten ihn bis
zum Throne des Richters; sie gehen voran, sprechen für ihn und
finden Barmherzigkeit und Gnade.

Herder.

190. Das Hirtenbüblein.

Es war einmal ein Hirtenknabe, der war wegen seiner weisen
Antworten, die er auf alle Fragen gab, weit und breit berühmt.
Der König des Landes hörte auch davon, glaubte es nicht und

ließ das Bübchen kommen. Da sprach er zu ihm: „Kannst du mir auf drei Fragen, die ich dir vorlegen will, Antwort geben, so will ich dich halten, wie mein eigen Kind." Sprach das Büblein: „Wie lauten die drei Fragen?" Der König sagte: „Wie viel Tropfen Wasser sind in dem Weltmeer?"—Das Büblein antwortete: „Herr König, laßt alle Flüsse auf der Erde verstopfen, damit kein Tröpflein mehr daraus ins Meer läuft, das ich nicht erst gezählt habe, so will ich auch sagen, wie viele Tropfen im Meere sind."—Sprach der König: „Die andere Frage lautet: „Wie viel Sterne stehen am Himmel?"—Das Hirtenbübchen sagte: „Gebt mir einen großen Bogen weiß Papier!" und dann machte er mit der Feder so viel feine Punkte darauf, daß sie kaum zu sehen und fast gar nicht zu zählen waren, und einem die Augen vergingen, wenn man darauf blickte. Darauf sprach es: „So viel Sterne stehen am Himmel, als hier Punkte auf dem Papier; zählt sie nur!"—Aber Niemand war dazu im Stande. Sprach der König: „Wie viel Sekunden sind in der Ewigkeit?" Da sagte das Hirtenbüblein: „In einem Lande liegt ein Demantberg, der hat eine Stunde in die Höhe, eine Stunde in die Breite und eine Stunde in die Tiefe; dahin kommt alle hundert Jahr ein Vöglein und wetzt daran sein Schnäblein, und wenn der ganze Berg abgewetzt ist, dann ist die erste Sekunde in der Ewigkeit vorbei." Sprach der König: „Ich will dich fortan halten, wie mein eigen Kind."

Hebel.

---

191. Das Schneeglöckchen.

Ich kenne ein Blümchen, so einfach, so schön,
Wie Engel des Himmels im Lichtglanz zu sehn;
Es hüllet bescheiden in Demuth sich ein,
es ist dieses Blümchen wie Unschuld so rein.

Noch trauert die Erde im starrenden Eis,
Da blüht schon das Frohe im blendenden Weiß;
Doch ehe die Nachtigall singet ihr Lied,
Ist, ach, schon mein liebliches Blümchen verblüht.

Es lächelt voll Wehmuth, voll Milde mir zu,
Dann welken die Blätter, es eilet zur Ruh!
Ich liebe dich, Blümchen, auf schneeiger Flur,
Du bist mir ein Bote der schönen Natur.

Fr. Gleich.

---

192. Die alten Deutschen.

Die alten Deutschen oder Germanen waren zu der Zeit, als
Rom blühte, noch ein ganz rohes Volk. Sitten, Wissenschaften
und Künste des gebildeten Lebens kannten sie nicht. Sie wohnten nur in einzelnen, zerstreut liegenden Hütten, die sie in der
Nähe eines Haines oder einer Quelle erbauten. Nächst dem Kriege
war die Jagd ihre Lieblingsbeschäftigung; die Bebauung des
Ackers und die Viehzucht besorgten die Frauen und Knechte. Va-
terlandsliebe, Treue, Frömmigkeit, Tapferkeit waren die großen
Tugenden der Deutschen; ihre Fehler—die Trunk- und Spielsucht.
Das Bier war ihr Lieblingsgetränk. Sie ehrten die Gastfreundschaft
und liebten die Gastmäler, bei denen sie oft über die wichtigsten
Angelegenheiten berathschlagten.

Es gab unter den Deutschen Freie und Unfreie. Nur die
Freien durften Waffen tragen. Man unterschied auch größere und
kleinere Grundstücksbesitzer. Eine Anzahl von solchen Grundstücks-
besitzern hieß eine Gemeinde; mehrere Gemeinden bildeten eine
Markgenossenschaft und mehrere Genossenschaften einen Gau; alle
zusammen waren zum Schutze gegen den Feind verbunden. Der
Vorstand des Gaues hieß Grav oder Graf, was grau bedeutet,
weil man nur ältere Männer dazu wählte. Er war der oberste
Richter. Brach ein Krieg aus, so wurde ein oberster Anführer
gewählt, den man Herzog nannte, weil er vor dem Heere herzog.
Man wählte dazu die Tapfersten und Zuverlässigsten. Wenn ein
allgemeiner Krieg unternommen werden sollte, so fand der Heer-
bann statt, d. h. es mußten alle freie Männer die Waffen ergreifen und man zog unter dem Banner (Fahne) des Nationalgottes
aus, welches die Barden vorantrugen. Außerdem unternahmen
einzelne Schaaren auch bisweilen Raubzüge in die benachbarten
Länder der Feinde und wählten sich einen Kriegsfürsten. Man
nannte eine solche Genossenschaft ein Gefolge.

Die Religion der alten Deutschen war Vielgötterei. Sie beteten
die Sonne und das Feuer an; als obersten Gott verehrten sie
Wodan, dem sie in heiligen Hainen Opfer brachten. Ihre Priester
hießen Barden und wurden gleich den Seherinen oder Runen
sehr geachtet. Sie trieben Ackerbau, Viehzucht und Handel, verstan-
den das Eisen zu bearbeiten, bauten Häuser und Schiffe und waren mit dem Spinnen und Weben nicht unbekannt. Von musikali-
schen Instrumenten scheinen sie bloß Hörner und Pauken gekannt zu
haben.

———

193. Die Schlacht im Teutoburger Walde.

Es gab unter den alten Deutschen verschiedene Stämme und Völkerschaften. Die wichtigsten waren die Cimbern, Teutonen, Sachsen, Gothen u. a. Von ihren Wohnsitzen im nördlichen Deutschland waren sie über die Donau gezogen und mit den Römern zusammengestoßen. Die wilde Tapferkeit der Deutschen setzte die römischen Krieger in solchen Schrecken, daß sie in mehreren großen Schlachten gänzlich geschlagen wurden. Später gelang es indessen der römischen Kriegskunst die Deutschen mehrere Male zu besiegen, und Cäsar war sogar zweimal über den Rhein gegangen und in Deutschland eingedrungen.

Der Tod setzte seinen Eroberungen ein Ziel. Unter den späteren Cäsaren wurden die Kriegszüge gegen die Deutschen fortgesetzt. Die Römer unterjochten manche Völkerschaften und zwangen sie, römische Sprache und Gesetze anzunehmen. Die edelsten deutschen Jünglinge wurden fortgeschleppt und entweder in die Kriegsheere der Römer aufgenommen, oder als Geiseln nach Rom geschickt. Ganz besonders hart und grausam bewies sich der römische Feldherr Varus gegen die Deutschen und so war es kein Wunder, daß sich in ihnen die Sehnsucht nach Rettung und Befreiung vom römischen Joche regte.

Unter den deutschen Jünglingen, welche als Geiseln nach Rom geführt worden waren, befand sich auch Hermann, von den Römern Arminius genannt. Er war der Sohn des Cherusker-Fürsten Sigmar, hatte manche Kämpfe unter den Römern mitgemacht und sich die Würde eines römischen Ritters erworben. Dann war er nach Deutschland zurückgekehrt, und da er sah, wie traurig es seinen Landsleuten ging, reifte in ihm der Entschluß, sein unglückliches Vaterland zu befreien. Er zeigte sich gegen Varus freundlich, so daß dieser von ihm nichts Arges fürchtete. Heimlich aber suchte er die deutschen Fürsten, welche zwischen der Elbe und dem Rheine wohnten, für sich zu gewinnen. Dies gelang ihm. Während eines sehr beschwerlichen Marsches durch Sümpfe und Wälder wurde das 35,000 Mann starke Heer des Varus in der Gegend der heutigen Stadt Detmold von allen Seiten von den verbündeten Deutschen umringt. Vom Regen war der Boden schlüpfrig, so daß die Römer in ihrer schweren Rüstung sich wenig vertheidigen konnten. Mit Macht dringen die Deutschen auf sie ein, die feindlichen Schaaren werden zersprengt, die Flucht wird allgemein. Nur Wenige aus dem großen Römerheere entrinnen; die Meisten liegen todt auf dem Wahlplatz. Varus stürzte sich aus Verzweiflung in sein eigenes Schwert, um sein Unglück und seine Schmach nicht zu überleben.

Diese Schlacht (im Jahre 9 n. Chr. G.) im Teutoburger Walde hat Deutschland vom römischen Joche befreit.

194. Die Völkerwanderung. Die Franken.

Seit Hermann machten die Römer noch manche Versuche, Deutschland zu unterjochen; aber es gelang ihnen nicht. Vielmehr schlossen die Deutschen große Völkerbündnisse und wurden den Römern furchtbar. Die bedeutendsten Bündnisse waren die der Allemannen, der Franken, der Sachsen, der Gothen. Später, ums Jahr 375, verließen alle diese Völker ihre Wohnsitze in Folge eines merkwürdigen Ereignisses, der sogenannten Völkerwanderung.

Im mittlern Asien wohnte nämlich ein rohes häßliches Volk, die Hunnen. Diese wurden von andern Völkern Asiens aus ihren Wohnsitzen verdrängt und zogen in westlicher Richtung nach Europa. Da trafen sie nun die genannten Völker, und indem so ein Volk auf das andere sich zu werfen genöthigt wurde, entstand eine große Bewegung oder Wanderung unter allen Völkern. Die Westgothen zogen nach Italien und erschienen sogar vor den Mauern Roms. Die andern Völkerschaften gingen nach Frankreich, Spanien, England und Afrika. Roms Kaiserthum ging unter und Italien wurde ein Königreich, das sich aber bald wieder auflös'te.

Unterdeß hatte sich die christliche Kirche immer mehr verbreitet und die Stadt Rom war der Sitz eines Bischofs geworden. Dieser Bischof nannte sich seit dem Jahre 390 Papst. Als Rathgeber der Könige und Fürsten erhielten die Päpste von Zeit zu Zeit Geschenke an Ländereien, und so entstand der jetzige Kirchenstaat, in welchem der Papst geistlicher und weltlicher Fürst zu gleicher Zeit ist. Von den germanischen Völkern wurde eins besonders wichtig, welches sich im westlichen Deutschland und in Frankreich niedergelassen hatte. Es waren die Franken. Unter ihren Königen breiteten sie sich über ganz Frankreich aus, eroberten manche Theile des südwestlichen Deutschlands, zerstückelten aber durch innere Kriege Alles, was sie erobert hatten. Endlich gelangte Pipin der Kleine auf den Thron, welcher mit Kraft und Glück die Ruhe herstellte. Aber noch viel ausgezeichneter als er, war sein Sohn Karl, mit dem Beinamen des Großen.

195. Karl der Große.

Karl der Große wurde im Jahre 768 König der Franken und regierte bis 814. Sein Leben ist reich an großen Thaten. Besonders hat er sich um die Einführung des Christenthums in Deutschland sehr verdient gemacht. Seine rastlose Thätigkeit, Schnelligkeit und Besonnenheit, sein frommes Gemüth und sein Eifer für die Religion sind sehr zu rühmen (sind ruhmwürdig). Den Anfang seiner Regierung begann er mit Krieg, und man kann sagen, daß er das Schwert während seiner ganzen Regierung nicht aus der Hand gelegt hat.

Damals wohnten im nördlichen Deutschland an der Elbe und Nordsee die Sachsen, ein unruhiges, tapferes Volk, das von allen Germanen noch am meisten die uralten Sitten und Gebräuche beibehalten hatte und daher auch nicht leicht zum Christenthume zu bekehren war. Einerseits, um seine Grenzen vor den unruhigen Nachbarn zu sichern, anderseits, um zu diesen Heiden das Evangelium zu bringen, beschloß Karl, sie zu bekriegen. Er hielt (772) einen Reichstag zu Worms und kündigte seinen Franken an, daß er gegen die Sachsen ziehen wolle. Da brachen die Franken auf, schlugen die Sachsen, zerstörten die für heilig gehaltene Irmensäule bei Paderborn und nahmen mehrere starke Festungen; dann wurde Friede geschlossen. Um diese Zeit geschah es, daß Desiderius, der Longobardenkönig, in die Länder des damaligen Papstes Hadrian 1. einfiel und sie verwüstete. Der Papst rief Karl zu Hülfe. In größter Eile kam er mit seinen Franken nach Italien, besiegte den Desiderius und ging dann nach Rom, wo er am Grabe des Apostels Petrus dem Papste treue Freundschaft gelobte. Den gefangenen Desiderius schickte er nach Frankreich in ein Kloster; sich selbst aber setzte er die longobardische Krone aufs Haupt.

Unterdeß hatten sich die Sachsen wieder empört und Karl mußte aus Italien zurückkehren, um sie zu strafen. Während er damit beschäftigt war, standen in Italien einige longobardische Herzöge gegen ihn auf. Flugs war Karl wieder in Italien. Als er hier von neuen Empörungen der Sachsen hörte, sah er sich genöthigt, mit der größten Strenge gegen sie zu verfahren und ließ an einem Tage 4000 Sachsen enthaupten. Dann zog er über die Pyrenäen, wo er viele tapfere Helden verlor, nach Spanien und eroberte einen Theil dieses Landes.

196. Karl's Kaiserkrönung.

Einige Jahre später zog Karl bis über die Elbe, welche bis jetzt der östliche Grenzfluß seines Reichs gewesen war, hinaus und unterwarf sich mehrere slavische Völkerstämme, die Wenden in der Mark Brandenburg, die Obotriten in Meklenburg und noch andere. Auch unternahm Karl einen Zug gegen die wilden Avaren in Ungarn und besiegte sie. Die Sachsen aber empörten sich von Neuem und veranlaßten noch manche blutige Feldzüge.

Um diese Zeit wurde einstmals der damalige Papst Leo III. von mehreren frechen Menschen gemißhandelt, so daß er aus Rom flüchten mußte. Karl lud ihn zu sich nach Paderborn ein, empfing ihn mit der größten Ehrerbietung und sandte ihn unter starker Begleitung nach Rom zurück. Der Papst bewies sich für diesen Dienst dankbar. Denn als Karl im Jahre 800 sich zur Weihnachts= zeit in Rom befand, setzte er ihm in der Peterskirche eine Krone auf das Haupt mit den Worten: „Heil und Sieg dem von Gott gekrönten, großen und Friede bringenden Kaiser der Römer!" Seit= dem hieß Karl römischer Kaiser. Nachdem er sich ein Vier= teljahr in Rom aufgehalten hatte, begann er seinen letzten Krieg gegen die Sachsen. Es gelang ihm jetzt, sie für immer mit sei= nem Reiche zu vereinigen und das Christenthum bei ihnen zu be= gründen.

197. Karl's Staatsverwaltung und Tod.

Das große Reich, welches der Kaiser beherrschte, ward das frän= kische Reich genannt. Es umfaßte Frankreich, einen großen Theil Italiens, Deutschlands und Spaniens. Seine Grenzen waren der Ebro, die Tiber, Raab, Elbe und Eider. Karl verwaltete dasselbe mit seltener Thätigkeit und Weisheit. Während er zu Achen, In= gelheim und Nimwegen seine Residenz hatte, herrschten in den verschiedenen Ländern Herzöge, welche von ihm abhängig waren. Außerdem mußten ihm Pfalzgrafen, Markgrafen, Landgrafen und Sendgrafen von Allem, was im Lande vorfiel, jährlich auf vier Versammlungen in den Provinzen und auf zwei großen Reichs= versammlungen Bericht erstatten, worauf er verordnete, was er fürs Zweckmäßigste hielt. Auch die Kriegseinrichtungen Karl's be= sonders das Aufgebot des Heerbanns, so wie seine Verordnungen

über den Landbau und die Verwaltung der Güter, zeugen von
großer Umsicht. Städte und Dörfer wurden angelegt, Sümpfe
ausgetrocknet und es wurde der Versuch gemacht, den Rhein mit
der Donau durch einen Kanal zu verbinden. Besonders schön rich-
tete Karl seine Residenzstadt Achen ein.

Bei so ausgezeichnetem Herrschertalente, wie es Karl besaß, ist
es kein Wunder, wenn das fränkische Reich in der höchsten Blüthe
stand. Aber Karl besaß auch noch andere Eigenschaften, die ihn
als Menschen sehr hoch stellen. Mit einer mäßigen Lebensart verband er die größte Sparsamkeit. Seine Kleider waren einfach.
Seinen schönen starken Körper suchte er durch Reiten und Jagen
abzuhärten; alle Stunden des Tages waren für bestimmte Geschäfte eingetheilt. Noch in seinem Alter lernte Karl schreiben, be-
rief gelehrte Männer, wie Alcuin aus York, in sein Reich und
beschäftigte sich gern mit Wissenschaft und Künsten. Auch legte er
Schulen an und war um die Ausbildung der deutschen Sprache
sehr besorgt. Als Karl 46 Jahre regiert hatte, fühlte er, daß sein
Ende nahe sei. Er ernannte daher seinen Sohn Ludwig zum Erben
des großen fränkischen Reiches, nachdem dieser ihm das Versprechen gegeben, für das Land, die Kirche und die Seinigen zu sorgen. Ein bösartiges Fieber machte im Januar des Jahres 814
seinem thatenreichen Leben ein Ende. Sein Leichnam wurde in
kaiserlichem Schmucke zu Aachen beigesetzt. Von der katholischen
Kirche wurde Karl später unter die Zahl der Heiligen aufgenommen.

198. Erzählung aus dem Morgenlande.

In der Türkei trieb ein reicher und vornehmer Mann einen
Armen, der ihn um eine Wohlthat anflehte, mit Schlägen und
Scheltworten von sich weg und, als er ihn nicht mehr erreichen
konnte, warf er ihn noch mit einem Steine. Alle, die es sahen,
verdroß es; aber Niemand konnte errathen, warum der arme
Mann den Stein aufhob und, ohne ein Wort zu sagen, in die
Tasche steckte, und Niemand dachte daran, daß er ihn von nun
an so bei sich tragen würde. Aber das that er.

Nach Jahr und Tag verübte der reiche Mann einen Spitzbu-
benstreich und wurde deswegen nicht nur seines Vermögens verlustig, sondern er mußte auch, nach dortiger Sitte, zur Schau
und Schande rückwärts auf einen Esel gesetzt, durch die Stadt
reiten. An Spott und Schimpf fehlte es nicht. Der Mann mit
dem räthselhaften Stein in der Tasche stand unter den Zuschauern

eben auch da und erkannte seinen Beleidiger. Jetzt fuhr er schnell mit der Hand in die Tasche; jetzt griff er nach dem Steine, jetzt hob er ihn schon in die Höhe, um ihn wieder nach seinem Beleidiger zu werfen; — aber, wie von einem guten Geiste gewarnt, ließ er ihn wieder fallen und ging mit bewegtem Herzen davon.

Daraus kann man lernen, erstens: man soll im Glück nicht übermüthig, nicht unfreundlich und beleidigend gegen geringe und arme Menschen sein; denn es kann vor Nacht leicht anders werden, als es am frühen Morgen war, und wer dir als Freund Nichts nützen kann, der kann vielleicht als Feind dir schaden. Zweitens: man soll seinem Feinde keinen Stein in der Tasche und keine Rache im Herzen nachtragen; denn als der arme Mann den seinen auf die Erde fallen ließ und davon ging, sprach er zu sich selbst so: Rache an dem Feinde ausüben, so lange er reich und glücklich war, das war thöricht und gefährlich; jetzt wo er unglücklich ist, wäre es unmenschlich und schändlich.

Hebel.

199. Was ist die Welt.

Die Welt ist ein Fluß —
Und die Stein' drinn' sind wir;
Das stößt sich und schiebt sich
In beständ'gem Gewirr.
Und wer nicht recht fest ist,
Wird leichtlich zerrieben;
Oft ist von dem Größten
Nichts übrig geblieben.

Und die Welt ist ein Haus —
Könnt schöner nicht werden;
Drinn' wohnen die Menschen
Zu ebener Erden.
In die ober'n Stockwerk
Geh'n nicht Leitern, nicht Stiegen;
Mußt ein Engel wohl werden,
Wenn hinauf du willst fliegen!

200. Meister Jakob und sein Hündchen.

Meister Jakob war Schuhmacher in Wien und hatte ein Hündchen; das Hündchen hieß Betty, und Betty und Meister Jakob waren die besten Freunde. Es war eine wahre Freude den Meister Jakob zu sehen, wenn er Sonntags im besten Festtagsrocke mit seiner Betty spazieren ging; alle Kinder blieben stehen und bewunderten das nette muntere Hündchen mit den weißen langen Haaren, den braunen Flecken und dem schönen blauen Halsbande. Meister Jakob war auch ordentlich vernarrt in seine Betty und wußte die wundersamsten Geschichten zu erzählen von Bettys außerordentlicher Klugheit; und Bettys Anhänglichkeit und Ge-

horsam waren in der That nicht zu bezweifeln — im Fall nämlich nicht gerade andere Hunde zugegen waren. Jahrelang hatten
die Nachbarn Meister Jakob und seine Betty Sonntags also selbander wandern sehen — hinaus in Freie, oder an einen nahen
Vergnügungsort auf dem Dorfe; da ward die Eisenbahn eröffnet.
Jung und Alt benutzte diese rasche, wohlfeile Fahrgelegenheit zu
den sonntäglichen Landpartien, nur Meister Jakob wanderte nach
wie vor zu Fuß. Vergebens redeten ihm seine Nachbarn zu; er
schüttelte den Kopf und ging—mit Betty! Da machte man ihn
endlich aufmerksam, daß er ja Betty auf den Dampfwagen mitnehmen könnte.—„Wie,“ rief Meister Jakob, „das geht? das
ist erlaubt?—und schon am nächsten Sonntag stand er mit seinem
Hündchen auf dem Arme an der Kasse des Eisenbahnbüreaur.

Glücklich, daß man sein Hündchen ohne Billet hatte passiren lassen, gelangte er in den Bahnhof und sah sich eben nach den Personenwagen um, als Betty, die der Anblick der glänzenden Loco-
motiven, das Pfeifen und Rauschen der Maschinen und das Rasseln der Räder unruhig machten, plötzlich vom Arme herunter-
sprang. „Steigen Sie ein!“ ruft der Conducteur;—schon pfeift
die Locomotive—der Conducteur ist im Begriff das Signal zur
Abfahrt des Zuges zu geben—und Betty läßt sich nicht fangen!
Trostlos versuchte Meister Jakob alle Mittel—die zärtlichsten Bitten
und Lockworte, wie ernsthafte Drohungen und Scheltworte,—
neckisch und klaffend umkreist Betty den armen Meister Jakob, mit
possirlichen Sprüngen stets seiner Hand und der Schlinge, die er
wohlweislich versteckt an sich hält, ausweichend! Da ertönt das
Signal.—„Einen Augenblick, Herr Conducteur“, ruft Meister
Jakob athemlos, „meine Betty—Betty, Betty!—ich werde sie sogleich haben!“—Aber der Bahnzug kann auf Betty nicht warten
fort braust die Locomotive—ohne Meister Jacob und ohne Betty—
und zwar in demselben Augenblicke, als Meister Jakob das eigensinnige Hündchen glücklich eingefangen hatte!—Freilich war das
Geld für das Billet und die gehoffte Freude auf der Landpartie
nun verloren, und Betty bekam eine lange Strafpredigt, welche
sie mit vieler Aufmerksamkeit anhörte und endlich zu wimmern
anfing. Diese offenbare Reue rührte Meister Jakob so sehr, daß
er seiner Betty vollständigst verzieh und, ärgerlich über den rück-
sichtslosen Conducteur, den festen Entschluß faßte, nie wieder mit
dem Dampfwagen zu fahren, der ihm und Betty zu Gefallen nicht
einmal einen Augenblick hatte warten wollen!

201. Fröhlicher und trauriger Sinn.

Ein fröhlicher Sinn
Ist ein sonniger Tag,
Wo man überall klar
Rings um sich schauen mag.

Und ein trauriger Sinn
Ist wie Nebel und Nacht;
Nichts Schönes erblickst du,
Was glücklich dich macht!

202. Drei Paar und Einer.

Du hast zwei Ohren und Einen Mund;
Willst du's beklagen?
Gar Manches sollst du hören—und
Wenig darauf sagen.

Du hast zwei Augen und Einen Mund;
Mach dir's zu eigen!
Gar Manches sollst du sehen—und
Manches verschweigen.

Du hast zwei Hände und Einen Mund;
Lern'es ermessen!
Zwei sind da zur Arbeit— und
Einer nur zum Essen!

Rückert.

203. Der kluge Richter.

Ein Kaufmann wollte in ein fremdes Land reisen und übergab einem Derwisch, den er für seinen Freund hielt, einen Beutel mit tausend Zechinen, mit der Bitte, ihm dieses Geld während seiner Abwesenheit zu bewahren. Nach einem Jahre kam der Kaufmann wieder und verlangte sein Geld zurück; der betrügerische Derwisch aber leugnete ihm in Angesicht und behauptete, Nichts empfangen zu haben. Der Kaufmann gerieth über diese Treulosigkeit in heftigen Zorn und ging zum Kadi, den Derwisch zu verklagen. „Du bist mehr redlich als klug gewesen," antwortete der Richter. „Du hättest einem Manne, dessen Treue du nicht kanntest, nicht so blindlings trauen sollen. Es wird schwer halten diesen listigen Betrüger zu bewegen, ein Unterpfand, das er ohne Zeugen empfangen hat, freiwillig wieder herauszugeben; doch will ich sehen, was ich für dich thun kann. Geh' noch einmal zu ihm und sprich ihm freundlich zu; laß dir aber nicht merken, daß ich von der Sache weiß, und morgen, um diese Stunde, komm wieder zu mir."

Der Kaufmann ging hin und that also; aber statt des Beutels bekam er Schimpfreden. Als sie nun stritten, erschien des Kadi Sklave und lud den Derwisch zu seinem Herrn ein. Der Derwisch kam. Der Richter empfing ihn sehr freundlich, führte ihn in sein

schönstes Zimmer und erwies ihm so große Ehre, wie dem vor-
nehmsten Manne in der Stadt. Er redete von vielerlei Dingen,
webte aber bei Gelegenheit so viel schmeichelhafte Lobsprüche von
des Derwisches Edelmuth, Weisheit und Gelehrsamkeit ein, daß
er sein völliges Zutrauen gewann. „Ich habe dich zu mir bitten
lassen, edler Derwisch," fuhr der Kadi endlich fort, „um dir einen
Beweis meines Vertrauens und meiner Hochachtung zu geben.
Eine wichtige Angelegenheit nöthigt mich auf einige Monate zu
verreisen. Ich traue meinen Sklaven nicht, und möchte meine
Schätze gern in den Händen eines Mannes lassen, dem die ganze
Stadt ein so schönes Zeugniß giebt, wie dir. Wenn ich dich mit
einer Bemühung dieser Art beschweren darf, so will ich morgen
in der Nacht meine Kostbarkeiten zu dir schicken. Die Sache er-
fordert das tiefste Stillschweigen; darum werde ich sie dir durch
meinen treusten Sklaven unter dem Namen eines Geschenks senden."

Ein freundliches Lächeln verbreitete sich über das Gesicht des
Derwisches; er machte eine Menge tiefer Verbeugungen, dankte
für das hohe Zutrauen, betheuerte in den schönsten Ausdrücken,
über die anvertrauten Schätze wie über seine eigenen Augen zu
wachen, und empfahl sich mit solch einer heimlichen Freude, als
ob er den Kadi schon betrogen hätte.

Den andern Morgen kam der Kaufmann wieder und berichtete
die Hartnäckigkeit des Derwisches. „Geh' noch einmal zu ihm,"
sprach der Kadi, „und wenn er sich ferner weigert, so drohe ihm,
du wollest ihn bei mir verklagen. Ich denke, er wird sich nicht
zweimal drohen lassen." Der Kaufmann ging hin. Sobald der
Derwisch vom Kadi hörte, dessen Vertrauen er auf keine Weise
verlieren durfte, gab er den Beutel geschwind zurück. „Ei! lieber
Freund," fügte er lächelnd hinzu, „warum nicht gar zum Kadi!
Dein Gut ist in meinen Händen unverloren. Ich habe nur ge-
scherzt, um zu sehen, wie du dich dabei zeigen würdest." Der
Kaufmann war so klug, daß er den Scherz gleich gelten ließ.
Er ging zum Kadi und dankte ihm für seine großmüthige
Hülfe.

Unterdessen kam die Nacht herbei und der Derwisch bereitete
sich zum Empfang der versprochenen Schätze; aber die Nacht
verstrich, ohne daß der Sklave des Kadi mit der heimlichen Sendung erschien. Die Zeit wurde ihm unbeschreiblich lang und
sobald der Morgen anbrach, begab er sich in des Richters
Wohnung. „Ich wollte mich nur erkundigen," sprach er, warum der Herr Kadi seinen Sklaven nicht geschickt hat?—
„Weil er von einem gewissen Kaufmann, vernommen hat," antwortete der Kadi, „daß du ein treuloser Betrüger bist, den
die Gerechtigkeit nach Verdienst bestrafen wird, sobald eine

zweite Klage dieser Art sich über deine Bosheit beschwert."
Der Derwisch beugte sich ehrerbietig zur Erde und schlich stillschweigend hinweg.   Palmblätter.

---

204. Der Adler und die Lerche.

Ein Alpenadler traf auf seiner Son-
                                nenbahn
Die kleine Lerche schwebend an,
Und hörte sie
Die schönste Melodie
Dem stillen Himmel singen.
Die ausgebreiteten und eilgewohnten
                                Schwingen
Verweilten sich; langsamer ward der Flug
Und still die Luft, die ihren König trug.

„Sitz' auf!" sprach er, „du Sänge-
                                rin, ich werde
Dich in den Himmel tragen;
Mein Fittig sei dein Wagen!"
„Nein," sagte sie, „ich singe
Dem Schöpfer aller Dinge
Hienieden auf der Erde;
Nach einer höhern Sphäre
Flieg du zu seiner Ehre!"

                                                    Gleim.

---

205. Die Pantoffeln des Abu Kasem.

In Bagdad lebte ein alter Kaufmann, Namens Abu Kasem,
der wegen seines Geizes sehr berüchtigt war. Seines Reichthums
ungeachtet waren seine Kleider nur Flicken und Lappen, sein Turban ein grobes Tuch, dessen Farbe man nicht unterscheiden konnte.
Unter allen seinen Kleidungsstücken aber erregten seine Pantoffeln
die größte Aufmerksamkeit. Mit großen Nägeln waren ihre Sohlen beschlagen; das Oberleder bestand aus so vielen Stücken als
irgend ein Bettlermantel; denn in den zehn Jahren, seitdem sie
Pantoffeln waren, hatten die geschicktesten Schuhflicker von Bagdad alle ihre Kunst erschöpft, diese Stücke zusammenzuhalten.
Davon waren sie so schwer geworden, daß, wenn man etwas
recht Plumpes beschreiben wollte, man die Pantoffeln des Abu
Kasem nannte.
    Als dieser Kaufmann einst auf dem großen Markte der Stadt
spazieren ging, that man ihm den Vorschlag, einen ansehnlichen
Vorrath von Kristallgeräthen zu kaufen. Er schloß den Kauf sehr
glücklich. Einige Tage nachher erfuhr er, daß ein verunglückter
Salbenhändler nur noch Rosenwasser zu verkaufen habe und
in großer Verlegenheit sei. Er machte sich das Unglück dieses Mannes
zu Nutze, kaufte ihm sein Rosenwasser für die Hälfte des Werthes
ab und war über diesen Kauf sehr erfreut. Es ist die Gewohnheit der morgenländischen Kaufleute, die einen glücklichen Handel

Masson, Lesestücke.   6

gemacht haben, ein Freudenfest zu geben. Dies that aber unser Geiziger nicht. Er fand es zuträglicher, einmal auch Etwas an seinen Körper zu wenden, und so ging er ins Bad, das er seit langer Zeit nicht besucht hatte, weil er sich vor der Ausgabe fürchtete, die dadurch nöthig wurde. Als er in das Bade- haus trat, sagte einer seiner Bekannten, es wäre endlich doch einmal Zeit, seine Pantoffeln abzudanken und sich ein Paar neue zu kaufen. „Daran denke ich schon lange," antwortete Kasem, „wenn ich sie aber recht betrachte, so sind sie doch so schlecht nicht, daß sie nicht noch Dienste thun können." Damit begab er sich ins Bad.

Während er sich badete, kam auch der Kadi von Bagdad da- hin; und weil Kasem eher fertig war als der Richter, ging er zuerst in das Zimmer, wo man sich ankleidete. Er zog seine Klei- der an und wollte nun wieder in seine Pantoffeln treten; aber ein anderes Paar stand da, wo die seinigen gestanden hatten, und unser Geizhals überredete sich gern, daß dies neue Paar wohl ein Geschenk seines Freundes sein könne, der ihn vorher erinnert hatte, sich ein Paar neue zu kaufen. Flugs zog er sie an und ging voll Freude aus dem Bade.

Unglücklicher Weise aber waren es die Pantoffeln des Kadi. Als dieser sich nun gebadet hatte und seine Pantoffeln begehrte, so fanden seine Sklaven sie nicht, wohl aber ein schlechtes Paar andere, die an eine andere Stelle verschoben waren, und die man sogleich für Kasems Pantoffeln erkannte. Eilig lief der Thürhüter hinter ihm her und führte ihn, als auf dem Diebstahl ertappt, zurück zum Kadi. Dieser, über die Unverschämtheit des alten Geizhalses ergrimmt, hörte seine Vertheidigung gar nicht einmal an, sondern ließ ihn sogleich ins Gefängniß werfen. Um nun nicht wie ein Dieb mit öffentlicher Schande bestraft zu werden, mußte er, nach orientalischer Art, reichlich zahlen. Hundert Paar Pantoffeln hätte er für die Summe kaufen können, die er erlegen mußte.

Sobald er nach Hause gelangte, nahm er Rache an den Urhe- bern seines Verlustes. Zornig warf er die Pantoffeln in den Ti- gris, der unter seinem Fenster vorbeifloß, damit sie ihm nie wie- der zu Gesicht kämen. Aber das Schicksal wollte es anders. We- nige Tage nachher zogen Fischer ihr Netz aus und fanden es un- gewöhnlich schwer. Sie glaubten schon, einen Schatz an den Tag zu bringen. Statt dessen aber fanden sie die Pantoffeln Kasems, die noch dazu mit ihren Nägeln das Netz so zerrissen hatten, daß sie lange daran flicken mußten. Voll Unwillen gegen Kasem und seine Pantoffeln warfen sie diese gerade in seine offenen Fenster. Aber eben in diesem Zimmer standen unglücklicher Weise alle die

Kristallflaschen, voll von dem schönen Rosenwasser, das er gekauft hatte. Als nun die schweren, mit Nägeln beschlagenen Pantoffeln auf dieselben geworfen wurden, wurde der Kristall zertrüm-
mert und das herrliche Rosenwasser floß auf den Boden.

Man stelle sich Kasem vor, als er ins Zimmer trat und die
Zerstörung erblickte. „Verwünschte Pantoffeln," rief er aus, „ihr
sollt mir ferner keinen Schaden anrichten." Sofort nahm er eine
Schaufel und lief mit ihnen in den Garten. Hastig grub er ein
Loch, um seine Pantoffeln darin zu vergraben. Als er aber damit
beschäftigt war, sah einer seiner Nachbarn, mit dem er seit langer
Zeit in Feindschaft lebte, gerade zum Fenster hinaus und bemerkte
das hastige Graben Kasems. Unverzüglich lief er zum Stadthalter
und meldete ihm insgeheim, daß Kasem in seinem Garten einen
großen Schatz gefunden habe. Mehr bedurfte es nicht, um die
Geldgier des Stadthalters zu reizen, und es war umsonst, daß
Kasem betheuerte, er habe nichts gefunden, sondern vielmehr Etwas hineingelegt, nämlich seine Pantoffeln. Vergebens grub er
sie wieder aus und ließ sie selbst vor Gericht zeugen; der Stadthalter hatte sich auf Geld gefaßt gemacht, und Kasem mußte sich
abermals mit einer großen Summe lösen.

Voller Verzweiflung ging er vom Stadthalter weg, seine theuern
Pantoffeln in der Hand, und verwünschte sie von ganzem Herzen.
„Warum," sprach er, „soll ich sie noch, mir zum Schimpf, in den
Händen tragen?" Mit diesen Worten warf er sie nicht weit von
des Stadthalters Palast in eine Wasserleitung. „Nun werde ich,"
sprach er, „doch weiter von euch nichts hören, nachdem ihr mir
so viel gekostet habt!" Aber die Pantoffeln wurden gerade in die
verschlämmte Röhre der Wasserleitung hineingetrieben. Nur noch
dieses Zusatzes bedurfte es — und nach einigen Stunden stand der
Fluß still; die Wasser traten über und sogar des Stadthalters
Gewölbe ward überschwemmt. Ueberall war Angst und Verwirrung
und die Brunnenmeister wurden zur Verantwortung gezogen.
Diese untersuchten die Wasserleitungen; zu ihrem Glücke fanden
sie die Pantoffeln in dem von ihnen vernachlässigten Schlamme,
und hatten sich damit genugsam gerechtfertigt. Der Herr der Pantoffeln ward in Verhaft genommen und, weil dies eine boshafte
Rache gegen den Stadthalter schien, so mußte Kasem mit einer
noch größeren Geldstrafe, als die beiden vorigen waren, büßen.
Seine Pantoffeln aber wurden ihm sorgfältig wiedergegeben.

„Was soll ich mit euch nun thun," sprach Kasem, „ihr verwünschten Pantoffeln? Allen Elementen habe ich euch preis gegeben, und
ihr kommt immer mit größerem Verluste für mich wieder; jetzt
ist mir nur noch Eins übrig — die Flamme soll euch verzehren."

„Weil ihr aber" fuhr er fort und wog sie in seinen Händen,
„so ganz mit Schlamm gefüllt und mit Wasser getränkt seid, so
muß ich euch noch das Sonnenlicht gönnen und euch auf meinem
Dache trocknen, denn euch in mein Haus zu bringen, werde ich
mich wohl hüten." Mit diesen Worten stieg er auf das platte
Dach seines Hauses und legte sie daselbst nieder. Aber das Unglück hatte noch nicht aufgehört, ihn zu verfolgen; ja, der letzte
Streich, der ihm aufbehalten war, war der grausamste von allen.
Ein Hund seines Nachbars ward die Pantoffeln gewahr. Er sprang
von dem Dache seines Herrn auf das Dach des Kasem und spielte
mit ihnen, indem er sie herumzerrte. So hatte er den einen bis
an den Rand des Daches geschleppt und es bedurfte nur noch
einer kleinen Berührung, da fiel der Pantoffel einer Frau, welche
eben unter dem Hause vorbei ging und ein Kind trug gerade auf
den Kopf. Sie selbst fiel nieder und das Kind stürzte aus ihren
Armen auf die Steine. Ihr Mann brachte die Klage vor den Richter
und Kasem mußte härter büßen als er je gebüßt hatte, denn sein
unvorsichtiger Pantoffel hätte beinahe zwei Menschen erschlagen.
Als ihm dies Urtheil verkündigt ward, sprach Kasem mit einer
Ernsthaftigkeit, die den Kadi selbst zum Lachen brachte: „Richter
der Gerechtigkeit, Alles will ich geben und leiden, wozu ihr mich
verdammt habt; nur erbitte ich mir auch den Schutz der Gerechtigkeit gegen die unversöhnlichen Feinde, welche die Ursache alles
meines Kummers und Unglücks bis auf diese Stunde waren. Es
sind diese armseligen Pantoffeln! Sie haben mich in Armuth und
Schimpf, ja sogar in Lebensgefahr gebracht und, wer weiß, was
sie noch im Schilde führen? — Sei gerecht, o edler Kadi, und
fasse einen Schluß ab, daß alles Unglück, was ohne Zweifel noch
diese Werkzeuge der bösen Geister anrichten werden, nicht mir,
sondern ihnen zugerechnet werde."

Der Richter konnte ihm seine Bitte nicht versagen. Er behielt
die unglücklichen Störer der öffentlichen und häuslichen Ruhe bei
sich; dem Alten aber gab er die Lehre, daß die rechte Sparsamkeit nur in der richtigen Anwendung des Geldes, nicht aber in
dem Zusammenscharren desselben bestehe.

Palmblätter.

206. Sichere Kennzeichen.

Das Wetter kennt man am Winde,
Den Vater am Kinde,
Den Herrn am Gesinde,
Den Vogel am Sange,
Das Silber am Klange,

Den Narren am Gange,
Den Reiter an den Sporen,
Den Esel an den Ohren,
Und am Worte den Thoren.

207. Der Fuchs und der Esel.

„Ein Pferd ist doch ein schönes Thier,
Herr Esel," sprach der Fuchs.
„Schon steh' ich eine Stunde hier,
Betrachtend diese da. O, welch ein
      Wuchs!
Ich sehe mich nicht satt. Sie sprangen
      dir noch eben
So zierlich, nett und schön
Im Klee herum. In meinem Leben
Hab' ich nichts Artiger's gesehn!
O, bleibe doch ein Weilchen bei mir
      steh'n!

„Warum?" „Um ihre Sprüng' und
      Schönheit anzuseh'n?"
„Das wäre wohl der Mühe werth;
Ich springe dir so gut, als dort das
      beste Pferd."
„Ei, welch ein Wunder wäre das!
Du solche Sprünge machen?"
Der Esel sprang. —
Der Fuchs warf sich ins Gras
Und wollte sich zu Tode lachen.

                          Gleim.

---

208. Die Reise nach Babylon.

Kaum schimmerten die ersten Strahlen des Tages, als ich mich auf meinen Esel setzte und den Pfad einschlug, der auf die große Straße nach Babylon führt. „O, wie gern," rief ich aus, „wie vergnügt und heiter irren meine Blicke auf diesen grünen Matten umher! Wie viel Blumen auf diesen Wiesen! Mit welchen stärkenden, süßen Gerüchen durchströmen sie die Lüfte! Ein Lustgang, von Bäumen umgrenzt, ist mein Weg, in deren Schatten mein Esel und ich ruhen können, wenn es uns gefällt. Wie glänzend ist der Himmel! wie lieblich der Tag! wie rein die Luft, die ich athme! Der Eile bedarf es auch nicht, denn mit meinem treuen Lastthier komme ich noch zu guter Stunde des Tages in Babylon an."

So sprach ich und war trunken vor Freuden; ich sah meinen Esel mit Wohlgefallen an und streichelte ihn mit meiner Hand, als ich plötzlich ein Geräusch hinter mir hörte, und da ich meinen Blick wandte, sah ich auf schönen Kameelen einen Trupp Männer und Weiber heranziehen. Sie blickten mit ernsthaften und verachtenden Mienen umher; alle waren mit langen purpurnen Röcken bekleidet, mit Gürteln von Gold geschmückt und mit Edelsteinen besäet. In wenig Augenblicken hatten ihre Kameele mich eingeholt, und in der Nähe ward ich durch ihren Glanz noch mehr geblendet. Wie klein kam ich mir jetzt auf meinem Esel vor! Wie ich mich auch emporrichtete, dennoch erschien ich nicht größer. Kaum reichte mein Haupt an die Sohlen ihrer Füße; mein Stolz fühlte sich beleidigt, und dennoch wollte ich ihnen nachfolgen.

Mit verachtender Ungeduld trieb ich meinen Esel an; ich wünschte, daß er sich auf einmal zur Höhe des größten Kameels erhöbe und seine beiden langen Ohren weit über ihre Häupter vorstrecke. Ich trieb, ich spornte; er eilte auch, was er eilen konnte; aber kaum sechs seiner Schritte legten so viel Weges zurück, als ein Schritt des Kameels. Ich verlor sie aus dem Gesicht und gab zugleich alle Hoffnung auf, sie zu erreichen. „Welch ein Unterschied," rief ich aus, „zwischen ihrem Schicksal und dem meinigen! Warum sind sie nicht an meinem Platz? Warum bin ich nicht an dem ihrigen? Ich Elender reise allein auf dem schlechtesten und elendesten der Thiere; sie hingegen traben stolz daher und schämen sich sogar meiner Gesellschaft."

Unter diesen Betrachtungen sank mein Zügel; mein Esel nahm bald wahr, daß ich nicht mehr trieb. Er ging langsam und langsamer fort; endlich bog er ab von dem Wege; die Wiese lockte ihn; er stand still, ließ seinen Kopf sinken und fraß. Das schöne Gras war ihm süß; es schien ihn auch zur Ruhe einzuladen: er legte sich und—ich fiel. Ich fiel und erwachte aus meinem Traum, voll Zorns über meinen lässigen Gefährten, als eben ein neues Geräusch von tausend Stimmen mein Ohr erfüllte. Ich öffnete meine Augen und erblickte einen weit zahlreichern Trupp als der erste war. Ihre Saumthiere waren so bescheiden wie das meinige; vertraulich besprachen sie sich untereinander und ich nahm mir ein Herz, den Nächsten bei mir anzureden. „Wie sehr ihr auch eilt," sagte ich zu ihm, „so werdet ihr auf euren Thieren jene nie erreichen, die auf ihren stolzen Kameelen euch so weit zuvor sind." „Davor werden wir uns wohl hüten," antwortete er. „Die Unsinnigen setzen ihr Leben in Gefahr, und wozu? Damit sie einige Augenblicke eher anlangen als wir. Wir gehen alle nach Babylon. Eine Stunde eher, eine Stunde später, in einem leinenen oder in einem Purpurrock, auf einem Esel oder auf einem Kameel, was liegt daran, wenn man sich zu ergötzen weiß? Ihr, zum Beispiel, wie stünd' es um euch, wenn ihr bei eurem jetzigen Fall ein Kameel gehabt?" Ich schämte mich und antwortete nichts, sah aber hinter mich und erstaunte.

Männer, Weiber und Kinder folgten uns als Fußgänger und noch dazu waren ihre Rücken mit Lasten beschwert. Indessen sangen die Einen, die Andern hüpften auf dem weichen Grase. „Wir gehen alle nach Babylon," riefen sie fröhlich, und die Kinder lallten nach, was die Alten sprachen. „Sie gehen alle nach Babylon," sprach ich, „und sind so fröhlich unter ihrer Bürde; und ich, ich wäre betrübt?" Vergnügt setzte ich mich auf mein Thier und ritt meinem Tröster zur Seite. Ich unterredete mich mit ihm und fühlte mich wie Einer, dem eine Bürde von seinen Schultern genommen oder ein Stein von seiner Brust gewälzt ist. So zogen wir fort und, ehe wir noch anlangten, trafen wir den größten Theil jener Reisenden unvermuthet und in einem schlechten Zustand wieder. Ihre Kameele hatten sie abgeworfen, ihre langen Purpurröcke, ihre Gürtel mit Gold und Edelgesteinen besäet, waren mit Koth bedeckt. — Damals lernte ich die Nichtigkeit der menschlichen Größe kennen und zwar nicht gleichgültig, aber doch sehr getröstet über der Menschen verschiedenes Schicksal. „Wir kommen alle nach Babylon," sprach ich, „und der Fußgänger langt oft fröhlicher und glücklicher daselbst an, als der stolze Reiter." Indessen ist's angenehm, eine gute Reisegesellschaft und ein treues Lastthier zu haben, das uns selbst und unsern kleinen Vorrath bis zur gemeinen Herberge trage."

Palmblätter.

209. Gott hat Alles schön gemacht.

Vöglein im hohen Baum
Klein ist's, ihr seht es kaum,
Singt doch so schön;
Daß wohl, von nah und fern,
Alle die Leute gern
Horchen und stehn.

Blümlein im Wiesengrund
Blühen so lieb und bunt,
Tausend zugleich.
Wenn ihr vorüber geht,
Wenn ihr die Farben seht,
Freuet ihr euch.

Wässerlein fließt so fort,
Immer von Ort zu Ort
Wieder ins Thal;
Dürstet nun Mensch und Vieh,
Kommen zum Bächlein sie,
Trinken zumal.

Habt ihr es auch bedacht,
Wer hat so schön gemacht
Alle die Drei?
Gott, der Herr, machte sie,
Daß sich nun spät und früh
Jeder dran freu'.

210. Kannitverstan.

Der Mensch hat wohl täglich Gelegenheit an allen Orten Betrachtungen über den Unbestand aller irdischen Dinge anzustellen, wenn er will, und zufrieden zu werden mit seinem Schicksal, wenn auch nicht viel gebratene Tauben für ihn in der Luft herumfliegen. Aber auf dem seltsamsten Umweg kam ein deutscher Handwerksbursche in Amsterdam durch den Irrthum zur Wahrheit und zu ihrer Erkenntniß.

Denn als er in diese große und reiche Handelsstadt voll prächtiger Häuser, wogender Schiffe und geschäftiger Menschen gekommen war, fiel ihm sogleich ein großes schönes Haus in die Augen, wie er auf seiner ganzen Wanderschaft noch keines gesehen hatte. Lange betrachtete er mit Verwunderung dies kostbare Gebäude, die sechs Kamine auf dem Dach, die schönen Gesimse und die hohen Fenster, größer als an des Vaters Haus daheim die Thür. Endlich konnte er sich nicht enthalten, einen Vorübergehenden anzureden. „Guter Freund," sagte er zu ihm, „könnt ihr mir nicht sagen, wie der Herr heißt, dem dieses wunderschöne Haus gehört, mit den Fenstern voll Tulipanen, Sternblumen und Levkojen." — Der Mann aber, der vermuthlich etwas Wichtigeres zu thun hatte, und zum Unglück gerade so viel von der deutschen Sprache verstand, als der Fragende von der holländischen, nämlich Nichts, sagte ganz kurz: „Kannitverstan," und ging vorüber. Dies war ein holländisches Wort oder drei, wenn man's recht betrachtet, und heißt auf deutsch so viel als: Ich kann euch nicht verstehen. Aber der gute Fremdling glaubte, es sei der Name des Mannes, nach dem er gefragt hatte. „Das muß ein grundreicher Mann sein, der Herr Kannitverstan," dachte er, und ging weiter.

Gaß' aus, Gaß' ein, kam er endlich an den Meerbusen. Da stand nun Schiff an Schiff und Mastbaum an Mastbaum, so daß er anfänglich nicht wußte, wohin er die Augen wenden sollte, (um) alle diese Merkwürdigkeiten genug zu beschen und zu betrachten, bis endlich ein großes Schiff seine Aufmerksamkeit auf sich zog, das vor kurzem aus Ostindien angelangt war und jetzt eben ausgeladen wurde. Schon standen ganze Reihen von Kisten und Ballen auf und neben einander am Lande. Noch immer wurden mehrere herausgewälzt, und Fässer voll Zucker und Kaffee, voll Reiß und Pfeffer. Als er aber lange zugesehen hatte, fragte er endlich einen, der eben eine Kiste auf der Achsel heraustrug, wie der glückliche Mann heiße, dem das Meer alle diese Waaren an das Land bringe. „Kannitverstan," war die Antwort. Da dachte er: „Haha, schaut's da heraus! Kein Wunder, wem das Meer solche Reichthümer an das Land schwemmt, der hat gut solche Häuser bauen und solcherlei Tulipanen vor die Fenster stellen in vergoldeten Töpfen." Jetzt ging er wieder zurück und stellte eine recht traurige Betrachtung bei sich selbst an, was für ein armer Mensch er sei unter so viel reichen Leuten in der Welt. Aber als er eben dachte: „Wenn ich's doch nur auch einmal so gut bekäme, wie dieser Herr Kannitverstan es hat," kam er um eine Ecke und erblickte einen großen Leichenzug. Vier schwarzvermummte Pferde zogen einen ebenfalls schwarz überzogenen Leichenwagen langsam und traurig, als ob sie wüßten, daß sie einen Todten in seine Ruhestätte führten. Ein langer Zug von Freunden und Bekannten des Verstorbenen folgte nach, Paar und Paar, verhüllt in schwarze Mäntel und stumm. In der Ferne läutete ein einsames Glöcklein. Jetzt

ergriff unſern Fremdling ein wehmüthiges Gefühl, das an keinem
guten Menſchen vorübergeht, wenn er eine Leiche ſieht, und er
blieb mit dem Hut in den Händen andächtig ſtehen, bis Alles vorüber war. Dann machte er ſich an den Letzten vom Zuge, ergriff ihn ſachte am Mantel und fragte ihn treuherzig: „Das muß
wohl auch ein guter Freund von euch geweſen ſein, er, dem das
Glöcklein läutet, daß ihr ſo betrübt und nachdenklich mitgeht?
„Kannitverſtan,“ war die Antwort. Da fielenunſerm guten Hand-
werksburſchen ein Paar große Thränen aus den Augen, und es
ward ihm auf einmal ſchwer und wieder leicht ums Herz.

„Armer Kannitverſtan!“ rief er aus, „was haſt du nun von
dieſem Reichthum? Was ich einſt von meiner Armuth auch bekomme:
ein Todtenkleid und ein Leichentuch, und von allen deinen ſchönen
Blumen vielleicht ein Rosmarin auf die kalte Bruſt, oder eine
Raute.“ Mit dieſen Gedanken begleitete er die Leiche, als wenn
er dazu gehörte, bis ans Grab, ſah den vermeinten Herrn Kannitverſtan hinabſenken in ſeine Ruheſtätte und ward von der hol-
ländiſchen Leichenpredigt, von der er kein Wort verſtand, mehr
gerührt als von mancher deutſchen, auf die er nicht Acht gab.

Endlich ging er leichten Herzens mit den andern wieder fort,
verzehrte in einer Herberge, wo man deutſch verſtand, mit gutem
Appetit ein Stück Limburger Käſe, und wenn es ihm wieder einmal ſchwer fallen wollte, daß ſo viele Leute in der Welt ſo reich
ſeien und er ſo arm, ſo dachte er nur an den Herrn Kannitverſtan in Amſterdam, an ſein großes Haus, an ſein reiches Schiff
und an ſein enges Grab.

Hebel.

---

211. Wiegenlied.

Die Aehren nur noch nicken,
Das Haupt iſt ihnen ſchwer;
Die müden Blumen blicken
Nur ſchüchtern noch umher.

Da kommen Abendwinde,
Still, wie die Engelein,
Und wiegen ſanft und linde
Die Halm' und Blumen ein.

Und wie die Blumen blicken,
So ſchüchtern blickſt du nun,
Und wie die Aehren nicken,
Will auch dein Häuptlein ruhn.

Und Abendklänge ſchwingen,
Still, wie die Engelein,
Sich um die Wieg' und ſingen
Mein Kind in Schlummer ein.

Hofmann v. Fallersleben.

---

212. Der Araber in der Wüste.

Die Grenze des Landes ist erreicht; vor dir liegt das stille Meer der Wüste, — eine unermeßliche Sandebene. Du betrittst sie mit einem geheimen Schauer. Noch eben hast du Menschenstimmen ge- hört, den Gesang der Vögel, das Gebrüll, das Geblök der Heer- den, die Schalmei des Hirten, das Rauschen des Windes in den Bäumen. Nach und nach verschwindet Alles, Alles. Das bunte Spiel der Farben hört sogar auf. Du siehst Nichts als die graue, unbewegliche, gerade Linie der Sandebene und das blaue Gewölbe des Himmels darüber hingespannt, und zwischen beiden Nichts, gar Nichts.

Je weiter du fortschreitest, desto mehr hört das Leben auf. Das Säuseln der Luft in den sparsamen Grashalmen — dieser Lebens- athem der Natur, auf den du nicht geachtet hast — steht still. Die Stille ist furchtbar, beängstigend.

Kein Hügel, nicht der eines Maulwurfs, zwischen dir und dem Horizonte. Du mit deinen Kameelen bist der Einzige in der Natur.

Du ziehst weiter, du horchst durch die lebenslose Stille nach einem Tone, der dich leiten könnte — und Alles schweigt. Schwei- gend zeigt jetzt dein Führer, dessen Auge die Wüste und die Furcht geschärft haben, dir ein Paar Lanzen, die über dem Sande her- vorragen. Du erblickst Nichts. Dann siehst du am Horizont mit deinem Fernglase zwei schwarze Punkte, die der Führer für zwei Reiter erkennt. Sie haben dich lange erblickt, denn sie halten. Dann nähern sie sich vorsichtig; dein Feuergewehr, vor dem sie allein zittern, die Söhne der Wüste, hält sie vom Raube ab.

Du betrachtest sie. Schwarz, klein, hager sind sie, das Bild ihrer dürren Wüste. Du fragst: „Wo hat der Emir sein Haus? ich bin sein Freund; ich habe seinen Schutzbrief." Sie begleiten dich freundlich zum Lager, wohin du willst. Sie zeigen dir seine Zelte. Du siehst Nichts, Nichts mit deinem Fernrohre, was ihr Falkenauge sieht.

Du lagerst am Abend, und am Morgen erblickst du einen schwar- zen Punkt, der immer sich vergrößert; du näherst dich gegen Abend. Du würdest das Lager bei Nacht erreichen; aber deine beiden Füh- rer warnen dich. Große böse Hunde umstreifen des Nachts in großen Kreisen das sichere Lager und zerreißen Jeden, der sich nähert.

Früh' am Morgen erreichst du den Kreis schwarzer Zelte: in der Mitte steht das größere grüne des Emirs, von den Zelten seiner Familie umgeben, abgesondert von den Zelten seines Stam- mes durch einen weiten Raum.

Der Führer bringt dich vor sein Zelt, daß er gestern verlassen hat, um die Wüste zu durchstreifen.

Da siehst du seine drei Knaben und ein Mädchen noch schlafen. Ein dreijähriger Knabe ruht auf einem Pferde; zwischen den Hühnern und zwischen und auf den Kameelen schlummern die andern.

Das Pferd hebt das Haupt auf, schüttelt vorsichtig das schlafende Kind von seinem Halse und steht auf, seinen Herrn zu begrüßen. Es tritt über die schlafenden Kinder vorsichtig hinweg.

Es reicht der Araber, der nun dein Wirth ist, dir die Hand und ruft: „Friede sei mit dir!" Dieselben Worte, die Abraham vor Jahrtausenden sagte, und du antwortest ihm: „Mit dir sei Friede!" Dann hebt er deine Hand zwölf mal empor und küßt die seine und fragt zwölfmal: „Wie befindest du dich, mein Bruder?" Und zwölfmal fragst du dasselbe ihn.

Dann küßt er dir den Bart; denn der Mann trägt im Morgenlande einen Bart; nur der Sklave nicht, nicht der, auf dem Schande und Schmach ruht. Er sagt dabei: „Der Segen Gottes zieht mit dir in mein Zelt, in unser Lager; darum sei mir herzlich willkommen."

Du antwortest ihm mit ähnlichen Worten. Er küßt deinen Bart noch einmal, faßt deine Hand und führt dich in das Zelt des Emirs, dem der Knabe deines Führers schon Nachricht von deiner Ankunft gegeben hat.

Du findest schon die Leute des Emirs, die eiligst Teppiche, Polster und Kissen auf den Fußboden ausbreiten.

Der Emir tritt in das Zelt, dich zu begrüßen. Eben die langen Begrüßungen, Umarmungen und Küsse des Bartes. Man bringt den Kaffee, die Pfeife. Deine Kameele werden abgepackt, deine Pferde besorgt, getränkt, gefüttert. Man fragt dich höflich, was du willst, ob du die Nacht im Lager bleibst, ob du weiter, wohin du reisen willst.

Du erklärst die Art deines Geschäfts. Man bringt das Mittagsessen. Die Vornehmen des Lagers leisten dir Gesellschaft; du erhältst den Ehrenplatz. Man trägt dir auf das Beste, was man hat: Reiß, Milch, Käse, Früchte, Honig. Ist dein Wirth reich, so erhältst du Fleisch, gesotten, gebraten. Man langt mit der rechten Hand zu; die linke berührt das Essen nie. Man trocknet die Hand mit dem Schnupftuche, das man über die Knie breitet. Man schweigt während des Essens von jedem Geschäfte. Nach dem Essen bringt man Kaffee und Pfeifen, und nun fängt man an zu reden. Man ist heiter, man erzählt aus: „Tausend und eine Nacht."

Bleibst du nun die Nacht im Lager und gehst den andern Morgen wieder, um den Emir zu sehen, oder um eines andern Geschäfts willen, so giebt man dir ein Frühstück; der Scheich erkundigt sich nach deiner Gesundheit, deinem Schlafe.

Du reisest ab; der Scheich entschuldigt sich, daß er dich nicht besser habe aufnehmen können. Er beklagt sich über die Kürze deines Aufenthalts. Das Abschiednehmen ist eben so wortreich. Man umarmt sich, man giebt sich hundertmal den Segen des Himmels; dann kommen die Bartküsse. Hierauf steigt man zu Pferde. Man hat Lebensmittel für dich auf deine Kameele gepackt, Hafer für deine Pferde; man begleitet dich, sind die Wege gefährlich, bis ins nächste Lager.

Man hätte dich, wenn eins deiner Pferde krank war, oder dein Geschäft dich länger aufhielt, noch acht Tage so behandelt. Du giebst, willst du, heimlich beim Abschiede den Dienern des Scheichs oder des Emirs eine Kleinigkeit, und die Segnungen der guten Leute schallen hinter dir noch lange her.

---

213. Die Worte des Koran.

Emir Hassan, Enkel des Propheten,
Faltet seine Hände, um zu beten;
Setzt sich auf den Teppich dann im Saale
Nieder, um zu kosten von dem Mahle.

Und ein Sklave trägt ihm vor die
Speise;
Und er schüttet ungeschickter Weise
Von der Schüssel Inhalt, daß die Seide
Ward beflecket auf des Emirs Kleide.

Und der Sklave wirft sich auf die Erde
Und beginnt mit ängstlicher Geberde:
„Herr, des Paradieses Freuden theilen,
Die ihr Zürnen zu bemeistern eilen.‟ —

„Nun, ich zürne nicht,‟ antwortet
heiter
Hassan, und der Sklav' versetzte weiter:
„Doch noch mehr belohnt wird, wer
Verzeihen
Dem Beleidiger läßt angedeihen.‟ —

„Ich verzeihe!‟ — So des Emirs Worte. —
„Doch geschrieben steht am selben Orte,‟
Sprach der Sklave, „daß am höchsten
thronen
Soll, wer Böses wird mit Gutem lohnen.‟

„Deine Freiheit will ich dir gewähren
Und dies Gold hier, das Gebot zu ehren:
Mög' es nie gescheh'n, daß die Gesetze
Des Propheten Gottes ich verletze!‟

v. Zedlitz.

214. Einladung ins Freie.

Komm hinaus mit in's Feld,
Wenn der Lenz dir gefällt;
Schon schmückt er mit Blumen und Blüthen die Welt.

Komm in Garten und Hain!
Ei, wie wird dich's erfreun,
Ein Zeuge der Freuden des Frühlings zu sein.

Komm hinaus in den Wald!
Horch, wie lieblich erschallt.
Das Liedchen der Vögel, der Vögel im Wald!

E. Anschütz.

215. Die Kreuzzüge.

1096.

Schon lange vor dem elften Jahrhunderte war es gewöhnlich, daß fromme Christen Pilgerreisen nach Jerusalem in das heilige Land unternahmen, wo Jesus Christus, der Stifter unserer göttlichen Religion, einst lebte, lehrte und wirkte. Sie wollten die Stadt sehen, wo er geboren ward, die Orte, die seine Füße betreten und wo er so viele Wunder verrichtet hatte; die Stätte endlich, wo er sich nach bittern Leiden für uns dahin gab in den Tod, und das heilige Grab, von dem sein Leichnam aufgenommen wurde. Der Anblick dieser Orte erweckte in ihnen viele heilige Erinnerungen, er stimmte ihre Seele zu höherem Glauben, höherer Andacht und Liebe. Sie fühlten sich zu Jerusalem dem Himmel viel näher als in ihrem Vaterlande.

Ach, aber das Glück eine so beseligende Reise zu machen, mußte oft theuer erkauft werden! Denn die Sarazenen, die damals im Besitz des heiligen Landes waren und auf die schamloseste Weise die heiligen Orte entweiheten, erlaubten sich alle erdenkliche Mißhandlungen gegen die armen Pilgrime: viele wurden ausgeplündert, ausgezogen, verhöhnt, auf den Tod geschlagen, oft des Lebens beraubt und alle mit den schimpflichsten Namen belegt.

So viele Klagen über die Grausamkeit der Muhamedaner hatten schon den Papst Gregor VII. auf den Gedanken gebracht, die Christen zur Wiedereroberung des heiligen Landes aufzufordern;

der Plan war aber nicht zur Ausführung gekommen. Nun aber erschien nach seinem Tode bei seinem Nachfolger **Urban II.** ein frommer französischer Pilgrim, Peter der Einsiedler genannt. Er war aus Amiens in der Picardie gebürtig und kam aus Jerusalem, wo er seine Andacht verrichtet und selbst die Gräuel mit angesehen und erfahren hatte, die von den Sarazenen an den pilgernden Christen verübt wurden. Der Mann besaß eine feurige Phantasie und viel natürliche Beredsamkeit. Er machte von den Leiden der Christen in Jerusalem eine so lebendige und rührende Schilderung und malte alle Geschichten mit so lebhaften Farben aus, daß Papst Urban ganz erwärmt wurde und bald in heiligem Eifer gegen die ruchlosen Feinde seiner Kirche entbrannte.

Er sah, daß nun der Augenblick zur Ausführung des großen Planes seines Vorgängers gekommen sei; in Peter aber fand er ganz den Mann, wie er ihn zur Vorbereitung der Gemüther brauchte. Er versprach ihm alle Unterstützung und sandte ihn vor sich her, wie einen Apostel. „Gehe hin, mein Sohn," sprach er, „wandle von Dorf zu Dorf, von Stadt zu Stadt, von Land zu Land! erzähle allenthalben, was du gesehen und gehört hast, erwärme die kalten Herzen mit deiner glühenden Beredsamkeit, und der Himmel wird seinen Segen zu deinen Bemühungen geben. Alles Andere überlasse meiner Sorgfalt."

Da trat nun Peter sein Apostelamt an, setzte sich barfuß mit entblößtem Haupte auf einen Esel, umgürtete seinen ausgehungerten Leib mit einem Strick, nahm ein Krucifix in die Hand und eilte von Dorf zu Dorf, von Stadt zu Stadt, von Land zu Land, wie es ihm der heilige Vater befohlen hatte, erzählte von den Leiden der Christen in dem heiligen Lande und predigte mit flammenden Augen und hinreißender Beredsamkeit Krieg gegen die Mauren. Alles horchte aufmerksam seiner Rede; alle Herzen wurden erwärmt und entbrannten in heiligem Grimme gegen die Muselmänner.

Auch Papst Urban blieb nicht unthätig; er hielt eine Kirchenversammlung zu Piacenza, bei der sich über 30,000 Menschen einfanden. Alle wurden gerührt bis zu Thränen von der Schilderung der Drangsale christlicher Pilgrime in dem Lande der Ungläubigen; Tausende versprachen die Waffen gegen sie zu ergreifen; aber es blieb bei dem bloßen Versprechen. Auch zu Clermont, in Frankreich, wurde im Jahre 1095 ein Concilium gehalten; hier aber ging es anders. Die feurigen Franzosen, anstatt zu weinen, ballten die Faust, und als sie zum Zuge nach Jerusalem aufgefordert wurden, schrien alle einmüthig: „Dieu le veut! Dieu le veut!" Der Papst benutzte diese Stimmung; stellte ihnen eine Reise nach Jerusalem als eine Reise zum Himmel vor, versprach ihnen

Vergebung der Sünden, Gnade bei Gott und reiche Beute auf Erden. Seine Rede fand Eingang. Eine Menge müßiger und kampflustiger Edelleute war sogleich entschlossen den Zug anzutreten. Schon hatte der Papst einen Führer für sie ernannt. Er ließ ihn niederknien und heftete ihm eigenhändig ein rothtuchenes Kreuz auf die rechte Schulter. Alle, die gesonnen waren, ihm zu folgen, zeichneten sich auf gleiche Weise; deswegen erhielten sie den Namen Kreuzfahrer. Bald stellte sich ein trefflicher Feldherr, Gottfried von Bouillon, Herzog von Nieder-Lothringen, an ihre Spitze. Wer kein Geld hatte zu der weiten Reise, der verkaufte sein Schloß, seine Güter, seine fahrende Habe an die Klöster und Abteien. Wer Nichts zu verkaufen hatte und den Zug doch mitmachen wollte, der trat in die Dienste eines reichen Ritters und folgte ihm als Knappe oder Waffenträger.

Die Vorbereitungen wurden schon im Jahre 1095 getroffen. In dem folgenden Jahre (1096) sollte im August das Heer aufbrechen. Peter der Einsiedler konnte die Zeit nicht erwarten und ging mit einem Heeresschwarme von 30 bis 40,000 Mann voraus. Auf dem Wege wuchs sein Gefolge bis auf 80,000 Mann. Da ihm das Commando über eine so große Menschenmenge, die sich alle Ausschweifungen erlaubte, zu beschwerlich war, so übergab er die Anführung der einen Hälfte seinem Freunde, Walter von Habenichts, der diesen Beinamen seiner Armuth wegen erhalten hatte. Das Heer nahm seinen Weg durch Deutschland und Ungarn nach Konstantinopel, das damals noch einen christlichen Kaiser hatte. Hier sollte der allgemeine Sammelplatz sein. Unterwegs hauseten sie aber wie Straßenräuber, und wo man ihnen nicht gutwillig Lebensmittel verabfolgen ließ, da raubten sie dieselben mit Gewalt. In Deutschland, wo man sie anfangs als Wahnsinnige belachte oder bedauerte, gab man ihnen gutwillig, was sie bedurften; in Ungarn aber, wo man nicht so zuvorkommend war und sich ihre Unbill nicht wollte gefallen lassen, schlug man sie zu Tausenden todt. Kaum brachte Peter den vierten Theil seiner Mannschaft nach Konstantinopel.

Bald ließen sich auch die Deutschen von der Schwärmerei der Franzosen anstecken. Finsterer Aberglaube, der allerlei bedenkliche Erscheinungen am Himmel zu sehen glaubte, erhitzte eine Menge schwacher Köpfe. Es zeigte sich ein furchtbarer Komet mit einem Schweife, der wie ein flammendes Schwert gestaltet war; Sterne hüpften von einem Orte zum andern; in Osten und Westen zogen blutige Wolken auf; Feuerstrahlen blitzten gegen Norden und ein großes Schwert flog, Jedermann sichtbar, durch die Luft. Allgemein verbreitete sich auch die Sage, Karl der Große sei wieder von den Todten auferstanden und werde in eigener Person

die chriſtlichen Heere gegen die Muſulmänner anführen. Alle dieſe
Wunder fanden Glauben und es ſammelte ſich bald eine Menge
Geſindel. Alle zogen nach Konſtantinopel. Vorher aber übten ſie
ihren heiligen Eifer an den verruchten Juden, die Chriſtum ge-
kreuzigt hatten, und erſchlugen eine unzählige Menge, beſonders
zu Mainz, Köln, Speier und Worms.

In Konſtantinopel war indeſſen ein Haufe italieniſcher Land-
ſtreicher angekommen. Zu jener Zeit herrſchte der griechiſche Kaiſer
Alexius Comnenus. Es war ihm ſehr daran gelegen, die unge-
betenen Gäſte ſo ſchnell als möglich wieder los zu werden; er gab
ihnen daher Schiffe, die ſie über die Meerenge nach Aſien über-
ſetzten.

Nun waren ſie in dem heiligen Natolien, aber lange noch nicht
in dem heiligen Lande. Sie kündigten ihre Ankunft durch Rauben, Morden, Plündern an, und wütheten nicht nur ſchrecklich
gegen die Muhamedaner, ſondern auch bald gegen ſich ſelbſt, denn
es waren ſchlimme Mißhelligkeiten unter ihnen entſtanden. Dieſen
Umſtand benutzte der mächtige Sultan von Nicäa, Soliman, fiel
plötzlich mit einem gutgeübten Heere über ſie her und hieb ſie
faſt alle nieder. Kaum blieben dem unerfahrenen Peter drei tau-
ſend Mann, mit denen er auf ſeine Schiffe flüchtete und eiligſt
nach Konſtantinopel zurückſegelte.

Das Jahr darauf war auch Gottfried von Bouillon mit ſeinem
Heere zu Konſtantinopel angelangt. Es beſtand aus 70,000 Fuß-
gängern und 10,000 geharniſchten Reitern. In guter Ordnung
war es durch Deutſchland und Ungarn gezogen, und da es keine
Gewaltthätigkeiten verübt hatte, erreichte es ungehindert ſeinen
Beſtimmungsort. Dies war aber noch nicht genug. Aus andern
Gegenden erſchienen noch fünf andere Heerhaufen auf dem ge-
meinſchaftlichen Sammelplatze zu Konſtantinopel.

Dem Kaiſer Alexius wurde bange vor dieſer ungeheuern Men-
ſchenmenge. Er nahm zwar die Anführer freundlich auf, ſuchte ſie
aber, ſo ſchnell als möglich, auf ſeinen Schiffen über das Meer
zu befördern.

Wohlbehalten ſtiegen ſie in Klein-Aſien ans Land und zogen
gegen Nicäa, die heutige Stadt Jsnik. In den dortigen Ebenen
wurde Muſterung über das ganze Heer gehalten und, ſiehe da,
es beſtand aus 100,000 gepanzerten Reitern und 200,000 ſtreit-
baren Fußgängern, Weiber und Kinder ungerechnet. Einer ſolchen
Macht konnte Soliman nicht widerſtehen; ſein Sohn wurde zweimal geſchlagen. Nun ging der Zug nach Jeruſalem. Denkt euch
nun ein Heer von weit über 300,000 Mann, mit ſo viel tau-
ſend Pferden, in einem feindlichen Lande und unter einem unge-
wohnten Himmel, ohne Magazine, ohne Lebensmittel, von allen

Seiten angegriffen, oder doch wenigstens geneckt und geängstigt, in der Nothwendigkeit sich jeden kleinen Vorrath, dessen es bedurfte, mit Blut zu erkaufen, so werdet ihr begreiflich finden, daß auf dem mehr als jahrelangen Zuge die Meisten vor Hunger, Krankheit und Elend umkamen, oder unter den Schwertern und Keulen der Muhamedaner fielen. Wirklich langten nicht mehr als 60,000 Mann vor Jerusalem an; doch waren auch in den eroberten Städten ansehnliche Besatzungen zurückgeblieben.

Jerusalem hatte schon an sich eine feste Lage und wurde von einer starken Besatzung herzhaft vertheidigt. Lange waren daher alle Angriffe vergeblich. Endlich wurden unter dem Geschrei: „Gott will's! Gott will's!" dennoch die Mauern erstiegen und Gottfried von Bouillon war der Erste, der die Zinnen betrat. Alle Muhamedaner, die sich jetzt noch widersetzten, wurden niedergehauen. Keiner fand Gnade; selbst wehrlose Menschen, Greise, Frauen, Kinder blieben nicht verschont. Eine große Menge Weiber hatte sich mit ihren Säuglingen in ein unterirdisches Gewölbe geflüchtet und flehte da um Schonung. Umsonst! alle wurden zur Ehre des Erlösers niedergemetzelt. — O die Unmenschen, die den Gott der Güte und der Langmuth durch unschuldiges Blut zu ehren glaubten! Nach diesen Gräuelthaten zogen sie in feierlicher Prozession zu dem Grabe Jesu, warfen sich da nieder in brünstigem Gebete, stimmten Lobgesänge an und feierten ein glänzendes Dankfest. Hierauf wurden alle Juden in der Stadt, die bis dahin vom Schwerte verschont geblieben, sammt Frauen und Kindern lebendig verbrannt. — Gottes Donner schwieg zu diesen Gräueln, die in Seinem Namen begonnen wurden. Bald aber wurden die Frevler gewahr, daß der Himmel keinen Gefallen findet an sündigem Wesen, denn die Herrlichkeit ihrer Eroberung war nur von kurzer Dauer.

Jerrer.

216. Die Rache.

Der Knecht hat erstochen den edlen Herrn;
Der Knecht wär' selber ein Ritter gern;
Er hat ihn erstochen im dunklen Hain,
Und den Leib versenket im tiefen Rhein.
Hat angelegt die Rüstung blank,
Auf des Herrn Roß sich geschwungen frank.

Und als er sprengen will über die Brück,
Da stutzet das Roß und bäumt sich zurück.
Und als er die goldenen Sporen ihm gab,
Da schleudert's ihn wild in den Strom hinab.
Mit Arm, mit Fuß er rudert und ringt,
Der schwere Panzer ihn niederzwingt.

Uhland.

Masson, Lesestücke.

7

217. Der bestrafte eingebildete Sohn.

Im ersten halben Jahr—und schon
Ganz voll Philosophie —
Kam Fritz, der hoffnungsvolle Sohn,
Von der Akademie.

Kaum tritt er in der Eltern Haus,
Kramt der gelehrte Mann
Bei Tisch der Weisheit Schätze aus,
Und zeiget, was er kann.

„Gelt," spricht er, werth'ster Herr
Papa,
Sie sagen: es sind zwei
Gebrat'ne junge Hühnchen da,
Ich aber — es sind drei.

Atqui, es sind zwei Braten hier:
Und eins steckt ja in zwei;
Ergo, so zeigt die Logik mir,
Sind auch der Braten drei."

„Recht so," versetzt der Herr Papa,
„Gott segne dein Bemühn!
Ich nehme den, den die Mama,
Nimm du den dritten hin."

Gleim.

---

218. Frankreich und England vor dem Jahre 1430.

Um das Jahr 1400 war in Frankreich Karl VII. König. Er gelangte sehr jung auf den Thron, so daß statt seiner seine Oheime
regieren mußten. Als er älter wurde und selbst die Regierung übernahm, zeigten sich bei ihm Spuren von Wahnsinn. Das war für
Frankreich ein großes Unglück. Denn des Königs Bruder, der Herzog Ludwig von Orleans, und dessen Vetter, Johann der Uner-
schrockene, Herzog von Burgund, waren miteinander im Streit
und suchten das Volk aufzuregen, so daß ganz Frankreich in zwei
Parteien zerfiel. Die eine Partei erklärte sich für Orleans, die andere für Burgund. Die beiden Prinzen wurden immer feindseliger
gegen einander und der unglückliche König war nicht im Stande,
dies zu verhindern. Endlich ließ Johann seinen Vetter Ludwig
durch Meuchelmörder umbringen. Diesen unglücklichen Zustand Frankreichs benutzten die Engländer, welche schon früher mit den Franzosen Krieg geführt hatten, um einen neuen Einfall in Frankreich
zu machen. Sie kamen herüber und lieferten den Franzosen eine
Schlacht bei Azinkourt (1415), in welcher die letztern geschlagen
wurden.

Wenn jetzt in der königlichen Familie Einigkeit gewesen wäre,
so hätte man vielleicht die Engländer aus Frankreich heraus-
treiben können. Allein die Königin Isabeau haßte ihren eigenen
Sohn, den Dauphin Karl, weil dieser zur Orleans'schen Partei
gehörte, während sie eine Anhängerin der Burgundischen war. Der

Haß der Königin gegen den Dauphin wurde noch größer, als ein Ritter desselben, Namens du Chatel, den Herzog von Burgund ermordete. Aus Rache verband sich Isabeau mit dem Sohne des Ermordeten, Philipp dem Guten, und beide schlossen mit dem Könige von England, Heinrich V., einen Vertrag zu Troyes (1420), in welchem festgesetzt wurde, daß Heinrich eine Tochter Karls VI. heirathen, und wenn dieser gestorben sein würde, er Erbe von Frankreich werden sollte. Die Vermählung fand statt. Heinrich aber starb früher als Karl VI., und nun bestieg der Dauphin als Karl VII. den französischen Thron. Was konnte dieser aber in Frankreich anfangen, da der größte Theil seiner Unterthanen ihm feindlich gesinnt war! Engländer, Burgunder und Franzosen verbanden sich und trieben ihn aus einer Stadt in die andere. Alles schien für den unglücklichen König verloren; da wurde ihm auf eine wunderbare Weise Hülfe und Rettung zu Theil.

---

219. Das Mädchen von Orleans.

1430.

Im Dorfe Domremi, bei dem Städtchen Baucouleurs in Lothringen, lebte ein Bauer, Thibaut d'Arc, der eine Tochter hatte, die Johanna hieß. An dem Mädchen war bisher nichts Außerordentliches bemerkt worden. Sie war, wie alle Bauermädchen, groß, stark, tüchtig zur Arbeit; ja man sah sie nicht selten die Pferde zur Tränke reiten und andere männliche Arbeiten verrichten. Jetzt aber, wo Aller Augen und Aufmerksamkeit auf die Stadt Orleans gerichtet waren, wo in allen Häusern und Hütten von dem unglücklichen Könige Karl, seiner Bedrängniß, seiner unnatürlichen Mutter und den Fortschritten der Engländer gesprochen wurde, jetzt wurde sie immer stiller und stiller; sie lauschte auf jede Nachricht, stand oft zerstreut und in sich gekehrt da und alle ihre Gedanken waren nur auf den bedrängten ritterlichen König gerichtet. Schlaflos lag sie auf ihrem Lager. „Wie," dachte sie da, „wenn doch alle Franzosen, die es redlich mit ihm meinen, aufständen und für ihn stritten? Dann müßte ihm ja geholfen werden."—Und wann sie dann einschlief, so sah sie im Traume den König von tausend Gefahren umdrängt: sie aber rettete ihn von allen seinen Feinden. Beim Erwachen beklagte sie dann ihre Schwachheit, bis die unaufhörliche Beschäftigung mit diesem Gedanken und die öfteren Träume sie überzeugten, sie sei vom Him-

*

mel erkoren, ihren König zu retten. Von nun an hatte sie keine
Ruhe und Rast mehr zu Hause. Sie ging in das benachbarte
Städtchen Vaucouleurs zu dem Ritter **Baudrikourt**. Den bat sie
recht inständig, sie doch mit zum Könige zu nehmen und ihre geringe Hülfe nicht zu verachten. Sie erzählte ihm ihre Erscheinungen und Eingebungen und versicherte, sie sei bestimmt, den König
und Frankreich zu retten.

Anfangs wies sie Baudricourt verdrießlich von sich; da sie aber
nicht aufhörte in ihn zu dringen, so hörte er sie aufmerksamer an,
war zuletzt ganz eingenommen von ihr und versprach, sie mit zum
Könige zu nehmen.

Der König Karl hielt sich damals im Schlosse Chinon, nicht
weit von Orleans, auf. Er horchte hoch auf, als ihm der Ritter
erzählte, wen er mitbringe und welche Erscheinungen das Mädchen vorgäbe. Karl wollte sie erst auf die Probe stellen. Er ließ
sie zu sich führen, nachdem er alle königliche Abzeichen abgelegt
und sich unter seine Hofleute verborgen hatte. Aber sogleich fand
sie ihn unter Allen heraus, obgleich sie ihn noch nie gesehen hatte.
Dann vertraute sie ihm, um ihre göttliche Sendung zu beweisen,
den Traum an, den sie in der letzten Zeit gehabt hatte, versprach
ihm, ihn zur Krönung nach Rheims zu führen und verlangte, man
sollte ihr ein von ihr näher bezeichnetes Schwert aus einer benachbarten Kapelle holen. Der König war oder stellte sich ganz
überzeugt von ihrer himmlischen Sendung. Er behielt sie bei sich,
erwies ihr ungemeine Ehre, ließ ihr gleich eine Rüstung machen
und eine Fahne, auf welcher die heilige Jungfrau abgebildet war.
So zeigte er sie dem Heere, welches ihr laut entgegen jauchzte
und von jetzt an unbesiegbar zu sein glaubte.

Wie sehr der feste Glaube an himmlischen Beistand auf ein Heer
wirken kann, ist schon von der Eroberung von Jerusalem her bekannt, und zeigte sich auch hier wieder. Es war urplötzlich ein
ganz neuer Geist in die Soldaten gefahren und ungeduldig war-
teten sie auf das Zeichen zur Schlacht. Die erste Gelegenheit, wobei man Johanna's Beistand benutzte, war ein Versuch, den der
Graf Dunois machte, die halb verhungerten Einwohner von Orleans mit Lebensmitteln zu versehen. Ein Haufen Soldaten ward
versammelt, den Zug nach Orleans zu beschützen. Vorher befahl
die Jungfrau, daß alle Soldaten beichten müßten; dann führte sie
wieder Zucht und Ordnung ein. Jetzt schrieb sie an die Anführer
der Engländer, die vor Orleans standen, und befahl ihnen, sogleich die Belagerung aufzuheben und Frankreich zu verlassen. „Gebt
heraus", ließ sie ihnen sagen, „die Schlüssel alle von den Städten, die ihr bezwungen wider göttliches Recht. Die Jungfrau kommt
vom Könige des Himmels, euch Frieden zu bieten oder blutigen

Krieg. Wählt! denn das sage ich euch, damit ihr's wißt: das schöne Frankreich ist euch nicht beschieden!" — Die Engländer lachten. „Nun," sagten sie, „Karl muß doch sehr in Noth sein, daß er zu Weibern seine Zuflucht nimmt." Aber im Herzen war ihnen ganz anders zu Muthe.—Der Zug mit den Lebensmitteln brach auf; die Jungfrau führte an mit der heiligen Fahne, und sie sehen und die Waffen wegwerfen, war bei den Engländern eins. Ohne Schwierigkeit wurden die Lebensmittel in die Stadt geschafft. Johanna selbst, die nun die Jungfrau von Orleans genannt wurde, hielt ihren Einzug in die befreite Stadt, deren Einwohner sie als ihre Retterin empfingen.

Die erste Verheißung der Jungfrau—die Befreiung der Stadt Orleans — war nun erfüllt. Die zweite war die Krönung des Königs in Rheims. Daher forderte sie ihn nun zum Zuge dahin auf. „Wohledler Dauphin," sprach sie und kniete vor ihm nieder, „kommt nun zu Rheims, Krönung und Salbung zu empfangen. Ich bin sehr begierig euch hinziehen zu sehen. Eilt!"

Vor wenigen Wochen noch wäre es eine Tollheit gewesen, nach dem entfernten Rheims zu ziehen, und selbst noch jetzt war es ein Wagstück, denn die ganze Gegend bis dahin war noch von den Engländern besetzt und die Stadt selbst war in ihren Händen. Aber auf Zureden der Jungfrau wurde der Zug beschlossen. Die meisten Städte unterwegs öffneten die Thore und Rheims selbst sandte die Stadtschlüssel entgegen. Mit frohlockendem Herzen zog Karl in die Königsstadt ein, und gleich am folgenden Tage wurde die heilige Handlung der Krönung vollzogen. Die Jungfrau mußte, ihre Fahne in der Hand haltend, während der Feierlichkeit neben dem Könige vor dem Altare stehen, und das hohe Gewölbe des Domes hallte wieder von dem Freudengeschrei des entzückten Volkes. Als nun die Krönung vorüber war, sank die Jungfrau, überwältigt von den Gefühlen der Freude und des Dankes gegen den Himmel, der sie zum Werkzeuge gebraucht hatte, nieder vor dem nun gesalbten Könige, umfaßte seine Kniee und wünschte ihm unter vielen Freudenthränen Glück und Segen. Er aber erhob sie unter dem Namen eines Fräuleins de Lis in den Adelstand. Nun begehrte sie ihre Entlassung. Sie wollte zurückkehren in ihr stilles Dorf, zu ihren gewohnten Beschäftigungen. „Nimmermehr!" erklärte der König, „vollende erst dein Werk und vertreibe die Engländer vollends vom französischen Boden."—Sie ließ sich zu ihrem Unglücke bereden.

Anfangs ging zwar Alles gut. Fast alle benachbarte Städte unterwarfen sich bei der ersten Aufforderung. Dagegen bedrängte der Herzog von Burgund die Stadt Compiegne. Hier hinein warf sich die Jungfrau, um der Besatzung Muth zur Vertheidigung einzuflößen, und unternahm am folgenden Tage einen Ausfall. Da aber die Feinde heftig drängten, zog sie sich zurück, drang dann noch einmal vor, wurde aber hier von den Franzosen verlassen, von den Burgundern umringt und, nach einem wüthenden Gefechte, gefangen genommen.

Wie triumphirten nun die Burgunder und Engländer! In Paris wurde ein Te Deum gesungen und die Engländer betrachteten den Fang als einen großen Sieg. Zunächst wurde sie in einen Thurm gesperrt. Der Herzog von Bedford kaufte sie den Burgundern ab. Als sie das hörte, entsprang sie aus dem Thurme, wurde aber bald wieder eingeholt und nach Rouen gebracht. Hier wurde sie von ihren Feinden der Zauberei, Gottlosigkeit, Abgötterei und Hexerei förmlich angeklagt und dem geistlichen Gerichte übergeben. Auf alle Fragen antwortete sie mit der größten Unerschrockenheit. Man führte sie mit Ketten gebunden vor's Gericht. Sie bat, man möchte sie losbinden. „Gut," sagten die Richter, „aber du mußt versprechen, nicht wieder entwischen zu wollen." — „Nimmermehr!" antwortete sie, „im Gegentheil werde ich entfliehen, wie und wo ich kann."

Vier Monate lang wurde das arme Mädchen mit Fragen gequält, um sie irre zu machen. Man fragte sie, warum sie sich auf ihre Fahne verlassen hätte, da diese doch nur durch Zaubersprüche geweiht worden sei. „Nur allein auf Gott und die heilige Jungfrau," antwortete sie, „deren Bildniß darauf steht, habe ich mich verlassen." Weiter fragte man sie, warum sie bei der Krönung sich neben den König gestellt habe? „Weil," war die Antwort, „die, welche alle Gefahren mit ihm getheilt hatte, auch an der Ehre Theil nehmen mußte." — „Aber," fragte man endlich, „wie abscheulich war es doch, daß du als Jungfrau dir anmaßtest, über Männer den Oberbefehl im Kriege zu führen? — „Das sehe ich nicht ein," antwortete sie, „denn ich hielt Alles für erlaubt, um die Engländer aus Frankreich zu vertreiben und mein Vaterland zu befreien." — Da man ihr weiter nichts anhaben konnte, so sprachen endlich die geistlichen Richter das Urtheil, sie sei eine Ketzerin, ihre angeblichen Offenbarungen seien Nichts als Eingebungen des Bösen und daher verdiene sie, auf dem Scheiterhaufen zu sterben. Der Gedanke, verbrannt zu werden, warf endlich ihren ganzen Muth, der schon durch die lange Gefangenschaft gebrochen war, danieder. Sie legte sich auf's Bitten, versprach ihre Offenbarungen zu widerrufen und nie wieder dergleichen vorzugeben. „Gut," sagten die Richter, „dann soll deine Strafe gemildert werden; du sollst — auf Zeitlebens — bei Wasser und Brot im Gefängniß bleiben!" Aber bald ärgerten sie sich, daß sie das Mädchen nicht lieber aus der Welt geschafft hatten, und dachten auf einen Vorwand, es noch zu thun. Sie hatte unt anderm versprechen müssen, nie wieder eine Rüstung anzulegen. Geschwind hingen daher ihre Feinde eine solche in ihr Gefängniß. Sobald Johanna sie sah, wachten die alten Gedanken wieder mit aller Lebendigkeit auf. Sie konnte dem Triebe nicht widerstehen, sie anzulegen und sich in ihr in die glücklichen Tage ihrer kriegerischen Thätigkeit zurückzuträumen. Da rauschte plötzlich die Thür auf; ihr Gefangenwärter überraschte sie in der verbotenen Tracht und nun half kein Bitten und Flehen und Versprechen. Es hieß, sie sei eine zurückgefallene Ketzerin und müsse daher sterben. Dies Urtheil wurde auch wirklich an ihr vollzogen und sie wurde auf dem Marktplatze von Rouen verbrannt.

Selbst der Scharfrichter war durch die Hinrichtung Johannas so ergriffen, daß er, so wie zwei ihrer Richter, nachher die heftigsten Gewissensbisse über ihren Antheil daran empfanden; und als 24 Jahre später die Verwandten der Jungfrau es dahin brachten, daß die Acten ihres Processes noch einmal durchgesehen wurden, fand es sich auch, daß nur die Ränke schändlicher Richter sie schuldig gemacht hatten. Nun wurde sie, freilich zu spät, für unschuldig erklärt. Man errichtete ihr in Orleans mit Recht eine Ehrensäule, und noch bis auf den heutigen Tag wird dort jährlich der Tag durch ein Volksfest gefeiert, an welchem sie die Stadt von den Engländern befreite. Auch die Hütte in Domremi, in welcher sie geboren wurde und lebte, selbst die Kammer, worin sie schlief, ist noch erhalten und wird von den Reisenden noch oft mit Rührung betrachtet.

Rösselt.

220. Hoffnung.

Und dräut der Winter noch so sehr
Mit trotzigen Geberden,
Und streut es Schnee und Eis umher,
Es muß doch Frühling werden.

Und drängen die Nebel noch so dicht
Sich vor den Blick der Sonne,
Sie wecket doch mit ihrem Licht
Einmal die Welt zur Wonne.

Blast nur ihr Stürme, blast mit Macht,
Mir soll darob nicht bangen;
Auf leisen Sohlen über Nacht
Kommt doch der Lenz gegangen.

Da wacht die Erde grünend auf,
Weiß nicht, wie ihr geschehen,
Und lacht in den sonnigen Himmel hinauf,
Und möchte vor Lust vergehen.

Sie flicht sich blühende Kränze ins Haar,
Und schmückt sich mit Rosen und Aehren,
Und läßt die Brünnlein rieseln klar,
Als wären es Freudenzähren!

Drum still! Und wie es frieren mag
O Herz, gieb dich zufrieden;
Es ist ein großer Maientag
Der ganzen Welt beschieden.

Und wenn dir oft auch bangt und graut,
Als sei die Höll' auf Erden,
Nur unverzagt auf Gott vertraut!
Es muß doch Frühling werden.

Geibel.

---

221. Einkehr.

Bei einem Wirthe, wundermild,
Da war ich jüngst zu Gaste;
Ein gold'ner Apfel war sein Schild,
An einem langen Aste.

Es war der gute Apfelbaum,
Bei dem ich eingekehret;
Mit süßer Kost und frischem Schaum
Hat er mich wohl genähret.

Es kamen in sein grünes Haus
Viel leichtbeschwingte Gäste;
Sie sprangen frei und hielten Schmaus
Und sangen auf das Beste.

Ich fand ein Bett zu süßer Ruh
Auf weichen grünen Matten;
Der Wirth, er deckte selbst mich zu
Mit seinem kühlen Schatten.

Nun fragt ich nach der Schuldigkeit;
Da schüttelt er den Wipfel.
Gesegnet sei er alle Zeit
Von der Wurzel bis zum Gipfel.

Uhland.

---

222. Die Entdeckungen der Portugiesen.

Im fünfzehnten und sechszehnten Jahrhundert zeigte sich bei den Portugiesen und Spaniern ein großer Eifer, Entdeckungsreisen zur See zu machen. Zuerst waren es die Portugiesen, welche unter ihrem Infanten, Don Heinrich, die entfernten Küsten von Afrika kennen lernten. Gonsalvez und Tristan entdeckten 1418 die Inseln Porto-Santo und Madeira. Später umschiffte Gilianez das gefahrvolle Kap Bajador und brachte zum ersten Male 1432 eingetauschte Neger nach Europa. Die Schiffe Heinrichs gelangten sogar bis nach Guinea. Da die Seefahrer erzählten, daß Afrika gegen Süden immer schmaler werde, kam man auf den Gedanken, um Afrika herum einen Seeweg nach Ostindien aufzusuchen; denn die kostbaren Waaren Ostindiens waren bisher auf eine sehr mühevolle Weise nach Europa geschafft worden. In dieser Absicht schiffte unter dem Könige Johann II. der ausgezeichnete Bartholomäus Diaz von Portugal aus und umsegelte die Südspitze von Afrika oder das Vorgebirge der guten Hoffnung (1487).

Die Unternehmungen der Portugiesen blieben nicht unbekannt, und so kam Kolumbus aus Genua auf den Gedanken, den Weg nach Ostindien in einer ganz andern Richtung aufzusuchen. Ums Jahr 1472 war er nach Portugal gegangen, von wo aus er mehrere von den erwähnten Seereisen mitgemacht hatte. Nach dem Tode seines Schwiegervaters studirte er mit besonderem Fleiße dessen Tagebücher und Landkarten. Sein Studium führte ihn auf die damals noch nicht anerkannte Ueberzeugung, daß die Erde eine Kugel sei und daß daher, wenn man von Portugal nach Westen schiffe, Indien gefunden werden müsse. Da Kolumbus bei einem längeren Aufenthalte auf der Insel Porto-Santo zuweilen von Westen her künstlich geschnitztes Holz und Leichname von fremdartiger Bildung hatte über das Meer schwimmen sehen, so wurde er in seiner Ueberzeugung noch bestärkt. Nun arbeitete er einen Reiseplan aus. Denselben theilte er dem gelehrten Florentiner Toskanelli mit und hatte die Freude, bei diesem Uebereinstimmung mit seinen Ansichten zu finden. Die Genueser, seine Landsleute, für die er die Reise machen wollte, wiesen ihn zurück. Der König von Portugal betrug sich hinterlistig gegen ihn, indem er einen andern Mann zu diesem Unternehmen ausschickte, der aber bald zurückkam. Da wandte sich Kolumbus nach Spanien. Wiewohl er hier sehr viele Gegner fand und mit großen Schwierigkeiten zu kämpfen hatte, erlangte er endlich nach achtzehn Jahren von der Königin Isabella die zur Reise nöthigen Schiffe und Mittel.

---

223. Die Entdeckung von Amerika.

1492.

Es war am 3. August des Jahres 1492 an einem Freitage, Morgens, als Kolumbus mit drei kleinen Schiffen und 120 Mann die kühne Fahrt aus dem Hafen von Palos begann. Am 9. August erreichte man die Kanarischen Inseln, wo Kolumbus sich drei Wochen aufhielt und dann seine Fahrt den 6. September fortsetzte. Kaum hatte man am 9. September die Kanarischen Inseln aus dem Gesichte verloren, als schon einem großen Theile der Mannschaft der Muth sank und sie in Vorwürfe gegen Kolumbus ausbrach. Doch gelang es ihm, sie wieder zu beruhigen. Als aber der Wind unaufhörlich 14 Tage in ihren Rücken blies und die Schiffenden, trotz mancher Land verkündender Zeichen, nur immer weiter in das grenzenlose Meer forttrieb, da schwand ihnen die

Hoffnung, je wieder ihre Heimath zu sehen; sie fingen an ernst und finster vor sich hinzubrüten, zu murren und zu verzweifeln. Endlich drohten sie sogar, Kolumbus über Bord zu werfen und nach Hause zurückzukehren. Aber auch jetzt stillte er, von dem Gelingen seines Unternehmens fest überzeugt, bald durch Güte und durch neue Aussichten auf die ihnen bevorstehenden Vortheile, bald durch Drohungen mit der ihm verliehenen unumschränkten Gewalt, den Aufruhr.

Am 6. October glaubte man beim Aufgange der Sonne Land wahrzunehmen; allein bald überzeugte man sich wieder, daß man durch ein Gewölk getäuscht worden war. Darauf wurde das Murren und der Aufruhr allgemein, indem die Angst vor dem Hungertode oder Schiffbruch Verzweiflung erzeugte. Nachdem Kolumbus den Aufruhr weder durch gelinde noch scharfe Mittel zu dämpfen im Stande war, und selbst in der größten Gefahr schwebte, von den Aufrührern umgebracht zu werden, machte er ihnen den Vorschlag, daß er, wenn binnen drei Tagen das Land sich nicht zeige, mit ihnen umkehren wolle, wodurch er die Ruhe wieder herstellte. Glücklicherweise folgten an den beiden nächsten Tagen solche Erscheinungen, welche auch dem Furchtsamsten Muth einflößten. Man sah ein neu abgeschnittenes Rohr auf dem Wasser treiben, fischte ein bearbeitetes Stück Holz nebst einem Bund Gras auf, welches letztere erst vor kurzem am Ufer eines Flusses ausgerissen zu sein schien, sah den Zweig eines Dornbusches nebst dessen Frucht und fühlte ungleichen Wind, besonders Nachts, was der erfahrene Kolumbus nur von der Nähe des Landes erklären konnte. Nun verwandelte sich die Verzweiflung der Mannschaft in lautes Hoffen. Er benachrichtigte sie noch vor dem Ablaufe des dritten Tages, daß er diese Nacht Land zu erblicken hoffe und befahl den Steuermännern wachsam auf ihrer Hut zu sein.

Am 11. October, Abends um 10 Uhr, erblickte Kolumbus ein Licht in der Ferne, das hin und her bewegt wurde. Auch zwei andere Reisegefährten, die er zu sich rief, sahen dasselbe und wie es seinen Standort veränderte. Zwei Stunden nach Mitternacht, also den 12. October, riefen zwei Matrosen der Pinta, welche vorauseilte: „Land! Land!" und gaben noch andere Zeichen der Freude. Sie hatten es auch in der That entdeckt und waren nur noch zwei Meilen davon entfernt.

Bei Tagesanbruch zeigte sich ihren staunenden Blicken eine schöne flache Insel in dem Schmucke der Tropenvegetation. Kolumbus kleidet sich in Scharlach, befiehlt die Anker fallen zu lassen, die Boote zu bemannen und, mit einer eigens zu diesem Zwecke verfertigten Fahne in der Hand, steigt er ans Land, sinkt auf die Kniee, welchem Beispiele die ganze mit ihm gelandete Mannschaft folgte, und betet: „Allmächtiger, ewiger Gott, der

Du durch die Kraft Deines heiligen Wortes Himmel und Erde
und das Meer erschaffen hast, Lob, Ehre und Preis sei Deinem
heiligen Namen! Angebetet werde Deine Majestät, die Du durch
Deinen geringen Diener hast verkündigen lassen, damit sie in diesem
entfernten Theil der Erde verehrt werde." Nach diesem Gebete
erhob sich Kolumbus, zog das Schwert, ließ die königliche Fahne
wehen und nahm im Namen der Krone Spaniens feierlich vom
Lande Besitz.

Nachdem alle Formen beobachtet worden waren, drängte sich seine
ganze Mannschaft um ihn, fiel ihm zu Füßen, küßte seine Hände
voll Dankbarkeit und äußerte das höchste Entzücken, verbunden mit
tiefer Bewunderung und Ehrfurcht. Der bisher von ihnen verach=
tete Ausländer wurde nun zu den größten Menschen gezählt und
fast angebetet.

Schüchtern und mit ängstlichem Staunen sah allem diesen
ein kupferfarbenes Volk zu, welches das ganze Ufer besetzt hatte
und mit zitternder Neugierde die Schiffe betrachtete, die es für
Ungeheuer hielt. Als die nackten Wilden wahrnahmen, daß
ihnen kein Leid geschah, nahten sie sich den Fremden, ihre
Kleidung, Waffen, Boote, die Hautfarbe, besonders aber die ma=
jestätische Gestalt des Admirals bewundernd. Sie waren mit größ=
ter Ehrfurcht und allen Zeichen der Anbetung genaht, wurden
aber zutraulich, als sich der Admiral gegen sie so freundlich und
liebreich benahm. Nun glaubten sie, die Fremden seien vom Him=
mel herabgestiegen und hielten sie für himmlische Wesen. Die
Spanier betrachteten diese Naturkinder, die völlig nackt, mit ver=
schiedenen Farben bemalt, meistens von schlanker Gestalt und von
angenehmen Gesichtszügen waren und schwarzes, buschiges Haar
hatten, mit nicht geringerer Neugierde.

Kolumbus glaubte nicht anders, als daß er Indien berührt
habe; er gab daher den Einwohnern den Namen Indier, der
damals ohne alle Untersuchung angenommen wurde und später
auf alle neuentdeckten wilden Völker überging; ja sogar dem Lande
verblieb der Name, das noch heute Westindien heißt.

Diese erste Insel, von den Eingebornen Guanahani genannt,
erhielt von Kolumbus den Namen San Salvador und ist eine der
Lukaischen oder Bahama=Inseln. An dem Landungsplatze, der Port
Howe genannt wird, steht gegenwärtig ein Landhaus, das zu Eh=
ren des Kolumbus den Namen Kolumbia führt.

224. Die drei Blümchen.

Es blühen drei Blümchen, gar hold und schön,
In Gottes reichblühendem Garten;
In Wäldern und Feldern, auf Bergen und Höhn
Der Engelein Hände sie warten.
Die kindliche Einfalt mit Freuden sie bricht,
Zu Sträußchen sie füget, zu Kränzchen sie flicht.

Das zarte Maiblümchen, so hell und so weiß,
Die Glöcklein wie Perlen gereihet,
Es blüht zu der göttlichen Vorsicht Preis,
Es blühet der Unschuld geweihet.
Ehrt, sagt das Blümchen, wo immer es blüht,
Den Schöpfer der Blumen mit reinem Gemüth.

Das liebliche Veilchen, bescheiden blau,
In grünende Blättchen verhüllet,
Den Augen verborgen die Frühlingsau
Mit süßen Gerüchen erfüllet;
Es duftet so heimlich, so süß und so mild:
Bescheid'ner Wohlthätigkeit liebliches Bild.

Das holde Vergißmeinnicht malt den Rand
Des Bächleins mit himmlischer Bläue;
Es blühet — und welkte auch rings das Land —
Und treibet der Blüthen stets neue.
Wo Freundschaft und Liebe sich immer erneut,
Da bleibt es der Freundschaft und Liebe geweiht.

Nehmt, Kinder, die holden drei Blümchen hin,
Zum zierlichen Sträußchen vereinet;
Mit frommen, wohlthuendem, treuem Sinn
Bewahret, was jegliches meinet;
So lang' euch der Blümchen Bedeutung entzückt,
Da lebet wie Engel ihr froh und beglückt.

Chr. Schmid.

---

225. Trost.

Säng' nicht das Vöglein
Mit munter'm Schall;
Blühten nicht Blumen
Allüberall;
Glänzte nicht nieder
Der Sterne Schein;
Möcht' ich auf Erden
Kein Wand'rer sein.
Aber das Vöglein
Auf Zweig und Ast,

Singt seinen Gruß mit
Auf kurzer Rast;
Aber das Röslein
An öder Kluft,
Streut mir entgegen
All seinen Duft;
Aber die Sterne,
So klar und licht,
Mahnen und trösten:
Verzage nicht!

Vogl.

226. Raphael.

Raphael Sanzio, von seinen Landsleuten der Göttliche genannt, ward 1483 zu Urbino geboren. Sein Vater war ein sehr geschickter aber armer Maler, bei dem der Knabe sich schon in zarten Jahren übte. Da er ihn aber früh verlor, so ward er nach Perugia zu dem Maler Pietro Perugino gebracht. Nach Verlauf einiger Jahre konnte man die Kopien des Lehrlings nicht mehr von den Originalen des Meisters unterscheiden, und der Ruf von den Talenten des Jünglings war so groß, daß man ihm schon jetzt von allen Seiten Gemälde für Kirchen und fürstliche Kabinette auftrug.

Er malte nun verschiedentlich in Perugia, Siena und Urbino, und als er von den herrlichen Cartons des Leonardo da Vinci und Michel Angelo in Florenz hörte, konnte er sich nicht enthalten, dorthin zu reisen, um sie zu sehen. Er erwarb sich hier die Freundschaft eines trefflichen Malers, **Fra Bartolomeo**, und blieb, ihm und der Kunst zu Liebe, ein Jahr lang dort. Außer den schönen Werken, die er ununterbrochen hervorbrachte, legte er sich nun zugleich mit dem größten Eifer auf das Studium der Anatomie und der Perspective. Endlich eröffnete sich ihm eine glänzende Ehrenbahn. Der berühmte Bramante, der Baumeister der Peterskirche, rief ihn nach Rom und empfahl ihn dem Papst Julius II. zu den Wandgemälden, womit dieser mehrere Prunkzimmer im Vatican ausschmücken lassen wollte. So entstand eine Reihe großer historischer Gemälde, von denen jedes eine Wand einnimmt, indem alle die vielen darauf angebrachten Figuren Lebensgröße haben. Das erste war der sogenannte Streit über die Sacramente, eine Kirchenversammlung; das zweite die Schule von Athen, eine Versammlung der berühmtesten Dichter und Philosophen; das dritte der Berg Parnassus, an dem er sein eigenes Bild hinter den Gestalten Homers, Virgils und Dantes angebracht hat.

Der Papst hatte nicht sobald die beiden ersten gesehen, als er den Maurern befahl, alle Gemälde anderer Meister in den benachbarten Zimmern herunterzuschlagen, damit Alles neu von Raphael gemalt werden könne. Dieser rettete nur die Gemälde an der Decke, welche sein Lehrer Pietro Perugino in früheren Zeiten gemalt hatte. Nach Julius II. Tode ward Leo X. sein Beschützer. Alles sollte er malen, und da er sich doch nur immer einem Werke widmen konnte, so machte er zuletzt nur die Zeichnungen und überließ die Ausführung seinen Schülern. Auf diese Art sind besonders die Wandgemälde (Logen) in einer Gallerie im ersten Hofe des Vatikans entstanden, die größtentheils von seinen Schülern ausgeführt sind.

Raphael war an Körper und Gemüth einer der schönsten Menschen. Seiner Leutseligkeit und bezaubernden Freundlichkeit konnte Niemand widerstreben. Die Blödigkeit, die eine Folge seiner beschränkten Erziehung gewesen war, hatte sich in der Folge in eine edle Bescheidenheit verwandelt, so daß er seine eigene Größe nicht zu kennen schien. Er starb am 7. April 1520 in der Blüthe seines Lebens, im sieben und dreißigsten Jahre, an Entkräftung.

Sein Begräbniß war ein Trauerfest für ganz Rom. In dem Saale, wo er zuletzt gemalt hatte, stand sein Leichnam im Sarge aufgestellt, zu seinem Haupte sein letztes hochberühmtes Gemälde, die Verklärung Christi auf dem Berge Tabor, und rings umher sah man die edelsten Männer Roms, die ihre Thränen nicht stillen konnten. Alles, was Künstler hieß, schloß sich an den Leichenzug mit an, und seine erhabenen Freunde sorgten für ein seiner würdiges Ehrendenkmal.

227. Die beiden Fensterlein.

Es sind zwei kleine Fensterlein
In einem großen Haus;
Da schaut die ganze Welt hinein,
Da schaut die ganze Welt heraus.

Ein Maler sitzt immer dort,
Kennt seine Kunst genau;
Malt alle Dinge fort und fort,
Weiß, schwarz, roth, grün und blau.

Dies malt er eckig, jenes rund,
Lang, kurz—wie's ihm beliebt;
Wer kennet all' die Farben und
Die Formen, die er giebt?

Ein Zaubrer ist's, das sag' ich kühn;
Was faßt der Erde Schooß,
Das malt er auf ein Fleckchen hin,
Wie eine Erbse groß.

Auch was der Hausherr denkt und sieht,
Malt er ans Fenster an,
Daß Jeder, der vorüber geht,
Es deutlich sehen kann.

Und freut der Herr im Hause sich
Und nimmt der Schmerz ihn ein,
Dann zeigen öfters Perlen sich
An beiden Fensterlein.

Ist's schönes Wetter, gute Zeit,
Da sind sie hell und lieb:
Wenn's aber fröstelt, stürmt und schneit,
Da werden sie gar trüb.

Und geht des Hauses Herr zur Ruh',
Nicht braucht er dann ein Licht:
Dann schlägt der Tod die Laden zu,
Und ach — das Fenster bricht.

Castelli.

228. Die Russen.

Eine natürliche Gutmüthigkeit, große Dienstfertigkeit und Ge-
fälligkeit, Wohlthätigkeit bis zur Verschwendung, Gastfreiheit, un-
zubeugende Ausdauer auch bei den größten Beschwerden, uner-
schütterliche Standhaftigkeit, Muth und Furchtlosigkeit, die bis zur
Verwegenheit geht, enthusiastische Liebe zum Vaterlande, Monarchen und Religion, eine außerordentliche Leichtigkeit Alles zu lernen und zu begreifen, erstaunenswürdiges Talent der Nachahmung,
beständiger Frohsinn—machen die Lichtseite des russischen National-
charakters aus und unterscheiden den Russen vortheilhaft von vielen andern Völkern. Will man sich von der Gutmüthigkeit des
Russen überzeugen, so beobachte man ihn nur bei Festen, Spielen,
Trinkgelagen, kurz, bei Gelegenheiten, wo er seinen natürlichen
Trieben ganz überlassen ist. Selten sieht man bei ihm einen bösen
Rausch, sondern er ist ausgelassen fröhlich, singt, schwatzt und
tanzt, oder er schläft, je nachdem er sich mehr oder weniger über-
reizt hat. Nie kommt es zu so blutigen Händeln, wie in deutschen
Schenken. Der Russe hat von Natur zu viel Hang zum Vergnügen, zu viel Frohsinn erhalten, als daß er böse sein könnte. Er
ist allgemein höflich, zuvorkommend, dienstfertig. Der dem Russen
eigene Frohsinn erzeugt seinen Hang zu Gesang und Tanz. Er
singt bei der schwersten Arbeit, auf der Reise, der Hirt bei seiner
Heerde, der Matrose bei seiner Schiffsbeschäftigung, der Soldat
auf dem Marsche, zuweilen auch in der Schlacht. Der kleine Kreis
seiner Bedürfnisse ist bald ausgefüllt; daher ist er auch wohlthätig
und theilt seine kärgliche Habe mit einem noch Aermeren, denn
unter seiner rauhen Außenseite schlägt ein menschliches Herz.

Die Gastfreiheit ist in keinem europäischen Lande so zu Hause,
wie in Rußland. Dem auch nur mittelmäßig begüterten ist jeder
Bekannte willkommen, der mit ihm essen und trinken will; selbst
der gemeine Mann hat herzlich gern Gäste und ist hochvergnügt,
wenn er etwas mittheilen kann. „Iß mit uns unser Brot und
Salz," ist die echte Nationaleinladungsformel des Russen an seinen Gast.

Der Russe ist häuslich, ein sorgsamer Vater, treuer Freund,
behandelt seine Dienstboten in der Regel mit Milde und hängt
mit der größten Liebe an seinem Vaterlande und seinem Monarchen. Er fühlt, daß er eine Nation ausmacht, und weiß seine Na-
tionalselbstständigkeit zu schätzen. „Wir haben einen Gott," spricht
er „einen Kaiser, ein Vaterland und eine Sprache, wie sollten
wir nicht eins sein?"

Es wäre überflüssig, die Tapferkeit des russischen Soldaten zu rühmen, die von dem größten Kenner, Friedrich II., auf eine so ehrenvolle Weise anerkannt ward, und die seit dem siebenjährigen Kriege fast zum Sprichwort geworden ist. Allein die stilleren Tugenden des russischen Soldaten, seine Geduld, Genügsamkeit, Gutmüthigkeit, Menschenliebe, verdienen nicht weniger Achtung. Wenn es das Wohl des Ganzen betrifft, so sind ihm keine Opfer zu groß. Beispiele heldenmüthiger Aufopferung für das Vaterland stellt die neuere und ältere Geschichte Rußlands häufig vor. Was den russischen Soldaten unüberwindlich macht, ist vorzüglich sein unbedingter Gehorsam, seine Hingebung für die Erfüllung des Befohlenen.

Auch thätig und arbeitsam ist der Russe, doch in der Regel nicht mehr, als es ihm Noth thut. Er ist ein geborner Kaufmann: das Kaufen, Verkaufen, Handeln und Spekuliren macht ihm Vergnügen; um einige Kopeken sieht man oft reiche Leute Viertelstundenlang handeln, weggehen, wiederkommen, zehn Buden durchsuchen; wohlfeil eingekauft oder vielmehr viel abgehandelt zu haben, ist kein kleiner Ruhm. Diese Nationalsucht abzuhandeln und alles um die niedrigsten Preise zu haben, zwingt nun natürlich den Kaufmann, den Preis eben so hoch als möglich zu schrauben und aufs Fürchterlichste zu überbieten. Peter der Große, der sein Volk recht wohl kannte, machte einmal diese Bemerkung gegen die holländischen Juden. Als sie ihn um die Erlaubniß baten, in Rußland ihre Geschäfte treiben zu dürfen, und ihm dafür eine große Summe anboten, schlug er ihnen ihre Bitte mit der Bemerkung ab: „Freunde, behaltet euer Geld, ihr würdet in Rußland eure Rechnung nicht finden: ein Russe ist so pfiffig wie vier Juden."

Erstaunen erregend ist die außerordentliche Leichtigkeit des Russen, alles mit großer Geschicklichkeit nachzuahmen, auch ohne Unterricht, vom bloßen Sehen. Der geringste Bauer ist im Stande die zusammengesetztesten und feinsten mechanischen Arbeiten zu verfertigen und ganz allein, aus freier Hand, Dinge nachzuahmen, die den vereinigten Bemühungen mehrerer der besten Künstler in Frankreich und England ihre Entstehung verdanken. Dieses ungemeine Talent der Nachahmung erstreckt sich auch auf die schönen Künste. — Es giebt nicht leicht ein Volk, welches die Fähigkeit, sich schnell in jede Lage zu finden, in jede neue Form zu fügen, in einem so bewunderungswürdigen Grade besäße, als das russische.

229. Englein in Blumenkelchen.

Ja, wenn der Abend steigt hernieder,
Da kommt der Zephyrwind geschwind
Und singt den Blumen Schlummerlieder,
Wie eine Mutter ihrem Kind.

Die lieben, zarten Blumen neigen
Zur Seit' das müde Köpfchen hin,
Und Englein aus dem Himmel steigen
In Kelche ein und schlummern d'rin.

So schlummern sie, bis daß es tagt
Am fernen, fernen Himmel dort.
„Auf Wiederseh'n!" das Englein sagt,
Und schwebet leicht und flüchtig fort.

Das zarte, süße, duft'ge Weben,
Was Morgens einer Blum' entsteigt,
Ein Englein ist's, das ungesehen
Den blauen Himmel bald erreicht.

---

230. Kehlen wie Seelen.

Als die Nachtigall den Jungen
Ihre Lieder vorgesungen,
Hat ein Esel, wohlgehört,
Dies Geheimniß angehört:
„Mangelt euch nicht das Empfinden,
Werdet ihr die Weise finden,
Welche jedes Herz entzückt."

Und der Esel ist beglückt:
Denn in diesen Frühlingstagen
Fühlt auch er sein Herze schlagen;
Und in distelreichen Gründen
Hebt er an, sich zu verkünden.
Aber alle Thier' entfloh'n
Diesem ungeheuren Ton.

Als er solches Elend klagte,
Lachte Nachtigall und sagte:
„Freilich passet deine Kehle
Ganz genau zu deiner Seele;
Denn du denkst nur Eselei'n
Und verkündest sie durch Schrei'n."

Fröhlich.

---

231. Die Sternlein.

Und die Sonne sie machte den weiten Ritt
Um die Welt;
Und die Sternlein sprachen: Wir reisen mit
Um die Welt.
Und die Sonne sie schalt sie: Ihr bleibet zu Haus,
Denn ich brenn' euch die goldenen Aeuglein aus
Bei dem feurigen Ritt um die Welt.

Und die Sternlein gingen zum lieben Mond
In der Nacht;
Und sie sprachen: Du, der auf Wolken thront
In der Nacht,
Laß uns wandeln mit dir, denn dein milder Schein
Er verbrennet uns nimmer die Aeugelein.
Und er nahm sie, Gesellen der Nacht.

Masson, Lesestücke.   8

Nun willkommen, Sternlein und lieber Mond
In der Nacht!
Ihr versteht, was still in dem Herzen wohnt
In der Nacht!
Kommt und zündet die himmlischen Lichter an,
Daß ich lustig mit schwärmen und spielen kann
In den freundlichen Spielen der Nacht

Arndt.

232. Heuchelei.

Der Heuchler sucht, durch einen gewissen äußern Schein, die Menschen, mit denen er zu thun hat, für sich einzunehmen und zu eigennützigen Absichten zu benutzen. Er ist das nicht wirklich, was er zu sein scheint. Während sein Inneres von den heftigsten Begierden und unreinsten Wünschen bestürmt wird, scheint er äußerlich der enthaltsamste und mäßigste Mensch zu sein. Er möchte vor Stolz bersten, und sieht doch so demüthig und bescheiden aus. Er haßt oder verachtet dich, und bezeugt doch in seinem Betragen die höchste Aufmerksamkeit für Alles, was dich angeht, und kommt dir mit seinen Dienstgefälligkeiten auf jedem Schritt entgegen, bloß weil er zu einem geheimen Zweck deiner bedarf. Es ist ihm ein Leichtes, nach den jedesmaligen Umständen, bald die Larve der Frömmigkeit, bald die der Traurigkeit, des Mitleids, des Scherzes, der Nachgiebigkeit, Demuth, Freundschaft, Offenherzigkeit u. s. w. anzunehmen, je nachdem er sich damit bei Andern einzuschmeicheln hofft. Erheuchelte Tugend ist fast noch schlimmer als das Laster selbst: denn bei diesem weiß man wenigstens, woran man ist; wogegen man bei jener alle Augenblicke Gefahr läuft, betrogen zu werden.

233. Sparsamkeit.

Sparsamkeit besteht in der Verminderung überflüssiger Ausgaben, um den nothwendigen Aufwand bestreiten zu können. Man kann sich nicht zu früh an diese nöthige Tugend gewöhnen. Wie reich du auch sein magst, wie groß auch deine Einnahmen sein mögen, so wird es dir, wenn du die Ausgaben damit nicht in ein gehöriges Verhältniß setzest und dieses Verhältniß nicht treulich beobachtest, über lang oder kurz doch am Nöthigsten fehlen. Sparsamkeit und Genauigkeit ist nicht Geiz, sondern verträgt sich recht gut mit einer wohlangebrachten Freigebigkeit.

234. Das Buch ohne Buchstaben.

Vor seiner Thür ein Bäuerlein saß,
In einem kleinen Büchlein las;
Die liebe Einfalt war der Greis;
Sein Haar und Bart war silberweiß,
Doch röthlich noch sein Wangenpaar,
Benetzt mit Thränen hell und klar.

Schmelfungus auch des Wegs herkam
Und wahr des armen Bäuerleins nahm.
Der dicke Herr, gar hoch gelehrt,
Das Bäuerlein mit dem Gruß beehrt:
„Was machst du, alter Narre, da?
Du kennst ja nicht einmal das A.“

Herr Doktor, in dem Büchlein steht
Nicht A noch Z, wie ihr da seht;
Leer sind die Blätlein allzumal,
Nur ihrer sechse an der Zahl.
Die Farben sind auch sechserlei —
Merkt, was mir die Bedeutung sei!

Das erste Blatt ist himmelblau
Und sagt: Mensch, oft nach oben schau
Das andere, wie Rosen roth,
Mahnt an des Heilands Blut und Tod.
Das dritte, wie die Lilien weiß,
Spricht: Rein zu leben dich befleiß!

Das vierte Blatt, so schwarz wie Ruß,
Lehrt, daß ich auf die Bahre muß;
Des fünften feuerfarbner Schein
Erinnert an der Hölle Pein;
Das sechste Blatt, von Golde ganz,
Mahnt an des Himmels Pracht und Glanz.

Bedenk' ich, was das Büchlein spricht,
Mein Aug' sich netzt, das Herz mir bricht.
Was ich nur brauch', mein Büchlein lehrt;
Drum halt' ich's tausendmal mehr werth
Als eure Elephanten all'
In eurem großen Bücherstall!

Still gehet der gelehrte Mann.
„Hm!“ — denket er — „es ist was dran!
Wer wenig thut, weiß er gleich viel,
Der kommet nimmermehr zum Ziel;
Wer wenig weiß, es aber thut,
Ist eben weise, froh und gut.“

Schmidt.

235. Prahlerei.

Der Prahler stellt seine Vorzüge, wahre oder eingebildete, vor aller Welt zur Schau. Er redet gern von dem, was er gethan hat, und noch lieber von dem, was er zu thun gedenkt. Dienste und Gefälligkeiten, die er Andern erzeugt, läßt er sich hoch anrechnen, ob sie gleich oft genug auf einem bloßen Zufall oder auch wohl auf eigennützigen Absichten beruhen. Auf die unbedeutend-

*

sten Dinge, sobald sie sein liebes Ich betreffen, weiß er ein ge=
wisses Gewicht zu legen und sie andern bemerklich zu machen.

Prahlerei benimmt auch dem wahren Verdienste seinen Werth
und macht einen Menschen eben so lächerlich als verhaßt.

---

236. Veränderlich.

Der Wind ist veränderlich, wenn er seine Richtung oft ändert;
das Wetter, wenn gutes oder schlechtes schnell hinter einander
folgt. Eben so ist das Gemüth eines Menschen veränderlich, wenn
er zu verschiedenen Zeiten ganz verschiedene Wünsche, Vorsätze,
Lieblingsneigungen an den Tag legt. Mit einem Menschen von
veränderlicher oder wankelmüthiger Gesinnung weiß man nicht
immer recht, woran man ist. Bald ist er warm, bald kalt. Heute
ist er mein innigster Freund, morgen kennt er mich kaum. Jetzt
ist es diese, jetzt eine andere Lebensart, die er für sich wählt. Und
mit allen diesen plötzlichen Veränderungen und Umschaffungen
kommt er selbst an kein festes Ziel.

---

237. Zwei Wanderer.

Zwei Wanderer zogen hinaus zum
　　　　　　Thor,
Zur herrlichen Alpenwelt empor;
　Der Eine ging, weil's Mode just,
　Den Andern trieb der Drang in der
　　　　　　Brust.

Und als daheim nun wieder die Zwei,
Da rückt die ganze Sippschaft herbei;
Da wirbelt's von Fragen ohne Zahl;
„Was habt Ihr gesehen? Erzählt ein=
　　　　　　mal!"

Der Eine drauf mit Gähnen spricht:
„Was wir gesehn? Viel Rares nicht!
Ach, Bäume, Wiesen, Bach und Hain,
Und blauen Himmel und Sonnenschein!"

Der Andere lächelnd dasselbe spricht,
Doch leuchtenden Blicks, mit verklärtem
　　　　　　Gesicht:
„Ei, Bäume, Wiesen, Bach und Hain,
Und blauen Himmel und Sonnenschein!"

　　　　　　Anastasius Grün.

238. Die Messe zu Nishnij-Nowgorod.

Die größte Merkwürdigkeit Nishnij-Nowgorods ist die hiesige Messe, der Centralpunkt des gesammten russischen und asiatischen Handelsverkehrs; eine Messe, die sowohl wegen des ungeheueren Absatzes, als in Beziehung des großen Zusammenflusses von Handelsleuten aus allen Gegenden Rußlands und verschiedenen asiatischen und europäischen Ländern zu den berühmtesten in der Welt gehört und mit der keine von allen übrigen in der Welt auch nur die entfernteste Aehnlichkeit hat. Sie dauert vom 15. Juli bis zum 25. August, also 6 Wochen, und zieht ein ungeheueres Menschengewühl hierher, das auf 300,000 Köpfe angeschlagen werden kann. Der Meßplatz ist in der Nähe der untern Stadt, auf dem linken Ufer der Oka, wo diese, durch ihre Einmündung in die Wolga, eine geräumige Landzunge bildet.

Auf dieser Messe ist durchaus Alles, von dem ersten, gröbsten Lebensbedürfnisse bis zum feinsten, raffinirtesten Luxusartikel, nicht nur zu haben, sondern auch in Massen aufgethürmt zu finden. Alles geht ins Riesenhafte; von jeder Gattung Waare giebt es fast immer eine oder mehrere Werst lange Reihen. Altes Leder und die schönsten Pelzwerke, Kaviarbehälter aus Birkenrinde und die elegantesten Büreaux mit Mechanik und Flötenwerk, kirgisische Filzdecken und indische Shawls, Glaskorallen und orientalische Zahlperlen, Bastschuhe und brabanter Spitzen, Thee und Theer, alte Kleider und goldene und silberne Geräthe von der kostbarsten Arbeit, Bücher und Pferdegeschirre, Stiefel und Diamanten — kurz Alles, was man in den größten und reichsten Handelsstädten mit vieler Mühe an verschiedenen Orten zusammensuchen muß, findet sich hier an einem Punkte vereinigt und wird von Käufern und Verkäufern der verschiedensten Nationen in Umlauf gebracht. Die Europäer spielen hier übrigens eine sehr untergeordnete Rolle; russische Kaufleute mit langen Bärten und Orientalen sind die Hauptpersonen. Bucharen, Armenier, Tataren, Perser, Indier, Sibirier, Kirgisen, Thibetaner, Osmanen, Baschkiren, Moldauer, Griechen, Juden — Individuen von fast allen europäischen Nationen finden sich hier ein und man hört das bunteste Gemisch von Sprachen. Alle die unübersehbaren Massen von Waaren, die Hunderttausende von Käufern und Verkäufern, ja selbst die meisten Buden kommen viele Tausend Werst weit auf dem Wasser hergefahren; und außer dem von der Krone mit großen Kosten erbauten, weitläufigen Kaufhofe werden hier etliche Tausend Buden und Niederlagen aus Stangen, Brettern, Matten, Baumrinde u. s. w. errichtet, die eine ungeheuere Fläche bedecken und sich an

die mehrere Werst langen Reihen von Barken anschließen, welche
fast alle auch die Stelle von Buden vertreten und einen Theil
ihrer Waaren längs des Ufers aufstellen. Ferner erwachsen hier
zahllose größere und kleinere Gebäude, in welchen Alles, was nur
von Trink- und Speisehäusern aller Gattung gefordert werden
kann, zu haben ist.

Zu den reichsten Buden gehören die Pelzwerkbuden der sogenannten sibirischen Linie. Man tritt hinein; — da ist nichts zu
sehen, als einige längs der Wände herumstehende unscheinbare
Kasten und einige Ballen in Matten, auf welchen ein Paar Menschen ruhig sitzen und plaudern. Aber der Sitz des einen ist eine
Kiste voll schwarzer Fuchsbälge von mehr als 100,000 Rubel an
Werth; der andere hat vielleicht einen noch kostbareren Sitz. Hier
wird nur im Großen verkauft und die geringste Summe, von
der gesprochen wird, ist 50 bis 60,000 Rubel.

Einen noch größern Kontrast zwischen dem äußern Ansehen
und dem innern Gehalte liefern die Perlenbuden. Da sitzt in einer bretternen, mit Matten ausgeschlagenen schlechten Bude ein
Mann, der auf einem wackeligen Brette vor sich einige Bogen
gelbes und graues Papier hat, auf welchem für mehr als 100,000
Rubel Perlen liegen, von den kleinen staubartigen an, aus denen
die reichen Kaufmannsfrauen ihre Spitzen zum Kopfputze klöppeln,
bis zu den Zahlperlen, von denen eine Schnur 8 bis 10,000
Rubel kostet.

Ein sehr wichtiger Handelsartikel sind die kostbaren indischen
Shawls, die immer von den Indiern in bedeutenden Partien verkauft werden. Mit diesem Shawlsverkaufen hat es eine ganz besondere Bewandniß. Die kostbarsten Partien Shawls werden nämlich gekauft, ohne daß der Käufer die in Ballen gepackte Waare
sieht, oder den Ballen vor abgeschlossenem Kaufe öffnet.

Die Art des Kaufes ist folgende: der Käufer geht in Begleitung eines oder zweier Mäkler zum Verkäufer; man setzt sich, und
nun beginnt der Handel, wobei aber zwischen Käufer und Verkäufer keine Sylbe gewechselt wird. Alles geht durch die Mäkler,
die unaufhörlich von einem zum andern rennen und jedem in die
Ohren reden, indem sie ihn dabei immer in die entlegenste Ecke
des Gemachs hinzerren. So geht das Wesen eine lange Zeit fort,
bis der geforderte und gebotene Preis einander so nahe gekommen
sind, daß eine Uebereinkunft zu hoffen ist. Nun erst werden die
Shawls vorgeholt und nun erst fangen die Handelnden an, mit
einander zu sprechen; der Verkäufer breitet seine Waare aus und
preiset sie aus Leibeskräften an; der Käufer wirft verächtliche Blicke
darauf und rügt einige bedeutende Fehler. Sobald dies geschehen
ist, kommt Leben in die Scene; der Käufer thut nun unmittelbar

ein Gebot; der Verkäufer springt auf und läuft davon; die Mäkler laufen schreiend hinterdrein und bringen ihn mit Gewalt wieder zurück, und nun fängt ein Lärmen, Schreien, Ringen, Hin= und Herzerren an, von dem man sich schwerlich einen Begriff machen kann. Dies dauert so lange fort, bis man über den Preis sich beinahe vereinigt hat; und jetzt wird zum dritten Akt, zum Hand= schlag, geschritten, der in der That komisch ist. Die Mäkler be= mächtigen sich der Person des Verkäufers und suchen ihn mit Ge= walt dahin zu bringen, daß er in die hingehaltene offene Hand des Käufers, der unaufhörlich schreiend sein Gebot wiederholt, ein= schlage. Der Indier widersetzt und wehrt sich aus Leibeskräften, reißt sich los, wickelt seine Hand in seinen weiten Aermel und ruft mit wehklagender Stimme immer seinen Preis. Dies dauert lange; man macht eine Pause, als wollte man neue Kräfte zum Kampfe sammeln, und fängt dann die Balgerei wieder an, bis endlich die Mäkler sich der Hand des Indiers bemeistern und sie, trotz allem Sträuben und Schreien, in die Hand des Käufers schlagen. Nun tritt plötzlich die vollkommenste Ruhe an die Stelle der Balgerei; der Indier jammert ganz leise, daß er sich habe übervortheilen lassen, die Mäkler wünschen dem Käufer Glück zu dem Kaufe, und der Ballen wird von sämmtlichen Anwesenden versiegelt bis zur Uebergabe, die erst ein Paar Tage nachher vor sich geht. Ohne diese Handels=Ceremonie geht es nie ab, weil der Indier durchaus immer das Ansehn haben will, als wäre er zu dem Handel ge= zwungen. Ist er zu wenig gezupft und gezerrt, ist sein Kragen dabei nicht zerrissen, hat er nicht eine Anzahl Püffe und Rippen= stöße davon getragen und ist sein rechter Arm nicht braun und blau von dem Zwange zum Handschlage, so ist er unzufrieden mit dem Handel und dann ist's noch im folgenden Jahre schwer, wieder mit ihm anzuknüpfen.

Interessant ist es auch auf dieser Messe die endlose Reihe von Wagen zu sehen, auf und um welche Berge von Holzwaaren al= ler Art aufgethürmt sind, und unter denen einige ihrer außeror= dentlichen Größe, andere ihrer wirklich kunstreichen Arbeit wegen Aufmerksamkeit erregen. Die meisten großen und gemeinen dieser Holzwaaren sind theils aus Ahorn=, theils aus Lindenholz ver= fertigt und kommen aus dem Königreiche Kasan, nebst den Mil= lionen Bastmatten, die von hier ins ganze Reich und ins Aus= land verschickt werden. Nächstdem sieht man eine eben so große Menge edlerer und feinerer Holzwaaren, welche vorzüglich das Gouvernement Nishnij=Nowgorod liefert, die alle sehr sauber lakirt und mit allerlei grellen Farben und Verzierungen von Gold und Silber aufgeputzt sind und von denen manche als Meisterstücke der Drechslerarbeit gelten können.   Koch.

239. Der Sänger.

„Was hör' ich draußen vor dem Thor,
Was auf der Brücke schallen?
Laßt den Gesang vor unserm Ohr
Im Saale wiederhallen!"
Der König sprach's, der Page lief;
Der Page kam, der König rief:
„Laßt mir herein den Alten."

„Gegrüßet seid mir, edle Herr'n,
Gegrüßt ihr schönen Damen!
Welch reicher Himmel, Stern bei Stern!
Wer kennet ihre Namen?
Im Saal voll Pracht und Herrlichkeit
Schließt Augen euch; hier ist nicht Zeit,
Sich staunend zu ergötzen."

Der Sänger drückt' die Augen ein
Und schlug in vollen Tönen;
Die Ritter schauten muthig drein,
Und in den Schooß die Schönen.
Der König, dem es wohlgefiel,
Ließ, ihn zu ehren für sein Spiel,
Eine goldne Kette holen.

„Die goldne Kette gieb mir nicht,
Die Kette gieb den Rittern!
Vor deren kühnen Angesicht
Der Feinde Lanzen splittern.
Gieb sie dem Kanzler, den du hast,
Und laß ihn noch die goldne Last
Zu andern Lasten tragen.

„Ich singe, wie der Vogel singt,
Der in den Zweigen wohnet;
Das Lied, das aus der Kehle dringt,
Ist Lohn, der reichlich lohnet.
Doch darf ich bitten, bitt' ich Eins:
Laß mir den besten Becher Weins
In purem Golde reichen."

Er setzt ihn an, er trank ihn aus:
„O Trank voll süßer Labe!
O, wohl dem hochbeglückten Haus,
Wo das ist kleine Gabe!
Ergeht's euch wohl, so denkt an mich,
Und danket Gott so warm als ich
Für diesen Trunk euch danke."

Göthe.

240. Aus dem Leben Peter's des Großen.

Des 15-jährigen Peter's Liebling war ein Kaufmannssohn aus Genf, Le Fort. Nachdem er seine Eltern verlassen und mehrere Länder bereist hatte, war er nach Moskau gekommen und dem jungen Czar bekannt geworden. Er wußte von den europäischen Völkern angenehm zu erzählen und war daher ganz Peter's Mann. Stundenlang saß oft Peter und horchte auf seine Erzählungen. Einmal hatte er ihm auch von der Art, wie in andern Ländern die Soldaten exerzirt würden, erzählt. „Das willst du auch versuchen!" dachte Peter, und geschwind errichtete er im Dorfe Preobraschenski bei Moskau eine Kompagnie von 50 Knaben seines Alters, die er Poteschni nannte und die von Le Fort, den er zum Hauptmann der kleinen Schaar ernannt, exerzirt wurden. Er selbst diente als Gemeiner und erklärte, daß nur Verdienst, nicht Geburt zu Auszeichnungen berechtige. Jeder junge Russe hielt es für eine Ehre, ein Poteschni zu sein, und so hatte er bald so viel Rekruten, daß sie nicht im Dorfe Platz hatten. Hieraus entstand die nachmalige russische Garde.

Einst ging Peter, 19 Jahr alt, in einem Dorfe bei Moskau durch einen Speicher, wo altes Hausgeräth aufbewahrt wurde. Da fiel ihm ein Boot in die Augen. „Warum ist das anders gebaut," fragte er gleich, "als die Schiffe, die ich auf der Moskwa sehe?" — „Es ist ein englisches Boot," antwortete man ihm, „und sowohl zum Rudern als zum Segeln zu gebrauchen." „Das möchte ich sehen!" rief Peter; „ist denn Niemand da, der es regieren könnte?" — Man sagte ihm, vielleicht verstände es ein alter holländischer Tischler, Karsten Brand, der ehemals Schiffszimmermann gewesen sei. Er wurde gerufen, setzte es bald wieder in Stand und fuhr dann vor den Augen des erstaunten Czaren den Strom hinab und hinauf. Nun trat Peter selbst ans Steuer—und das Wasser ward von jetzt an sein Element. Bald ward ihm ein Fluß, bald ein großer Teich zu enge; das Boot mußte in einen See gebracht werden. Diesem Fahrzeug folgten bald mehrere, die der alte Brand ihm bauen mußte. Könnte ich doch nur einmal ein Seeschiff sehen!" rief Peter sehnsüchtig aus. Rußland hatte aber damals noch kein Land an der Ostsee und am schwarzen Meere; das weiße Meer war das einzige, wo Peter seine Sehnsucht stillen konnte; dorthin reiste er. Er kam nach Archangelsk. Wie schlug ihm das Herz, als das weite Meer mit vielen holländischen Schiffen vor seinen trunkenen Blicken da lag! In der Tracht eines holländischen Schiffers befuhr er selbst die See und munterte die Holländer auf, nur recht bald wieder zu kommen.

Als er zum zweiten Mal in Archangelsk war, überfiel ihn mitten auf dem Meere ein Sturm. Die Gefahr war so groß, daß alle Schiffer beteten und ihr Ende erwarteten. Nur Peter war unerschrocken, sah auf den Steuermann und wollte ihm Vorschriften geben, wie er lenken müsse. Dieser wurde aber ungeduldig. „Geh' mir vom Leibe!" fuhr er den Czar an; ich muß wissen, wie man steuern soll; ich weiß das besser als du!" Und wirklich brachte er auch das Schiff glücklich ans Ufer. Hier aber fiel er vor dem Czar auf die Kniee und bat ihn wegen seiner Grobheit um Verzeihung. „Hier ist nichts zu verzeihen," sagte Peter, hob ihn auf und küßte ihn drei Mal auf die Stirn, „aber Dank bin ich dir schuldig, daß du uns gerettet hast. Auch für die Antwort, die du mir gabst, danke ich dir."

Je mehr ihm Le Fort von fremden Ländern erzählte, desto begieriger wurde er, sie selbst zu sehen. Im Jahre 1697 rüstete er eine große Gesandtschaft aus, die von Le Fort angeführt wurde, wohl aus 300 Personen bestand und durch einen großen Theil von

Europa reisen sollte. Er selbst wollte sie begleiten; aber weil er
ein großer Feind von allen Umständen war und Alles ungestört
sehen wollte, so ging er unter dem Titel eines Oberkommandeurs
mit. Zunächst ging es über Riga nach Königsberg, wo der Kur-
fürst von Brandenburg die Gesandtschaft in feierlicher Audienz
empfing. Peter war auch dabei und wollte unerkannt bleiben; aber
das war vergebens. Alle Hofleute erkannten ihn sogleich an seiner
hohen Gestalt, seinen blitzenden Augen, die er überall umherwarf,
und an der Mühe, die er sich gab, nicht erkannt zu werden, indem
er sich oft seine Mütze vor das Gesicht hielt.

Mit großer Wißbegierde besuchte er die Handwerker und Künstler, besonders die Bernsteindrechsler. Dann ging er durch die
Mark und Hannover nach den Niederlanden. Am Hannöverschen
Hofe wunderte er sich, daß die Damen nicht alle Roth und Weiß
auflegten; das sei in Rußland allgemein, und eine alte tüchtig
geschminkte Hofdame gefiele daher den Russen am besten. Nachdem er mit den Damen, die nach damaliger Sitte steif geschnürt
waren, getanzt hatte, wandte er sich an Le Fort und sagte mit
Verwunderung: „Wie teufelsharte Knochen haben doch die deutschen Frauen!" Einst rief er einer ihm auf der Straße begegnen-
den Dame ein donnerndes „Halt" zu. Erschrocken bleibt sie stehen; er greift nach der Uhr, die sie um den Hals hängen hat,
öffnet sie, besieht das Werk und läßt die bestürzte Dame nun
ihren Weg ruhig fortsetzen.

Nun kam er nach Amsterdam. Auf diese Stadt hatte er sich
am meisten gefreut; denn für die Holländer hatte er eine große
Vorliebe. Um unerkannt zu bleiben, kam er 14 Tage früher als
die Gesandtschaft. Aber man erkannte ihn doch und der Magistrat
bot ihm eine schöne Wohnung an. Er aber wählte ein ganz kleines Haus und legte die Kleidung eines holländischen Schiffszim-
mermanns an. Am meisten lag ihm daran, hier den Schiffbau zu
erlernen. Amsterdam gegenüber liegt das Dorf Saardam, wo
700 Windmühlen stehen und großer Schiffbau getrieben wird.
Dahin begab er sich bald. Auf der Ueberfahrt sah er ein Fischer-
boot. Er erkannte in dem Fischer einen alten Bekannten, den er
einst in Rußland gesehen hatte. Treuherzig schüttelte er ihm die
Hand. „Höre, ich will bei dir wohnen!" rief er. Der Mann
entschuldigte sich, er habe nur eine Hütte mit einer Stube und
Kammer. Das half Alles nichts; der Fischer mußte mit seiner
Frau in die Kammer ziehen und Peter nahm die Stube ein. Das
Haus steht noch. Nun ging es ans Arbeiten. Man wußte wohl,
wer er eigentlich sei; aber er konnte nicht leiden, wenn man es
merken ließ. Man nannte ihn Peter Baas; als solcher kam er
alle Morgen mit dem Beile in der Hand auf die Schiffswerfte,

zimmerte wie ein gemeiner Arbeiter, fragte nach Allem und ver=
suchte Alles. Selbst in der Schmiede arbeitete er und seine Kam=
merherren mußten die Kohlen zutragen. Wie verwünschten diese
den sonderbaren Geschmack ihres Czars, der sie nöthigte ihre zar=
ten Hände zu verderben. Peter dagegen zeigte gern die harte Haut
seiner Hände, weil sie ein Beweis seiner Arbeitsamkeit war.

Nach einer siebenwöchentlichen Arbeit kehrte er nach Amsterdam
zurück, und statt mit Zerstreuungen die Zeit zu tödten, suchte er Ge=
lehrte, Künstler und Handwerker auf, bei denen er etwas lernen
konnte, nahm auch Viele davon in seine Dienste und schickte sie nach
Rußland. Dasselbe that er auch in England, wohin er nun reiste.
Einen großen Genuß verschaffte ihm hier König Wilhelm, indem
er vor ihm eine Seeschlacht aufführen ließ. „Wäre ich nicht zum
Czar des russischen Reichs geboren," rief er einmal aus, „so möchte
ich englischer Admiral sein!"

Das Ausland hatte dem Czar so gefallen, daß er nichts sehn=
licher wünschte, als seine Russen danach zu bilden. Mit dem Aeu=
ßern fing er an und verbot die lange Nationalkleidung. Nur
Geistliche und Bauern durften sie tragen. Wer zu ihm kommen
wollte, mußte in ausländischer Tracht erscheinen; dazu ließ er ein
Muster über jedes Stadtthor hängen, und wer noch mit einem
langen Kleide durchs Thor ging, mußte entweder einen Zoll be=
zahlen, oder unter dem Thore niederknieen und es sich gefallen
lassen, daß ihm der Rock, so weit als er beim Knieen auf der
Erde schleppte, abgeschnitten wurde. In kurzer Zeit waren die
langen Röcke verschwunden. Eben so ging es den langen Bärten.
Wer ihn behalten wollte, mußte ein Geistlicher oder ein Bauer
sein, oder—jährlich 100 Rubel bezahlen. Auch die Frauen wur=
den neu umgewandelt. Bisher hatten die Unglücklichen ein trau=
riges Leben geführt; sie wurden für unwürdig gehalten, in der
Gesellschaft der Männer zu erscheinen und lebten eingeschlossen in
ihren Häusern. Aber Peter wollte, sie sollten sein wie die Frauen,
die er im Auslande gesehen hatte, und befahl, daß alle in aus=
ländische Tracht gekleidete Frauen in allen Gesellschaften erscheinen
dürften. Dadurch wurden die Ausbrüche der Rohheit der Männer
mehr zurückgehalten und nach und nach ein besserer Ton eingeführt.—
Auch Schulen wurden angelegt, Buchdruckereien errichtet und viele gute
Werke des Auslandes ins Russische übersetzt; kurz, kein Zweig der
Verwaltung blieb unverändert. Freilich schüttelte darüber Mancher
den Kopf; aber Peter war nicht der Mann, der sich irre machen
ließ oder auf halbem Wege stehen blieb.

241. Die beiden Boten.

Ging einst ein Bote über Land
Bei nächt'ger Sterne Funkeln;
Es war sein Weg ihm wohl bekannt,
Er hat den sichern Stab zur Hand,
Und's graut ihm nicht im Dunkeln.

Frisch naht er sich dem finstern Wald
Und schreitet rasch im Düstern,
Wo keines Sängers Weise schallt,
Wo einsam nur sein Fußtritt hallt,
Und leis' die Wipfel flüstern.

Da glaubt er nah' am schilf'gen Moor
Ein'n Wand'rer zu erblicken;
Er steht — er horcht — er spitzt das
                Ohr —
Da tritt es hinter'm Baum hervor,
Winkt mit vertrautem Nicken.

„Grüß' dich"—so ruft's ihm freund-
                lich zu—
„Laß dir vor mir nicht grauen!
Bin auch ein Bote, so wie du,
Früh auf, früh auf—spät erst zur Ruh!
Stets unterwegs zu schauen."

„Bist du ein Bote, so wie ich,
Und soll mir nun nicht grauen,
So sage mir, wer sendet dich?
Wie heißt dein Ort, dein Name? sprich!
Dann will ich dir vertrauen."

Der Fremde sprach: „Ich bin gesandt
Von dem, den Alle kennen;
Die Heimath mein heißt Ruheland;
Mein Name klingt: Aus Gottes Hand;
So magst auch du mich nennen."

Der Bote denkt: „Gar wundersam
Klang zwar, was ich vernommen;
Doch was von seinen Lippen kam,
War christlich, wie sein eigner Nam',
Mag wohl der Seele frommen.

Sie gehen schweigend ihren Gang,
Bis sich die Wege theilen;
Dem Boten wird's so ahnungsbang,
Als jetzt der Fremde spricht: „Entlang
Des Bachs dort muß ich eilen."

Allein mein Werk ist bald verricht't;
Wo ich bin, gilt kein Säumen.
Auch du, mein Bote, zaudre nicht!
Vollbring' die aufgetrag'ne Pflicht,
Dann darfst du ruh'n und träumen!"—

Und leise wandelnd, gleitend schier,
Wie West ob Blumenbeeten,
Sieht dort aus nied'rer Hüttenthür,
Und aus Palastes Pforten hier,
Der Bot' ihn ruhlos treten.

Und als nun wiederkommt die Nacht,
Schon tief die Schatten sinken,
Der Bote all sein Werk vollbracht
Und heimwärts sich schon aufgemacht,
Sieht er den Fremden winken.

„Da bist du ja, du treues Blut!
Nun darf ich mich entdecken;
Du thust dein Werk im frommen Muth,
Dafür erschein' ich mild und gut
Dir heut'—darfst nicht erschrecken.

Sieh' mir ins Auge! Kennst du mich?
Ich bin der Freund der Müden;
Nach Tageshitze kühl ich dich
Mit leisem Fittig sänftiglich,
Weh' dich in Schlaf und Frieden!

Da leuchtet's auf wie Morgenroth;
Der Bote, voll Verlangen,
Ruft laut: Du Erdenlust und Noth
Leb' wohl! sinkt nieder und—ist todt;
Doch lächeln Mund und Wangen.

                        Militz.

242. Napoleon's Zug nach Rußland.
1812.

Immer größer und furchtbarer wurde die Macht Napoleon's; der größte Theil von Europa gehorchte seinen Geboten; nur noch gegen die Spanier hatte er zu kämpfen, die von den Engländern kräftig unterstützt wurden. Spanien war ein rechtes Grab für die französischen Soldaten. Ganze Heere wurden aufgerieben und mußten durch neue ersetzt werden.

Wäre Napoleon nicht durch sein übriges Glück so verblendet gewesen, so hätte er jetzt gewiß jeden andern Krieg vermieden und alle Kräfte gegen Spanien gewendet. Aber zugleich fing er auch an, sich gegen Rußland zu rüsten, weil Kaiser Alexander seinen Unterthanen erlaubt hatte, englische Waaren ins Land zu bringen und er nun einmal die Engländer durchaus nicht auf dem festen Lande dulden wollte. Das ganze Jahr 1811 verging über den gegenseitigen Rüstungen, und im Frühjahre 1812 ergoß sich ein so großes und zugleich ausgesuchtes Heer gegen Rußland, wie man es noch nie gesehen hatte. Mehr als 600,000 Mann Franzosen, Oestreicher, Preußen, Sachsen, Baiern, Würtemberger, Badener und andere Deutsche, Polen, Holländer, Italiener, Spanier und Portugiesen, mit Allem reichlich versehen, zogen durch Deutschland nach Rußland. Kaiser Alexander eilte sich mit den Türken und Persern, mit denen er damals Krieg führte, zu vertragen und rüstete sich so gut er konnte. Aber freilich waren seine Heere der Macht seines Feindes nicht gewachsen; er hatte nicht halb so viel als dieser. Die Russen zogen sich daher langsam und fechtend in das Innere ihres Landes zurück. Napoleon schickte einen Theil seines Heeres unter Oudinot auf die Straße nach Petersburg. Aber hier vertrat ihm Wittgenstein den Weg und vertheidigte sich so gut, daß trotz mehrerer Schlachten die Franzosen hier nicht weiter als bis zur Düna kamen. Besser gelang es Napoleon selbst, der mit seiner Hauptmacht gerade auf Moskau losging. Zwei Tage wurde zwischen den Franzosen und Russen, unter Barclay de Tolly und Bagration, am 5 und 6 August, bei Smolensk blutig gefochten; 40,000 lagen todt oder verwundet auf dem Wahlplatze; die Stadt ging meist in Feuer auf und die Russen mußten sich zurückziehen.

Jetzt übernahm der alte Kutusow den Oberbefehl über die Russen. Auch er ging immer weiter zurück, nahm aber alle Viehherden mit und machte das ganze Land, so weit er zog, zur Wüste, damit die Franzosen nichts fänden, die wirklich auch von der russischen Grenze an, mit Mangel zu kämpfen hatten und dadurch viele Menschen und noch mehr Pferde verloren. Am 24. und 26. August lieferte er den Franzosen die große Völkerschlacht an der Moskwa. Eine blutigere Schlacht hat selten die Geschichte gesehen; 80,000 Leichen sollen das Schlachtfeld bedeckt haben! Die Schlacht blieb unentschieden. Aber Kutusow zog es vor, noch weiter zurückzugehen und lieber Moskau preiszugeben, als eine neue Schlacht zu liefern. Jetzt verließ Alles, was nur laufen oder fahren konnte, Moskau. Von 350,000 Einwohnern blieben kaum 30,000 zurück. Graf Rostoptschin, Befehlshaber der Stadt und ein unermüdlicher Franzosenfeind, machte, ehe er die Stadt verließ, alle Anstalten Alles zu vernichten, was den Franzosen von Nutzen sein konnte.

Sieben Tage nach der Schlacht, am 2. September 1812, erreichte Napoleon die Thore der Stadt. Sie standen offen, die Straßen waren leer, ganz wie einst in Rom beim Anzuge der Gallier. Kein Magistrat kam ihm entgegen; eine fürchterliche Stille lag über der ganzen ungeheueren Stadt. Mit Beklemmung hielt Napoleon endlich seinen Einzug und stieg im Kreml ab. Hier erst fing er an, sich zu beruhigen und rief freudig aus: „also bin ich nun endlich in Moskau, im Kreml!" Indeß dauerte die Freude nicht lange. Napoleon hatte seinen Soldaten die Plünderung Moskau's als Belohnung für ihre Anstrengungen verhießen; aber Rostoptschin hatte schon seine Maaßregeln genommen, ihm diese Absicht zu vereiteln. In der Nacht vom 2. bis 3. September entstand plötzlich eine furchtbare Explosion mitten in der Stadt; aus einem plötzlich entstandenen großen Flammenfeuer stiegen in großen und kleinen Bogen Feuerkugeln auf und sprühten ihr brausendes Feuer unter furchtbarem Krachen weit um sich her. Anfangs blieb das Feuer blos auf dieser Stelle sichtbar; allein schon nach wenigen Minuten stiegen Feuersäulen in verschiedenen Gegenden der Stadt auf. Die Franzosen plünderten und achteten daher wenig auf den Brand. So brannte es den ganzen 3. hier und da. Aber am 4. Morgens erhob sich ein heftiger Wind. Hierauf hatten Rostoptschin's Sendlinge nur gewartet. Jetzt legten sie an 500 Stellen zugleich Feuer an. Prasselnd schlug die Lohe himmelan und der Sturm peitschte die Flammen so schnell von Haus zu Haus, von Straße zu Straße, daß binnen einer Stunde die ganze unermeßliche Ebene längs dem Flusse nur ein Feuermeer war. Prasselnd wälzten sich die Feuerwogen über die Stadt und immer gräßlicher wurde der Sturm, durch die von der Hitze ausgedehnte Luft. Keine Beschreibung kann das Furchtbare des Schauspiels darstellen. Seit Troja's, Karthago's und Jerusalem's Zeiten hatte man nichts Aehnliches gesehen. Viele Franzosen verbrannten während der Plünderung, weil sie sich aus den brennenden Straßen nicht herausfinden konnten.

Napoleon selbst mußte die Stadt verlassen und konnte sich nur noch
mit großer Mühe und Gefahr durch die brennenden Balken einen
Weg bahnen. Erst nachdem sich der Brand etwas gelegt hatte,
kehrte er in den Kreml, den Palast der alten Czaren, zurück.
Fast alle die herrlichen Paläste, die reichen Kirchen mit ihren
goldblitzenden Thürmen, die kostbarsten Sammlungen sanken in
Asche; nur ein kleiner Rest blieb stehen. Der fürchterliche Brand
währte bis zum 8., dann erst erlosch er nach und nach, weil es
an Stoff fehlte. Vierzehn Tage wurde noch geplündert und in
den Kellern ungeheuere Reichthümer gefunden. Im französischen
Lager sah man die kostbarsten Schawls und seidene Zeuge, die
leckersten Confecte und eingemachte Früchte, goldene und silberne
Geschirre, das glänzendste Hausgeräth; aber an Brot und Fleisch
fehlte es dagegen. Die russischen Bauern, statt in Moskau für
Geld ihre Waaren zu verkaufen, zerstörten diese lieber. Es war
für die Franzosen nicht möglich in Moskau einen Markt einzurich-
ten. Sie murrten—und das bewog Napoleon mit den Russen Unterhandlungen anzuknüpfen.

Napoleon hatte gehofft, von Moskau aus den Russen Gesetze
vorschreiben zu können. Er bot ihnen auch jetzt Frieden an;
Alexander aber verschmähte jede Unterhandlung, so lange noch ein
Feind auf russischem Boden sei. Der Winter war vor der Thür;
jetzt war schleuniger Rückzug nöthig, wenn nicht Moskau das
Grab der Franzosen werden sollte. Am 11. October trat er ihn
an, aber unter welch' unglückweissagenden Umständen! Schon jetzt
waren die Pferde Gerippen ähnlich, die Soldaten entmuthigt und
die wohlgenährten Russen drängten nach. Napoleon wollte auf
einer andern Straße sich zurückziehen; aber die Russen warfen ihn
auf die zurück, welche auf dem Herwege verwüstet worden war,
während sie selbst seitwärts zogen. Von allen Seiten wurden die
Franzosen von Kosaken umschwärmt, die ihnen Tag und Nacht
keine Ruhe ließen. Zu dem Hunger, der vom Anfang des Rück-
zuges an am Leben der Menschen und Pferde nagte, gesellte sich
vom 25. October an noch eine fürchterliche Kälte. Meist ohne
Pelze, mit Lumpen nur bedeckt, fielen sie schaarenweise erstarrt zu
Boden und wurden alsbald vom Schnee, wie mit einem großen
Leichentuche bedeckt. Tausende von Raben zogen ihnen nach, um
die Leichen zu zerfleischen, und, ehe noch die Ermatteten todt waren, wurden ihnen schon von den Stärkeren die Kleider abgerissen.
Das Gepäck mußte aus Mangel an Pferden bald stehen bleiben,
und gierig fielen die Hungrigen über die gefallenen Pferde her:
in Smolensk hofften sie Vorräthe zu finden; aber theils war wenig da, theils ließen ihnen die nachdrängenden Kosaken keine Zeit
zum Ausruhen.

Nun eilten von drei Seiten russische Heere herbei, den täglich mehr schmelzenden französischen Heerhaufen den Rück= zug über die Beresina abzuschneiden. Von 600,000 waren nur noch—40,000 übrig. Zwar gelang es Napoleon zwei Brücken über den Fluß zu schlagen; aber noch war kaum die Hälfte hinüber, als die breitere einbrach, und das Geschütz und die Wagen wandten sich daher nach der schmäleren, die mit keinem Geländer versehen war. Dazu kam, daß man das Hurrah der angreifenden Kosaken und das Sausen der russischen Kanonenkugeln hinter sich hörte. Jetzt stürzte sich Alles in wildester Verwirrung nach der Brücke; Jeder wollte der Erste sein; Jeder kämpfte um sein Leben. Der Soldat warf den Officier, der Freund den Freund ins Wasser; wer zu Boden fiel, war verloren; denn ohne Erbarmen wälzte sich die ganze Menschenfluth über ihn hin, bis er zertreten war. Wie viele wurden von den Rädern der Kanonen zerquetscht! und die über den eistreibenden Strom sich retten wollten, erstarrten oder ertranken. Zuletzt brach die Brücke ein und wer noch diesseits war, fiel den Russen in die Hände.

Auf einem einfachen Schlitten, in mehrere Pelze gehüllt, eilte Napoleon den Trümmern seiner Heere schnell voraus, um in Frank= reich neue Kräfte zu sammeln. Gräßlich war indessen das Elend seiner unglücklichen Soldaten. Nie, nie hatte ein Heer ein ähnli= ches Unglück betroffen. Blau und bleich wie Schatten, zum Theil durch Kälte und Hunger ohne Besinnung und Sprache, wandelten sie daher. Nur wenn der Ruf „Kosak" erscholl, setzte sich die ge= spenstergleiche Schaar in Trab. Des Nachts war an Wachtfeuer nur selten zu denken. Daher drängten sie sich zu zehn bis zwan= zig, wie Thiere, dicht auf einander, um sich vor Kälte zu schützen. Solche Haufen wurden häufig am Morgen von den Russen todt gefunden. Aehnliche schauerliche Todtenversammlungen traf man des Morgens um die erloschenen Wachtfeuer. Hatten einige Holz ge= funden und Feuer gemacht, so hockte eine Menge dieser Gestal= ten herum; Manche krochen grinsend und gefühllos ins Feuer hinein und verbrannten elendiglich. Andere fand man hinter Ge= mäuer in Scheunen, selbst in Backöfen todt, weil ihnen die Kraft gefehlt hatte, weiter zu gehen. Um todte Pferde herum war man sicher Leichen zu finden; Manche hielten noch das Messer in der Hand, womit sie sich Stücke ausgeschnitten hatten. Von Theil= nahme war auch die letzte Spur verschwunden. Vergebens streckten die Hingesunkenen, denen die Kraft zum Aufstehen fehlte, die Hände nach den Vorübergehenden aus, die sie lieber umkommen ließen, ehe sie einen Augenblick verweilt hätten. Die Kälte nahm von Tage zu Tage fürchterlicher zu und löste allen Gehorsam auf. Soldaten von allen Regimentern liefen durcheinander. Pferde hatte die Reiterei längst nicht mehr. Schuh und Stiefel sah man nur bei Wenigen; mit Stücken von Tornistern, Hüten und Kleidern hatten sie sich die Füße umwunden. Unzählige hatten die Hände, Nasen, Ohren und Füße erfroren; bei Manchen hatte der Brand schon die Glieder geschwärzt und so wüthend machte sie der Hunger, daß selbst Menschenfleisch von Einigen gegessen wurde. Zuletzt warfen fast Alle die Waffen weg; auch dem Tapfersten war jetzt der Muth gesunken.

Bis an den Niemen verfolgten die Kosaken sie unaufhörlich. Von dem großen Heere waren hier nur 1,000 Bewaffnete, 9 Geschütze und 20,000 waffenlose, elende, mit Lumpen bedeckte Jammergestalten übrig. Langsam zogen sie durch Polen und Deutschland. Wenige sahen ihr Vaterland wieder. — Das war das schauderhafte Ende des, mit so großen Hoffnungen unternommenen, russischen Feldzugs!

---

243. Die Grenadiere.

Nach Frankreich zogen zwei Grenadier',
Die waren in Rußland gefangen.
Und als sie kamen ins deutsche Quartier,
Sie ließen die Köpfe hangen.

Da hörten sie beide die traurige Mähr,
Daß Frankreich verloren gegangen;
Besiegt und zerschlagen das tapfere Heer —
Und der Kaiser, der Kaiser gefangen.

Da weinten zusammen die Grenadier,
Wohl ob der kläglichen Kunde;
Der eine sprach: „Wie weh wird mir,
Wie brennt meine alte Wunde!"

Der andere sprach: „Das Lied ist aus,
Auch ich möcht' mit dir sterben;
Doch hab' ich Weib und Kind zu Haus,
Die ohne mich verderben."

Was schert mich Weib, was schert mich Kind!
Ich trag' ein besser's Verlangen;
Laß sie betteln gehn, wenn sie hungrig sind,
Mein Kaiser, mein Kaiser gefangen!

„Gewähr' mir, Bruder, eine Bitt':
Wenn ich jetzt sterben werde,
So nimm meine Leiche nach Frankreich mit,
Begrab' mich in Frankreichs Erde.

„Das Ehrenkreuz am rothen Band,
Sollst du aufs Herz mir legen;
Die Flinte gieb mir in die Hand
Und gürt' mir um den Degen.

„So will ich liegen und horchen, still
Wie eine Schildwach im Grabe,
Bis einst ich höre Kanonengebrüll'
Und wiehernder Rosse Getrabe.

„Dann reitet mein Kaiser wohl über mein Grab,
Viel Schwerter klirren und blitzen;
Dann steig' ich gewaffnet hervor aus dem Grab' —
Den Kaiser, den Kaiser zu schützen!"

Heine.

---

244. Die Wolga und ihre Verbindung mit der Newa.

Die Wolga, der größte und wasserreichste Fluß Europa's, gehört mit ihrem untern Laufe Asien an, durchströmt jedoch nur russisches Gebiet. Die Länge ihres Laufes beträgt 430 Meilen und ihr 3000 Quadratmeilen großes Flußgebiet begreift zum Theil die fruchtbarsten Landschaften Rußlands. Sie entspringt im Gouvernement Twer aus einem Teiche unweit des Dorfes Wolchino Werchowie, geht hierauf durch mehrere Seen, nimmt den Abfluß des Seligersees auf und ist dann schon für kleinere Fahrzeuge schiffbar.

Zwischen hohen Ufern strömt sie nach Twer, wo sie für größere Fahrzeuge schiffbar wird und, nachdem sie die Gouvernements Jaroslaw, Kostroma, Nishnij-Nowgorod, Kasan, Simbirsk, Saratow und Astrachan bewässert hat, ergießt sie sich durch 8 Hauptarme und mit 70 Mündungsarmen unterhalb Astrachan ins Kaspische Meer. Unter ihren zahlreichen und ansehnlichen Nebenflüssen sind die wichtigsten: die Oka, die Wolga, die Scheksna, die Kostroma, die Unscha, die Wetluga, die Kama und die Sama. Die Breite der Wolga ist sehr verschieden; bei Twer beträgt sie 600, unterhalb der Mündung der Kama 2400 Fuß, und gegen ihre Mündung bis über eine Meile. Ihr Lauf ist regelmäßig und ruhig; aber zur Zeit des Schneeschmelzens richtet sie Ueberschwemmungen und Verwüstungen an, und von der Mündung der Kama an hat sie viele Inseln.

Die Schifffahrt wird auf der Wolga mit der größten Lebhaftigkeit betrieben, und auf keinem Strome des weiten russischen Reiches sieht man so viele Fahrzeuge aller Art; doch ist die Schifffahrt lebhafter auf der europäischen Wolga als auf der asiatischen, die hingegen wieder die einträglichste Fischerei, vornehmlich bei der Mündung, darbietet, indem sie überhaupt vielleicht der fischreichste Strom der ganzen Erde ist. Merkwürdig sind die Wasserbauwerke, wodurch diese große Pulsader der inneren Circulation— die von ihrem Ursprunge bis zu ihrer Mündung die fruchtbarsten, kornreichsten Provinzen des Reichs durchströmt und in ihrem Laufe so viele der bedeutendsten Flüsse aus allen Gegenden aufnimmt— mit der Newa und also mit St. Petersburg, dem Vereinigungspunkte Rußlands mit dem übrigen Europa und dem Haupthandelsplatze für Rußlands auswärtigen Handel, in schiffbare Verbindung gebracht ist.

Es sind drei Wasserwege, welche die Wolga mit der Newa und mithin das Kaspische Meer mit der Ostsee verbinden. Man bezeichnet diese drei künstlichen Wasserwege mit dem Namen des

Wischnij-Wolotschokschen, des Tichwinschen und des Marien-Systems.

Das Wischnij-Wolotschoksche System ist eine der schönsten, größten und originellsten Anlagen der Wasserbaukunst. Es unterscheidet sich von allen übrigen künstlichen Wasserwegen, außer seinem ungeheueren Umfange, besonders dadurch, daß es nicht aus gegrabenen Kanälen besteht, in welchen durch hebende und senkende Schleusen mit Kammern das Weiterbringen der Fahrzeuge bewirkt wird, sondern daß hier durch bloße Graben und einfache, in großen Entfernungen mit einander korrespondirende Schleusen, eine künstliche Anschwellung, der in das System hereingebrachten Flüsse selbst erlangt wird, die dadurch gewissermaßen in lauter künstliche Kanäle und Wasserbehälter verwandelt sind.

In dieses ungeheuere Wassersystem, welches sich über eine Fläche von wenigstens 1450 Quadratmeilen erstreckt, gehören 76 Seen und 105 größere und kleinere Flüsse, welche durch verschiedene Wasserleitungen und Kanäle zu einem Ganzen vereinigt sind. Eine Menge Schleusen, die, gleich den Klappen einer ungeheueren Dampfmaschine, in unaufhörlich korrespondirender Bewegung auf- und zugehen, wird auf den entferntesten Punkten durch Telegraphen dirigirt; das Wasser aus zwei bis drei Flüssen wird zu gewissen Epochen in einen vierten zusammengeleitet, wo es gerade nöthig ist. Die beiden bei Wischnij-Wolotschok vereinigten Flüsse Twerza und Msta scheinen, so lange die Wasserbehälter abgeschlossen sind, seichte, kaum für kleine Boote fahrbare Bäche; — aber eine bei Twer in der Wolga angelangte Barkenkaravane wird dem Direktor gemeldet—und sein Wink öffnet die Wasserbehälter der hierzu benutzten Flüsse, schließt die in der Twerza und Msta befindlichen Schleusen, und in unglaublich kurzer Zeit sind die unscheinbaren Bäche in majestätische Ströme verwandelt, die an manchen Orten eine Tiefe von 10 Fuß haben—und eine zahllose Menge der größern Fahrzeuge bedeckt plötzlich die neugeschaffenen Ströme.

Die künstliche Anschwellung der Wasser, die ungefähr 14 Tage in gleicher Höhe erhalten werden, bietet wieder eine höchst sonderbare Erscheinung dar. In einem und demselben Flusse, in der Twerza, sind oberhalb bei Wischnij-Wolotschok die Fahrzeuge schon in tiefem Wasser und in vollem Gange, während in die untere Partie bei Twer (25 M. weiter) erst am dritten Tage nach der Füllung von oben so viel Wasser hingelangt, daß die Barken aus der Wolga in die Twerza hineingebracht werden können. So wird gewissermaßen für jede Barkenkaravane das zu ihrem Weiterkommen erforderliche Wasser in den Fluß gegossen. Nach Verlauf von 14 Tagen ist der Wasservorrath in den riesenhaften Wasserbehältern erschöpft; sie gleichen halb ausgetrockneten Sümpfen, alle

*

Quellen scheinen versiegt und jede Möglichkeit zur fernern Schifffahrt verschwunden. Doch bald füllen jene Behälter sich von Neuem
und liefern eine eben so ungeheuere Wassermenge als vorher.

Wenn die Barken aus der Wolga und Twerza in die Msta
gelangen, treffen sie auf die gefährlichen Borowitzkischen Wasserfälle, wo der Boden des Flußbettes aus lauter Felsen besteht,
und das Scheitern der Barken bei nicht hinlänglicher Wassertiefe
fast unvermeidlich war. Um diesem Uebel abzuhelfen, hat man
durch das Herbeileiten mehrerer Flüsse und Seen aus der Umgegend, den Wasserspiegel des Stromes in der Gegend der Fälle
um einige Fuß erhöhet, und durch eine sehr künstliche Schleusen-
vereinigung wird diese Wasserhöhe während des Ganges der Barkenkaravane immer gleich gehalten, ohne sich auch nur um einen
halben Zoll zu verändern. Noch verdient hier eine ebenso einfache
als sinnreiche Vorkehrung bemerkt zu werden, wodurch man das,
in den plötzlichen Krümmungen des Stromes fast unvermeidliche,
Anstoßen der Barken an das felsige Ufer unschädlich zu machen
sucht. Man hat nämlich an den gefährlichsten Stellen schmale
Flösse mit dem oberen Ende an das Ufer befestigt, so daß das
untere Ende frei in einer kleinen Entfernung vom Ufer schwimmt
und so eine Art von Feder ausmacht, an welche die Barken nicht
nur ohne Gefahr anlaufen können, weil sie nachgiebt, sondern
auch noch durch die zurückwirkende Federkraft in das Fahrwasser
zurückgelenkt werden.

Eine große Strecke des Ufers ist mit dergleichen Flössen besetzt,
auf welchen Schaaren von Weibern, Mädchen und Kindern mit
Eimern, Töpfen und andern Gefäßen stehen, die auf den Ruf
des Lootsen, im vollen Schusse des Fahrzeuges, den Augenblick
seines Anstoßes benutzen, um auf die Barke zu springen und das
zugeströmte Wasser auszuschöpfen. Wenn sie damit fertig sind,
springen sie eben so wieder an dem nächsten Punkte, wo die
Barke sich dem Ufer oder einem solchen Flosse nähert, hinab und
eilen zurück, um gegen eine kleine Vergütung andern Fahrzeugen
ihre Dienste anzubieten. Die Geschicklichkeit und Sicherheit, womit dieser gefährliche Sprung ausgeführt wird, ist bewunderungswürdig und unbegreiflich: eine Sekunde zu spät, ein Paar Zoll
zu weit bringen unvermeidlich den Tod in den schäumenden Wellen, wo an gar keine Rettung zu denken ist, und doch ist es fast
unerhört, daß dabei ein Unglück sich ereignete.

Das Schiffsvolk beginnt die Fahrt durch die Wasserfälle nie
anders, als nachdem es sich zuvor durch ein gemeinschaftliches
Gebet zu der bevorstehenden Gefahr vorbereitet hat. Oft sieht
man hier einen uralten Gebrauch der Väter wiederholen, der etwas sehr Feierliches und Rührendes hat. Es pflegt nämlich in

den besonders gefährlichen Stellen der Eigenthümer der Barke ehrerbietig mit entblößtem Haupte an die Spitze seines Fahrzeugs hinzutreten, etwas Brot und Salz in den kochenden Strom zu werfen und dabei zu sprechen: „Mütterchen Msta, wir bringen dir Salz und Brot, sei gnädig gegen uns!"

Man muß den zwischen und über Felsen dahinschießenden schäumenden Strom, die auf demselben hinabgeschleuderten, furchtbar krachenden schwachen Fahrzeuge, das ungeheuere Gewühl, das Kommandiren der Lootsen, das Rennen, Laufen und Schreien des Schiffsvolks (indem die geringste Nachlässigkeit, das kleinste Versehen den Untergang der Barke nach sich ziehen würde), mit einem Worte, das fürchterlich schöne Ganze gesehen haben, um sich einen Begriff von dieser gefahrvollen Fahrt zu machen.

Bei allen den drei Wasserwegen, die aus der Wolga in die Newa führen, bildet der Ladogakanal den Hauptpunkt dieser ganzen Flußschifffahrt, welcher angelegt ist, um die gefahrvolle Fahrt über den stürmischen Ladogasee zu vermeiden, indem er in einer sanften Krümmung längs dem südlichen Ufer des Sees hinläuft und eine unmittelbare Verbindung zwischen dem Wolchow und der Newa bewirkt. Im Durchschnitt beläuft sich die Anzahl, der durch den Ladogakanal nach St. Petersburg passirenden Fahrzeuge, jährlich auf 25,000, und der Werth der verschiedenen Waaren auf 200 Millionen Rubel. Da aber durch das allmälige Aushauen der Wälder und das Austrocknen der Moräste, aus welchen derselbe sein Wasser erhält, nach und nach eine bedeutende Abnahme desselben entstanden ist, und zu besorgen war, daß dieselbe mit den Jahren zunehmen möchte, woraus die nachtheiligsten Folgen für den innern und auswärtigen Handel entstehen müßten, so sind in den neuesten Zeiten am obern Ende des Kanals, bei der Stadt Nowaja-Ladoga, zwei Dampfmaschinen erbaut worden, welche in 24 Stunden 14,784 Kubikfaden Wasser aus dem Wolchow in den Kanal hineinpumpen. Durch dieses Mittel ist, so lange der Wolchow fließt, nie ein Wassermangel in dem Ladogakanal zu befürchten.

Kohl.

---

245. Die nächtliche Heerschau.

Nachts, um die zwölfte Stunde,
Verläßt der Tambour sein Grab,
Macht mit der Trommel die Runde,
Geht emsig auf und ab.

Mit seinen entfleischten Armen
Rührt er die Schlägel zugleich,
Schlägt manchen guten Wirbel,
Reveill' und Zapfenstreich.

Die Trommel klinget seltsam,
Hat gar einen starken Ton,
Die alten todten Soldaten
Erwachen im Grabe davon.

Und die im tiefen Norden
Erstarrt in Schnee und Eis,
Und die in Wälschland liegen,
Wo ihnen die Erde zu heiß;

Und die der Nilschlamm decket
Und der arabische Sand,
Sie steigen aus ihren Gräbern,
Sie nehmen's Gewehr zur Hand.

Und um die zwölfte Stunde
Verläßt der Trompeter sein Grab,
Und schmettert in die Trompete,
Und reitet auf und ab.

Da kommen auf luftigen Pferden
Die todten Reiter herbei,
Die blutigen alten Schwadronen
In Waffen mancherlei.

Es grinsen die weißen Schädel
Wohl unter dem Helm hervor,
Es halten die Knochenhände
Die langen Schwerter empor.

Und um die zwölfte Stunde
Verläßt der Feldherr sein Grab,
Kommt langsam hergeritten,
Umgeben von seinem Stab.

Er trägt ein kleines Hütchen,
Er trägt ein einfach Kleid,
Und einen kleinen Degen
Trägt er an seiner Seit'.

Der Mond mit falbem Lichte
Erhellt den weiten Plan;
Der Mann im kleinen Hütchen
Sieht sich die Truppen an.

Die Reihen präsentiren
Und schultern das Gewehr;
Dann zieht mit klindendem Spiele
Vorüber das ganze Heer.

Die Marschäll' und Generäle
Schließen um ihn einen Kreis;
Der Feldherr sagt dem Nächsten
Ins Ohr ein Wörtlein leis'.

Das Wort geht in die Runde,
Klingt wieder fern und nah;
„Frankreich" ist die Parole,
Die Losung: „Sankt Helena!"

Dies ist die große Parade
Im elyseischen Feld,
Die um die zwölfte Stunde
Der todte Cäsar hält.

Zedlitz.

---

246. Das Erdbeben zu Lissabon.

Eine Naturerscheinung, groß und furchtbar, den Menschen mit Schrecken und Entsetzen erfüllend, ist das Erdbeben. Wie gräßlich, wenn der Boden unter den Füßen wankt, wenn er in jedem Augenblick zerreißen und sich ihm zum Grabe öffnen kann, dessen Schrecken er vielleicht noch empfindet, wenn es ihn schon aufgenommen hat; wenn das schützende Dach seiner Hütte, in der er friedlich zu leben hoffte, herabzustürzen und ihn zu zermalmen droht! Wohl muß da der Mensch erkennen, wie ohnmächtig er sei gegen die Gewalt der Natur; aber auch tief empfinden, wie allein das Vertrauen auf den Allmächtigen ihn trösten könne, der diese Gewalten lenkt mit seiner starken Hand, und Dessen ewige Weisheit auch da waltet, wo sie uns unergründlich und verborgen ist.

Die Ursache und Veranlassung dieser gewaltigen Naturerscheinung vermochte des Menschen Geist zu ergründen, doch nicht ihren Zweck zu erforschen; das ist ihm zu hoch, er kann es nicht begreifen. Der Glaube aber blickt ruhig empor zum Himmel, auch wenn die Erde wankt; er preiset auch da anbetend Gottes Güte und Liebe, wo sie ihm in schreckender Gestalt erscheint.

Der Grund des Erdbebens ist unterirdisches Feuer. Es ist ja eine bekannte Erscheinung, daß manche Stoffe, besonders mit Feuchtigkeit verbunden, von selbst in Hitze gerathen und sich zuletzt entzünden. Feuchtes Heu, fest zusammengepackt, geräth in Brand; eben so entzünden sich Eisentheile, wenn sie mit Schwefel und wässerigen Theilen vermischt sind, von selbst. Von diesen ebengenannten Stoffen, Eisentheilen und Schwefel, giebt es unter der Erde ungeheuer große Schichten, welche, sobald Wasser hinzutritt, sich entzünden. Steinkohlenlager, die sich ebenfalls reichlich unter der Erde befinden, geben dem Feuer Nahrung genug, und so entsteht ein ungeheurer Brand. Durch das Verbrennen dieser Stoffe werden aber starke Dämpfe entwickelt, die irgendwo einen Ausweg suchen. Denn die Dämpfe sind sehr elastisch, d. h. sie lassen sich sehr zusammenpressen, aber nur bis auf einen gewissen Grad; dann dehnen sie sich mit außerordentlicher Gewalt wieder aus, und je mehr sie zusammengepreßt waren, mit desto ungeheurerer Kraft zersprengen sie Alles, was sie beschränken will. Auf diese Eigenschaft der Dämpfe gründen sich auch die Dampfmaschinen, die jetzt auf so vielfache Weise angewendet werden, um die schwersten Lasten fortzubewegen. Haben nun die unter der Erde eingeschlossenen Dämpfe die ihnen durch Zusammenpressung verliehene Kraft erreicht, so sprengen sie mit Gewalt die Oberfläche der Erde, um einen Ausweg zu gewinnen. Während sie noch kämpfen, sich aus ihrem Kerker zu befreien, ertönt ein heftiger unterirdischer Donner; der Erdboden wird erschüttert, er zittert, schwankt, bewegt sich wie Wellen im Meere auf und nieder; es erfolgen die heftigsten Stöße; hier und da stürzt er ein, da es unter ihm hohl geworden ist; Hügel sinken in den Abgrund und an andern Stellen heben sich neue Berge empor; Seen verschwinden und werden nun ausgefüllt, und an deren Stelle bilden sich neue Gewässer; dicker Schwefeldampf steigt aus der geborstenen Erde hervor und Feuerflammen werden von der Erde ausgespieen. Oft erheben sich auch heftige Gewitter, welche die Schrecken noch erhöhen. So tobt es fort unter und über der Erde, bis die unterirdischen Mächte irgendwo einen Ausweg gefunden haben.

Um einigermaßen einen Begriff von dieser Erscheinung zu geben, ist in Folgendem das Erdbeben beschrieben, welches im Jahre 1755 Lissabon verwüstete.

Wie in London, so blühte der Handel vor dem Erdbeben in Lissabon. Auf sieben Hügeln prangte die Stadt und wunderschön war sie vom Tajostrom anzuschauen. Von der Stadt aus sah man den glänzenden Wasserspiegel, auf dem die Segel seefahrender Nationen im Winde flatterten. Jenseit des Tajo breitete sich ein lachendes Landschaftsgemälde aus; in den gesegneten Fluren lagen glückliche Städte und wohlhabende Dörfer. Lissabon selbst war von einer alterthümlichen Mauer umringt, auf der sich sieben und zwanzig Thürme erhoben.

Von einem der höchsten Berge leuchtete eine Riesenburg, nach arabischer Weise erbaut, ins Thal hernieder. Außer der prachtvollen Kathedralkirche zählte die Stadt noch vierzig andere Kirchen; Mönchs-und Nonnenklöster, Kapellen waren in verschiedenen Gegenden vertheilt. Die Lage des königlichen Palastes war überaus schön; denn aus seinen Fenstern übersah man die vor Anker liegende zahlreiche Flotte und die in dem mächtigen Hafen aus allen Weltgegenden ankommenden oder dahinsegelnden Schiffe.

Aber Lissabons Herrlichkeit sollte untergehen und in ihrem alten Glanze nicht wieder auferstehen. Der erste November des Jahres 1755 war für die Hauptstadt ein Tag der Verwüstung und des Entsetzens. Tausende, die sich am Morgen des Lebens noch freuten, waren erschlagen, verbrannt, ertrunken, ehe der Abend grauete; die prächtigsten Paläste lagen in Trümmern umhergestreut.

Dies Erdbeben zeigte sich in einer ungeheuren Ausbreitung und wurde in Europa, Asien und Amerika verspürt. Aber am härtesten sollte Lissabon von ihm heimgesucht werden.

Am Morgen des jammervollen Tages kündigte es kein Zeichen in der Natur an, wie schrecklich der Abend enden werde. Der Himmel war heiter, die Sonne glänzte, es regte sich kein Lüftchen und dem verderblichen Sturme ging eine sichere Ruhe voran.

In andachtsvollen Gebeten war die Menge um die Altäre niedergesunken; eine religiöse Feier durchdrang am Feste aller Heiligen die Seelen der Gläubigen, als sich etwa um zehn Uhr in den Straßen ein donnerähnliches Rollen vernehmen ließ. Darauf folgte ein Stoß und ein Schwanken und Wogen des Erdbodens. Mehr bedurfte es nicht, um Kirchen, Paläste und Hütten in Schutthaufen zu verwandeln. Für Tausende waren die eingestürzten Wohnungen ein Grab geworden, wo sie unter Balken und Mauerwerk verschüttet lagen.

Den Tumult, das Gedränge, das laute Geschrei und Wehklagen, welches die Tempel erfüllte, die das Erdbeben noch verschont

hatte, den raschen Uebergang von der stillen Andacht zu dem Todesschreck, kann ich euch nicht beschreiben.

Der erste Erdstoß warf das Haus der Inquisition um, in dem
viele Unschuldige gerichtet wurden, als ob Gott diese Stätte un-
gerechter Grausamkeit vertilgen wollte. Der königliche Palast mit
allen seinen Kostbarkeiten war verschwunden. Mit einem Schlage
wurden alle Bewohner in dem prächtigen Jesuitencollegio getödtet, als das Gebäude einstürzte.

Tausende hatten sich auf den öffentlichen Plätzen versammelt
und hofften da Rettung zu finden; aber sie fanden sie nicht. Ein
Hagel von Ziegeln und Balken fiel auf sie nieder, zerschlug und
zerquetschte sie. Kinder, Greise und Kranke wurden in ihren Wohnungen verschüttet; man konnte den Schutt nicht wegräumen, um
zu ihnen zu kommen. Später fand man sie unversehrt, an der
Qual des Hungertodes verschmachtet. Noch andere eilten dem Tajo
zu, um auf Kähnen das Leben zu retten; aber auch diese letzte
Hoffnung ging ihnen verloren. Der Strom war, durch ein unbe-
greifliches Wunder, zu einer Höhe von vierzig Fuß gestiegen. Die
noch verschonten Häuser und die Ruinen wurden überschwemmt.
Wie Viele kamen in den Wogen um! Ein Damm, auf dem viele
hundert Menschen standen, versank mit ihnen. Eben so plötzlich,
wie die Fluth entstanden war, verschwand sie wieder. Die Schiffe
standen auf schlammigem Boden. Boote wurden verschlungen; Felsen, die man sonst nie sah, ragten in die Höhe. Die See thürmte
sich auf, Wellen spritzten weißen Schaum in die Luft. Es schien,
als ob der Boden, auf dem die Stadt stand, verschlungen werden
sollte. Jetzt zeigte sich ein neuer Feind mit gräßlicher Zerstörungs-
wuth. Es entstand ein Orkan, der finstere Staubwolken in die
Höhe trieb und das Licht des Tages verdunkelte. „Sollte das
jüngste Gericht angehen?" so fragten Viele mit leichenblassem Gesichte. Die dem Tode entronnen waren—sie zitterten.

Ein zweiter Erdstoß folgte, der mehrere Minuten anhielt. Häuser wankten, wie die schlanken Bäume im Sturmwind; mehrere
fielen zusammen. Ein dritter Stoß war so erschütternd, daß man
sich nicht auf den Beinen halten konnte; man mußte sich niederwerfen oder knieen. Hier, wie an die Erde gebunden, mußte man
es abwarten, was die kommende Minute über Leben und Tod
entscheiden werde.

Der Sturm war der Vorbote einer Feuersbrunst, die er anwe-
hete und schnell weiter verbreitete. Ehe die Nacht anbrach, standen die Trümmer der zerstörten Stadt in Flammen, um das
Uebriggebliebene in Asche zu verwandeln. Wer konnte löschen? Wer
wollte retten, was noch zu retten war? Niemand! — Das Leben
stand im höchsten Preise; für Irdisches wagte man es nicht. Acht

Tage wüthete die Alles verzehrende Flamme, und statt der thurm-
reichen mächtigen Stadt sah man Aschenhaufen, schwarz angelau-
fene, rußige Steinmassen.

Tausende seufzten nach Brot, um den quälenden Hunger zu
stillen. Zahllose Thränen flossen um die vermißten Eltern, die
entrissenen Kinder, Wohlthäter und Freunde. Ein anhaltender Regen und Kälte vergrößerten das Ungemach aller derer, die ohne
Obdach unter freiem Himmel seufzten. Viele, die mit dem Leben
davon gekommen waren, starben bald nachher an den Folgen des
Hungers, der Erkältung, des Schreckens und der Angst. An 40,000
Menschen waren bei dem Erdbeben umgekommen.

Müller.

247. Gottes Treue.

Es steht im Meer ein Felsen,
Die Wellen kreisen herum;
Die Wellen brausen am Felsen,
Doch fällt der Fels nicht um.

Ein Thurm ragt über'm Berge
Und schaut in das Thal hinab.
Die Winde rasen am Berge,
Doch fällt kein Stein herab.

Es zeucht einher ein Wetter,
Und rasselt am starken Baum;
Zur Erde sinken wohl Blätter,
Doch eisern steht der Baum.

Des Höchsten ewige Treue
Steht fester denn Fels und Thurm,
Und grünt und blühet aufs Neue
Und trotzet dem rasenden Sturm.

Friedrich Meyer.

248. Der Auerochs.

Der Auerochs (Urochs), der riesige Bewohner der Urwälder
Europas, ist der Elephant unseres Erdtheiles. Er verschwand mit
der ursprünglichen Natur desselben und hat sich nur noch in Preußen, Polen und Lithauen erhalten; wenigstens ist sein Vorkommen am Kaukasus und in den Karpathen noch immer problematisch. Von unserm Hausochsen ist er wesentlich verschieden, namentlich durch die Zahl der Rippen, deren er 14 Paar hat,
während jener nur 13 Paar hat; auch ist der Bau seines Kopfes
gedrungener und gewölbter. Er ist das größte und stärkste euro-
päische Thier, dem Rashorn an Größe nahe stehend und dem
stärksten zahmen Büffel weit überlegen. Der Kopf und die Stirne
mancher Stiere ist so breit, daß zwischen den Hörnern drei Männer von mittler Statur sitzen können, wovon König Sigismund

von Polen einst eine Probe machen ließ. Markgraf Georg Friedrich von Brandenburg soll im Jahre 1595 bei Friedrichsburg
einen Auer geschossen haben, der über sieben Fuß Höhe hatte.

In Kopf, Brust und Hals muß er eine außerordentliche Kraft haben, und wenn ein andalusischer Stier ein Pferd überstürzen kann,
so kann dies der Auerochse noch viel leichter. Er ist äußerst wild
und scheu; daher ist von seiner Lebensweise in der Wildniß nur
wenig bekannt. Gegen zahmes Rind zeigt er entschiedene Feindschaft. — Die langen Haare an Kopf und Brust haben einen starken Moschusgeruch, der auch den Knochen, nicht aber dem Fleische,
anhängen soll. Seine Stimme ist mehr ein Grunzen als ein
Brüllen.—Von den noch in Lithauen befindlichen Auerochsen darf
ohne Erlaubniß des Kaisers keiner geschossen werden.

249. Der Elephant.

Man nennt den Storch den Weisen unter den Vögeln, den
Elephanten—den Weisen, den Philosophen unter den Säugethieren.
Vom Weisen erwartet man Ruhe, Ernst, Bedachtsamkeit. Es ist Vieles, was die Alten von ihm sagten und uns unglaublich scheint,
möglich. Er hat eine sehr vollkommene Unterscheidungsgabe. Er
erkennt Alles: Raum, Zeit, Form, Farbe, Ton, Wort, Umstand,
Person, Freund, Feind. Er zieht Schiffe, wälzt Steine, trägt
Geschirre. Er versteht das bekannte Wort, hat ein vortreffli-
ches Gedächtniß; er träumt und zwar sehr lebhaft. Er bemerkt
jede Vorkehrung, die man seinetwegen macht, deutlich. Er sieht
seinem Meister auf die Augen und versteht die Mienensprache.
Er lernt für seinen Körper beinahe Unmögliches, so daß er denselben geradezu seiner Seele, seinem Willen unterwerfen können
muß, damit er lerne.

Wir beobachteten verschiedene, doch nur indische, von der größten Art — jüngere, ältere, männliche, weibliche, halb und ganz
zahme. Der junge männliche, noch nicht ausgewachsene, machte
die vielen bekannten Kunststücke: Knoten auflösen, eine Münze
vom Boden aufheben, mit Hammerschlägen auf ein Brett die Stunden einer vorgehaltenen Uhr angeben u. s. w. Ein alter, halb-
gezähmter lernte den, der ihm gewöhnlich Geschenke brachte,
schnell kennen, untersuchte, wenn er in seine Nähe trat, dessen
Rock-, Hosen- und Westentaschen, ob Zucker darin sei, fand
jede Rosine, jedes Zuckerkörnchen darin und nahm dieselben aus
seiner flachen Hand. Schloß er die Hand zu, so öffnete er sie ihm
sanft, aber unwiderstehlich; fand er nichts drin, so blies er ihn

heftig, doch nicht böse an; gab er ihm eine Münze, so nahm er sie, hob den Rüssel und legte sie in eine hoch an die Wand befestigte blecherne Sparbüchse. Es war deutlich wahrzunehmen, daß als eine Reihe kleiner und großer, gelungener und mißlungener Abbildungen von ihm, zur Vergleichung mit der Wahrheit vor ihn hingelegt wurde, er die Abbildungen ansah und wohl merkte, daß es ihm, seiner Person gelte. Das Bewußtsein seiner selbst war kräftig, wie etwa in einem verständigen Kinde. Er war an eine Kette befestigt. Er zog sie möglichst an und konnte dann einen Vorderfuß auf die Barriere setzen, wie wenn er zu den Zuschauern herübersteigen wolle. Lag er, so schien er es doch nicht gern zu haben, wenn man sich auf ihn wie auf ein Bett setzte. Oft ergriff er unwillig eine hölzerne Säule und schüttelte sie, daß sie krachte, doch offenbar nur zum Zeitvertreibe. Stellte man ihm einen Eimer Wasser hin, so begoß er sich an allen Seiten des Körpers zwanzig-, dreißigmal mit der deutlichsten Aeußerung, daß ihm diese Abkühlung große Freude mache. Er spielte mit dem Wasser, sich Kurzweil zu machen, recht eigentlich. Als man eines Abends und die Nacht durch Vorkehrungen zu seiner Abreise machte, schlief er sehr unruhig, schüttelte im Schlaf die Kette oft und stieß ungewöhnliche Brummtöne aus. Entfesselt trat er dann ganz ruhig und froh aus dem Hause, zwischen zwei Ketten rechts und links, in seinen Kasten hinein, in welchen er zu Fuß reisen mußte.

Ein weiblicher war gegen Jedermann wunderbar zutraulich, stand ohne irgend eine Barriere und reiste ganz frei und unangebunden mit mächtigen Schritten. Man trieb mit ihm närrische Dinge. Nicht nur mußte er Pistolen losschießen und allerlei errathen, sondern sich auf die Hinterfüße wie ein Hund setzen, an einem Tische sitzen, klingeln, worauf ein Diener erschien, der ihm Brot und Obst hinstellte, das er augenblicklich aß. Er klingelte wieder, da erschien eine Flasche Wein; er entstöpselte sie, leerte sie und klingelte wieder; der Diener war sogleich wieder da und setzte ihm Backwerk vor. Bald war auch dieses verzehrt und augenblicklich klingelte er wieder. Die Gutmüthigkeit dieses ungeheueren Thieres, dieses Kolosses und grauen Felsens, war unbegreiflich groß. Ohne Furcht konnte man sich auf ihn hinaufsetzen und reiten und sich beim Hinauf- und Herunterklettern an seinen ungeheueren Ohren halten. Merkte er, daß man heruntersteigen wolle, so streckte er seinen Rüssel aus, so daß man herunterrutschen oder wie von einer Querstange leicht auf den Boden springen konnte.

Thatsachen sind es, daß der Elephant im Freien alle Zweige, die er von den Bäumen abbricht, an seinen Vorderbeinen abstreift, um Staub, Insekten u. s. w. zu entfernen, daß er nicht gern

über Brücken geht, wenn er das Wasser sieht, und man also
Wände machen muß, zwischen welchen er hindurch gehen soll; daß
er etwa einmal seinem Herrn entläuft und sich wieder Jahrelang
bei Elephanten aufhält; daß er, wieder eingefangen, seinen ehe-
maligen Herrn sogar nach zehn und mehr Jahren so gut wie der
Pudel wieder erkennt; daß der Jäger, wenn er zuerst den Elephanten erkennt, geradezu auf ihn losgehen oder losreiten und
ihm befehlen darf, wieder mit ihm zu kommen; daß er für Wohlthaten und Beleidigungen ein treues, für erstere ein treueres Gedächtniß hat und sogar seinen Zorn bemeistern und selbst bändigen kann.

Scheitling.

250. Der Bär.

Aus seinem langen Winterschlafe erwacht der Bär, streckt sich
und brummt, weil ihn die Frühlingssonne schon so bald in seinen Träumen stört. Abgemattet tritt er aus seiner entlegenen
Höhle hervor und sieht sich zunächst nach einem Frühstück um.
Er schleppt sich langsam und schwerfällig durch die finstere Waldung; seine breiten Tatzen haben sich gehäutet und jeder Schritt
kommt ihm sauer vor. Den finstern Blick wirft er ins Gebüsch,
ob nicht ein Reh zu erhaschen sei oder ein Hase. Er horcht auf
das Summen der Bienen und sehnt sich nach dem Honig; achtet
auf den Lauf der Ameisen, deren Säure seinen Gaumen besonders kitzelt; schnüffelt zugleich am Boden nach schmackhaften Kräu-
tern, nimmt aber am Ende mit Gras und Wurzeln vorlieb, wenn
er nichts Besseres findet. Kaum vermag ein guter Fang seine mürrische Stimmung etwas zu erheitern, und nur gegen die Bärin
erweist er sich freundlich, aber auch nach seiner Weise.

Zur düstern Gemüthsart des Bären schickt sich sein Körperbau;
er ist kurzbeinig und plumpen Leibes, steckt Sommer und Winter
in dichter, zottiger Wildschur. Sein Hals ist dick, breit der Kopf,
die Stirn platt, aber die Schnauze vorgestreckt; stark sind Gebiß
und die Klauen seiner Tatzen. Das kleine schiefe Auge zeigt einen
mißtrauischen Blick, und das aufgerichtete kurze Ohr erspürt von
fern den Laut; die feine Nase leitet ihn auf den Fang. Der Künstler
treibt es mancherlei: geht oft aufrecht, doch wackelnd; klettert geschickt auf Bäume, versucht, ob sie ihn wohl tragen; reißt mit den
Tatzen die Aeste an sich, mit den Zähnen pflückt er die Früchte;
ist er aber satt, so läßt er sich am Stamme herunter rutschen und
kommt sicher wieder auf die Füße. Genießt der Bär von Jugend

auf das Glück einer guten Erziehung, so bringt er es weit in schönen Künsten: er tanzt nach dem Schlage der Trommel und nach
der Pfeife den Menuet in abgemessenen Schritten, reitet sein Steckenpferd, setzt mit Anstand den Hut auf, macht Bücklinge und streckt
seinem Tanzmeister dankend die Pfote dar. Alles dies thut er unter
beständigem Brummen; allein Maulkorb und Stock verbieten ihm,
den Gelüsten zu folgen, und die Kette hält fortwährend seine Aufmerksamkeit gespannt. Im Bärengraben schreitet er auf und nieder; wie ein Landvogt auf den Thron, setzt er sich zuweilen auf die
Tanne und schaut die Umstehenden an. Wirft man ihm eine Abgabe in natura hin, seien es Aepfel oder Brot, er weiß sie geschickt zu fangen, indem er, aufrecht sitzend, den Leib hin und her
wiegt und nach dem Zugeworfenen schnappt.

Der Bär scheint seiner Vorzüge sich wohl bewußt und hält die
eigenen Kinder für die schönsten und artigsten. Es sind kleine dicke
Fettklumpen und stockblind, wenn sie zur Welt kommen; er leckt
sie aber beständig mit seiner glatten Zunge und wälzt sie mit der
Tatze hin und her. Schnell wachsen sie groß und gleichen dann
vollkommen den Alten. Wie sorgfältig auch seine Erziehung sein
mag, der Bär bleibt immer gefräßig und räuberisch und sein dum-
pfes, mürrisches Brüten erwächst zur blinden Wuth, wenn er nicht
erreicht, wonach sein Streben geht. Aus seiner Wohnung zieht er
ins Feld, spähet von den Höhen darnieder, stürzt hinter den Felsen hervor, treibt Schafe über den Abgrund, erdrückt die Kälber
und trägt sie in seinen Armen fort. Der Heerde paßt er auf, bis
sie zur Weide geht, oder bricht in den Stall hinein und holt sich
ein Rind, wie der Fuchs ein Gänslein. Gereizt, sieht er nur seinen Feind, geht ihm aufrecht entgegen, breitet die kurzen Arme
aus und schlägt grob und unbeholfen drein. Fällt ihm ein Opfer,
so scalpirt er es mit seinen Klauen. Wer aber unversehens dem er-
boßten Thiere begegnet, darf sich nur todt stellen: dann beschnüf-
felt es ihn und wendet ihn um, geht aber brummend weiter, ohne
ihm Leides zu thun. Das Glockengeläute mag der Bär nicht hören, es bringt ihn in Wuth; er reißt die Schellen den Kühen vom
Halse und schlägt sie breit. So grimmig er ist, wird man doch
leicht seiner Herr; wer Besonnenheit behält, mag des Zornes dieses Raubthiers spotten. Ein beherzter Jäger geht ihm mit dem
Knittel entgegen und trifft ihn auf die Nase, welche sein empfind-
lichstes Organ ist. Manche Jäger tanzen auch wohl vor ihm, reden
ihn foppend an, bitten um Erlaubniß mit ihm kämpfen zu dürfen;
denn Bärenjagd ist ergötzlich und eben so gefährlich nicht.

In Polen fängt man ihn. Man kennt die Pfade, welche er wandelt;
so sehr sie auch im Dunkel sich verlieren, sind sie doch breit getreten
und führen zu seinem Schlupfwinkel und oft auch zu Honigkörben.

Der Stich der Biene dringt kaum in seine Haut, und die sich ihm ins Gesicht setzen, wischt er, so viel immer kommen, mit der Tatze gröblich weg. Wohl aber ärgert ihn ein Holzklotz, den man vor die schönen Waben aufhängt; er schiebt ihn zur Seite und will zugreifen. Dieser setzt sich aber hart neben seine große Nase; da versetzt ihm der Bär unwillig einen Schlag; der Klotz kommt aus seinem Gleichmuth und vergilt ihm die Höflichkeit. Der Bär will immer nicht nachgeben, jener auch nicht; der Kampf wird eifriger, grimmiger, bis zuletzt ein derber Schlag den Bären betäubt und von seinem Sitze herunterwirft.

Naht der Winter und stäubt der Schnee in den Wald, so schreitet der Bär seiner Höhle zu, legt sich ruhig hin, knurrt noch hie und da ein wenig und zehrt von dem Fette, das er den Sommer hindurch angelegt hat, wie ein Rentner, dem die Zinsen ausbleiben, vom Kapital.

Meyer.

251. Der Wolf.

In den Tiefen des Hochwaldes, wo Felsen sich in steilen Wänden, mächtigen Säulen erheben, wo stille düstere Schatten sich ergießen und der Strom in wilden Wellen seine Gestade umschlingt, da macht der Wolf dem Bären die Herrschaft streitig. Er durchstreift die Wildniß, jagt das Reh und geht der Hirschkuh unermüdlich nach; er lauscht auf Hasen und Füchse und erlistet die Hühner. Spähend umschleicht er des Waldes Saum, um auszukundschaften, ob alles sicher sei; dann legt er sich lauernd ins Gebüsch, sieht nach dem Lamme, welches sich von der Heerde entfernt, und hält das Auge zugleich auf den Hüter gerichtet. Jetzt ist der Augenblick ihm günstig; er springt hervor, er hat das Lamm gepackt und jagt mit ihm davon. Ihm folgt bellend der Hund; doch dieser kommt oft zu spät—der Räuber ist in den Wald mit seiner Beute zur dunklen Kluft entflohen; da weiß er sich gesichert, fällt gierig über seine Beute her und schält sie aus dem Felle. Dann schleicht er wieder von anderer Seite zur Heerde, sie noch einmal zu überfallen. Zwei Schafe in einem Mahle sättigen ihn kaum. Aber so stark er ist, so schnell er läuft, wittern ihn ferne schon die Thiere und entgehen ihm. Hungrig macht er das Aas dem Geier streitig, scharrt Leichen aus, verschlingt Gras und Lehm und geht heulend auf Beute aus; dann greift er frech den Wanderer an, springt mit weitgeöffnetem Rachen an den Reiter auf. Vom Heißhunger getrieben, schleicht er des Nachts aus dem Walde, schwärmt um die Wohnung des Hirten, fällt über die Gänse her, gräbt unter Thürschwellen, bricht in den Stall und würgt Schafe und Rinder. Dann achtet er nicht des nahenden Hirten, scheut nicht das Feuergewehr und hält die Beute zwischen den Zähnen fest, entweicht nun mit dieser oder erliegt in seiner Raserei.

Bei strengem Winter rotten sich die Wölfe zusammen; Heißhunger treibt sie auf die freie Landstraße; heulend verfolgen sie den Schlitten; wie eine Woge im Sturm schwingen sie sich wüthend über die Flüchtenden; haben sie die Beute zerrissen, verschlungen, dann zerstäuben sie in die Wildniß.

Nur der Hunger macht den Tückischen frech und spornt ihn zur blinden Wuth. Wenn er gesättigt ist, ist er feige, fürchtet das Horn des Ochsen und des Pferdes Huf. Er zittert vor dem Bären, der ihn zerdrückt und mit seiner Tatze auf den ungelenken Rücken trifft; er flieht vor dem Hunde, welcher ihn erjagt, überwindet, aber verächtlich einem andern Wolfe zum Fraße überläßt. So fein er im Erschleichen ist, so schnell im Jagen, grausam und blind im Rauben, so bleibt er dennoch feig und scheu. Eine Geige macht ihn zittern und heulen, er wagt nicht den Spieler anzugreifen; er traut seiner Herrschaft, seinem Gebisse nicht; drum wittert er überall Gefahr. Thüren sind ihm verdächtig und gespannte Stricke versperren ihm den Weg; er setzt lieber über Hecken und Bäche hinweg. Er fürchtet das Klirren einer Kette; des Stahles Funken jagen ihn davon.

Und doch weist der Feige stets sein spitzes Gebiß, die langen Hakenzähne, hält den tiefgespaltenen Rachen immer offen und reckt die lange Zunge weit hervor. Sein aufgerichtetes Ohr erspürt den Gang des Rehes; seine Nase wittert die Hirsche von ferne her; das schiefe, kleine Auge schießt den tückischen, leuchtenden Blick; seine Sinne alle sind auf den Fraß geschärft. Das braune Fell verhehlt ihn im dunklen Gebüsch und wenn er auf dem Boden liegt. Auf langen Füßen jagt er gestreckten Laufs, den buschichten, fliegenden Schweif hochemporhaltend, davon. Stark ist seine Brust; doch die Klauen sind stumpf und liegen fest; er steht auf schwachen, unsicheren Füßen und ein Muthiger wirft ihn leicht. Kann er dem Sieger entfliehen, dann schleicht er scheu mit eingezogenem Schwanze ins Dickicht.

Die Wölfin verbirgt ihre Jungen in finsterer Schlucht; am Stamme eines Baumes gräbt sie den Kessel. Sie jagt nie in der Nähe ihres Lagers und verbirgt ihre Jungen vor der Gier des Wolfes. Sie werden blind geboren, aber mit scharfem Gebiß, und kaum haben sie die Augen geöffnet, sind sie auch schon lüstern nach Fleisch; in wenigen Wochen fallen sie schon zankend über die Hühner und Hasen her, welche die Wölfin ihnen bringt.

So der Wolf, der Verwandte des Hundes. Doch läßt er sich zähmen; giebt man ihm Schafe genug und Prügel zur rechten Zeit, so versöhnt er sich mit dem Hunde, lernt Spiele, Sprünge und sogar das Tanzen.

Meyer.

---

252. Der Tropfen.

Ein Tropfen fällt; es klingt
Das Meer nur leise.
Die Stelle wird umringt
Von Kreis an Kreise.

Und weiter, immer mehr;
Nun ruht es wieder.
Wo kam der Tropfen her?
Wo fiel er nieder?

Es war ein Leben nur,
Und nur ein Sterben,
Und kam, auch eine Spur
Sich zu erwerben.

Wackernagel.

---

253. Das Gewitter.

Die Sonne verbirgt sich hinter den schwarzen Wolkengebirgen; die Nacht überwältigt den Tag; die Lüfte heulen, die Wälder rauschen; die wirbelnden Stürme, die Vorboten des nahen Donners, treiben Sand und Staub und Blätter mit einem bangen Getöse vor sich her; die Wellen der Flüsse empören sich, brausen und wälzen sich ungestümer fort; die scheuen Thiere fliehen den Felsenhöhlen zu; mit ängstlichem Geschwirr flattern die Vögel unter Dächer und Bäume, der Landmann eilt in seine Hütte; Felder und Gärten werden verlassen. Indessen wird die über die Erde ausgebreitete Nacht immer fürchterlicher und aus der Ferne ertönen mit dumpfer Stimme die Drohungen des kommenden Donners, dem Ohr immer hörbarer. Auf einmal scheint sich das ganze Gewölbe des Himmels zu zerreißen; ein schreckliches Krachen füllet den weiten Luftraum; die Erde bebt und alle Echo in den Gebirgen werden erregt. Mit jedem Schlage des Donners fahren die flammenden Blitze Strahl auf Strahl aus, durchkreuzen die Lüfte, schlängeln sich an den Spitzen der Berge herab und werfen ihr Feuer in die ödesten Abgründe. Die Schleusen des Himmels öffnen sich von ihrer Last und stürzen ganze Fluthen herab. Und indem die Wolken unter dem Kampf der Winde von einer Gegend in die

Masson, Lesestücke. 10

andere fortgetrieben werden, tobet das wilde Geplätscher auf den dürren Erdboden herunter.

Hirschfeld.

---

254. Die Natur nach einem Gewitter.

Die finstern Gewölke zertheilen sich, bestrahlt von einem glän=
zenden Lichte; eine liebliche Heiterkeit, die Alles erfreut, breitet
sich am ganzen Himmel aus; sein blaues Gewölbe, von bunten
Streifen durchwebt, bricht hinter dem zurückwallenden Vorhang
hervor und spiegelt sich wieder auf dem beruhigten Gewässer.
Flüchtige Schatten, von einem leichten Schimmer vergoldet, laufen
über Thäler und Hügel und Wiesen. Bald schwimmt die Landschaft
in einer sanften Dämmerung, bald erscheint sie wieder in einem
glänzenden Lichte. Wie prachtvoll sich dort der schöne Bogen über
dem Horizonte ausspannt! Wie reizend seine malerischen Farben in
einem doppelten Abglanz spielen und in der klaren Fluth der See
wiederstrahlen! Das nahe uralte Gebirge, das sein ehrwürdiges
Haupt in die Wolken streckt, nimmt eine ungewöhnliche Freundlich=
keit an, verjüngt von der hellen Pracht, womit es der Bote des ver=
söhnten Himmels überstreut. Die gekühlte Luft tröpfelt noch von
einigen Regenstäubchen; die Gipfel der Berge und die erquickten
Gefilde schimmern weit umher von der Nässe der Wolken; die Ge=
büsche blitzen im Sonnenschein von kleinen Sternchen und regnen,
vom gaukelnden Weste bewegt, von neuem den zu schweren Reich=
thum der Tropfen herab. Das Gras, die Blumen, die in einer
traurigen Mattigkeit zu verwelken schienen, die ganze Natur fühlt
die wohlthätige Erfrischung; alle Gewächse heben sich wieder em=
por und das Grün der Felder reizt in einem hellern Schmuck.
Die Wälder erneuern ihre Freude; Schaaren von Schwalben
schwärmen wieder im fröhlichen Flug umher; die Heerden schüt=
teln die triefende Wolle und blöken vor Lust; tausend feine Stim=
men schwirren in den Wiesen. Der Wanderer verläßt segnend den
schützenden Baum und setzt munter seine Reise fort; der Land=
mann eilt erfrischt wieder zu seiner Arbeit; die Schönen kehren
in den anmuthigen Garten zurück. Alles lebt von neuem. Alles
frohlockt über die Wollust der Kühlung und alle Kräuter gießen
Reichthümer von süßen Gerüchen aus.

Hirschfeld.

255. Der kleine Hydriot.

Ich war ein kleiner Knabe, stand fest kaum auf dem Bein,
Da nahm mich schon mein Vater mit in das Meer hinein;
Und lehrte leicht mich schwimmen an seiner sichern Hand,
Und in die Fluthen tauchen bis nieder auf den Sand.
Ein Silberstückchen warf er dreimal ins Meer hinab,
Und dreimal mußt ich's holen, eh' er's zum Lohn mir gab.
Dann reicht er mir ein Ruder, ließ in ein Boot mich gehn;
Er selber blieb zur Seite mir unverdrossen stehn;
Wies mir, wie man die Wogen mit scharfem Schlage bricht,
Wie man die Wirbel meidet und mit der Brandung ficht.
Und von dem kleinen Kahne ging's flugs ins große Schiff;
So trieben uns die Stürme um manches Felsenriff.
Ich saß auf hohem Maste, schaut über Meer und Land,
Es schwebten Berg' und Thürme vorüber mit dem Strand.
Der Vater ließ mich merken auf jedes Vogels Flug,
Auf aller Winde Wehen, auf aller Wellen Zug.
Und bogen dann die Stürme den Mast bis in die Fluth,
Und spritzten dann die Wogen hoch über meinen Hut,
Da sah der Vater prüfend mir in das Angesicht,
Ich saß in meinem Korbe und rüttelte mich nicht.
Da sprach er, und die Wange ward ihm wie Blut so roth:
„Glück zu auf deinem Maste, du kleiner Hydriot!"
Und heute gab der Vater ein Schwert mir in die Hand,
Und weihte mich zum Kämpfer für Gott und Vaterland.
Er maß mich mit den Blicken vom Kopf bis zu den Zehn,
Mir war's als thät sein Auge hinab ins Herz mir sehn.
Ich hielt mein Schwert gen Himmel und schaut ihn sicher an
Und deuchte mich zur Stunde nicht schlechter als ein Mann.
Da sprach er, und die Wange ward ihm wie Blut so roth:
„Glück zu mit deinem Schwerte, du kleiner Hydriot!"

Müller.

---

256. Schuster-Kritik.

Die Amsel preist mit Schweigen
Der Nachtigallen Reigen;
Da quaken aus dem Weiher
Im Chor die Ueberschreier.

Sie fragt die Wasserleute,
Was solches denn bedeute?
Da sagt eins von den Thieren:
„Wir sind am Kritisiren!"

---

257. Der Fuchs.

Ein Lamm ward weggebracht
In einer dunkeln Nacht;
Und nur des Diebes Spur
Entdeckt man auf der Flur.
Da wird zum Augenschein
Von seiner Dorfgemein

Der Fuchs dorthin geschickt.
Doch in der Spur erblickt
Er seines Vetters Fuß,
Der ihm auch hehlen muß;
Drum mit gewandtem Schwanz
Verwedelt er sie ganz.

Fröhlich.

258. Hoffnung.

Es reden und träumen die Menschen viel
Von besseren künftigen Tagen;
Nach einem glücklichern goldenen Ziel
Sieht man sie rennen und jagen.
Die Welt wird alt und wird wieder jung,
Doch der Mensch hofft immer Verbesserung!

Die Hoffnung führt ihn ins Leben ein,
Sie umflattert den fröhlichen Knaben;
Den Jüngling begeistert ihr Zauberschein,
Sie wird mit dem Greis nicht begraben,
Denn beschließt er im Grabe den müden Lauf,
Noch am Grabe pflanzt er die Hoffnung auf.

Es ist kein leerer schmeichelnder Wahn,
Erzeugt im Gehirn der Thoren;
Im Herzen kündet es laut sich an:
Zu was Besser'm sind wir geboren.
Und was die innere Stimme spricht,
Das täuschet die hoffende Seele nicht.

Friedrich v. Schiller.

259. Gebet während der Schlacht.

Vater, ich rufe Dich!
Brüllend umwölkt mich der Dampf der Geschütze,
Sprühend umzucken mich rasselnde Blitze,
Lenker der Schlachten, ich rufe Dich!
Vater, Du führe mich!

Vater, Du führe mich!
Führ' mich zum Siege, führ' mich zum Tode;
Herr, ich erkenne Deine Gebote!
Herr, wie Du willst, so führe mich.
Gott, ich erkenne Dich!

Gott, ich erkenne Dich!
So im herbstlichen Rauschen der Blätter,
Als im Schlachtendonnerwetter,
Urquell der Gnade, erkenn' ich Dich!
Vater, Du segne mich!

Vater, du segne mich!
In Deine Hand befehl ich mein Leben,
Du kannst es nehmen, Du hast es gegeben.
Zum Leben, zum Sterben segne mich!
Vater, ich preise Dich!

Vater, ich preise Dich!
Es ist ja kein Kampf für die Güter der Erde;
Das Heiligste schützen wir mit dem Schwerte;
Drum, fallend und siegend, preis' ich Dich.
Gott, Dir ergeb' ich mich.

Gott, Dir ergeb' ich mich!
Wenn mich die Donner des Todes begrüßen,
Wenn meine Adern geöffnet fließen,
Dir mein Gott, Dir ergeb' ich mich!
Vater, ich rufe Dich!

Theodor Körner.

Grammatische Anmerkungen.

Der Artikel (членъ).

Der Artikel dient zur Bezeichnung des Geschlechts (родъ), der Zahl (число) und des Casus (падежъ) eines Substantivs. Die Deutsche Sprache hat zwei Artikel: 1) den bestimmenden (опредѣлительный): der, die, das; 2) den nichtbestimmenden (неопредѣлительный): ein, eine, ein.

Der bestimmende Artikel steht bei einem Substantiv, wenn dasselbe ein bestimmtes, bekanntes oder schon genanntes Ding bezeichnet.

Der nichtbestimmende Artikel steht bei einem Substantiv, wenn dasselbe unbestimmt irgend ein Ding einer Gattung bezeichnet.

Beispiele № 1—5.

Declination.

1. des bestimmenden Artikels.

	Singular.		Plural.
männlich.	weiblich.	sächlich.	für alle Geschlechter.
Nom. der	die	das	die
Gen. des	der	des	der
Dat. dem	der	dem	den
Acc. den	die	das	die

II. des nichtbestimmenden Artikels.

	männlich.	weiblich.	sächlich.
Nom.	ein	ein=e	ein
Gen.	ein=es	ein=er	ein=es
Dat.	ein=em	ein=er	ein=em
Acc.	ein=en	ein=e	ein

Wenn ein Substantiv im Singular mit dem nichtbestimmenden Artikel declinirt wird, so bleibt es im Plural ganz ohne Artikel. Beispiele № 5—6.

Das Substantiv.

Das Geschlecht (genus родъ) der Substantive ist dreifach: männlich, weiblich, sächlich.

Der Bedeutung nach sind:

1) Männlich: die Namen der Winde, Jahreszeiten, Monate, Tage.

2) Weiblich: die meisten Namen der Flüsse.

3) Sächlich: die meisten Sammel- und Stoffnamen (nomina collectiva собпрательныя, nomina materialia вещественныя), die Namen der Metalle; die Namen der Länder und Oerter (ausgenommen: die Schweiz, die Türkei, die Krim); alle Wörter der anderen Redetheile, wenn sie als Substantive gebraucht werden: das Gehen, das Aber, das Mein, das Ach.

Der Form oder Endung nach sind:

1) Männlich: die meisten abgeleiteten Substantive auf el, er, en, ing, ling: der Stachel, der Bohrer, der Hering.

2) Weiblich: die abgeleiteten Substantive auf e, heit, keit, ei, schaft, ung: die Zierde, Größe, Freiheit, Eitelkeit, Schmeichelei, Freundschaft.

3) Sächlich: alle Verkleinerungswörter auf chen und lein: das Blümchen, das Blümlein.

Zusammengesetzte Substantive haben in der Regel das Geschlecht ihres Grundwortes: das Frauenzimmer, die Mannsperson, der Kirchhof, die Hofkirche, das Rathhaus, der Hausrath.

Declination der Substantive.

Der Genitiv Singular erhält bei allen deutschen Substantiven (die weiblichen ausgenommen) entweder 1) die Endung es oder s, oder 2) die Endung en oder n.

1) Erhält ein Hauptwort im Genitiv Singular die Endung es oder s, so geht dasselbe nach der starken Declination.

2) Nimmt aber ein Substantiv im Genitiv des Singulars die Endung en oder n an, so erhalten alle übrige Fälle des Singulars und Plurals dieselbe Endung und das Wort gehört zur zweiten Declinationsform, welche die schwache genannt wird.

3) Alle Substantive weiblichen Geschlechts bleiben im Singular ganz unverändert.

Es giebt also im Deutschen nur zwei Declinationen, von denen jedoch die eine im Plural vierfach getheilt ist.

Ueberſichtstafel,

I. Die ſtarke Declination.	II. Die ſchwache Declination.

Singular.

	I. Starke	II. Schwache
Rom.	—	Rom. —
Gen.	— es, —s	Gen. —en, —u
Dat.	—e, —	Dat. - en, —n
Acc.	—	Acc. —en, —n

Plural.

	1.	2.	3.	4.		
Rom.	—e	—	—er	—en, —n	Rom.	—en, —n
Gen.	—e	—	—er	—en, —n	Gen.	—en, —n
Dat.	—en	—n	—ern	—en, —n	Dat.	—en, —n
Acc.	—e	—	—er	—en, —n	Acc.	—en, —n

1. Starke Declination.

Singular.

	1.	2.	3.	4.
Rom.	der Bach,	das Mädchen,	das Buch,	das Auge,
Gen.	des Bach-es,	des Mädchen-s,	des Buch-es,	des Auge-s,
Dat.	dem Bach-e,	dem Mädchen,	dem Buch-e,	dem Auge,
Acc.	den Bach,	das Mädchen,	das Buch,	das Auge,

Plural.

Rom.	die Bäch-e,	die Mädchen,	die Büch-er,	die Auge-n,
Gen.	der Bäch-e,	der Mädchen,	der Büch-er,	der Auge-n,
Dat.	den Bäch-en,	den Mädchen,	den Büch-ern,	den Auge-n,
Acc.	die Bäch-e,	die Mädchen,	die Büch-er,	die Auge-n.

Zu der 1-ſten Form gehören Wörter von jedem Geſchlechte. Männliche Wörter, welche hierzu gehören, ſind, z. B. der Arzt, Aal, Hahn, Knecht; weibliche: die Art, Braut, Bruſt, Fauſt, Frucht, Gans, Gruft; ſächliche: das Beil, Thor, Gewicht, Maß. Auch folgen dieſer Declination alle Wörter mit den Nachſilben niß, ſal, z. B. das Bekenntniß, das Hinderniß, das Schickſal; die männlichen und ſächlichen mit den Nachſilben and, at, ig, ling: Heiland, Monat, König, Jüngling; und die Fremdwörter: der Abt, Altar, Diſtrict, General, Patron, das Concert, Epigramm u. a. m. Zu der 2-ten Form gehören (außer den beiden weiblichen Mutter und Tochter) nur männliche und ſächliche Wörter, namentlich die auf el, en, er: der Spiegel, Garten, Haufen, Funken, Namen; das Siegel, Waſſer, Feuer, Fenſter; ferner: der Käſe und die ſächlichen Wörter auf e mit der Vorſilbe ge: das Gewerbe; auch die Verkleinerungswörter auf chen und lein.

Zu der **3-ten Form** gehören nur sächliche und einige männliche Wörter: der Mann, Geist, Gott, Leib, Rand, Wald, Wurm; das Amt, Bad, Blatt, Buch, Dach, Dorf, Ei, Faß, Feld, Glas, Glied; auch alle Wörter auf thum und wenige Fremdwörter: das Hospital, Regiment.

Zu der **4-ten Form** gehören nur wenige männliche und sächliche Substantive: der Schmerz, der See, Strahl, Staat, Mast; das Auge, Ohr, Hemde Ende und die auf or: der Doctor, Pastor.

II. Schwache Declination.

Singular.

Nom.	der Mensch,	der Löwe,	die Frau,
Gen.	des Mensch-en,	des Löwe-n,	der Frau,
Dat.	dem Mensch-en,	dem Löwe-n,	der Frau,
Acc.	den Mensch-en,	den Löwe-n,	die Frau.

Plural.

Nom.	die Mensch-en,	die Löwe-n,	die Frau-en,
Gen.	der Mensch-en,	der Löwe-n,	der Frau-en,
Dat.	den Mensch-en,	den Löwe-n,	den Frau-en,
Acc.	die Mensch-en,	die Löwe-n,	die Frau-en.

Diese Declination enthält nur männliche und weibliche Wörter; insbesondere die männlichen einsilbigen: der Bär, Christ, Fürst, Graf, Held, Herr; die mehrsilbigen mit der Endung e: Affe, Bote, Bube, Knabe; und einige auf er, als: der Bauer, Vetter, der Nachbar, der Baier, Pommer, Ungar; ferner die meisten weiblichen einsilbigen Wörter: die Art, Bahn, Fluth, Last, Pflicht, und die mehrsilbigen auf e, el, er, ei, end, heit, keit, in, schaft, ung: die Rede, Schüssel, Schwester, Arznei, Tugend, Wahrheit. Außerdem viele männliche und weibliche Fremdwörter: der Adjutant, Advokat, Präsident; die Regel, Person, Melodie.

Das Wort Herz allein hat im Gen. Herzens, im Dat. Herzen, im Acc. Herz und in der Mehrheit die Herzen.

Beispiele № 8—17.

Declination der Eigennamen.

Personen-, Länder-, Orts- so wie auch Stoffnamen (вещественныя) werden in der Regel ohne Artikel gebraucht. Wird aber ein Adjectiv vorangesetzt, so bleibt der Artikel stehen.

Die sächlichen Länder- und Ortsnamen erhalten im Genitiv die Endung s; in den übrigen Fällen bleiben sie unverändert: die Flüsse Deutschlands, Preußens König, Berlins Umgebungen. Ortsnamen auf ß, z, x können keinen Genitiv bilden, sondern müssen denselben durch die Präposition **von** ausdrücken, oder durch den vorangesetzten Genitiv der Wörter **Stadt, Dorf:** die Umgebungen von Paris oder der Stadt Paris.

Personennamen werden im Singular verschieden declinirt, je nachdem sie mit oder ohne Artikel stehen.

1) Mit dem Artikel declinirt, bleibt der Name selbst durch alle Casus des Singulars unverändert.

2) Ohne Artikel gebraucht, erhalten die Personennamen im Genitiv ein s; die männlichen auf s, ß, x, z und die weiblichen auf e haben ens: • Fritzens, Sophiens. Im Dativ und Accusativ läßt man den Namen am besten ganz unverändert: ich habe das Buch Franz gegeben; ich habe Caroline gebeten.

Wenn vor dem Geschlechtsnamen (существительное собственное родовое) der Gattungs- oder Taufname (крестное имя) steht, so wird nur der Geschlechtsnamen declinirt; z. B. Martin Luther's Geburtstag, Friedrich Schiller's Werke.

Beispiele № 7—22.

Das Pronomen oder Fürwort (мѣстоименіе).

1) **Persönliche Fürwörter** (pronomina personalia мѣстоименія личныя) sind: ich, du, er, sie, es, wir, ihr, sie (Sie) und die unbestimmten: Jemand, Niemand, man.

Declination dieser Fürwörter.

Singular.

N.	ich	du	er		sie		es	
G.	meiner, mein	deiner, dein	seiner, sein		ihrer		seiner	
D.	mir	dir	ihm	sich	ihr	sich	ihm	sich
A.	mich	dich	ihn		sie		es	

Plural.

für alle Geschlechter.

N.	wir	ihr	sie (Sie)	
G.	unser	euer	ihrer (Ihrer)	
D.	uns	euch	ihnen (Ihnen)	sich
A.	uns	euch	sie (Sie)	

Jemand und Niemand haben im Gen. Jemands, Niemands; in den übrigen Fällen läßt man sie gewöhnlich ungebeugt. Beispiele № 27—30.

2) Zueignende Fürwörter (pr. possessiva притяжательныя):
mein, meine, mein; dein, deine, dein; sein, seine, sein; ihr, ihre,
ihr; unser, unsere, unser; euer, eure, euer; ihr, ihre, ihr—rich=
ten sich alle in Geschlecht, Zahl und Casus nach ihrem Hauptworte
und werden im Singular gebeugt wie der Artikel ein, eine, ein;
z. B. das Pronomen unser.

Singular.

	männlich.	weiblich.	sächlich.
Nom.	unser	unser=e	unser
Gen.	unser=es	unser=er	unser=es
Dat.	unser=em	unser=er	unser=em
Acc.	unser=en	unser=e	unser

Plural.

für alle Geschlechter

Nom.	unser=e
Gen.	unser=er
Dat.	unser=en
Acc.	unser=e.

Steht ein zueignendes Fürwort als Prädikat mit einem Sub=
stantiv in Verbindung, so wird es gleich den Adjectiven nicht ge=
beugt: der Hut ist mein; steht es aber ohne Hauptwort, doch in
Beziehung auf ein solches, so sagt man: meiner, meine, meines;
unserer, unsere, unseres: Ist das dein Hut oder meiner?

Anstatt meiner, e, s, sagt man auch: der, die, das meine oder
meinige: dein Bruder ist mit dem meinigen zufrieden; du hast
das deinige gethan.

Beispiele № 31—35.

Hinweisende Fürwörter (demonstrativa указательныя).

Sie heißen: dieser, diese, dieses (dies) für das Nähere und je=
ner, jene, jenes für das Entferntere.

Die Declination von dieser und jener stimmt mit der des be=
stimmenden Artikels genau überein. Steht das hinweisende Fürwort
der, die, das ohne ein Hauptwort, so erhält es folgende Declination:

Singular. Plural.

	männlich.	weiblich.	sächlich.	für alle Geschlechter
N.	der	die	das	die
G.	dessen (deß)	deren (der)	dessen (deß)	deren
D.	dem	der	dem	denen
A.	den	die	das	die

Beispiele № 33—38.

Beſtimmende Fürwörter (determinativa опредѣлительныя).

Sie heißen: derjenige, diejenige, dasjenige; derſelbe, dieſelbe, daſſelbe; auch bloß: der, die, das; ſolcher, ſolche, ſolches.

Das beſtimmende Fürwort, der, die, das wird vor einem Subſtantiv ganz wie der Artikel, für ſich allein ſtehend aber wie das hinweiſende declinirt, nur daß der Gen. Plur. hier nicht deren, ſondern derer lautet.

Beiſpiele № 32.

Fragende Fürwörter (interrogativa вопросительныя).

Sie heißen wer? was? welcher, welche, welches? was für ein? Die Declination iſt folgende:

Singular.

	männlich.	weiblich.	ſächlich.	m. u. w.	ſächlich.
N.	welcher	welche	welches	wer	was
G.	welches	welcher	welches	weſſen	(weß)
D.	welchem	welcher	welchem	wem	
A.	welchen	welche	welches	wen	was.

Plural.

für alle Geſchlechter

N.	welche	
G.	welcher	(wer und was ſind
D.	welchen	ohne Mehrheit.)
A.	welche	

In was für ein wird nur das ein declinirt: was für eines Mannes? oder ohne Subſtantiv: was für einer, e, es?
Beiſpiele № 37—38.

Beziehende Fürwörter (relativa относительныя).

Welcher, welche, welches und wer, was werden ganz wie die fragenden declinirt. Das beziehende Fürw. der, die, das wird wie das hinweiſende declinirt, nur lautet der Gen. Plural deren.

Anſtatt des Genitivs von welcher, der nie ohne Hauptwort ſtehen kann, ſagt man deſſen und deren.
Beiſpiele № 34—36.

Das Adjectiv (имя прилагательное).

Das Adjectiv wird gebraucht:
1) als Prädicat (сказуемое) in einem Satze, und dann wird es prädicatives Adjectiv genannt.

2) als Beifügung (Attribut опредѣление) oder nähere Bestimmung vor einem Substantiv, dann nennt man es **attributives**
Adjectiv.

Das **prädicative** Adjectiv nimmt im Deutschen gar keine Endung an.

Beispiele № 3.

Die Declination des prädicativen Adjectivs ist dreifach verschieden.

1. Wenn dem Adjective entweder gar kein Bestimmwort, oder
ein ganz biegungsloses (wie z. B. etwas, genug, allerlei, lauter,
viel, wenig) vorangeht, so erhält es die Biegungsendungen des
bestimmenden Artikels der, die, das; also:

Singular.

N.	gut-er Wein,	gut-e Speise,	gut-es Geld,
G.	gut-es Weines,	gut-er Speise,	gut-es Geldes,
D.	gut-em Weine,	gut-er Speise,	gut-em Gelde,
A.	gut-en Wein,	gut-e Speise,	gut-es Geld.

Plural.

N.	gut-e Weine,	Speisen,	Gelder,
G.	gut-er Weine,	Speisen,	Gelder,
D.	gut-en Weinen,	Speisen,	Geldern.
A.	gut-e Weine,	Speisen,	Gelder.

Statt der Endung es im Genitiv des männlichen und sächlichen
Geschlechts Singular wird oft en gebraucht: statt frohes Muthes—
frohen Muthes.

Der Vocativ lautet dem Nominativ immer gleich: lieber Freund!
gutes Kind!—Also auch in der Mehrheit: liebe Freunde! nicht:
lieben Freunde!

II. Steht vor dem Adjectiv der bestimmende Artikel: der, die,
das, oder eins von den Bestimmungswörtern: dieser, jener, welcher, derselbe, aller, jeder u. s. w. so wird es folgendermaßen
declinirt:

Singular.

N.	der schöne Baum,	die schöne Blume,	das schöne Feld,
G.	des schönen Baumes,	der schönen Blume,	des schönen Feldes,
D.	dem schönen Baume,	der schönen Blume,	dem schönen Felde,
A.	den schönen Baum,	die schöne Blume,	das schöne Feld.

Plural.

N.	die schönen Bäume,	Blumen,	Felder,
G.	der schönen Bäume,	Blumen,	Felder,
D.	den schönen Bäumen,	Blumen,	Feldern,
A.	die schönen Bäume,	Blumen,	Felder.

III. Steht vor dem Adjectiv der nichtbestimmende Artikel ein, oder mein, dein, sein, unser, euer, ihr, kein, so wird es nach folgendem Schema declinirt:

Singular.

N.	ein	schön-er Baum,	ein-e	schön-e Blume,	ein	schön-es Feld,
G.	ein-es	schön-en Baumes,	ein-er	schön-en Blume,	ein-es	schön-en Feldes,
D.	ein-em	schön-en Baume,	ein-er	schön-en Blume,	ein-em	schön-en Felde,
A.	ein-en	schön-en Baum,	ein-e	schön-e Blume,	ein	schön-es Feld.

Beispiele № 18—22.

Die gewöhnliche Form der Adjective, durch welche gar keine Vergleichung bezeichnet wird, heißt der Positiv (положительная степень).

Aus dem Positiv bildet man den Comparativ, indem man an denselben die Silbe er anhängt; z. B. klein, kleiner.

Der Superlativ (превосходная степень) wird durch Hinzufügung der Silbe ste an den Positiv gebildet z. B. der klein-ste.

Sowohl im Comparativ als auch im Superlativ werden großentheils die Stammvocale a, o, u, in ä, ö, und ü verwandelt; z. B. groß, größer, größte; stark, stärker, stärkste; jung, jünger, jüngste.

Folgende Adjective und Adverbien haben eine unregelmäßige Comparation.

gut,	besser,	beste, (am besten, auf's beste).
wenig,	minder,	der mindeste.
viel,	mehr,	der meiste.
hoch,	höher,	der höchste.
nah,	näher,	der nächste.
gern,	lieber,	am liebsten.
bald,	eher,	am ehesten.

Beispiele 23—24.

Die Adjective, welche zu ihrer Ergänzung ein Substantiv erfordern, setzen dies abhängige Wort in einen bestimmten Casus: entweder den Genitiv, oder den Dativ, oder den Accusativ.

Den Genitiv fordern: bedürftig, bewußt, eingedenk, fähig, froh, gewiß, gewohnt, kundig, mächtig, müde, satt, schuldig, überdrüssig, verdächtig, verlustig, voll, werth, würdig u. a. m.

Den Dativ fordern: ähnlich, angenehm, ärgerlich, begreiflich, behülflich, bewußt, dankbar, entbehrlich, ergeben, gehorsam, gemäß, geneigt, getreu, gleich, gleichgültig, gnädig, heilsam, lieb, nachtheilig, nahe, nöthig, schädlich, treu, unvergeßlich u. a. m.

Den Accusativ: alle Beiwörter bei denen ein Maß, Gewicht,

Alter, eine Zeit, oder der Werth eines Dinges durch ein Zahlwort ausdrücklich bestimmt wird; z. B. alt, breit, dick, lang, hoch, schwer, werth.
Beispiele № 26.

Die Zahlwörter. (Numeralia числительныя).

Die Grundzahlwörter (cardinalia количественныя) stehen auf die Frage wie viel? z. B. ein, zwei, drei.

Beim Zählen sagt man eins; folgt aber ein Hauptwort oder ein anderes Zahlwort darauf, so heißt es ein; z. B. ein Pfund, ein und zwanzig, u. s. w. Das Zahlwort ein vor Hauptwörtern wird wie der Artikel ein declinirt.

Die Ordnungszahlwörter (ordinalia порядковыя) werden aus den Grundzahlwörtern gebildet, indem man bis 19 te und vom 20 an, ste anhängt; z. B. der zwei=te, der vier=te, der zwanzig=ste, der hundert=ste. Ausnahmen der erste, der dritte.

Die Bruchzahlwörter (дробныя) bildet man, indem man an die Ordnungszahlen den Buchstaben l anhängt z. B. das Fünftel, ein Siebentel. Statt Zweitel gebraucht man das Zahlwort halb.
Beispiele № 25—26.

Die Präposition (предлогъ).

1) Präpositionen, welche den Genitiv regieren:

Anstatt (statt), halber (halben), außerhalb, innerhalb, oberhalb, unterhalb, diesseits (diesseit), jenseits (jenseit), längs, mittels (vermittelst), vermöge, kraft, laut, trotz, während, wegen, um=willen, ungeachtet, unfern, unweit, zufolge.

Anstatt wird oft getrennt gebraucht, alsdann tritt das Substantiv oder das Pronom zwischen an und statt; z. B. Anstatt des Vaters; an des Vaters Statt.

Halber (halben) steht immer hinter dem Substantiv; z. B. Er ist seiner Tugend halber so geehrt.

Wegen und ungeachtet können vor und nach dem von ihm regierten Substantiv stehen, z. B. Er achtet ihn seiner Rechtlichkeit wegen oder wegen seiner Rechtlichkeit; ungeachtet des schlechten Wetters oder des schlechten Wetters ungeachtet.

Werden wegen und halben mit einem Pronom verbunden, so nimmt das Pronom die Endung et oder t an; z. B. seinetwegen, meinethalben, eurethalben, ihretwegen.

Um—willen nimmt den Genitiv zwischen sich; z. B. Um Gottes willen.

Längs, laut, trotz, zufolge, stehen zuweilen mit dem Dativ.
Beispiele № 46—47.

Den Dativ regieren;

Aus, außer, bei, entgegen, gegenüber, gemäß, mit, nach, nächst, nebst, sammt, seit, von, zu, zuwider,

Entgegen, gegenüber, gemäß und zuwider stehen immer hinter dem Substantiv oder Pronom; z. B. Mir gegenüber; er handelt dem Befehl zuwider.

Nach, von und zu werden häufig mit andern Präpositionen oder mit den Adverbien hin und her in der Art verbunden, daß das regierte Wort in die Mitte tritt; z. B. Nach Osten zu; nach Westen hin, von Jugend auf, von alten Zeiten her, er geht zu ihm hin.

Beispiele 41—42.

Den Accusativ regieren.

Durch, für, gegen (gen), ohne (sonder), um, wider.

Beispiele 39—40.

Den Dativ auf die Frage wo, wann? und den Accusativ auf die Frage wohin? regieren:

An, auf, in, hinter, neben, über, unter, vor, zwischen.

Beispiele 44—51.

Das Zeitwort (Verbum глаголъ).

Die Hülfsverba (verba auxiliaria вспомогательные гл.) dienen zur Conjugation der Verben. Sie heißen: haben, sein, werden.

Mit dem Hülfszeitwort haben werden conjugirt:

1) Alle transitiven, reflexiven und unpersönlichen Verben; z. B. Ich habe gesehen, er hat sich gefreut, es hat geregnet.

2) Alle Verben, die eine Thätigkeit, einen dauernden Zustand, eine Empfindung des Subjects, oder auch eine Bewegung ohne Angabe des Zieles anzeigen; z. B. Ich habe gearbeitet, gelacht, geschlafen, gestanden, gereist, gelaufen, gesprungen, geritten.

Mit dem Hülfszeitworte sein werden conjugirt.

1) Die Verben, welche eine Veränderung des Zustandes bezeichnen; z. B. Ich bin aufgewacht, eingeschlafen, er ist gestorben, erkrankt.

2) Die Verben, welche eine Bewegung nach einem Orte oder von einem Orte ausdrücken; z. B. Er ist nach Moskau gefahren, gereist, geritten; er ist auf den Baum geklettert, gestiegen.

Mit dem Hülfszeitworte werden wird das ganze Passivum conjugirt.

Conjugation der Hülfszeitwörter.

1) Haben.

Indicativ.   Conjunctiv.

Präsens.

ich habe, du hast, er hat,   ich habe, du habest, er habe,
wir haben, ihr habet (habt), sie haben.   wir haben, ihr habet, sie haben.

Imperfectum.

ich hatte, du hattest, er hatte,   ich hätte, du hättest, er hätte,
wir hatten, ihr hattet, sie hatten.   wir hätten, ihr hättet, sie hätten
                                    oder ich würde haben rc.

Perfectum.

ich habe, du hast, er hat } gehabt   ich habe, du habest, er habe } gehabt.
wir haben, ihr habet, sie haben   wir haben, ihr habet, sie haben

Plusquamperfectum.

ich hatte, du hattest, er hatte } gehabt   ich hätte, du hättest, er hätte } gehabt.
wir hatten, ihr hattet, sie hatten   wir hätten, ihr hättet, sie hätten
                                        ob. ich würde gehabt haben rc.

Futurum I.

ich werde, du wirst, er wird }   ich werde, du werdest, er werde }
wir werden, ihr werdet, sie } haben   wir werden, ihr werdet, sie } haben.
werden   werden

Futurum II.

ich werde, du wirst,   ich werde, du werdest
er wird, } gehabt haben   er werde, } gehabt haben
wir werden, ihr wer=   wir werden, ihr werdet,
det, sie werden   sie werden

Imperativ.

habe (du), (habe er, habe sie)
habet, habt (ihr), (haben sie, Sie).

Infinitiv.   Participium.
Präs. haben   1. habend.
Perf. gehabt haben.   2. gehabt.

2) Sein.

Präsens.

ich bin, du bist, er ist,   ich sei, du seiest (seist), er sei,
wir sind, ihr seid, sie sind.   wir seien (sein), ihr seiet, sie seien (sein).

Imperfectum.

ich war, du warest (warst), er war,   ich wäre, du wärest (wärst), er wäre,
wir waren, ihr waret (wart), sie waren.   wir wären, ihr wäret (wärt), sie wären
                                        ob. ich würde sein rc.

Masson, Lesestücke.   11

Perfectum.

ich bin, du bist, er ist
wir sind, ihr seid, sie sind } gewesen.

ich sei, du seist, er sei
wir seien (sein), ihr seiet, sie } gewesen.
seien (sein)

Plusquamperfectum.

ich war, du warst, er war
wir waren, ihr waret, sie } gewesen
waren

ich wäre, du wärest, er wäre,
wir wären, ihr wäret (wärt) } gewesen.
sie wären

od. ich würde gewesen sein ꝛc.

Futurum I.

ich werde, du wirst, er wird
wir werden, ihr werdet, sie werden } sein

ich werde, du werdest, er werde
wir werden, ihr werdet, sie werden } sein.

Futurum II.

ich werde, du wirst, er
wird
wir werden, ihr werdet, } gewesen sein.
sie werden

ich werde, du werdest, er
werde
wir werden, ihr werdet, } gewesen sein.
sie werden

Imperativ.

sei (du), (sei er, sei sie)
seid (ihr), (sein sie, Sie)

Infinitiv.
Präf. sein
Perf. gewesen sein

Participium.
1. seiend (wesend).
2. gewesen.

3) Werden.

Präsens.

ich werde, du wirst, er wird, wir werden, ihr werdet, sie werden.

ich werde, du werdest, er werde,
wir werden, ihr werdet, sie werden.

Imperfectum.

ich wurde (ward), du wurdest (wardst),
er wurde (ward),
wir wurden, ihr wurdet, sie wurden.

ich würde, du würdest, er würde,
wir würden, ihr würdet, sie würden
od. ich würde werden ꝛc.

Perfectum.

ich bin, du bist,
er ist
wir sind, ihr seid, } geworden (worden)
sie sind

ich sei, du seist,
er sei
wir seien, ihr } geworden (worden).
seiet, sie seien

Plusquamperfectum.

ich war, du warst,
er war
wir waren, ihr } geworden (worden)
waret, sie waren

ich wäre, du wärest,
er wäre
wir wären, ihr wä- } geworden (wor-
ret, sie wären den).

od. ich würde geworden sein ꝛc.

Futurum I.

| ich werde, du wirst, er wird wir werden, ihr werdet, sie werden | } werden. | ich werde, du werdest, er werde wir werden, ihr werdet, sie werden | } werden |

Futurum II.

| ich werde, du wirst, er wird wir werden, ihr werdet, sie werden | } geworden sein. | ich werde, du werdest, er werde wir werden, ihr werdet, sie werden | } geworden sein. |

Imperativ.

werde (du), (werde er, werde sie).
werdet (ihr), (werden sie, Sie).

Infinitiv.
Präs. werden
Perf. geworden sein

Participium.
1. werdend.
2. geworden, worden.

Alle übrige Verba werden auf eine zweifache Art conjugirt.
Nach der ersten Art gehen diejenigen, die 1) ihren Wurzellaut (коренная гласная буква) nie verändern; 2) im Imperfectum auf te und 3) im Participium perfecti auf et oder t ausgehen. Man nennt diese Conjugation die regelmäßige oder schwache.
Nach derselben werden conjugirt: 1) alle von Substantiven und Adjectiven abgeleitete Verben, z. B. segeln; steinigen; schwärzen; mildern; 2) Fremdwörter, die auf iren auslauten: z. B. studiren, curiren, recommandiren; letztere werfen jedoch im Participium perfecti die Vorsilbe ge ab; z. B. studirt, curirt, recommandirt.
Nach der zweiten Form gehen diejenigen Verba, die 1) ihren Wurzellaut verändern; 2) größtentheils im Imperfectum einsilbig sind; und 3) im Participium perfecti auf en ausgehen z. B. fahren, fuhr, gefahren; binden, band, gebunden. Man nennt diese Conjugation die unregelmäßige oder starke.

Conjugationstabelle.

Activum.

Indicativ.   **Conjunctiv.**

Präsens.

ich höre,	sehe	ich höre,	sehe
du hörst,	siehst	du hörest,	sehest
er hört,	sieht	er höre,	sehe
wir hören,	sehen	wir hören,	sehen
ihr hört,	sehet	ihr höret,	sehet
sie hören,	sehen.	sie hören,	sehen.

*

Imperfectum.

ich hörte,	fah	ich hörete,	fähe
du hörteft,	fahft	du höreteft,	fäheft
er hörte,	fah	er hörete,	fähe
wir hörten,	fahen	wir höreten,	fähen
ihr hörtet,	fahet	ihr höretet,	fähet
fie hörten,	fahen.	fie höreten,	fähen,

ob. ich würde fehen, hören 2c.

Perfectum.

ich habe, du haft, er hat (gehört | ich habe, du habeft, er habe (gehört
wir haben, ihr habt, fie haben (gefehen | wir haben, ihr habet, fie haben (gefehen.

Plusquamperfectum.

ich hatte, du hatteft, er hatte / gehört | ich hätte, du hätteft, er hatte / gehört
wir hatten, ihr hattet, fie hatten (gefehen | wir hätten, ihr hättet, fie hätten (gefehen.

Futurum I.

ich werde, du wirft, er wird (hören | ich werde, du werdeft, er werde (hören
wir werden, ihr werdet, fie werden (fehen | wir werden, ihr werdet, fie werden (fehen.

Futurum II.

ich werde, du wirft, er wird / gehört | ich werde, du werdeft, er werde / gehört
wir werden, ihr werdet, fie (gefehen | wir werden, ihr werdet, fie (gefehen
werden (haben | werden ; (haben.

Imperativ.

höre (du), (höre er, höre fie) | höret od. hört (ihr), (hören
fieh (du), (fehe er, fehe fie). | fie, Sie)
 | fehet od. feht (ihr), (fehen od. fehn
 | fie, Sie)

Infinitiv.

Präf. hören, (fehn), fehen. | Participium 1.
Perf. gehört, gefehen haben. | hörend, fehend.

Paffivum.

Präfens.

ich werde, du wirft, er wird (gehört | ich werde, du werdeft, er werde (gehört
wir werden, ihr werdet, fie (gefehen | wir werden, ihr werdet, fie (gefehen.
werden | werden

Imperfectum.!

ich wurde, du wurdeft, er | ich würde, du würdeft, er
wurde (gehört | würde (gehört
wir wurden, ihr wurdet, fie (gefehen | wir würden, ihr würdet, (gefehen.
wurden | fie würden

ob. ich würde gefehen, gehört werden 2c.

Perfectum.

ich bin, du bift, er ift / gehört | ich fei, du feift, er fei, / gehört,
 (gefehen | (gefehen
wir find, ihr feid, fie find (worden | wir feien, ihr feiet, fie feien (worden.

Plusquamperfectum.

ich war, du warst, er war } gehört,
gesehen
wir waren, ihr waret, sie waren } worden.

ich wäre, du wärest, er wäre } gehört,
gesehen
wir wären, ihr wäret, sie wären } worden.
ob. ich würde gehört, gesehen worden sein.

Futurum I.

ich werde, du wirst, er wird } gehört,
wir werden, ihr werdet, sie } gesehen
werden } werden.

ich werde, du werdest, er werde } gehört,
wir werden, ihr werdet, sie } gesehen
werden } werden.

Futurum II.

ich werde, du wirst, er wird } gehört,
gesehen
wir werden, ihr werdet, sie } worden
werden } sein.

ich werde, du werdest, er werde } gehört,
gesehen
wir werden, ihr werdet, sie } worden
werden } sein.

Imperativ.

werde (du) gehört, gesehen   werde (er, sie) gehört, gesehen
werdet (ihr) gehört, gesehen   werden sie gehört, gesehen.

Infinitiv.   Participium 2.

Präs. gehört, gesehen werden | gehört, gesehen. —
Perf. gehört, gesehen worden
sein.

Reflexivum oder rückzielendes Verbum.

Präs. Ind. ich freue mich, du freust dich, er freut sich, wir freuen uns, ihr
freuet euch, sie freuen sich.
Conj. ich freue mich, du freuest dich, er freue sich 2c.
Imperf. Ind. ich freute mich 2c; Conj. ich freuete mich oder würde mich
freuen 2c.
Perf. Ind. ich habe mich gefreut, du hast dich gefreut, er hat sich gefreut 2c.
Conj. ich habe mich, du habest dich, er habe sich gefreut.
Plusq. Ind. ich hatte mich gefreut 2c.; Conj. ich hätte mich gefreut oder
würde mich gefreut haben 2c.
Fut. I. ich werde mich freuen; Fut. II. ich werde mich gefreut haben 2c.
Imperativ. freue dich, freuet euch; Inf. Präs. sich freuen, Perf. sich gefreut
haben; Participen 1. sich freuend; 2. sich gefreuet oder gefreut (habend).

Intransitiva oder ziellose Verba mit sein.

Präs. Ind. ich falle, du fällst, er fällt 2c.
Conj. ich falle, du fallest, er falle 2c.
Imperf. Ind. ich fiel 2c.; Conj. ich fiele, oder würde fallen 2c.
Perf. Ind. ich bin gefallen 2c; Conj. ich sei gefallen 2c.
Plusq. Ind. ich war gefallen 2c.; Conj. ich wäre gefallen, oder würde ge-
fallen sein 2c.
Fut. I. ich werde fallen 2c.; Fut. II. ich werde gefallen sein 2c.
Imper. falle 2c; Inf. Präs. fallen; Perf. gefallen sein; Particip. 1 fal-
lend; 2. gefallen.

5. Unperſönliche Verba.

Präſ.   Ind. es regnet; Conj. es regne; Imperf. Ind. es regnete;
Conj. es regnete oder es würde regnen.

Perf.   Ind. es hat geregnet; Conj. es habe geregnet.

Plusq.   Ind. es hatte geregnet; Conj. es hätte geregnet oder würde geregnet
haben.

Fut. I.   Ind. es wird regnen; Conj. es werde regnen.

Fut. II.   Ind. es wird geregnet haben; Conj. es werde geregnet haben.

Imperat. es regne; Inf. Präſ. regnen; Perf. geregnet haben.

Particip. 1. regnend; 2. geregnet.

Verzeichniß

der Zeitwörter der starken Conjugation.

Infinitiv.	Præs. indicat. 2 u. 3 Person.	Imperfect. Indicat.	Imperfect. Conjunct.	Particip.	
backen	— —	buck, backte	bücke	gebacken	печь.
befehlen	befiehlst, befiehlt	befahl	beföhle	befohlen	приказывать.
beginnen	— —	begann	begönne	begonnen	начинать.
beißen	— —	biß	bisse	gebissen	кусать.
bergen	birgst, birgt	barg	bärge	geborgen	скрывать.
bersten	— —	barst	bärste	geborsten	треснуть.
bewegen	— —	bewog	bewöge	bewogen	побуждать.
biegen	— —	bog	böge	gebogen	гнуть.
bieten	— —	bot	böte	geboten	давать, сулить.
binden	— —	band	bände	gebunden	вязать.
bitten	— —	bat	bäte	gebeten	просить.
blasen	bläsest, bläst	blies	bliese	geblasen	дуть.
bleiben	— —	blieb	bliebe	geblieben	оставаться.
bleichen	— —	blich	bliche	geblichen	блекнуть.
braten	— —	briet	briete	gebraten	жарить.
brechen	brichst, bricht	brach	bräche	gebrochen	ломать.
brennen	— —	brannte	brennete	gebrannt	горѣть.
bringen	— —	brachte	brächte	gebracht	приносить.
denken	— —	dachte	dächte	gedacht	думать.
dingen	— —	dung	— —	gedungen	рядиться.
dreschen	drischest, drischt	drosch	drösche	gedroschen	молотить.
dringen	— —	drang	dränge	gedrungen	проникать.
dürfen	darfst, darf	durfte	dürfte	gedurft	смѣть.
empfehlen	empfiehlst, empfiehlt	empfahl	empföhle	empfohlen	рекомендовать.
essen	issest, isset od. ißt	aß	äße	gegessen	кушать, ѣсть.
fahren	fährst, fährt	fuhr	führe	gefahren	ѣздить, возить.
fallen	fällst, fällt	fiel	fiele	gefallen	падать.
fangen	fängst, fängt	fing	finge	gefangen	ловить.
fechten	fichst, ficht	focht	föchte	gefochten	сражаться.
finden	— —	fand	fände	gefunden	находить.
flechten	flichst, flicht	flocht	flöchte	geflochten	плести.
fliegen	— —	flog	flöge	geflogen	летать.
fliehen	— —	floh	flöhe	geflohen	убѣгать.
fließen	— —	floß	flösse	geflossen	течь.
fressen	frissest, frißt	fraß	fräße	gefressen	жрать.
frieren	— —	fror	fröre	gefroren	мерзнуть.

Wo der Vocal der 2 u. 3 Pers. des Praesens nicht von dem der übrigen Personen und des Infinitivs abweicht, ist die 2. Rubrik durch — — ausgefüllt.

Infinitiv.	Präs. Indicat. 2 u 3 Person.	Imperfect. Indicativ.	Conjunct.	Particip.	
gähren	— —	gohr	göhre	gegohren	бродить.
gebären	— —	gebar	gebäre	geboren	родить.
geben	giebst, giebt	gab	gäbe	gegeben	давать.
gedeihen	— —	gedieh	gediehe	gediehen	успѣвать.
gehen	— —	ging	ginge	gegangen	ходить.
gelingen	es gelingt	gelang	gelänge	gelungen	удаваться.
gelten	giltst, gilt	galt	gälte	gegolten	слыть, стоить.
genesen	— —	genas	genäse	genesen	выздоровѣть.
genießen	— —	genoß	genösse	genossen	наслаждаться.
geschehen	es geschieht	geschah	geschähe	ist geschehen	происходить.
gewinnen	— —	gewann	gewänne	gewonnen	выиграть.
gießen	— —	goß	gösse	gegossen	лить.
gleichen	— —	glich	gliche	geglichen	походить.
gleiten	— —	glitt	glitte	geglitten	скользить.
glimmen	— —	glomm	glömme	geglommen	тлѣть.
graben	— —	grub	grübe	gegraben	копать.
greifen	— —	griff	griffe	gegriffen	хватать.
halten	hältst, hält	hielt	hielte	gehalten	держать.
hangen	hängst, hängt	hing	hinge	gehangen	висѣть.
hauen	— —	hieb	hiebe	gehauen	бить, рубить.
heben	— —	hob	höbe	gehoben	поднимать.
heißen	heißest, heißt	hieß	hieße	geheißen	называться.
helfen	hilfst, hilft	half	hälfe	geholfen	помогать.
kennen	— —	kannte	kennete	gekannt	знать.
klimmen	— —	klomm	klömme	geklommen	взбираться.
klingen	— —	klang	klänge	geklungen	звенѣть.
kneifen	— —	kniff	kniffe	gekniffen	щипать.
kommen	kommst, kommt	kam	käme	gekommen	приходить.
können	kannst, kann	konnte	könnte	gekonnt	мочь.
kriechen	— —	kroch	kröche	gekrochen	ползать.
laden	— —	lud	lüde	geladen	грузить.
lassen	— —	ließ	ließe	gelassen	пустить.
laufen	— —	lief	liefe	gelaufen	бѣжать.
leiden	— —	litt	litte	gelitten	страдать.
leihen	— —	lieh	liehe	geliehen	ссудить.
lesen	liesest, lies't	las	läse	gelesen	читать.
liegen	— —	lag	läge	gelegen	лежать.
lügen	— —	log	löge	gelogen	лгать.
mahlen	— —	mahlte	mahlete	gemahlen	молоть.
meiden	— —	mied	miede	gemieden	удаляться.
messen	missest, mißt	maß	mäße	gemessen	мѣрить.
mögen	magst, mag	mochte	möchte	gemocht	мочь.
müssen	mußt, muß	mußte	müßte	gemußt	долженствовать.
nehmen	nimmst, nimmt	nahm	nähme	genommen	брать, взять.
nennen	— —	nannte	nennete	genannt	называть.
pfeifen	— —	pfiff	pfiffe	gepfiffen	свистать.
preisen	— —	pries	priese	gepriesen	прославлять.
quellen	— —	quoll	quölle	gequollen	вытекать.
rathen	räthst, räth	rieth	riethe	gerathen	совѣтовать.

rieb	riebe	gerieben	тереть.
riß	riſſe	geriſſen	рвать.
ritt	ritte	geritten	ѣхать верхомъ.
rannte	rennte	gerannt	бѣжать.
roch	röche	gerochen	нюхать.
rang	ränge	gerungen	бороться.
rann	rönne	geronnen	течь.
rief	riefe	gerufen	звать.
ſalzte	ſalzete	geſalzen	солить.
ſoff	ſöffe	geſoffen	пить.
ſog	ſöge	geſogen	сосать.
ſchuf	ſchüfe	geſchaffen	создать.
ſchied	ſchiede	geſchieden	разстаться.
ſchien	ſchiene	geſchienen	казаться.
ſchalt	ſchälte	geſcholten	бранить.
ſchor	ſchöre	geſchoren	стричь.
ſchob	ſchöbe	geſchoben	двигать.
ſchoß	ſchöſſe	geſchoſſen	стрѣлять.
ſchund	ſchünde	geſchunden	обдирать.
ſchlief	ſchliefe	geſchlafen	спать.
ſchlug	ſchlüge	geſchlagen	бить.
ſchlich	ſchliche	geſchlichen	ползти.
ſchliff	ſchliffe	geſchliffen	точить.
ſchloß	ſchloſſe	geſchloſſen	замыкать.
ſchlang	ſchlänge	geſchlungen	жадно глотать.
ſchmiß	ſchmiſſe	geſchmiſſen	кидать.
ſchmolz	ſchmölze	geſchmolzen	таять.
ſchnitt	ſchnitte	geſchnitten	рѣзать.
ſchnob	ſchnöbe	geſchnoben	фыркать.
ſchrak	ſchräke	geſchrocken	пугать.
ſchrieb	ſchriebe	geſchrieben	писать.
ſchrie	ſchrie	geſchrieen	кричать.
ſchritt	ſchritte	geſchritten	шагать.
ſchwieg	ſchwiege	geſchwiegen	молчать.
ſchwoll	ſchwölle	geſchwollen	пухнуть.
ſchwamm	ſchwömme	geſchwom= men	плавать.
ſchwand	ſchwände	geſchwunden	исчезать.
ſchwang	ſchwänge	geſchwungen	махать.
ſchwor	ſchwöre	geſchworen	божиться.
ſah	ſähe	geſehen	видѣть.
ſandte	ſendete	geſandt	посылать.
ſott	ſötte	geſotten	кипѣтъ, варить.
ſang	ſänge	geſungen	пѣть.
ſank	ſänke	geſunken	опускаться.
ſann	ſänne ſönne	geſonnen	мыслить.
ſaß	ſäße	geſeſſen	сидѣть.
ſollte	ſollte	geſollt	долженствовать.
ſpaltete	ſpaltete	geſpalten	разсѣчь.

Infinitiv.	Præs. indicat. 2 u 3 Perſon.	Imperfect. Indicat.	Conjunct.	Particip.	
ſpeien	— —	ſpie	ſpiee	geſpieen	плевать.
ſpinnen	— —	ſpann	ſpänne, ſpönne	geſponnen	прясть.
ſprechen	ſprichſt, ſpricht	ſprach	ſpräche	geſprochen	говорить.
ſprießen	— —	ſproß	ſpröſſe	geſproſſen	возрастать.
ſpringen	— —	ſprang	ſpränge	geſprungen	прыгать.
ſtechen	ſtichſt, ſticht	ſtach	ſtäche	geſtochen	колоть.
ſtehen	— —	ſtand	ſtände, ſtünde	geſtanden	стоять.
ſtehlen	ſtiehlſt, ſtiehlt	ſtahl	ſtähle, ſtöhle	geſtohlen	красть.
ſteigen	— —	ſtieg	ſtiege	geſtiegen	подниматься.
ſterben	ſtirbſt, ſtirbt	ſtarb	ſtärbe, ſtürbe	geſtorben	умереть.
ſtieben	— —	ſtob	ſtöbe	geſtoben	разсыпаться.
ſtinken	— —	ſtank	ſtänke	geſtunken	вонять.
ſtoßen	ſtößeſt, ſtößt	ſtieß	ſtieße	geſtoßen	толкать.
ſtreichen	— —	ſtrich	ſtriche	geſtrichen	гладить.
ſtreiten	— —	ſtritt	ſtritte	geſtritten	спорить.
thun	— —	that	thäte	gethan	дѣлать.
tragen	trägſt, trägt	trug	trüge	getragen	носить.
treffen	triffſt, trifft	traf	träfe	getroffen	попадать.
treiben	— —	trieb	triebe	getrieben	гнать.
treten	trittſt, tritt	trat	träte	getreten	ступать.
trinken	— —	trank	tränke	getrunken	пить.
trügen	— —	trog	tröge	getrogen	обманывать.
verderben	verdirbſt, verdirbt	verdarb	verdärbe	verdorben	портить.
verdrießen	es verdrießt	es verdroß	es verdröſſe	verdroſſen	досадовать.
vergeſſen	vergiſſeſt, vergißt	vergaß	vergäße	vergeſſen	забыть.
verlieren	— —	verlor	verlöre	verloren	потерять.
verzeihen	— —	verzieh	verziehe	verziehen	прощать.
wachſen	wächſeſt, wächſt	wuchs	wüchſe	gewachſen	рости.
wägen	— —	wog	wöge	gewogen	вѣсить.
waſchen	— —	wuſch	wüſche	gewaſchen	мыть.
weichen	— —	wich	wiche	gewichen	отступать.
weiſen	— —	wies	wieſe	gewieſen	указать.
werben	wirbſt, wirbt	warb	wärbe	geworben	набирать.
werfen	wirfſt, wirft	warf	wärfe (würfe)	geworfen	бросать.
winden	— —	wand	wände	gewunden	вить.
wiſſen	weißt, weiß	wußte	wüßte	gewußt	знать.
wollen	will, willſt, will	wollte	wollte	gewollt	хотѣть.
ziehen	— —	zog	zöge	gezogen	тянуть.
zwingen	— —	zwang	zwänge	gezwungen	принуждать.

Wörterbuch.

A.

Aal, es=e, der, угорь.

Aas, das, падаль.

abbiegen отгибать; сворачивать.

abbilden изображать.

abbrechen отломить; срывать.

abdanken выйти въ отставку; отпустить, уволить.

Abend, s=e, der, вечеръ; западъ; es wird schon — смеркается; начинаетъ вечерѣть; gegen—подъ вечеръ; abends вечеромъ; — zuvor наканунѣ; das — roth вечерняя заря.

aber но, а, однакоже; все таки.

Aberglaube, ns, der, суевѣріе.

abermals опять, еще разъ, вновь, еще.

Abfahrt отъѣздъ; отплытіе, отходъ.

Abfall, der, отпаденіе, отложеніе.

abfallen спадать, сваляться; отложиться.

Abfluß, es=e, der, стокъ.

Abgabe, die, отдача; подать, пошлина.

Abgang, es, der, отходъ; сбытъ, продажа.

abgeben, отдавать.

abgehen, отходить, отступать; ohne dies geht es nicht ab безъ этого не обойдется.

abgelegen отдаленный, далекій.

abgemattet утомленный, изнеможенный.

abgetragen мѣрный.

Abglanz, es, der, отблескъ, отраженіе.

Abgötterei, die, идолопоклонство.

Abgrund, es=e, der, бездна, пропасть, пучина.

abhalten удержать, задержать.

abhandeln выторговать.

abhangen зависѣть.

abhängig sein находиться въ зависимости.

abhärten укрѣпить, закалить.

abhauen срубить, отсѣчь.

abhelfen устранить, помочь.

abkaufen купить, откупить, выкупить.

abkühlen прохлаждать, студить.

Ablauf, vor до истеченія.

ablegen отложить, отставить; den Hut, Mantel—снять, скинуть.

Ableger, der, отростокъ, отпрыскъ.

ablesen собирать.

ablösen отдѣлять, отнять, отвязать.

abmähen скосить.

Abnahme, die, убыль.

abnehmen снять; die Tage nehmen ab дни становятся короче; das Wasser

---

Примѣчаніе. Буквы, поставленныя послѣ именъ существительныхъ, означаютъ окончанія родительнаго падежа единственнаго и именительнаго множественнаго чиселъ.

Знакъ * показываетъ, что существительное перемѣняетъ во множественномъ числѣ коренныя гласныя буквы а, о, u, на ä, ö, ü.

nimmt ab вода убываетъ; der Mond nimmt ab луна на ущербѣ.

abpaďen развьючить.

abpaſſen, die Zeit выжидать, улучать время.

abreiſen отъѣхать, отправиться.

abreißen сдирать, срывать, оторвать.

abrichten пріучать, дрессировать.

Abſaß, es, der, сбытъ, расходъ.

abſcheulich гнусный, гадкій.

Abſchied, es, der, увольненіе; проща-
ніе:—nehmen von einem проститься; ſeinen—nehmen выйти въ отставку.

abſchlagen, eine Bitte — отказать въ
просьбѣ; den Kopf—отрубить, отсѣчь.

abſchließen замкнуть; einen Kauf —
заключить торгъ.

abſchneiden отрѣзать, срѣзать.

abſchreiben списывать.

abſchütteln стряхать.

abſeßen слагать; отставить; сбывать;
einen Beamten—отрѣшить отъ дол-
жности; Waaren—сбывать.

Abſicht, die, намѣреніе, цѣль, умыселъ.

abſondern отдѣлять.

abſtammen происходить.

Abſtammung, die, происхожденіе, родъ.

abſtehen отстоять.

abſteigen сходить, слѣзать; приставать, остановиться гдѣ.

abſtreifen сдирать; очищать; ощипы-
вать.

Abtei, die, аббатство, монастырь.

Abtheilung, die, отдѣленіе.

abwarten дождаться, выжидать.

abwaſchen смывать.

abwechſelnd перемѣнный; попере-
мѣнно.

abwerfen сбросить, свергать.

Abweſenheit, die, отсутствіе.

abweßen источать, сточить.

abwiſchen стирать.

Abzeichen, das, знакъ отличія.

Abzug (der Vögel) отлетъ.

Achſel, die, плечо.

acht восемь; Acht geben примѣчать,
обращать вниманіе; ſich in — nehmen остерегаться; in — nehmen
беречь.

achten почитать, дорожить; уважать;
auf etwas—наблюдать, обратить
вниманіе.

Achtung, die, вниманіе, уваженіе.

Acker, s, der, пашня, поле.

Ackerbau, der, хлѣбопашество;—treiben заниматься хлѣбопашествомъ.

Act, der, дѣйствіе; Acten eines Proceſ-
ſes судебное дѣло, документы, акты.

Abelſtand, es, der, дворянство; in
den — erheben пожаловать дворян-
ствомъ.

Ader, die, жила.

Adler, s, der, орелъ.

Aegypten Египетъ.

Affe, n, der, обезьяна.

ahnen предчувствовать, чуять.

ähnlich похожій, подобный.

Aehnlichkeit, die, сходство.

Ahnung, die, предчувствіе; ahnungsbang тоскливо-грустно.

Ahorn, s, der, клёнъ.

Aehre, die, колосъ.

albern вздорный, нелѣпый.

alle всѣ; alles все; alle Tage всякій
день.

allein одинъ; только, единственно;
но, однако; für ſich—самъ по себѣ.

allemal всегда, всякій разъ.

allenthalben вездѣ, всюду.

allerälteſt наидревнѣйшій.

allerhand различный.

allerlei разнаго рода, всякіе, разные.

allerliebſt премилый.

allgemein всеобщій, вообще.

allmächtig всемогущій.

allmählig постепенно, мало-по-малу.

allüberall вездѣ, всюду.

allweiſe премудрый.

allzumal всѣ вмѣстѣ.

Almoſen, s, das, милостыня.

Alpen, die, альпійскія горы.

als когда, нежели, чѣмъ, какъ-то;—
bald тотчасъ; — ob, — wenn
какъ-будто бы;—dann тогда.

alt старый, древній; der Alte старецъ;
wie alt iſt er который ему годъ?

Altar, der, алтарь.

Alter, s, das, старость, возрастъ;
ein — von 30 Jahren erreichen достичь 30 лѣтняго возраста.

alterthümlich древній, старинный.

Ameiſe, die, муравей.

Amphibie, die, земноводное животное, пресмыкающееся, гадъ.

Amſel, die, дроздъ.

*Amt, es-er, das, должность; ein—an-
treten вступить въ должность.

an на, съ, при, по, подлѣ.

anbeten поклоняться, обожать; благоговѣть.

anbieten предлагать.

anbinden привязать.

anblasen, einen дунуть на кого.

Anblick, ⸗e, der, взглядъ; видъ, зрѣлище.

anbrechen почать; являться; наступать, начинаться; der Tag bricht an разсвѣтаетъ.

anbringen помѣстить.

Andacht, die, благоговѣніе; молитва; feine—verrichten молиться; ходить на богомолье.

andächtig благоговѣйный.

andachtsvoll благоговѣйно.

Andere, n, der, другой, второй.

ändern перемѣнять.

anders иначе.

anderseits съ другой стороны.

anerkennen признавать.

Anerkennung, die, ознаменованіе.

anfahren пристать, причалить, привалить; jemand — прикрикнуть на кого.

anfallen нападать.

Anfang, ⸗e, der, начало.

anfangen начинать.

anfänglich сперва, сначала.

anfangs сперва, сначала.

anfeuern подстрекать, поощрять.

anflehen умолять.

anfühlen ощупать, пощупать.

anführen предводительствовать.

Anführung, die, предводительство.

anfüllen наполнять.

angaffen вытаращить, выпучить глаза.

angeben показать, означать.

angeblich мнимый.

angedeihen laſſen, Verzeihung прощать.

angehen начинаться; касаться до чего; es geht mich nichts an это не мое дѣло, не до меня касается.

Angel, die, удочка.

Angelegenheit, die, дѣло.

angenehm пріятный.

angesehen знатный.

Angesicht, das, лице, глаза, взоры.

angreifen трогать; нападать.

Angriff, ⸗e, der, нападеніе, приступъ, атака.

Angst, ⸗e, der, страхъ; опасеніе; mir iſt—мнѣ страшно.

ängstigen стращать, пугать, безпокоить.

ängstlich робкій, боязливый, заботливо.

anhaben, man konnte ihm nichts — нельзя было взвести на него никакой вины, придраться къ нему.

anhalten удержать; длиться.

anhaltend продолжительный.

anhängen приставать.

Anhänger, die, приверженецъ.

Anhänglichkeit, die, привязанность.

anheben начинать.

anheften приколоть, пришить.

anhören выслушать, услышать.

Anker, s, der, якорь; den — fallen laſſen бросить якорь.

anklagen обвинять; доносить на кого.

ankleiden одѣвать.

anklopfen стучаться.

anknüpfen привязать; начинать, заводить дѣло.

ankommen прибыть, придти, пріѣхать.

ankündigen возвѣстить, объявить.

Ankunft, die, прибытіе, приходъ, пріѣздъ.

Anlage, die, способность; учрежденіе; постройка, сооруженіе.

anlangen прибыть, пріѣхать.

anlaufen набѣжать; потускнѣть; удариться обо что; ſchwarz angelaufen закоптѣлый, тусклый.

anlegen приставлять, надѣвать; заводить, учреждать; основать; Feuer — разводить огонь, поджигать; Fett — обзавестись жиромъ, потолстѣть; Kleider — надѣвать; ein Lager — устроить лагерь; eine Stadt—основать городъ.

anmachen, Feuer разводить огонь.

anmaſſen, ſich присвоить себѣ право.

anmuthig пріятный, прелестный.

Annäherung, die, приближеніе.

annehmen принять; ſich einer Perſon — принять участіе, помочь.

anpreiſen выхвалять, превозносить.

anrechnen причитывать; ſich etwas hoch—laſſen вмѣнять въ заслугу.

anreden заговорить съ кѣмъ; обращаться съ рѣчью.

anrennen, rannte an, набѣжать, удариться обо что.

anrichten, Schaden надѣлать, причинять вредъ; Speiſen—laſſen велѣть подавать, ставить на столъ кушанье.

anrühren трогать, прикасаться.

anſäen засѣвать.

anſchauen смотрѣть на что.
anſchicken, ſich готовиться.
anſchirren запрягать, заложить.
anſchlagen ударять во что; оцѣнять; опредѣлять; Feuer—высѣкать огонь.
anſchließen примыкать; присоединить.
Anſchwellung, die, прибываніе, прибыль, возвышеніе воды.
anſehen смотрѣть, видѣть.
Anſehen, s, das, видъ; in — ſtehen пользоваться уваженіемъ.
anſehnlich видный, статный, значительный.
anſetzen приставлять; den Becher — поднести кубокъ къ устамъ.
Anſicht, die, мнѣніе, сужденіе.
anſpannen запрягать.
anſpornen пришпорить; побуждать.
anſprechen обращаться къ кому съ рѣчью; нравиться.
Anſpruch machen auf etwas имѣть претензіи, претендовать.
anſpruchlos непритязательный.
Anſtalt, die, пріуготовленіе; заведеніе.
Anſtand, es, der, приличіе, ловкость.
anſtatt вмѣсто.
anſtecken зажигать; поджигать; заражать; приколоть; ſich — laſſen заразиться.
anſtellen, Betrachtungen размышлять; дѣлать наблюденія; Tänze—устроить танцы, пляски.
anſtimmen запѣть.
anſtoßen толкать; примыкать, граничить; задѣть обо что; das—ударъ, столкновеніе.
Anſtrengung, die, напряженіе, усиліе.
Antheil, s, der, участіе; часть, доля.
antreffen встрѣтить, застать.
antreiben погонять.
antreten начать; ein Amt—вступить въ должность.
Antwort, die, отвѣтъ; antworten отвѣчать.
anvertrauen ввѣрять, препоручить.
anwehen дуть на что; раздувать.
anwenden употреблять.
anweſend присутствующій.
Anzahl, die, множество, число.
anziehen надѣвать; привлекать; притягивать; натягивать.
Anzug, es, der, одежда; приближеніе; наступленіе.
anzünden зажигать.
Apetit, s, der, апетитъ.

*Apfel, s, der, яблоко;—fällt nicht weit vom Stamme яблоко отъ яблони недалеко откатывается.
Apotheke, die, аптека.
April, der, Апрѣль.
Arabien Аравія; arabiſch аравійскій.
Arak, s, der, аракъ, рисовая водка.
Arbeit, die, работа.
arbeiten работать, трудиться.
arbeitſam трудолюбивый.
arg злой.
ärgerlich сердитый; досадный.
ärgern сердить, досаждать.
arm бѣдный, скудный; — ſelig ничтожный.
Arm, es-e, der, рука; рукавъ (рѣки); mit offenen Armen съ отверзтыми объятіями.
Armbruſt, die, лукъ, самострѣлъ.
Armuth, die, бѣдность.
Art, en, die, родъ, образъ, порода.
artig учтивый, благонравный, милый, послушный;—ſein не шалить; вести себя благопристойно; ſei recht — смотри, не шали.
Arznei, die, лекарство.
Aſche, die, зола, пепелъ.
Aſien Азія.
*Aſt, es-e, der, сучокъ, вѣтвь, отрасль.
Athem, s, der, дыханіе; — holen, ſchöpfen дышать;—zug, der, вздохъ; — los бездыханно.
Athen Аѳины.
athmen дышать.
Athlet, en, der, атлетъ.
auch также.
Aue, die, нива, лугъ.
Auerochſe, n, der, зубръ.
auf на, въ, за, вверху; auf und ab, auf und nieder взадъ и впередъ; aufs Beſte наилучшимъ образомъ.
aufbehalten сохранять; предоставлять; предуготовить.
aufbewahren сохранять.
aufbrechen разломать; взломать; распускаться; выступить въ походъ.
Aufenthalt, s, der, мѣсто пребыванія; пребываніе.
auferſtehen воскреснуть.
auffiſchen изъ воды вытащить.
auffordern вызвать, требовать; пригласить.
auffreſſen пожирать.
aufführen представлять; ſich — вести себя; die Aufführung поведеніе.

Aufgabe, die, задача.
aufgeben задавать; die Hoffnung — отказаться отъ надежды.
Aufgebot des Heerbanns воззваніе ко всеобщему ополченію.
aufgehen восходить; распускаться; растворяться; вскрываться; in Feuer—сгорѣть.
aufhalten задержать; sich—находиться, пребывать, пробыть; водиться.
aufhängen повѣсить.
aufheben поднять; сохранять.
aufhorchen прислушиваться; hoch—съ удивленіемъ (вниманіемъ) слушать.
aufhören перестать, кончить.
aufklinken отворить, отомкнуть задвижку.
aufladen нагрузить.
auflegen, Roth und Weiß румяниться и бѣлиться.
aufleuchten засіять, засверкать.
auflösen расторгать, развязать; sich — распадаться.
aufmachen отворить, раскрыть; sich — собираться (въ дорогу).
aufmerksam внимательный; — machen обратить чье вниманіе.
Aufmerksamkeit, die, вниманіе; — auf sich ziehen, — erregen обратить на себя вниманіе.
aufmuntern ободрять.
aufnehmen поднять, принять.
Aufopferung, die, самоотверженіе.
aufpacken навьючить.
aufpassen примѣчать, караулить, подстерегать.
aufpflanzen водрузить.
aufpicken расклевать, подклевать.
aufputzen наряжать; украшать.
aufrauschen съ шумомъ раствориться.
aufrecht прямо; стоймя.
aufregen возмутить, взволновать; возбудить.
aufreiben истреблять, уничтожить.
aufrichten поднимать, приподнять къ верху, ставить.
aufrichtig чистосердечный, искренній; die—keit чистосердіе.
Aufruhr, s, der, возмущеніе.
aufschieben отлагать, отсрочить.
aufschlagen, die Augen взглянуть на верхъ, открыть глаза.
aufschrecken вспугнуть.
aufschütten насыпать.
aufsetzen надѣть (шляпу).

aufsitzen, die Nacht просидѣть ночь, не спать; сѣсть на что, садиться.
aufspringen вскочить; an Jb. — съ размаху броситься на кого.
Aufstand, der, возстаніе.
aufstehen вставать, подняться, возстать.
aufsteigen подниматься; всходить.
aufstellen выставлять, поставить.
aufstreichen намазать.
aufsuchen отыскать.
aufthun открывать, отворять.
aufthürmen взгромоздить, вздымать.
Auftrag, der, порученіе.
auftragen вносить; поручать; подавать (кушанье).
auftreten наступать, являться; выходить.
Auftritt, es-e, der, явленіе.
aufwachen просыпаться.
Aufwand, der, вздержки, расходы.
aufwarten прислуживать.
aufwühlen взрыть.
aufziehen (Kinder) выростить, вскормить; die Wolken ziehen auf тучи собираются.
Auge, s-n, das, глазъ, зрѣніе; (des Baumes) почка; die Augen eindrücken, zudrücken сомкнуть глаза.
Augenblick, s-e, der, мигъ, мгновеніе, минута; —lich мгновенно.
Augenschein, zum—ausschicken отправить для личнаго освидѣтельствованія.
August, der, Августъ.
aus изъ.
ausarbeiten сочинить, составить.
ausarten испортиться, выродиться.
Ausbildung, die, усовершенствованіе, развитіе.
ausbleiben не приходить, не являться.
ausbrechen выломить; in Vorwürfe — осыпать упреками; (vom Kriege, Feuer) вспыхнуть.
ausbreiten распускать, растилать, расширять; распространять, растопырить.
Ausbreitung, die, распространеніе, пространство.
Ausbruch, s-e, der, изверженіе, вспышка.
ausbrüten высиживать цыплятъ.
Ausdauer, die, терпѣніе, постоянство; настойчивость.
ausdehnen расширять.
Ausdruck, s-e, der, выраженіе.

ausdünsten испаряться.

ausfahren выѣзжать, выходить; der Blitz fährt aus der Wolke молнія вырывается изъ тучи.

Ausfall, ⸗e, der, вылазка.

ausfallen выпадать;вылѣзать:schlecht— не удаваться; die Lehrstunde ist aus= gefallen не было урока.

Ausfuhr, die, вывозъ.

ausführen исполнять; вывозить.

ausführlich подробный, обстоятель- ный; die Ausführlichkeit подроб- ность, обстоятельность.

Ausführung, die, довершеніе; выпол- неніе; окончательная отдѣлка; zur —kommen привести въ исполненіе.

ausfüllen засыпать, наполнять.

Ausgabe, die, расходъ, издержки.

ausgehen выходить.

ausgehungert голодомъ изнуренный.

ausgelassen рѣзвый;—fröhlich до край- ности веселъ.

ausgesucht отборный.

ausgewachsen достигшій надлежащаго роста.

ausgezeichnet отличный, превосходный.

Aushauen, das, вырубка.

auskramen выставлять; показывать, выказывать.

auskriechen выползать.

auskundschaften вывѣдать.

auslachen насмѣхаться; смѣяться надъ.

ausladen выгружать.

Ausland, es, das, чужіе края.

Ausländer, s, der, чужестранецъ.

ausländisch иностранный, загранич- ный.

auslaufen, sich набѣгаться.

ausleeren опорожнить; выпить, осу- шить.

ausmachen составлять.

ausmalen раскрасить, расписать.

ausplündern ограбать, обобрать.

auspressen выжать.

ausreden договорить.

ausreißen вырвать, выдернуть; по- нести (о лошадяхъ); дать тягу, пуститься на утекъ.

ausrichten исполнить.

ausrotten истребить.

ausrufen восклицать, всркичать, про- возгласить.

ausruhen отдыхать.

ausrüsten снаряжать.

aussaugen высосать.

ausschälen вылущить.

ausschatten вырыть, выкопать.

ausschiffen выгружать;отплыть, отпра- виться въ море; высадить на берегъ.

ausschlagen обить; лягать; отка- заться; — die Bäume schlagen aus деревья распускаются; das Pferd schlägt aus лошаль лягается.

ausschöpfen вычерпать.

Ausschweifung, die, распутство; без- чинство.

aussehen походить, быть похожу; имѣть видъ, казаться; das Aussehen видъ, наружность.

außen, von извнѣ.

Außenseite, die, наружная сторона, наружность.

außer кромѣ, исключая; внѣ.

außerdem кромѣ того.

äußer наружный, внѣшній, крайній; das Aeußere наружность.

außerhalb внѣ.

äußerlich снаружи.

äußern обнаружить.

Aeußerung, die, выраженіе.

außerordentlich чрезвычайный, не- обыкновенный.

äußerst крайне.

aussetzen (ein Kind) подкинуть.

Aussicht, die, видъ.

ausspannen (ein Pferd) выпрягать; (die Flügel) распростирать, рас- пускать, раскинуть.

ausspeien, spie aus, ausgespien, из- вергать; плевать.

Aussprache, die, произношеніе.

auspressen выжимать, выдавить.

ausspüren вывѣдать.

aussterben вымирать.

ausstrecken простирать, протягивать, вытягивать.

aussuchen выбирать.

austreten выступать; разливаться.

austrinken выпить; осушить.

austrocknen высушить, осушить; за- сохнуть.

ausüben дѣлать, совершать; Rache— мстить.

auswärtig иностранный; загранич- ный; внѣшній.

Ausweg, es⸗e, der, выходъ.

ausweichen избѣгать, уклоняться.

auszeichnen, sich отличаться.

ausziehen выдернуть; скидывать; оби- рать; sich — раздѣваться; Netze —

вытаскивать топю, неводъ; die Vögel ziehen aus птицы вылетаютъ; das Heer ziehet aus войско выступаетъ въ походъ.

B.

Babylon Вавилонъ.
*Bach es-e, der, ручей.
backen печь.
Backofen, s, der, хлѣбная печь.
Backwerk, s, das, пирожное.
*Bad, es-er, das, баня.
Badehaus, es-er, das, баня, купальня.
baden, sich купаться.
Bahn, die, дорога, путь; ристалище; der — hof станція желѣзной дороги;—zug поѣздъ.
bahnen, einen Weg проложить дорогу.
Bahre, die, смертный одръ.
bald скоро; bald-bald то-то; nicht so bald, (kaum) едва только.
*Balg, s-e, der, мѣхъ, шкура.
balgen, sich, драться.
Balgerei, die, драка, свалка.
Balken, s, der, бревно, перекладина; балка.
*Ball, es-e, der, мячъ; балъ.
Ballen, s, der, тюкъ, кипа.
Band, es, das, (Bänder); лента; die Bande узы, оковы.
bändigen укрощать, обуздать.
bange трусливый; грустный; mir ist —, es bangt mir мнѣ страшно; mir soll davor nicht bangen я этого не испугаюсь, устрашусь.
Banner, das; знамя; хоругвь.
*Bank, e, die, скамейка.
Bär, en, der, медвѣдь.
barfuß босикомъ.
Barriere, die, барьеръ.
Barke, die, барка.
barmherzig милосердый.
*Bart, es-e, der, борода; einen—tragen отпускать бороду.
Bartküsse, die, цалованіа въ бороду.
Barten, die, усы (у китовъ).
Bastmatte, die, рогожа, цыновка.
Bastschuhe, die, лапти.
*Bauch, es-e, der, брюхо, животъ.
Bau, der, строеніе, постройка;—des Körpers составъ, сложеніе тѣла.
bauen строить; обработывать; вить; разводить; auf Jemand — полагаться на кого; уповать.

Masson, Lesestücke.

Bauer, s-n, der, Bauersmann, земледѣлецъ, крестьянинъ.
*Baum, es-e, der, дерево.
Baumeister, s, der, архитекторъ.
bäumen, sich стать на дыбы.
Baumfrucht, die, плодъ древесный.
Baumwolle, die, хлопчатая бумага.
beängstigen безпокоить, наводить страхъ, тоску.
bearbeiten обработывать, обдѣлывать; пахать.
bebauen застроить; воздѣлывать, обдѣлывать; пахать.
beben дрожать, колебаться.
Becher, s, der, кубокъ, бокалъ.
bedacht sein, auf etwas пещись о чемъ.
Bedächtigkeit, die, разсудительность.
bedauern жалѣть.
bedecken покрывать.
bedenken обдумать; разсудить; заботиться.
bedenklich сомнительный, зловѣщій.
bedeuten значить; bedeutend значительный, важный.
Bedeutung, die, значеніе.
bedienen, sich пользоваться; употреблять; ich werde mich seines Beistandes — я воспользуюсь его помощью.
Bediente, n, der, слуга.
Bedingung, die, условіе.
bedrängen притѣснять; eine Stadt — осаждать, обложить.
Bedrängniß, die, притѣсненіе, бѣдствіе.
bedürfen имѣть надобность, нуждаться; der Eile bedarf es nicht — торопиться не за чѣмъ; mehr bedurfte es nicht этого было достаточно.
Bedürfniß, es-e, das, нужда, потребность.
beehren удостоить.
Beere, die, ягода.
befahren ѣздить, объѣхать.
Befehl, es, der, приказъ.
befehlen, befahl, befohlen, приказать: sein Leben Gott—предать душу Богу.
Befehlshaber, s, der, начальникъ.
befestigen укрѣплять.
befeuchten орошать.
befiedert пернатый.
befinden, sich находиться, быть; поживать.

12

beflecken запачкать, запятнать.

befleißigen, sich радѣть, стараться.

beflügeln окрылять; ускорять.

Befohlene, n, das, приказанное.

befolgen исполнять.

befördern ускорять; отправлять; способствовать.

befreien освободить; die Befreiung освобожденіе.

befriedigen удовлетворять.

begeben, sich отправиться; случиться.

Begebenheit, die, происшествіе, случай.

begegnen встрѣчать.

begehen сдѣлать, учинить.

begehren требовать, желать.

begeistern воодушевить, прельщать.

Begierde, die, сильное желаніе, страсть.

begierig жадный, алчный; — sein желать.

begießen поливать; sich — окачиваться.

beginnen, begann, begonnen, начинать, предпринимать.

begleiten провожать, сопутствовать.

Begleitung, die, свита.

beglückt счастливый, осчастливленный.

begraben зарывать; похоронить.

Begräbniß, es=e, das, похороны.

begreifen понимать, постигать; заключать въ себѣ.

begreiflich понятно; — finden понять.

Begriff, es=e, der, понятіе; im — sein (etwas zu thun) хотѣть, собираться что сдѣлать.

begründen основать; установить; учреждать.

begrüßen привѣтствовать.

begütert зажиточный, богатый.

behalten удержать, оставить у себя; сохранить.

Behälter, s, der, хранилище.

behandeln (gut) поступать, обращаться съ кѣмъ хорошо.

behaupten утверждать.

beherrschen владѣть, господствовать надъ чѣмъ.

beherzt смѣлый, неустрашимый, храбрый.

Behufe, zu diesem для сего, на сей конецъ.

behüte сохрани Богъ! упаси Боже!

behutsam осторожный.

bejahrt устарѣлый.

bei у, при, въ, за, до.

beibehalten удержать; сохранить.

beichten исповѣдываться.

beide оба, тотъ и другой.

Beifall, s, der, одобреніе.

Beil, es=e, das, топоръ.

Bein, es=e, das, нога; кость.

beinahe почти.

Beiname, ns=n, der, прозвище.

beisammen вмѣстѣ.

beisetzen погребсти, опустить въ склепъ.

Beispiel, es=e, das, примѣръ; zum — напримѣръ.

beißen, biß, gebissen, кусать.

Beistand, es, der, помощь.

beistehen помогать; заступаться.

beitragen содѣйствовать, способствовать.

bekämpfen одолѣвать, побороть.

bekannt извѣстный, знакомый; — machen объявить.

Bekanntschaft, die, знакомство.

bekehren, sich исправиться; раскаяться; перемѣнить образъ жизни (къ лучшему); Jemand zu etwas обращать во что.

beklagen сожалѣть; sich über etwas — жаловаться.

bekleiden одѣвать, облечь.

Bekleidung, die, одѣяніе.

Beklemmung, die, стѣсненіе, грусть, тоска.

bekommen получать, доставать; er hat einen Sohn — у него родился сынъ; wenn ich's doch nur einmal so gut bekäme еслибъ мнѣ пришлось разжиться.

bekrähen, seinen Sieg трубить, разглашать свою побѣду.

bekriegen идти войною на кого.

belachen осмѣивать, смѣяться надъ чѣмъ.

beladen нагружать.

belagern осаждать.

Belagerung, die, осада; eine — aufheben снять осаду.

belauben, sich покрыться листьями.

belaufen, sich простираться.

beleben оживлять, одушевлять.

belegen, mit schimpflichen Namen осыпать ругательствами.

belehren наставить.

beleidigen обижать, оскорблять.

Beleidigung, die, оскорбленіе, обида.

belieben изволить, хотѣть, желать; was beliebt что угодно.

beliebt любимый.

beißen лаять.

belohnen награждать.

belügen лгать, солгать, ложь сказать, клеветать.

bemächtigen, sich завладѣть чѣмъ; присвоить себѣ что.

bemalen раскрасить.

bemannen вооружить (корабль).

bemeistern, sich овладѣть; sein Zürnen— укротить гнѣвъ.

bemerken замѣчать, примѣчать.

bemerklich machen обратить на что вниманіе.

bemühen, sich трудиться, стараться.

Bemühung, die, стараніе, трудъ.

benachbart сосѣдній.

benachrichtigen увѣдомить.

benehmen отнимать, лишать; sich— поступать, вести себя.

Benehmen, s, das, поступокъ, поведеніе.

beneiden, um etwas завидовать.

benetzen орошать.

benutzen пользоваться, воспользоваться; употреблять.

beobachten наблюдать; исполнять.

berasen нагрузить, навьючить.

Bequemlichkeit, die, удобность, уютность; удобство.

berathschlagen, sich совѣщаться.

berauben ограбить; des Lebens — хишать жизни, умерщвлять.

Berechnung, die, исчисленіе.

berechtigen давать право на что.

bereden уговорить.

Beredsamkeit, die, краснорѣчіе.

bereisen объѣзжать.

bereiten приготовлять.

Bericht, der, докладъ, рапортъ;—erstatten докладывать.

berichten увѣдомить, доложить.

Berg, es-e, der, гора.

Bernstein, s, der, янтарь;—drechsler янтарьщикъ.

bersten, (birst), barst, geborsten, лопнуть, треснуть.

berüchtigt извѣстный (съ дурной стороны).

berufen призывать.

beruhen основываться, зависѣть.

beruhigen успокоить.

berühmt славный, знаменитый.

berühren прикасаться, коснуться, дотрогиваться.

besäen засѣвать; усыпать.

Besatzung, die, гарнизонъ.

beschaffen sein, быть устроену.

Beschaffenheit, die, свойство, качество.

beschäftigen, sich заниматься.

Beschäftigung, die, занятіе.

beschämen пристыдить.

bescheiden скромный, умѣренный.

bescheinen озарять.

beschenken одарить, пожаловать.

beschieden, es ist ihm ему предопредѣлено.

beschlagen обивать; ковать лошадей; подбивать.

beschleunigen ускорять.

beschließen рѣшать; заключить; опредѣлять; кончить; einen Zug—рѣшиться къ выступленію въ походъ.

beschneiden обрѣзать.

beschnüffeln обнюхать.

beschränken ограничить, стѣснять.

beschreiben описать.

beschützen охранять, защищать.

Beschwerde, die, трудъ, тягость.

beschweren обременять, безпокоить; sich—жаловаться.

beschwerlich трудный, тягостный; — fallen быть въ тягость.

beschwingt крылатый, окрыленный.

beseligen осчастливить.

beseligend отрадный.

besehen осмотрѣть, разглядѣть.

besetzen обставить; занимать (мѣсто); eine Stadt — занять городъ войсками; ein Kleid—убирать, обшить платье.

besiegen побѣдить.

Besinnung, die, размышленіе; ohne —, besinnungslos безъ чувствъ, безъ памяти.

Besitz, es, der, владѣніе; in — nehmen взять, овладѣть.

besitzen обладать, владѣть, имѣть.

Besondere, der, особенный, собственный.

besonders особенно, въ особенности.

besonnen разсудительный.

Besonnenheit, die, присутствіе духа; разсудительность, благоразуміе.

besorgen пещись; смотрѣть, ходить за чѣмъ; исправлять; исполнять; Gefahr—опасаться.

beforgt fein um etwas пещись, заботиться о чемъ.

befpannen запрягать.

befprechen, fich бесѣдовать, разговаривать, совѣщаться.

befpülen омывать.

beffern, fich поправиться, исправиться.

beftändig постоянный, всегдашній.

beftärken подкрѣплять, поддержать; удостовѣрять; убѣждать.

beftätigen подтверждать, удостовѣрять.

beftechen, fich — laffen брать взятки, лихоимствовать.

Beftechlichkeit, die, взяточничество, подкупность.

Beftechung, die, подкупъ.

beftehen существовать; auf etwas — упорствовать, на своемъ поставить; aus etwas — состоять изъ чего.

befteigen всходить; взбираться.

beftellen заказать; приготовлять; jedem ift fein Theil beftellt всякому предназначена своя доля; die Winterfaat—засѣять озимь.

beftimmen назначить, опредѣлить.

Beftimmung, die, назначеніе, установленіе.

beftrafen наказать; mit dem Tode — предать смертной казни, казнить.

beftrahlen озарять, освѣщать.

beftreichen, beftrich, beftrichen, намазать.

beftreiten, die Koften, Ausgaben покрыть издержки.

beftürmen нападать; обуревать; mit Bitten—неотступно просить.

beftürzt смущенный; — machen смущать.

Befuch, es-e, der, посѣщеніе; ich habe —у меня гости.

befuchen посѣщать.

betäuben оглушить, лишить чувствъ, ошеломить.

beten молиться.

bethaut орошенный росою.

betheuern увѣрять.

betrachten разсматривать, смотрѣть на.

beträchtlich значительный.

Betrachtung, die, соображеніе; — en anftellen предаваться размышленіямъ, дѣлать наблюденія.

betragen составлять; fich—вести себя,

поступать; das Betragen поведеніе, поступки.

betreffen касаться; постигнуть; was mich betrifft что до меня касается.

betreiben производить, заниматься.

betreten вступать; застать;—fein быть изумлену.

betrübt печальный.

betrügen, betrog, betrogen, обманывать; betrügerifch хитрый, лукавый.

Bett, es-en, das, кровать, постель; русло рѣки; fich zu — legen ложиться спать.

betrunken пьяный.

betteln просить милостыни.

Bettler, s, der, нищій.

beugen преклонять.

Beute, die, добыча; zu—werden сдѣлаться добычею.

Beutel, s, der, кошелекъ.

bevölkern населять.

bevor прежде нежели.

bevorftehen предстоять.

bewachen караулить; стеречь, хранить.

bewaffnen вооружить.

bewahren прятать, сохранять.

Bewandniß, die, обстоятельство.

bewäffern орошать.

bewegen склонять; тронуть; волновать; колебать; двигать; fich auf und nieder bewegen вздыматься и опускаться.

beweglich гибкій.

bewegt взволнованный.

Bewegung, die, движеніе; in — fetzen приводить въ движеніе.

Beweis, es-e, der, доказательство.

beweifen, bewies, bewiefen, доказать; fich dankbar—быть благодарнымъ; fich hart—поступать жестоко.

bewirken причинять; производить; совершать.

bewohnen жить, обитать.

Bewohner, s, der, житель.

bewundern удивляться; любоваться; bewunderungswürdig удивленія достойный.

bewußt извѣстный; fich — fein знать; помнить; чувствовать; сознавать.

Bewußtfein feiner felbft, das, самосознаніе.

bezahlen заплатить.

bezähmen укротить, обуздать.

bezaubern обворожить.

bezeichnen означать, обозначать, опредѣлять.

bezeigen оказывать.

beziehen обтягивать; обвинять; ſich—
покрываться, подернуться; отно-
ситься.

Beziehung, die, отношеніе.

bezweifeln сомнѣваться; es iſt nicht zu
—въ этомъ нельзя сомнѣваться.

bezwingen, bezwang, bezwungen, побѣдить, преодолѣть.

Biber, s, der, бобръ.

biegen, bog, gebogen, гнуть, нагибать.

biegſam гибкій.

Biene, die, пчела.

Bier, es, das, пиво; — brauen пиво
варить.

bieten, bot, geboten, предлагать.

Bild, es=er, das, картина; изображеніе; образъ.

bilden образовать, составлять.

Bildniß, es=e, das, портретъ, изображеніе.

Bildſäule, die, статуя.

Bildung, die, образованіе; черты,
выраженіе (лица); наружность.

Billet, das, билетъ.

billig дешевый; справедливо, по всей
справедливости.

binden, band, gebunden, связать, при-
вязывать.

binnen впродолженіе; — drei Wochen
чрезъ три недѣли.

Birke, die, береза.

bis, до, по; покуда, пока;—an,—zu
до;—über свыше, болѣе.

*Biſchof, s=e, der, епископъ.

bisher доселѣ, до сихъ поръ.

Biß, es=e, der, укушеніе, ужаленіе.

Bißchen, s, ein кусочекъ, крошка.

bisweilen иногда.

Bitte, die, просьба.

bitten, bat, gebeten, um etwas просить.

bitter горькій.

blank свѣтлый.

Blaſe, die, пузырь.

blaſen, blies, geblaſen, дуть, вѣять;
играть (на флейтѣ).

blaß блѣдный.

*Blatt, es=er, das, листъ; Blätter
treiben распускаться; er nimmt
kein Blatt vor den Mund онъ говоритъ смѣло, не обинуясь.

blau голубой, синій, лазуревый.

Bläue, die, голубой цвѣтъ, лазурь.

blechern жестяной.

bleiben, blieb, geblieben, оставаться.

bleich блѣдный.

blenden ослѣплять.

Blick, es=e, der, взоръ; взглядъ; блескъ,
сіяніе; der Blick der Sonne лик_
лучи солнца.

blicken смотрѣть, взглянуть.

blind слѣпой; безразсудный.

blindlings слѣпо, закрывъ глаза, на-
обумъ.

Blitz, es=e, der, молнія.

blitzen сверкать, сіять; es blitzt молнія сверкаетъ.

blöcken блеять, мычать.

Blödigkeit, die, робость, застѣнчивость.

blond бѣлокурый.

bloß голый, нагій; простой; только,
единственно; mit bloßen Augen
простыми глазами, безъ очковъ.

blühen цвѣсти, процвѣтать.

Blume, die, цвѣтокъ.

Blumenbeet, es=e, das, цвѣтникъ.

Blumenkelch, es=e, der, цвѣточная
чашечка.

Blut, s, das, кровь; die Blutader вена,
кровоносная жила; blutroth багро-
вый кроваваго цвѣта.

blutig окровавленный; кровопролит-
ный.

Blüthe, die, цвѣтъ; цвѣтущее состояніе.

Boden, s, der, почва; дно; земля.

Bogen, s, der, дуга; листъ; сводъ.

Bogengang, es, der, крытая аллея,
ходъ; арка.

Bolzen, s, der, стрѣла; болтъ.

Boot, es-e, das, лодка.

Bord, es, der, бортъ; über — werfen
бросить въ море.

borgen занимать.

Börſe, die, биржа.

Borſte, die, щетина.

böſe злой, худой, сердитый; der Böſe
нечистая сила, дьяволъ.

bösartig злокачественный.

boshaft злобный.

Bosheit, die, злоба, злость.

Bote, n, der, вѣстникъ, гонецъ, по-
чтальонъ.

Brand, es, der, пожаръ; антоновъ огонь.

Brandung, die, бурунъ.

Branntwein, es, der, водка;—brennen
курить водку.

braten, briet, gebraten, жарить.

brauchen употреблять; имѣть нужду; ich brauche мнѣ нужно.

braun коричневый, бурый, гнѣдой; braun und blau schlagen отвалять бока.

brausen шумѣть, ревѣть.

brav честный; благородный.

brechen, brichst, brach, gebrochen, ломать; die Augen — глаза мутятся; die Wogen — разсѣкать волны; Blumen — срывать.

breit широкій; — treten протоптать, вытоптать; — schlagen сплюснуть; — zackig съ широкими концами.

breiten разстилать.

brennbar горючій.

brennen, brannte, gebrannt, горѣть; жечь.

Brennstoff, der, горючее вещество.

Brett, es-er, das, доска; brettern дощатый.

Brief, es-e, der, письмо.

bringen, brachte, gebracht, приносить; приводить; привозить; доставлять; an den Tag — обнаружить, открыть; es weit — успѣть, уйти далеко; дѣлать большія успѣхи; etwas an sich — присвоить себѣ; es dahin — довести до того.

Brot, es, das, хлѣбъ; — samen хлѣбныя крошки.

Brücke, die, мостъ.

*Bruder, ü, der, братъ.

brüllen рыкать, реветь, мычать; гремѣть.

brummen жужжать, ворчать; das-vorkotnia; in sich hinein — ворчать про себя.

Brummtöne ausstoßen сердито ворчать, испускать гнѣвные звуки.

Brunnen, s, der, источникъ, родникъ, колодезь, ключъ.

Brunnenmeister, s, der, фонтанный мастеръ.

brünstig пламенный; теплый; усердный.

*Brust, e, die, грудь; сердце.

brüten высиживать; выводить цыплятъ; ernst und finster vor sich hin — предаваться мрачному раздумью; das dumpfe, mürrische Brüten затаенное злоумышленіе.

Bube, n, der, мальчикъ.

*Buch, es-er, das, книга; die — druckerei типографія; — druckerkunst типографическое искусство.

Buche, die буковое дерево.

bücken, sich наклоняться.

Bückling, es, der, поклонъ.

Bude, die, лавка.

Büffel, — ochs, der, буйволъ.

Bund, es, der, вязанка; союзъ.

Bündniß, das, союзъ.

bunt пестрый.

Bürde, die, бремя, ноша.

Büreau, das, бюро.

Bürger, der, гражданинъ.

Bürgerkrieg, der, междоусобная война.

*Busch, es-e, der, кустъ die — spinne лѣсной паукъ.

Büschel, s, der, пучекъ.

buschicht всклокоченный, густой.

Buschwerk, s, das, кустарники, кусты.

büßen заплатить пеню, штрафъ.

C.

Carton, der, картонъ, образцовый рисунокъ.

Ceder, die, кедръ; кедровое дерево.

China Китай; chinäsisch китайскій.

Christ, en, der, христіанинъ.

Christenthum, das христіанство.

Christus Христосъ; vor Christi Geburt до Рождества Христова.

Cirkulation, die, вращеніе, обращеніе.

Citrone, die, лимонъ.

Crösus, Крезъ.

D.

da здѣсь, тамъ, тутъ; тогда, потомъ; вотъ.

dabei, притомъ, тутъ.

*Dach, es-er, das, кровля, крыша.

Dachs, es-er, der, барсукъ.

dadurch тѣмъ, чрезъ то.

dafür за то.

dagegen на то, напротивъ того.

daheim дома.

daher оттуда; потому; — brausen съ шумомъ приближаться; — traben мчаться, нестись, скакать; — wandeln идти, подвигаться впередъ.

dahin туда; — fließen протекать, стремиться; — segeln отходить, отплывать; — schießen стремиться; sich in den Tod dahin geben предать себя на смерть.

damalig тогдашній.

damals тогда; въ то время.
damit чтобы, дабы; этимъ, имъ.
*Damm, es=e, der, плотина, оплотъ.
Dämmerung, die, сумерки.
*Dampf, es=e, der, паръ, дымъ; die —maschine паровая машина; — wagen паровозъ.
dämpfen укротить, усмирить.
danieder низъ; — sehen глазѣть, присматривать.
Dank, es, der, благодарность; habe — спасибо; — bar благодарный; die Dankbarkeit признательность; Dankfest, das, благодарственное торжество.
danken благодарить; ich danke dir gar schön покорно благодарю.
dann тогда, потомъ; — und wann изрѣдка, порой.
darauf потомъ, за тѣмъ, на то, на это.
daraus изъ этого; ich mache mir nichts — мнѣ это нипочемъ.
darbieten предлагать, являть.
darin, darein, drein, въ немъ, тамъ, на то.
darstellen представлять; являть.
darstrecken протянуть.
darthun доказать.
darüber чрезъ, надъ этимъ.
darum за то, потому, для того.
daselbst тамъ.
Dasein, s, das, присутствіе, бытность; существованіе; бытіе.
daß что, чтобы.
Dattel, die, финикъ.
däuchten, es däucht mir мнѣ кажется.
Dauer, von kurzer непродолжительно.
dauerhaft прочный, долговременный.
dauern продолжаться.
Dauphin, der, дофинъ, наслѣдникъ престола.
Daus, ei der—вотъ-те-на.
davon отъ этого, отъ того, объ этомъ; — eilen, — gehen уйти; — fliehen, — jagen бѣжать, мчаться; пуститься на утекъ; Zb. — jagen прогнать; — tragen унесть; mit dem Leben davon kommen спасти свою жизнь.
dazu къ тому, въ добавокъ; — kam къ тому присоединилось.
December, der Декабрь.
Decke, die, крышка, покрывало; потолокъ.

Deckel, s, der, крышка.
decken покрыть, накрыть.
Degen, s, der, шпага.
Demuth, die, смиреніе, покорность.
denken, dachte, gedacht, думать, мыслить, помышлять; вспомнить; denkt euch представьте себѣ!
*Denkmal, s=er, das, памятникъ.
denn ибо, потому; чѣмъ, нежели.
dennoch все-таки.
derb сильный; мѣткій.
dergestalt до того, такимъ образомъ.
dergleichen таковой, подобный.
derjenige тотъ.
deshalb для того.
desto тѣмъ; um — mehr тѣмъ болѣе.
deswegen для того, потому, за то.
deutlich ясный, явственный, явный.
deutsch нѣмецкій; по-нѣмецки; der Deutsche, ein Deutscher германецъ, нѣмецъ.
Deutschland Германія.
Diamant, en, der, алмазъ.
dicht густой; плотный; близко, близь.
Dichter, s, der, стихотворецъ.
dick толстый; густой.
Dickicht, es=e, das, чаща, густой лѣсъ.
Dieb, es=e, der, воръ; diebisch склонный къ воровству, воровской.
*Diebstahl, es=e, der, покража, воровство; trau nicht auf — краденное добро не пойдетъ въ прокъ.
Diele, die, полъ.
dienen служить; der Diener слуга.
Dienst, es=e, der, служба, услуга; in — treten вступить въ службу; thun служить, услужить.
Dienstag, der, вторникъ.
Dienstbote, der, слуга.
dienstfertig услужливый.
Dienstgefälligkeit, die, услуга.
dies und jenes то и другое.
diesseit по сю сторону.
Ding, es=e, das, вещь; närrische Dinge шутки; забавныя штуки.
dirigiren управлять.
Discuswerfer, der, метатель диска.
Distel, die, волчецъ, репейникъ.
doch однако, но, всетаки, вѣдь, же.
Dom, es=e, der, соборная церковь.
Donau, der, Дунай.
Donner, s, der, громъ; es donnert громъ гремитъ; donnerähnlich громоподобный; das—wetter гроза.
Donnerstag, der, четвергъ.

doppelt двойной; вдвое: сугубый; мохровый.

*Dorf, es=er, das, деревня; село; die Dorfgemeinde сельская община.

Dorn, es=en, der, шипъ, игла, тернъ; der —busch терновникъ, терновый кустъ.

dort, dorten, тамъ;—hin туда; von —оттуда.

dortig тамошній.

Drache, n, der, драконъ.

*Drath; es=e, der, проволока.

Drang, es, der, сильное желаніе; der — in der Brust сердечное желаніе.

drängen тѣснить; напирать; sich um jemand—окружить, обступить, кого; sich zusammen, — sich dicht auf einander—собраться въ кучку.

Drangsal, es, das, напасть, бѣдствіе.

dran, es ist was — это такъ, не безъ того, это правда.

dräuen грозить.

draußen на дворѣ.

Drechsler, s, der, токарь.

drehen вертѣть, вращать, поварачивать.

dreinschlagen валять куда ни попало; тузить.

dringen, drang, gedrungen, проникать, прорываться; in jemand — неотступно просить.

droben вверху.

drohen грозить, угрожать.

Drohung, die, угроза.

drücken давить, жать.

duften благоухать.

duftig душистый.

dulden терпѣть, страдать.

dumm глупый.

dumpf глухой, невнятный.

dunkel темный, мрачный.

dünken, sich почитать себя, кичиться.

dünn тонкій; рѣдкій.

*Dunst, es=e, der, паръ; — kreis атмосфера.

durch сквозь, чрезъ; die Nacht — въпродолженіи ночи.

durchaus непремѣнно, совсѣмъ;—nicht никакъ;—alles совершенно все.

durchbringen проникать.

durcheinander безъ порядку.

Durchfahrt, die, проѣздъ.

durchgehen пройти; die Pferde gehen durch лошади несутъ, мчатъ.

durchkreuzen пересѣкать, разсѣкать.

durchkriechen проползать, пролѣзать.

durchlöchern продырять, проточить.

Durchschnitt, im—среднимъ числомъ.

durchsehen пересмотрѣть, разбирать.

durchsichtig, прозрачный; die Durchsichtigkeit прозрачность.

durchstreichen перечеркнуть, похерить; скитаться, бродить, язъѣздить.

durchstreifen странствовать, пройти, скитаться, рыскать.

durchströmen протекать.

durchsuchen обыскать, перешарить.

durchtoben бушевать, бѣситься, неистовствовать.

durchweben проткать, пронизать.

dürfen, darf, durfte, gedurft смѣть, мочь; имѣть право; er darf sich nur todt stellen ему только стоитъ притвориться мертвымъ.

dürftig скудный, бѣдный.

dürr сухой, тощій; безводный.

Durst, es, der, жажда.

dürsten жаждать; mich dürstet, ich dürste, мнѣ пить хочется.

düster мрачный, пасмурный, угрюмый; im Düstern во мракѣ.

E.

eben ровный, гладкій; ровно, точно;—so столько, также; zu ebener Erde въ нижнемъ жильѣ; so—, eben noch только что; eben genannt упомянутый; jetzt—именно теперь.

Ebene, die, равнина.

Echo, s, das, отголосокъ, эхо.

echt настоящій.

Ecke, die, уголъ; er kam um eine—онъ повернулъ за уголъ.

eckig съ углами, угловатый.

edel благородный; der — mann дворянинъ; der—muth великодушіе; der—stein драгоцѣнный камень.

ehe, eher, прежде,—чѣмъ; скорѣе, раньше.

ehemalig прежній.

ehemals прежде, до того.

Ehre, die, честь; почести; dem Neptun zu Ehren въ честь Нептуна.

ehren чтить, почитать, награждать.

Ehrenbahn, die, поприще чести.

Ehrendenkmal, es=er, das, памятникъ.

Ehrenkreuz, das, почетный, крестъ.

Ehrenplaß, eš=e, der, почетное мѣсто.
Ehrensäule, die, памятникъ.
ehrenvoll почетный.
ehrerbietig почтительно; благоговѣйно.
Ehrfurcht, die, благоговѣніе.
ehrlich честный.
ehrwürdig почтенія, уваженія достойный.
Eiche, die, дубъ.
Eichel, die, желудь.
Eid, eš=e, der, клятва, присяга.
Eidechse, die, ящерица.
Eifer, š, der, рвеніе, усердіе; гнѣвъ; seinen — üben излить свой гнѣвъ; in — entbrennen воспламениться, запылать гнѣвомъ.
Eifersucht, die, ревность, ревнованіе.
eifrig ревностный, усердный.
eigen собственный; свойственный; родной.
eigens нарочно; собственно для.
eigenhändig собственноручно.
eigennüßig корыстолюбивый.
Eigenschaft, die, свойство, качество.
eigensinnig упрямый.
Eigenthum, š, das, собственность.
Eigenthümer, š, der, владѣлецъ, хозяинъ.
eigenthümlich собственный, особенный, отличительный.
eigentlich настоящій; собственно; recht —въ собственномъ смыслѣ слова.
Eile, die, поспѣшность.
eilen спѣшать, торопаться.
eilig поспѣшно; eiligst съ поспѣшностью.
Eimer, š, der, ведро.
ein, einer, ein одинъ, нѣкто.
einander другъ друга; взаимно; mit —, unter—между собою, вмѣстѣ; hinter, nach — другъ за другомъ; neben — рядомъ; — gegenüber другъ противъ друга.
einathmen вдыхать.
einbilden, sich воображать; sich viel auf etwas—чваниться, гордиться.
einbrechen ворваться, вломиться; обрушиться.
eindringen войти, вторгнуться; проникнуть; нахлынуть.
eindrücken, die Augen сомкнуть глаза.
einernten поживать.
einerseits съ одной стороны.
einfach простой.

*Einfall, der, вторженіе; выдумка, причуды, затѣи.
einfallen, in ein Land нападать, вторгнуться; was fällt dir ein что тебѣ пришло въ голову; sich etwas—lassen вздумать, прихти въ голову; einem in die Rede fallen прервать чью рѣчь; подхватить; eingefallene Augen впалые глаза.
Einfalt, die, простота, простодушіе.
einfangen поймать.
einfinden, sich явиться; собраться.
einflößen внушать, вдохнуть.
Einfluß, der, вліяніе.
einfügen вдѣлать, вставить.
Einfuhr, die, привозъ.
einführen ввести, ввозить.
Eingang, eš=e, der, входъ.
eingebildet занятый собою; высокомѣрный; мнимый.
Eingeborene, n, der, туземецъ.
Eingebung, die, внушеніе, вдохновеніе; навожденіе.
eingehen входить.
eingemacht вареный въ сахарѣ; соленый.
eingenommen sein плѣняться, быть обворожену.
eingezogen, mit eingezogenem Schweife поджавши хвостъ.
einhertraben рысью бѣжать.
einholen догнать, поймать.
Einhufer цѣльнокопытное животное.
einhüllen закутать, облечь.
einjährig однолѣтній.
einig согласный, дружный.
einiger, e, eš, нѣчто; нѣсколько, нѣкоторые.
einigermaßen нѣкоторымъ образомъ.
Einigkeit, die, согласіе.
einkaufen закупать.
einkehren заѣхать, зайти, завернуть куда.
einladen пригласить.
einlassen впустить.
einlösen выкупить, вымѣнять.
einmachen солить, мариновать, засахарить.
Eingemachtes варенье.
einmal разъ; когда нибудь; auf — вдругъ, разомъ; du kennst nicht einmal das A и аза въ глаза не знаешь.
Einmündung, die, устье рѣки.
einmüthig единодушный.

Einnahme, die, доходы; взятіе города.

einnehmen принять; взять; занимать; für sich — расположить въ свою пользу; плѣнять; der Schmerz nimmt ihn ein онъ удрученъ горестью.

einrichten устроить.

Einrichtung, die, учрежденіе, устройство.

eins sein, быть, жить въ согласіи; согласиться.

einsalzen солить.

einsam уединенный.

einschlafen заснуть.

einschlagen вбить; einen Pfad—пойти по стезѣ; der Blitz hat eingeschlagen громъ ударилъ; in die Hand—ударить по рукамъ (въ знакъ согласія).

einschließen заключать.

einschmeicheln, sich приласкаться, подслужиться, втереться.

Einschnitt, 8-e, der, нарѣзъ, насѣкъ.

einsehen понимать, постигать.

Einsiedler, 8, der, отшельникъ, пустынникъ.

einsilbig односложный.

einsinken провалиться.

einst нѣкогда.

einstecken спрятать; сунуть въ карманъ; забирать; заключить въ тюрьму.

einsteigen сѣсть въ карету; входить, влѣзть.

einstürzen обрушиться, провалиться.

eintauschen вымѣнять.

Eintracht, die, согласіе.

einträglich выгодный, прибыльный.

eintreten вступить; наступить; случаться.

Eintritt, 8, der, вступленіе; входъ.

Einwanderer, der, пришлецъ.

einweben влетать.

einwickeln завернуть, закутать.

einwiegen укачать, убаюкать.

einzeln одинъ; одинокій; отдѣльно, по одиночкѣ.

einziehen входить, въѣзжать.

einzig единственный; kein einziger ни одинъ.

Einzug, e8-e, der, въѣздъ, вступленіе; —halten войти.

Eis, e8, das, ледъ; — treibend покрытый, занесенный льдинами.

Eisen, 8, das, желѣзо; — theile желѣзные опилки; — bahn желѣзная дорога; Eisenbahnbüreau контора желѣзной дороги; eisern желѣзный; непоколебимый.

eitel тщеславный.

elastisch упругій, эластичный.

Elbe, die, Эльба.

elektrisch электрическій.

elegant пышный, изящный.

Element, 8-e, das, стихія.

Elend, e8, das, бѣдствіе; elend бѣдный; жалкій; elendiglich жалкимъ образомъ.

Elephant, en, der, слонъ.

Elfenbein, 8, das, слоновая кость.

Elysium, 8, das, рай.

Elle, die, аршинъ.

Eltern, die, родители.

empfangen получать, принимать; встрѣчать.

empfehlen, empfiehlst, empfiehlt, empfahl, empfohlen, рекомендовать; sich — проститься.

empfinden чувствовать, ощущать.

empfindlich чувствительный.

Empfindung, die, чувство, ощущеніе.

empor вверхъ; — blicken возводить взоръ къ верху;—fahren вскочить, вспорхнуть;—halten, — heben приподнять; поднять; sich—richten приподняться; sich—schwingen взвиться;—steigen восходить, возвышаться; — ziehen взойти; подняться, взбираться.

empören возмутить; взволновать; бушевать.

emsig трудолюбивый; проворно.

Ende, 8-en, das, конецъ; am—, endlich наконецъ; endlos безконечный; zu — sein кончить; enden, endigen кончить, заключить.

enge узкій, тѣсный.

Enkel, 8, der, внукъ.

entblößen обнажать.

entbrennen воспламениться.

entdecken открыть, изобрѣсть.

Entdeckung, die, открытіе; Entdeckungsreise путешествіе, предпринимаемое для открытій.

Ente, die, утка.

entfernen удалить.

entfernt дальній, отдаленный.

Entfernung, die, разстояніе.

entfesseln снять оковы.

entfleischt обнаженный отъ мяса; костлявый.

entfliegen улетать.

entfliehen убѣгать, умчаться; спастись бѣгствомъ.
entgegen, противъ; на встрѣчу;—kommen встрѣтить;—stehen противостоять.
entgehen избѣгать, спастись, укрыться.
enthalten содержать; sich — удержаться, воздержаться.
enthaltsam воздержный.
entkommen уйти, спастись.
Entkräftung, die, истощеніе.
entladen разгружать, выгружать; der Früchte—собирать плоды съ деревьевъ.
entlang вдоль, по.
entlassen отпустить; уволить.
entlaufen сбѣжать; убѣжать.
entlegen отдаленный, далекій.
entmuthigen лишать бодрости; пасть духомъ.
entreißen исторгнуть; der Tod hat ihm sein Kind entrissen смерть похитила у него дитя.
entrichten уплатить; die Entrichtung уплата.
entrinnen, entrann, entronnen, избѣгнуть, спастись бѣгствомъ.
entrücken, der Erde вознести на небо.
entscheiden, entschied, entschieden рѣшить.
entschieden рѣшительный, явный.
entschließen, sich рѣшиться.
Entschluß, der, намѣреніе; einen fassen принять намѣреніе.
entschuldigen извинять.
Entsetzen, s, das, ужасъ.
entsetzlich ужасный.
entsprechen соотвѣтствовать.
entspringen ускакать; вырваться,уйти, убѣжать; проистекать.
entstehen происходить; возникать, подняться; вспыхнуть.
entsteigen выходить, подыматься.
entstöpseln вынуть пробку,откупорить.
entweder—oder или—или.
entweichen скрыться; убѣжать; спасаться бѣгствомъ; die Nacht ist entwichen ночь прошла, минула.
entweihen осквернять.
entwickeln развить, образовать.
entwischen уйти, ускользнуть, бѣжать.
entzücken восхитить, плѣнять.
entzünden воспламенить.
Epoche, die, эпоха.

erbarmen, sich умилосердиться, сжалиться; жалѣть; erbarme dich des Armen умилосердся надъ бѣднымъ.
erbärmlich жалостно.
Erbe, n, der, наслѣдникъ.
erbleichen, erblich, erblichen, поблѣднѣть, поблекнуть.
erblicken узрѣть, увидѣть.
erbosen, sich разсердиться; озлобиться.
Erbse, die, горошина.
Erbtheilung, die, раздѣлъ наслѣдства.
Erde, die, земля; das Erdbeben землетрясеніе; die—beere земляника; der—boden поверхность земли; земля; die—höhle пещера.
erdenklich возможный.
Erdkörper, s, der, земное тѣло.
erdrücken душить, задавить.
Erdstoß, der, подземный ударъ.
ereignen, sich случиться.
Ereigniß, das, происшествіе, случай.
erfahren узнать; испытать; ein erfahrener Mann опытный человѣкъ; die Erfahrung опытъ; опытность; Erfahrungen machen узнать, испытать, разузнать;—macht klug время и случай разумъ подаютъ.
erfinden изобрѣтать.
Erfolg, der, успѣхъ.
erfolgen воспослѣдовать.
erfordern требовать.
erforderlich нужный, потребный.
erforschen изслѣдовать.
erfreuen обрадовать.
erfrieren отморозить; замерзнуть.
Erfrischung, die, освѣженіе.
erfüllen исполнять, наполнять.
ergeben, sich поручать себя; сдаваться.
ergießen, sich изливаться, впадать; разливаться; нахлынуть.
ergötzen, sich забавляться, веселиться.
ergötzlich забавный.
ergreifen схватить, поймать; die Waffen—вооружиться; es ergreift ihn ein wehmüthiges Gefühl его объяло грустное чувство.
ergriffen sein быть глубоко тронуту.
ergrimmen озлиться.
ergründen изслѣдовать.
erhaben возвышенный, высокій; благородный, величественный.
erhalten сохранять, достать, получить, содержать; поддержать.
Erhaltung, die, сохраненіе, спасеніе.
erhaschen поймать, уловить.

erheben поднять, возвысить; sich— вставать, подниматься.

erheblich важный, достойный вниманія, значительный.

erheitern развеселить.

erhellen освѣщать, озарять.

erheuchelt лицемѣрный.

erhitzen разгорячить, воспламенить.

erhöhen возвышать; умножить, усилить.

erinnern, einen an etwas напомнить кому о чемъ; sich—вспомнить, помнить; ich erinnere mich deines Bruders я помню твоего брата.

Erinnerung, die, воспоминаніе.

erjagen догонять; поймать; настигать.

erkalten застыть.

Erkältung, die, простуда.

erkämpfen, einen Sieg одержать побѣду.

erkaufen искупить.

erkennen узнать, познать.

erkenntlich признательный.

Erkenntniß, die, познаніе.

erklären объяснить, объявлять.

erkohren избранный.

erkundigen, sich освѣдомляться.

erlangen достигать.

erlauben позволить; für erlaubt halten считать позволеннымъ.

Erlaubniß, die, позволеніе.

erlegen, eine Strafe заплатить пеню.

erleiden сносить, претерпѣвать.

erlernen изучить.

erleuchten освѣщать, озарять.

erliegen изнемогать, погибать.

erlisten хитростью добыть.

erlöschen погаснуть, потухнуть.

Erlöser, s, der, искупитель, спаситель.

ermatten утомиться.

ermessen цѣнить; понять, постигать.

ermorden убить, умертвить.

ermüden утомиться.

ernähren питать.

ernennen назначать; пожаловать, наименовать.

Ernte, die, жатва; ernten жать.

erneuen, erneuern возобновлять.

Ernst, der, серьёзность, важность; ревность, усердіе; im—не шутя.

ernsthaft важный; серьёзный.

erobern завоевать, взять.

Eroberung, die, завоеваніе, взятіе.

eröffnen открыть.

erquicken подкрѣпить, освѣжить.

errathen отгадать.

erregen возбудить; производить.

erreichen достигнуть, догнать, достать.

errichten сооружить, учреждать.

erschaffen создать.

Erschaffung, die, сотвореніе.

erschallen раздаваться.

erscheinen явиться, показаться.

Erscheinung, die, явленіе, видѣніе.

erschießen застрѣлить.

erschlaffen ослабѣть.

erschlagen убить.

erschleichen подкрасться и поймать; подползать; хитростью добыть; das—добываніе чего хитростью.

erschöpfen истощить.

erschrecken испугать.

erschüttern потрясти; поколебать.

ersehen увидѣть, усмотрѣть.

ersetzen замѣнять.

erspähen завидѣть, высмотрѣть, провѣдать тайкомъ.

erspüren чуять, слышать; отыскать по слѣдамъ.

erst только что.

erstarren оцѣпенѣть.

erstatten, Bericht — доносить, докладывать; вознаградить, платить.

erstaunen удивляться, изумиться.

erstaunlich удивительный.

erstaunenswürdig удивленія достойный.

Erste, der, первый; erstens во первыхъ.

erstechen заколоть.

ersteigen взобраться, взойти.

erstrecken, sich простираться.

ertappen поймать, схватить.

ertheilen дать, пожаловать.

ertönen зазвучать, загремѣть; раздаваться.

ertragen сносить, претерпѣвать.

ertrinken утонуть.

erwachen проснуться; das—пробужденіе.

erwachsen выростать, возрастать; ein erwachsener Mensch взрослый человѣкъ.

erwähnen упомянуть.

erwärmen согрѣть.

erwarten дождаться, ожидать.

erwecken пробудить.

erwehren, sich оборонаться, защищаться; удержаться отъ чего.

erweisen оказывать.

erweitern расширять; распространять.

erwerben, erwirbst, erwirbt, erwarb, erworben пріобрѣтать, снискать, доставить.

erwiedern отвѣчать, возражать.
erwischen поймать, подцѣпить.
erzählen разсказывать.
erzeugen родить; порождать, производить.
erziehen воспитать.
Erziehung, die, воспитаніе.
Esel, 8, der, оселъ.
Eselei, die, глупость.
essen, ißt, aß, gegessen, ѣсть, кушать; das—пища, кушанье, ѣда.
Essig, der, уксусъ.
etliche нѣсколько, нѣкоторые.
etwa около, ло; развѣ; wie—почти, какъ;—einmal иногда.
etwas нѣчто, что нибудь, нѣсколько.
Eule, die, сова.
Europa Европа; der Europäer европеецъ; europäisch европейскій.
Evangelium, 8, das, евангеліе, благовѣствованіе.
ewig вѣчный.
Ewigkeit, die, вѣчность.
exerciren учить, упражнять.
Explosion, en, die, взрывъ.

F.

Fabel, die, басня.
*Fach, es-er, das, отдѣленіе; клѣтка.
Fächer, 8, der, вѣеръ, опахало.
Faden, 8, der, нить, нитка; сажень.
fähig способный.
Fähigkeit, en, die, способность, дарованіе.
fahl чалый, блѣдный.
Fahne, die, знамя.
fahrbar судоходный, удобный для плаванія, для ѣзды.
fahren, fuhr, gefahren ѣхать; плыть; путешествовать; возить; спускаться; mit der Hand in die Tasche — сунуть руку въ карманъ; aus der Haut — выходить изъ себя; лѣзть изъ кожи; aus dem Schlafe — внезапно проснуться; der Blitz fuhr in einen Baum громъ ударилъ въ дерево; aus dem Wege — своротить съ дороги.
Fähre, die, паромъ.
Fahrgelegenheit случай поѣхать, прокатиться куда.
Fährgeld, das, плата за перевозъ.

Fahrmann, der, паромщикъ, перевозчикъ.
Fährstelle, die, мѣсто переправы, пристань.
Fahrt, en, die, путешествіе; поѣздка; плаваніе.
Fahrwasser, 8, das, фарватеръ.
Fahrzeug, es-e, das, судно, барка.
falb блѣдный.
Falke, n, der, соколъ.
*Fall, es, der, паденіе; случай; im Fall nämlich, wenn если только.
Falle, die, западня, ловушка.
fallen, fiel, gefallen, падать; попадаться;—lassen уронить; in die Rede —перебить рѣчь; es fällt mir schwer мнѣ трудно; in die Augen — броситься въ глаза.
Fallstricke, die, сѣти.
falten складывать; сложить; скрестить; —los безъ складокъ, изгибовъ.
Familie, die, семейство, родъ, фамилія.
Fang, es, der, ловъ, поимка; добыча.
fangen, fing, gefangen, ловить, поймать, хватать.
Farbe, die, цвѣтъ.
färben красить, подкрасить.
Farre, n, der, бычекъ.
*Faß, es-er, das, бочка.
fassen схватить; вмѣщать; понять; sich — успокоиться.
Fassung, aus der—bringen смущать.
fast почти.
faul лѣнивый; гнилой; faulenzen лѣниться.
Faulheit, die, лѣность.
Faust, die, кулакъ; der — kampf кулачный бой;—ballen сжимать кулакъ.
Februar, der, Февраль.
fechten, fichst, focht, gefochten, сражаться, драться, бороться; es wurde blutig gefochten происходилъ кровавый бой.
Feder, n, die, перо; пружина; derbusch хохолъ; султанъ на шляпѣ; die—kraft упругость.
fegen мести.
fehlen недоставать; was fehlt dir что съ тобой сдѣлалось? es fehlte nicht an Spott въ насмѣшкахъ не было недостатка; es fehlte an Stoff (zum Verbrennen) не доставало горючихъ веществъ.

Fehler, s, der, недостатокъ; проступокъ; ошибка.
Feier, die, торжество; feiern праздновать; feierlich торжественно.
feige боязливый, трусливый.
Feige, die, винная ягода; der — трусъ.
Feigenbaum, der, смоковница.
fein тонкій;искусный;ловкій;нѣжный.
Feind, es-er, der, непріятель, — selig враждебный, непріязненный; die — schaft вражда.
Feld, es-er, das, поле; das freie — чистое поле; der — herr полководецъ; der—zug походъ.
Fell, es-e, das, кожа, шкура; das —ausklopfen поколотить.
Felsen, s, der, утесъ, скала; die —höhle пещера въ скалѣ; der — riff подводный камень, рифъ.
felsig утесистый.
Fenster, s, das, окно.
fern далекій, дальній; die Ferne даль, отдаленность; aus weiter Ferne, von ferne her издали, издалека.
ferner дальше; сверхъ, кромѣ того.
Fernrohr, Fernglas, es, das, зрительная труба.
fertig готовый.
fest твердый, плотный; das feste Land материкъ; — halten удерживать.
Fest, s, das, празднество, праздникъ; der Festtagsrock праздничный кафтанъ; festlich торжественный.
festsetzen установить.
Festung, en, die, крѣпость.
Festungswerk, es-e, das, укрѣпленіе.
fett жирный; das—жиръ.
Fettklumpen, der, комъ жиру; пузанчикъ.
feucht сырой.
Feuer, s, das, огонь; die—flamme пламя; das — gewehr огнестрѣльное оружіе, ружье.
Feuersbrunst, e, die, огнедышащій пожаръ.
feuerspeiend огнедышащій.
feurig пламенный, яркій, пылкій.
Fichte, die, пихта, сосна.
Fieber, das, лихорадка.
Filzdecke, n, die, войлокъ.
finden, fand, gefunden найти.
Finger, s, der, палецъ.
Finnland Финляндія.
finster темный.
Firner, s, der, ледникъ, фирнеръ.

Fisch, s, der, рыба; das—bein китовый усъ.
Fischer, s, der, рыбакъ.
Fischerei, die, рыбная ловля.
Fittig, s-e, der, крыло.
Firstern, s, der, неподвижная звѣзда.
flach плоскій; ровный; die flache Hand ладонь.
Fläche, die, плоскость, площадь; равнина.
Flamme, die, пламя; das Flammenfeuer пылающій огонь, огненное пламя; пожаръ.
Flasche, die, бутылка, склянка.
flattern порхать, летать; развѣваться; die Fahne—lassen, распустить знамя; flatterhaft вѣтренный, легкомысленный.
flechten, flichst, flicht, flocht, geflochten, плесть, сплетать.
Fleck, nе-en, der, мѣсто; пятно.
Fledermaus, e, die, летучая мышь.
flehen умолять; das—мольба.
Fleisch, das, мясо.
Fleiß, s, der, прилежаніе.
fleißig прилежный.
flicken чинить; der—заплатка.
Flieder, s, der, сирень, бузина.
Fliege, die, муха; fliegen, flog, geflogen летать; — lassen выпустить; fliegende Fahne распущенное знамя.
fliehen, floh, geflohen, убѣжать, улетать.
fließen, floß, geflossen, течь; литься.
Flinte, die, ружье.
Flocken, die, снѣжныя хлопья.
*Floß, es-e, das, плотъ, паромъ.
Floßfeder, die, плавательное перо.
Flötenwerk, es-e, das, флейты (въ органахъ).
Flucht, die, бѣгство; in — schlagen обратить въ бѣгство; — ergreifen бѣжать, обратиться въ бѣгство.
flüchten, sich, бѣжать, спастись бѣгствомъ.
flüchtig скорый; быстрый; бѣгло; поверхностно, на скорую руку; спасающійся бѣгствомъ.
Flüchtling, s-e, der, бѣглецъ.
Flug, es, der, полетъ.
flügge werden оперяться.
Flügel, s, der, крыло; wohlauf die — распустите крылушки.
flugs тотчасъ, скоро; какъ разъ.
Flut, en, die, нива, поле.

*Fluß, es-e, der, рѣка; das — Gebiet округъ рѣки.

flüssig жидкій; die—keit жидкость.

flüstern шептать.

Fluth, en, die, приливъ воды; потокъ.

Folge, die, слѣдствіе; in der—впредь, впослѣдствіи; folgen слѣдовать; повиноваться.

folgend слѣдующій.

folgsam послушный.

foppen дразнить, подшучивать, трунить.

fordern требовать.

Form, en, die, видъ; форма; обрядъ.

förmlich формально.

fort прочь; — braufen съ шумомъ удалиться, умчаться; fort und fort безпрестанно; in einem fort безъ остановки, безпрерывно; — an впредь; er ist fort онъ ушелъ.

fortbewegen подвигать впередъ; — dauern продолжаться;—fahren продолжать;—fließen утекать; — gehen идти, уйти, продолжаться;—jagen прогонять; — pflanzen разводить; переносить, передавать; — reißen увлечь; — schieben сдвинуть; — schleppen утащить; увлечь съ собою; sich—schlängeln извиваться, — schreiten идти впередъ; — setzen продолжать; — toben продолжать шумѣть, свирѣпствовать; — tragen уносить; — treiben прогонять; уносить;—während безпрестанно; —wälzen катить; sich — wälzen катиться; подвигаться впередъ; — schweben улетѣть; — ziehen уйти; ѣхать далѣе, умчаться.

Fortschritt, es-e, der, успѣхъ.

Frage, die, вопросъ.

fragen спрашивать; nach einem—спросить о комъ.

frank свободно, ловко.

Franke, der, Франконецъ; fränkisch франконскій.

Frankreich Франція; Franzose, der, французъ; französisch французскій.

Fraß, es, der, кормъ, пища; zum Fraße überlassen предоставить на съѣденіе.

Frau, en, die, женщина, жена.

Fräulein, das, дѣвица, барышня.

frech дерзкій.

frei свободный; вольный; открытый; ein freier Mann вольный человѣкъ;

der freie Himmel открытое небо;— sprechen слагать вину; объявить невиннымъ; ins Freie въ чистое поле; die Freiheit свобода, воля.

Freigebigkeit, die, щедрость.

freilich конечно.

freiwillig добровольно.

Freitag, der, пятница.

fremd чужестранный; чужой.

fremdartig инородный; необыкновенный; странный.

Fremdling, der, чужеземецъ.

fressen, frißt, fraß, gefressen ѣсть; пожирать; zum—на съѣденіе.

Freude, die, радость, удовольствіе, утѣха.

Freudenfest, es-e, das, радостное торжество; празднество; пиръ.

freudig радостный.

freuen, sich über etwas радоваться, веселиться чему.

Freund, es-e, der, другъ; — lich ласковый; die — schaft дружба; schaftlich дружескій; — lichkeit, die, ласковость; дружелюбіе; миловидность, пріятность.

Frevler, s, der, беззаконникъ.

Friede, ns, der, миръ, согласіе.

friedlich мирный; спокойный.

frieren, fror, gefroren зябнуть; мерзнуть; es friert draußen на дворѣ морозъ; es friert mich я озябъ.

frisch свѣжій, бодрый.

froh, fröhlich веселый; радостный; —locken ликовать, радоваться; der —sinn, das—sein веселый нравъ; —lockend радостно.

fromm благочестивый, кроткій, смирный.

Frömmigkeit, die, благочестіе.

frommen быть въ пользу; das wird nicht—этого проку не будетъ.

*Frosch, es-e, der, лягушка.

*Frost, es-e, der, морозъ; mich fröstelt мнѣ холодно; меня ознобъ беретъ.

*Frucht, e, die, плодъ; — bar плодоносный; die Fruchtbarkeit плодородіе;—los безплодный, тщетный.

früh рано, ранній; das—jahr, der—ling весна; das—stück завтракъ.

*Fuchs, es-e, der, лисица; der—balg лисій мѣхъ.

fügen совокуплять, связывать; sich in etwas — приноровляться къ чему.

fühlen чувствовать, осязать; wer nicht

hören will, muß—не слушаясь духа кротости, такъ палкой по кости; на упрямаго дубина.
führen водить; возить; einen Namen—называться.
Führer, s, der, проводникъ, вождь.
Fuhrwerk, es⸗e, das, повозка, экипажъ.
Fülle, die, изобиліе; füllen наполнять, наливать.
Füllung, die, наполненіе.
Funken, s, der, искра.
funkeln сверкать, блистать.
für за, вмѣсто; на; для; — immer навсегда.
Furcht, die, страхъ, болязнь; — bar страшный; die — losigkeit безстрашіе;—sam трусливый; die Furcht⸗samkeit трусость, трусливость.
fürchten страшиться бояться.
fürchterlich ужасный.
Fürsorge, die, попеченіе, призрѣніе.
Fürst, en, der, князь, государь.
Fürstenthum, das, княжество.
Furt, die, бродъ.
fürwahr въ самомъ дѣлѣ, истинно.
*Fuß, es⸗e, der, нога; подошва горы; футъ; der — gänger пѣшеходецъ, пѣхотный солдатъ; der —stieg стезя; тропинка; der — tritt доступъ; походка; шагъ; пинокъ; zu —пѣшкомъ.
Futter, s, das, кормъ; füttern кормить; подкладывать; подбивать.

G.

Gabe, die, даръ; дарованіе.
Gabel, die, вилка.
gähnen зѣвать.
*Gang, es⸗e, der, походка, поступь, ходъ; путь.
*Gans, e, die, гусь.
ganz цѣлый, весь, общій; совершенно, совсѣмъ; цѣликомъ; im Ganzen verkaufen оптомъ продавать.
gänzlich совершенно.
gar совсѣмъ, весьма, очень;—nicht совсѣмъ не; oft—часто даже.
garstig гадкій.
*Garten, s, der, садъ.
Gärtner, s, der, садовникъ.
Gasse, die, улица; Gaß' aus Gaß' ein изъ улицы въ улицу перехода.
*Gast, es⸗e, der, гость; zu Gaste въ

гостяхъ; die— freiheit гостепріимство; Gastfreundschaft хлѣбосольство; Gastmahl, das, пиршество.
Gattung, en, die, родъ, порода.
Gau, der, область, округъ.
gaukelnd, игривый.
Gaukler, s, der, фигляръ.
Gaumen, s, der, небо во рту; вкусъ.
Gebäck, das, печеніе.
Gebäude, s, das, зданіе.
Gebell, s, das, лай.
geben, giebst, giebt, gab, gegeben, давать; доставлять; es giebt есть, бываетъ.
Geberde, n, die, видъ, лице; жестъ; ужимки.
Gebet, es⸗e, das, молитва, sein—verrichten творить молитву.
Gebiet, es⸗e, das, область, округъ, владѣніе.
Gebieter, s, der, повелитель; gebieterisch повелительно.
Gebirge, s, das, горы, горный хребетъ; gebirgig гористый.
Gebiß, es⸗e, das, зубы.
Geblök, es, das, блеяніе, мычаніе.
geboren, werden родиться; er ist ein geborner Kaufmann онъ рожденъ купцомъ.
Gebot, es⸗e, das, заповѣдь; ein—thun объявить цѣну.
Gebrauch, es⸗e, der, употребленіе; обычай, обрядъ;—machen, gebrauchen употреблять.
gebräuchlich употребительный.
Gebrechen, s, das, недостатокъ.
Gebrüll, s, das, мычаніе, ревъ.
gebückt согнувшись; tief — низко наклонившись;
Geburt, die, рожденіе, происхожденіе.
gebürtig урожденный, родомъ изъ.
Gebüsch, es⸗e, das, кустъ, кустарникъ.
Gedächtniß, es, das, память.
Gedanke, ns⸗n der, мысль; auf den Gedanken bringen внушить мысль.
gedeihen, gedieh, gediehen, урождаться; тучнѣть; успѣвать.
gedenken думать; вспоминать о чемъ, помнить.
Gedränge, s, das, давка.
gedrungen плотный; дюжій, коренастый;
Geduld, die, терпѣніе;—ig терпѣливый.
geeignet удобный; способный.
Gefahr, n, die, опасность; in—brin-

gen, ſetzen подвергать опасности;
—laufen находиться въ опасности.
gefährlich, gefahrvoll опасный.
Gefährte, n, der, товарищъ.
gefallen нравиться; быть угодну; ſich
etwas — laſſen принять за благо;
терпѣливо сносить; der—удовольствіе, одолженіе.
gefällig услужливый; die—keit услуж-
ливость, угодливость; одолжене.
gefangen nehmen взять въ плѣнъ; die
Gefangenſchaft плѣнъ, плѣненіе.
Gefängniß, eß-e, das, темница, тюрьма.
Gefängnißwärter, s, der, тюремщикъ.
Gefäß, eß-e, das, сосудъ, утварь.
gefaßt, ſich—machen готовиться.
Gefecht, eß-e, das, сраженіе, бой.
Gefilde, das, поле, нива.
Gefolge, s, das, свита; провожающіе;
дружина.
gefräßig прожорливый.
gefrieren замерзать.
Gefühl, eß-e, das, чувство; осязаніе.
gefühllos безчувственный.
gegen противъ; около; къ; на.
Gegend, n, die, страна, часть, мѣ-
сто, сторона, мѣстность.
Gegenliebe, die, взаимная любовь.
gegenseitig взаимный.
Gegenstand, eß-e, der, предметъ.
Gegentheil, im—напротивъ того.
gegenüber напротивъ.
Gegenwart, die, присутствіе; gegen=
wärtig настоящій; нынѣшній; въ
настоящее время, нынѣ.
Gegner, der, противникъ, соперникъ.
Gehäge, s, das, изгорода, засѣка.
Gehalt, eß-e, das, содержаніе, жалованье; цѣнность, достоинство.
geharniſcht въ латахъ.
geheim тайный; das—niß тайна; ins
Geheimniß ziehen сообщить тайну.
gehen, ging, gegangen, итти, ходить;
vor ſich — происходить; — laſſen
оставить; laß mich gehen оставь
меня въ покоѣ, не тронь меня;
das geht nicht нельзя; das geht это
можно; es geht mir beſſer мнѣ лучше; es geht mir traurig я въ жал-
комъ положеніи.
Geheul, s, das, вой.
Gehirn, das, мозгъ, голова; умъ.
Gehör, s, das, слухъ.
gehorchen, слушаться, повиноваться.
gehören, принадлежать.

gehörig надлежащій.
gehorsam послушный; der Gehorsam
послушаніе.
Geier, s, der, коршунъ.
Geige, die, скрипка.
Geisel, der, заложникъ, аманатъ.
Geist, eß-er, der, духъ; душа; умъ;
сердце; ein neuer Geist iſt in ſie
gefahren они одушевились новымъ
мужествомъ.
geiſtlich духовный.
Geiz, eß, der, скупость; der — halß
скупецъ; geizig скупой.
gekehrt, in ſich—задумчиво.
Geländer, s, das, перила.
gelangen дойти, достичь.
Geläute, s, das, звонъ.
gelb желтый.
Geld, eß-er, das, деньги; die — gier
корыстолюбіе; die—ſtrafe денеж-
ное взысканіе, пеня.
gelegen удобный; es iſt ihm daran—
ему желательно.
Gelegenheit, en, die, случай.
gelehrig переимчивый; — keit, die,
переимчивость.
Gelehrsamkeit, die, ученость.
gelehrt ученый.
gelinde мягкій; тихій; умѣренный;
— Mittel мѣры кротости.
gelingen, gelang, gelungen, удаваться.
geloben обѣщать, поклясться.
gelt! не такъ ли.
gelten, giltſt, galt, gegolten стоить,
имѣть цѣну, почитаться; hier gilt
kein Säumen тутъ нечего мѣшкать;
wenn es galt когда дѣло шло о томъ,
чтобы; es gilt mir это касается
до меня.
Gelüſt, eß-e, das, похоть.
*Gemach, eß-er, das, комната, покой.
Gemahl, der, супругъ.
Gemälde, s, das, картина.
gemäß сообразно.
Gemäuer, s, das, каменныя стѣны.
gemein обыкновенный, простой; общій; ein gemeiner Soldat рядовой.
Gemeinde, die, община, волость.
gemeiniglich обыкновенно.
gemeinsam общій.
Gemeinschaft, die, сообщество, сооб-
щеніе;—haben водиться съ кѣмъ,
знакомство вести; — lich общій,
совокупный, вмѣстѣ.
Gemiſch, eß-e, das, смѣсь; смѣшеніе.

Maſſon, Leſeſtücke.   13

Gemſe, die, серна.

Gemüſe, es-e, das, овощи, огородная зелень.

Gemüth, s-er, das, сердце, душа; нрав.

Gemüthsart, en, die, прав, характер.

genau точный; die—igkeit точность, верность.

geneſen, genas, geneſen выздороветь.

genießen, genoß, genoſſen наслаждаться, пользоваться; кушать (ѣсть, пить).

Genoſſenſchaft, die, товарищество, товарищи; сообщники.

genug довольно; —ſam достаточно.

genügen быть достаточну; es genügt mit я этим довольствуюсь.

genügſam умѣренный; довольный малым.

*Genuß, es-e, der, паслаждеиie; употребленіе (чего въ пищу).

Gepäck, es-e, das, поклажа, обоз.

gepanzert въ латахъ.

Geplätſcher, s, das, плесканье, плескъ.

gerade прямой; именно; — ſo точно такъ, точь въ точь; — zu прямо; запросто;—ſo viel именно столько же.

Geräth, das, приборъ, утварь.

gerathen, gerieth, gerathen попасть; in Brand — воспламениться; in Hiße — нагрѣться, раскалиться; in Zorn — разсердиться, придти въ гнѣвъ; in Streit—вступить въ споръ, заспорить.

Geräthſchaften, die, утварь, посуда.

geräumig просторный.

Geräuſch, es, das, шум.

gerecht справедливый.

Gerechtigkeit, die, справедливость, правосудіе.

Gericht, es-e, das, судъ; кушанье, блюдо; das jüngſte — страшный судъ; das Gerichtshaus, der Gerichtshof судебная палата.

gering малый, маловажный, низкій.

Gerippe, s, das, скелетъ, остовъ.

gern охотно; ich habe es gern мнѣ пріятно, по нутру.

Gerſte, die, ячмень.

Geruch, es, der, запахъ, аромать, обоняніе.

Gerücht, es-e, das, молва, слухъ.

geſammt общій.

Geſandte, n, der, послаппикъ.

Geſandtſchaft, en, die, посольство.

*Geſang, es-e, der, пѣніе.

Geſchäft, es-e, das, дѣло; занятіе; ein — treiben производить торговлю; заниматься дѣлами.

geſchäftig занятый, трудолюбивый.

geſchehen, es geſchieht, es geſchah, es iſt geſchehen случиться, происходить, бывать.

geſcheidt умный, смышленный.

Geſchenk, s-e, das, подарокъ.

geſchenkt bekommen получить въ даръ.

Geſchichte, n, die, исторія; повѣсть, разсказъ.

Geſchick, s-e, das, способность; судьба; участь; die—lichkeit способность, ловкость; geſchickt способный, ловкій.

Geſchirr, s-e, das, посуда, сбруя.

Geſchlecht, das, родъ, поколѣніе.

Geſchmack, s, der, вкусъ.

geſchmeidig гибкій.

Geſchöpf, es-e, das, созданіе, тварь.

Geſchrei, s, das, крикъ.

Geſchüß, es-e, das, орудіе, пушка, артиллерія.

geſchwind скорый, проворный, die Geſchwindigkeit быстрота, скорость, проворство.-

Geſchwirr, das, чириканье.

Geſell, en, der, спутнив, товарищ; räuberiſcher—злодѣй.

geſellen, ſich присоединиться.

geſellig дружелюбный, обходительный.

Geſellſchaft, en, die, общество;—leiſten собесѣдовать, сопутствовать.

Geſeß, es-e, das, законъ; — ſich законный.

geſichert ſein быть внѣ опасности.

Geſicht, es-er, das, лице; зрѣніе; видъ; глаза; zu Geſicht—bekommen (kommen) увидѣть, попасть на глаза; aus dem — verlieren потерять изъ виду.

Geſichtsſinn, der, зрѣніе.

Geſichtszüge, die, черты лица.

Geſims, es, das, карнизъ.

Geſinde, s, das, служители; дворпя.

Geſinde, s, das, сволочь.

geſinnt, feindſelig — непріязненный.

Geſinnung, en, die, намѣреніе; смыслъ; мнѣніе.

geſonnen ſein имѣть намѣреніе.

geſotten вареный.

geſpalten раздвоенный.

geſpannt натянутый, напряженный.

Gespenst, es=er, das, привидѣніе, мертвецъ.

Gespiele, n, der, товарищъ.

Gespinnst, es=e, das, пряжа.

Gespräch, es=e, das, разговоръ.

Gestade, s, das, берегъ, притонъ.

Gestalt, en, die, видъ, станъ, фигура.

gestaltet sein имѣть видъ.

gestehen признаться.

gestern вчера.

Gestirn, das, свѣтило небесное.

Gesträuch, es=e, das, кустъ, кустарникъ.

gestreckt вытянутый; im — en Lauf во весь опоръ.

gestreift полосатый.

gesund здоровый; Gesundheit, die, здоровье.

Getöse, s, das, шумъ.

Getrabe, s, das, топотъ.

Getränk, es=e, das, напитокъ.

Getreide, s, das, хлѣбъ, рожь; жито; die—art хлѣбное растеніе; das—korn хлѣбное зерно.

getrost смѣлый, бодрый, спокойный.

geübt опытный; ein gut geübtes Heer хорошо устроенное войско.

gewachsen s. Macht.

Gewächs, es=e, das, растеніе.

gewahr werden усмотрѣть, увидѣть.

gewähren, eine Bitte—дозволить просьбу; Freude — доставлять удовольствіе; die Freiheit—даровать свободу; einen Dienst — оказать услугу.

Gewalt, en, die, сила, власть; sich—anthun принуждать себя; gewaltig сильный; ужасный.

Gewaltthätigkeit, en, die, насиліе.

*Gewand, es=er, das, одѣяніе, одежда.

gewandt ловкій.

Gewässer, s, das, воды.

Gewebe, s, das, ткань, паутина.

Gewehr, es, das, ружье; — schultern дѣлать на плечо; — präsentiren отдавать честь ружьемъ, сдѣлать на караулъ.

Geweih, es=e, das, оленьи рога.

gewellt волнистый.

Gewicht, es=e, das, вѣсъ; auf etwas — legen считать важнымъ, придавать вѣсу.

gewinnen, gewann, gewonnen, выигрывать, пріобрѣтать, добывать;

zu. für sich — склонить на свою сторону, расположить въ свою пользу.

Gewirr, s, das, смятеніе, суматоха.

gewiß точный, вѣрный, непремѣнный, опредѣленный; — sein einer Sache быть увѣрену въ чемъ; ein gewisser нѣкто, нѣкоторый; ganz gewiß непремѣнно.

Gewissen, s, das, совѣсть; — haft добросовѣстный; die Gewissensbisse угрызенія совѣсти.

gewissermaßen нѣкоторымъ образомъ.

Gewitter, s, das, гроза.

gewöhnen пріучать, sich—привыкнуть.

Gewohnheit, en, die, привычка, обыкновеніе.

gewöhnlich обыкновенно.

gewohnt привычный.

Gewölbe, s, das, сводъ, погребъ; подвалъ.

gewölbt дугообразный, выпуклый.

Gewölk, es, das, тучи, облака.

Gewühl, s, das, смятеніе, волненіе, суматоха, давка.

gewunden витый.

Gewürz, es, das, пряные кореньи; приправа; gewürzhaft ароматный.

Giebel, s, der, верхушка, вершина.

Gier, die, жадность, алчность.

gierig жадный, алчный.

gießen, goß, gegossen лить, вливать.

Gift, es=e, das, ядъ; giftig ядовитый.

Gipfel, s, der, вершина, верхушка.

Gitter, s, das, рѣшетка.

Glanz, es, der, блескъ.

glänzen блистать.

*Glas, es=er, das, стекло, стаканъ; die — korallen бусы.

glatt гладкій, скользкій.

Glaube, ns, der, вѣра, упованіе; glauben вѣрить, думать.

gläubig благовѣрный, вѣрующій.

glaubwürdig достовѣрный.

gleich равный; самый; тотчасъ; von gleicher Größe одинаковой величины; er wird gleich kommen онъ се й часъ придетъ; zu gleicher Zeit въ то же время;— falls равномѣрно; —sam какъ будто бы.

gleichen, glich, geglichen походить, похожу быть; er gleicht ihm онъ на него похожъ.

Gleichgewicht, es, das, равновѣсіе.

gleichgültig равнодушный; er ist mir— я имъ не интересуюсь, не дорожу.
Gleichmuth, es, der, равнодушіе; er kommt aus dem — онъ выходитъ изъ терпѣнія.
gleichweit abstehen стоять на равномъ разстояніи другъ отъ друга.
gleiten, glitt, geglitten скользить.
Gletscher, s, der, глетчеръ, ледникъ.
Glied, es-er, das, членъ.
Gliedmaßen, die, члены.
Glocke, die, колоколъ.
Glockengeläute, es, das, звонъ колокольный.
Glück, es, das, счастіе; — wünschen zu etwas поздравить; — lich счастливый; — licher Weise къ счастію; die—seligkeit благополучіе;—auf, — zu! Богъ въ помощь.
Glucke, die, насѣдка.
glühen раскаляться; пылать, горѣть.
Gluth, en, die, пламя, зной.
Gnade, die, милость, милосердіе, помилованіе.
Gold, es, das, золото.
Goldammer, s, der, овсянка.
gönnen, дозволить, желать, доброжелательствовать; gönne ihm das Vergnügen не лишай его этого удовольствія; ich will euch das Sonnenlicht — предоставляю вамъ погрѣться на солнышкѣ.
Gott, es, Богъ; die — heit божество; die — losigkeit безбожіе; — sei gelobt слава Богу!
*Grab, es-er, das, гробъ; могила.
Graben, s, der, ровъ; graben, grub, gegraben копать, рыть.
Grad, es-e, der, степень; градусъ.
Graf, en, der, графъ.
Gram, der, печаль, скорбь.
*Gras, es-er, das, трава; der— halm стебель, травка; die — mücke малиновка.
gräßlich страшный, ужасный.
Gräte, die, рыбья кость.
grau сѣрый, сѣдой.
Gräuel, s, der, ужасъ; гнусность.
Gräuelthat, en, die, ужасъ; злодѣйство.
grauen сѣдѣть; бояться; der Tag graut начинаетъ разсвѣтать; der Abend graut смеркается; laß dir nicht grauen не бойся.
gräulich ужасный.
Graupen, die, крупа.

Graupeln, die, мелкій градъ.
Graus, es, der, страхъ, ужасъ.
grausam свирѣпый, жестокій, лютый; die—keit свирѣпость, лютость.
greifen, griff, gegriffen схватать, поймать.
Greis, es-e, der, старикъ, старецъ.
grell яркій.
Grenze, die, граница; grenzenlos безпредѣльный.
Grieche, n, der, грекъ; Griechenland Греція; griechisch греческій.
Griff, der, ручка, рукоятка, черенъ.
Grimasse, die, гримаса; Grimassen machen, schneiden, ziehen дѣлать гримасы, гримасничать, корчить рожи.
Grimm, es, der, ярость, злость.
grimmig лютый, яростный.
grinsen скалить зубы.
grob, gröblich грубый, неуклюжій; грубовато, невѣжливо, неучтиво.
Grobheit, die, грубость.
Groll, der, непріязнь; — hegen питать ненависть.
groß большой, великій; — gewachsen рослый; der Große вельможа; die Größe величина; großmüthig великодушный; größtentheils большею частію; der Großvater дѣдъ.
Grube, n, die, ровъ, яма.
*Gruft, e, die, могила, яма.
grün зеленый; grünen цвѣсти, зеленѣть.
*Grund, es-e, der, дно, долина; причина; основаніе;—reich весьма богатый; — stück, das, недвижимое имѣніе, земля, помѣстья; der Grundbesitzer землевладѣлецъ.
gründen основать; die Gründung основаніе.
grunzen хрюкать.
*Gruß,es-e, der, поклонъ, привѣтствіе.
grüßen кланяться; sei mir gegrüßt привѣтствую тебя! здравствуй.
Grütze, die, каша, крупа.
Guillotine, die, гильотина.
gülden золотой.
günstig благопріятный.
Gürtel, s, der, поясъ, кушакъ.
Güssen, in — ливмя.
gut хорошій, добрый; gütig снисходительный.
*Gut, es-er, das, имѣніе, дача, деревня; помѣстье; благо; die Güte доб-

рота, милость; durch Güte ласками,
добромъ; sich auf seine Stimme et=
was zu gute thun хвалиться голосомъ; einem gut sein любить кого.
Gutmüthigkeit, die, добродушіе, добронравіе.
Gutsein, das, добронравіе, кротость.
gutwillig добровольно.

H.

Haar, e&=e, das, волосъ; der — büschel
пучекъ волосъ; хохолокъ.
habe, die, имѣніе; fahrende—движи-
мое имѣніе.
haben, hast, hat, hatte, gehabt имѣть;
du hast gut bauen хорошо тебѣ
строить; hier ist Alles zu haben
здѣсь все можно достать.
habhaft werden достать, поймать.
Habicht, &=e, der, ястребъ.
Hacken, die, пятки.
Häckerling, &, der, сѣчка.
*Hafen, &, der, гавань.
Hafer, &, der, овесъ; der — sticht ihn
онъ кичливъ, задорливъ, взбала-
мутился, съ жиру бѣсится.
Hagel, &, der, градъ; es hagelt градъ
идетъ.
haget сухощавый, худощавый.
*Hahn, e&=e, der, пѣтухъ.
Haifisch, e&=e, der, акула.
Hain, e&=e, der, роща, лѣсъ.
Haken, &, der, крючекъ;—zähne клыки.
halb половина; halben, halber ради,
для, за; die Halbinsel полуостровъ.
Hälfte, die, половина.
Halm, e&=e, der, стебель.
*Hals, e&=e, der, шея; das—band ошей-
никъ; den—brechen сломить шею.
halten, hielt, gehalten держать, почитать, стоять, останавливаться; für
etwas—считать; er hält die Tatzen
vor das Maul забиваетъ лапы въ
ротъ.
Hammer, der, молотокъ.
*Hand, e, die, рука; aus freier—од-
ними руками, безъ инструментовъ;
an die Hand gehen помогать.
Handel, &, der, торгъ, торговля; —
treiben производить торговлю; торговать.
Händel, die, ссора, драка.
handeln, торговать; поступать.

Handelsartikel, &, der, предметъ тор-
говли, товаръ;—mann торговецъ.
Handelsverkehr, &, der, торговые обо-
роты.
handförmig рукообразный.
Handgemenge, &, das, стычка, сраженіе, схватка.
Handlung, die, — &weise поступокъ,
дѣло.
Handschlag, &, der, рукобитіе.
Handwerker, &, der, ремесленникъ.
Handwerksbursch, n, der, ремесленни-
ческій ученикъ.
Hang, es, der, склонность; пока-
тость.
hangen, hängen, hing, gehangen висѣть, повѣсить; den Kopf — lassen
повѣсить носъ, голову; — bleiben
прилипнуть, зацѣпиться.
Hans, ein großer—большой болванъ.
harren ждать; медлить.
hart крѣпкій; твердый; сильно; жестоко; тяжело; hart neben der Nase
у самого носа;—an очень близко.
hartnäckig упрямый, упорный.
Hase, n, der, заяцъ.
Haß, es, der, ненависть, злоба.
hassen ненавидѣть.
häßlich безобразный, непріятный.
hastig скорый, поспѣшный.
Haubenlerche, die, хохлатый жаворонокъ.
hauen, hieb, gehauen бить, рубить.
Haufen, &, der, куча, груда; толпа.
häufen собирать, навалить, скоплять.
häufig часто.
*Haupt, e&=er, das, глава, голова;
der — gegenstand главный предметъ; die —macht главная сила;
der —mann капитанъ; die —nahrung главная пища; —sächlich важ-
нѣйшій, главный; особливо; die
—stadt столичный городъ.
*Haus, e&=er, das, домъ; zu Hause
sein быть дома; водиться; nach
Hause домой; die —flur сѣни; die
—genossen домашніе; das —geräth
утварь; der —halt хозяйство; der
—hahn пѣтухъ.
hausen безчинствовать.
Hausen, &, der, бѣлуга; die —blase
рыбій клей.
häuslich домашній; бережливо; er ist
—онъ добрый хозяинъ.

*Haut, e, die, кожа.

häuten, sich линять; перемѣнить кожу.

heben, hob, gehoben поднимать; sich in die Höhe—взвиться на воздухъ.

Hecht, es=e, der, щука.

Hecke, die, плетень, кустъ.

Heer, es=e, das, войско; der —bann призывъ вассаловъ на войну; все-общее ополченіе; der —haufen, die —schaaren толпа, полчище, от-рядъ; die—schau смотръ; ein—auf-treiben истребить войско.

Heerde, die, стадо.

Heeresschwarm, der, рать; полчище.

heftig сильный.

hegen питать.

hehlen утаить (краденое).

Heide, der, язычникъ.

heidi гей! ей! heidi, fort damit да-вай Богъ ноги; поминай какъ звали.

heidnisch языческій.

Heil, das, благополучіе, благоден-ствіе, счастіе, благо.

heil dir хвала тебѣ, Боже храни тебя.

Heiland, es, der, спаситель.

heilen исцѣлять, лечить.

heilig святой, священный; — und se-lig sprechen причислить къ лику святыхъ.

heiligen святить, посвятить.

Heilmittel, das, лечебное вещество.

heilsam цѣлебный, цѣлительный.

heim дома, домой.

heimwärts домой.

Heimath, die, отечество, родина.

heimlich тайный; уютный; тайкомъ, украдкою.

heimsuchen посѣщать; постичь, испы-тывать; наказывать.

heirathen жениться, замужъ выйти.

heiß горячій, жаркій.

heißen, hieß, geheißen называть; при-казать; значить; es heißt говорятъ; er hieß mich merken велѣлъ наблю-дать.

Heißhunger, der, сильный голодъ.

heiter веселый; свѣтлый; ясный.

heizen топить.

Held, en, der, герой.

heldenmüthig геройскій.

helfen, hilfst, hilft, half, geholfen по-могать.

hell чистый, ясный, свѣтлый; am hellen lichten Tag среди бѣлаго дня.

Helm, es=e, der, шлемъ.

Henne, die, курица.

her сюда; hin und her туда и сюда; zu sich — къ себѣ; von der Zeit her съ того времени, со времени.

herab, vom Berge съ горы.

herabfallen свалиться, упасть; —reg-nen, —gießen, лить, изливаться; —steigen сходить; — schießen, —stürzen низвергаться, низринуть, упасть; обрушиться; sich —schlän-geln извиваясь спускаться.

herankommen подходить; — nahen, —ziehen приступить, приближать-ся; наступить.

heraus вонъ, изъ; —blicken выгля-нуть; —fallen выпадать; —finden отыскать; sich —finden выбраться, выйти; —fließen вытекать; — for-dern вызвать; —geben выдать, от-дать, возвратить; —gucken выгля-дывать; —kommen выйти; —sagen высказывать; —schauen выгляды-вать; —schießen низринуться; спу-ститься; —strecken высунуть;—tra-gen выносить; —treiben выгнать; —treten выходить; —wälzen выка-тить; —ziehen выдернуть.

herbeieilen приспѣшить; herbeigeritten kommen подъѣхать верхомъ; —hol-en доставлять; привозить; —komm-en подойти; прійти; прискочить; собраться; —leiten прово-дить (воду); — rücken придвинуть; приспѣшить.

Herberge, n, die, гостинница, по-стоялый дворъ.

herbrausen съ шумомъ приближаться.

Herbst, es, der, осень.

hereinbrechen вломиться; der Morgen bricht herein утро наступаетъ; hereinkommen, hereintreten войти; hereinlassen впустить.

herfallen, über Jemand напасть на кого; бросаться.

hergefahren kommen пріѣзжать, при-возить.

herkommen происходить; итти, прійти сюда.

herlaufen прибѣжать, сбѣжаться.

hernieder внизъ; —leuchten свѣтлѣть-ся; —steigen сходить.

Herold, der, герольдъ, провозвѣст-никъ.

Heros, der, герой.

Herr, n-en, der, господинъ; —werden преодолѣть, усмирить.

herrlich прекрасный, великолѣпный, сильный; die Herrlichkeit великолѣпіе.

Herrschaft, die, господство, верховная власть.

herrschen царствовать, владычествовать.

Herrscher, der, правитель, государь, царь; das Herrschertalent способность управлять государствомъ.

herstellen возстановить.

herüber чрезъ, черезъ, сюда, на эту сторону; — kommen, — gehen перейти, переѣхать; —steigen перелѣзть.

herum около, кругомъ;—drehen вертѣть, вращать; — fliegen летать; —schweifen скитаться; бродить; —springen скакать, прыгать; —schwirren жужжа летать, вертѣться около чего;—zerren волочить.

herunter внизъ;—klettern слѣзать; —schlagen сбить; — springen соскочить; —steigen сходить, слѣзать; —toben съ шумомъ низвергаться; —werfen сбросить; свалить; сшибить.

hervor изъ; изъ-за; —brechen выказываться; — bringen производить; —grinsen оскаливъ зубы смотрѣть; —kommen выходить; показываться; quellen вытекать; — ragen выдаваться;—recken вытягивать;—steigen выскочить, выходить.

Herweg, der, дорога сюда.

Herz, en-ens, das, сердце; — haft смѣлый, храбрый; —lich сердечный; das—bricht mir сердце мое разрывается; sich ein — nehmen осмѣлиться, дерзнуть; es ist mir schwer ums — грусть меня береть, мнѣ становиться грустно; es wird mir leicht ums—отлегло на сердце; leichten Herzens весело, съ облегченнымъ сердцемъ.

Herzenslust, nach вдоволь, сколько душѣ угодно.

herziehen, vor dem Heere идти въ главѣ войска; предводительствовать.

Herzog, der, герцогъ.

herzuspringen подскочить.

Heu, s, das, сѣно.

Heuchelei, die, лицемѣрство.

Heuchler, s, der, лицемѣръ.

heulen выть.

Heuschrecke, die, саранча.

heute сегодня.

heutig нынѣшній.

hienieden здѣсь внизу.

hier здѣсь; hier und da тамъ и сямъ; изрѣдка; von hier aus отсюда.

hierauf потомъ, послѣ; на это.

hieraus изъ этого.

hierher сюда.

hierzu къ этому, на это.

hiesig здѣшній.

Himmel, s, der, небо; unter freiem —подъ открытымъ небомъ.

himmelan schlagen подняться до небесъ, столбомъ.

Himmelsgegend, en, die страна свѣта; das—zelt небесный сводъ.

Himmelsraum, der, небесное пространство.

hin туда; hin und her zerren влечь, волочить взадъ и впередъ, туда и сюда.

hinab внизъ;—blicken, schauen смотрѣть внизъ;—legen, sich ложиться; —schleudern низвергнуть; —senken опускать; — springen соскочить; tragen сносить, уносить.

hinauf вверхъ; на верхъ; —klettern влѣзать.

hinaus вонъ, изъ;—blicken выглядывать; — bringen вынести;—fahren поѣхать, выѣхать;—lassen выпустить; — werfen выбросить; —ziehen выйти, выѣхать; вытащить.

hindern мѣшать, препятствовать.

hindurch сквозь; —gehen пройти; —ziehen, sich тянуться; пролегать; den Sommer—продолженіе лѣта.

hinein въ, туда;—brechen вломиться; —bringen внести, ввести;—fallen упасть, попасть; — fliegen,—gehen влетѣть, войти;—fügen вдѣлать, вставить; — pumpen вкачать; —schlüpfen влѣзть, войти; sich —schwingen вскочить; — treiben занести, загнать;—ziehen входить, втянуть.

Hingebung, die, преданность, самоотверженіе.

hingegen напротивъ того.

hingelangen доходить, доѣхать.

hingespannt распростертый.

hinhalten подставить (руку).

hinlänglich достаточный.

hinlaufen бѣжать; сбѣгать, тянуться; пролегать.

hinlegen положить.

hinneigen склонить.

hinreißend увлекательный.

hinrichten казнить; die Hinrichtung казнь.

hinschleichen красться.

hinsinken упадать, повалиться.

hinstellen поставить.

hinten, hinter позади, за; задній.

hinterdrein вслѣдъ за.

hinterlistig коварный.

hintreten стать куда.

hinüber чрезъ; на ту сторону;— sein переправляться;—lassen пропускать;—springen перескочить,

hinunter внизъ; — steigen сходить, слѣзать.

hinweg прочь; sich—schleichen уйти; убраться; — seßen перескочить; —tändeln (шутя, забавлясь) протекать;—treten переступать.

hinziehen отправиться.

hinzufügen прибавлять, присовокупить.

hinzutreten подходить; подступать; прибавлять.

Hirsch, es-e, der, олень; die—Kuh лань.

Hirt, en, der, пастухъ.

Hirtenbüblein, s, das, пастушекъ.

historisch историческій.

Hiße, die, жаръ, зной.

hißig горячій; крѣпкій (напитокъ); вспыльчивый.

hoch высокій;—berühmt преславный; —vergnügt весьма довольный.

Hochachtung, die, почтеніе, уваженіе.

höchst весьма; der Höchste всевышній.

Hochwald, der, боръ; густой, темный лѣсъ.

hocken сидѣть скорчившись.

*Hof, es-e, der, дворъ; die —leute придворные.

hoffen надѣяться, уповать; es ist zu —можно надѣяться, есть надежда.

Hoffnung, die, надежда; hoffnungsvoll подающій большія надежды.

Höhe, die, высота, вышина; in die Höhe вверхъ, на верхъ.

hohl пустой, дуплистый.

Höhle, die, пещера, нора, берлога.

holen взять, принесть, достать, сыскать;—lassen послать за чѣмъ; велѣть подать.

Hohn, s, der, насмѣшка.

Hohngelächter, es, das, язвительный смѣхъ.

hold милый, прелестный.

Holland Голяндія; Holländer, der, голандецъ; holländisch голяндскій.

Hölle, die, адъ.

Hollunder, s, der, бузина; der—strauch сиреневый кустъ.

holprig ухабистый.

*Holz, es-er, das, дерево; дрова, лѣсъ; hölzern деревянный.

Hölzchen, s, das, лучинка, щепка.

Holzkloß, es-e, der, чурбанъ; пень, колода; обрубокъ.

Honig, s, der, медъ; der—topf улей.

hörbar внятный.

horchen слушать, подслушивать; auf, nach etwas—прислушиваться.

hören слышать, слушать.

*Horn, es-er, das, рогъ; труба; — artig рогообразный.

Horizont, s, der, горизонтъ, небосклонъ.

Horniß, die, шершень.

Hosen, die, панталоны.

hübsch пригожій, красивый.

Huf, es-e, der, копыто; das Hufeisen подкова; der—schmied кузнецъ.

Hügel, es, der, холмъ, бугорокъ; — eines Maulwurfs кротовина.

*Huhn, es-er, das, курица.

Hühnerstall, es, der, курятникъ.

Huld, die, благосклонность, милость.

Hülfe, die, помощь; — leisten оказать помощь; zu — rufen призывать на помощь.

hülflos безпомощный.

Hülle, и, die, оболочка.

hüllen окутать, покрыть, облечь.

Hund, es-e, der, собака.

Hundstage, die, каникулы.

hundertfältig стократный.

Hunger, s, der, голодъ.

hungern голодать; mich hungert я голоденъ, мнѣ ѣсть хочется.

hungrig голодный.

hüpfen скакать, прыгать.

hurtig скорый, проворный.

husch! какъ разъ, мигомъ; шмыгъ.

husten, der, кашель.

*Hut, es-e, der, шляпа; auf seiner Hut sein остерегаться, бодрствовать; не плошать, не зѣвать; ein Hut Zucker голова сахару.

hüten, sich остерегаться.

Hüter, s, der, сторожъ, пастухъ.
Hütte, die, хижина.

J.

ich я; es betrifft sein Ich это касается его личности.
immer всегда; — während безпрестанный; so viel immer kommen сколько бы ихъ не налетѣло, пришло; für — навсегда.
in въ.
indem между тѣмъ, когда, какъ.
indeß, indessen между тѣмъ, однакожъ.
Individuum, s, das, лице, человѣкъ.
Inhalt, es, der, содержаніе.
Innere, das, внутренность, внутренняя часть; средина.
innerhalb внутри; въ.
innig искренній, сердечный.
Insect, es-en, das, насѣкомое.
Insel, n, die, островъ.
insgeheim по секрету.
insgemein вообще, обыкновенно.
inständig неотступно, убѣдительно.
interessant занимательный, интересный.
Interesse, das, интересъ.
inwendig внутренній, внутри.
irdisch земной; — e Güter земныя блага.
irgend гдѣ либо; когда нибудь; — ein какой нибудь; — wo гдѣ либо.
Irmensäule, die, статуя Арминія.
irre machen смѣшать, запутать, сбить съ толку.
irren блуждать, заблуждаться, ошибаться.
Irrlicht, es-er, das, блудящій огонекъ.
*Irrthum, s-er, der, заблужденіе.

J.

ja да, даже.
Jagd, die, охота.
Jagdhorn, das, охотничій рожокъ.
jagen гнать, преслѣдовать; охотиться; davon—убѣгать; умчаться; das—охота, бѣгъ.
Jäger, s, der, охотникъ.
jähe быстрый; внезапный; крутой.
Jahr, es-e das, годъ; nach Jahr und Tag спустя долгое время; das—darauf въ слѣдующемъ году; ein—lang цѣлый годъ; jahrelang впродолженіе многихъ лѣтъ; jährlich ежегодно; vor Jahrtausenden за нѣ-

сколько тысячъ лѣтъ; Jahr aus Jahr ein изъ году въ годъ; das Jahrhundert столѣтіе.
Jammergestalt, die, жалкое созданіе, возбуждающее состраданіе.
jammern вопить; тосковать.
jammervoll плачевный, бѣдственный.
Januar, der, Январь.
jauchzen ликовать; laut entgegen — встрѣчать съ радостными восклицаніями.
je когда либо; чѣмъ; je—desto чѣмъ — тѣмъ; je nachdem смотря потому; von je her искони, издавна.
jedenfalls во всякомъ случаѣ.
jeder, jedermann каждый, всякій.
jedesmalig, je nach den jedesmaligen Umständen смотря по обстоятельствамъ.
jedoch однако.
jedweder каждый.
jemand нѣкто, кто-то, кто.
jener тотъ.
Jerusalem Іерусалимъ.
jenseit но ту сторону.
Jesuitencollegium, das, коллегія іезуитовъ.
jetzig теперешній.
jetzt теперь, нынѣ; von — an отныне, съ этихъ поръ.
Johann Иванъ; Johanna Іоганна.
Johannis Ивановъ день.
Johannisbeere, n, die, смородина.
Joch, das, иго.
Jubelgeschrei, das, радостные клики.
Jude, n, der, жидъ, еврей.
Jugend, die, молодость, юность; von —auf съ юныхъ лѣтъ.
Juli, der, Іюль.
jung молодой; der Junge мальчикъ; das Junge молодое животное.
Jünger, s, der, апостолъ; ученикъ.
Jungfrau, die, дѣва, дѣвица; die heilige—Богородица.
Jüngling, s, der, юноша, отрокъ.
jüngst недавно.
Juni, der, Іюнь.
just точно, именно.

K.

Käfer, s, der, жукъ.
Kaffeebohne, n, die, кофейный бобъ.
Käfig, s-e, der, клѣтка.
kahl голый, нагій.

*Kahn, es-e, der, лодка, челнокъ.
Kaiſer, s, der, императоръ.
*Kalb, es-er, das, теленокъ.
kalt холодный.
Kälte, die, стужа, холодъ.
Kameel, es-e, das, верблюдъ.
Kamin, es-e, der, труба печная; камин.
kämmen чесать.
Kammer, n, die, камера; комната; чуланъ; палата; — herr, der, камергеръ.
*Kampf, es-e, der, борьба, бой, битва.
Kämpfer der, боецъ.
kampfluſtig жаждущій брани.
kämpfen сражаться, бороться.
Kanal, der, каналъ, канава, ровъ.
Kanone, die, пушка.
Kapelle, die, часовня.
Kapital, das, vom—zehren жить капиталомъ.
karg скудный, скупой.
Karre, die, телѣжка.
Käſe, s, der, сыръ.
kaspiſch каспійскій.
Kaſſe, die, касса.
Kaſten, s, der, ящикъ, сундукъ.
Kathedralkirche, die, каѳедральный соборъ.
katholiſch католическій.
kauen жевать.
*Kauf es-e, der, покупка; der — hof гостинный дворъ; der — mann купецъ; einen Kauf ſchließen заключить торгъ.
kaufen покупать.
Käufer, s, der, покупщикъ.
kaum едва, чуть.
*Kauz, es-e, der, сычъ.
Kaviar, s, der, икра; — behälter бурак.
keck бодрый, смѣлый, дерзкій.
Kehle, die, глотка, горло; голосъ; das Lied bringt aus der — звуки вылетаютъ изъ сердца; Kehlen wie Seelen всякій своимъ голосомъ поетъ.
kehren, ſich an etwas обращать вниманіе на что; заботиться о чемъ.
kein никто, ни одинъ.
Kelch, es-e, der, чашечка.
Keller, s, der, погребъ.
kennen, kannte gekannt знать; — lernen знакомиться; узнать.
Kenner, s, der, знатокъ.

Kenntniß, e, die, познаніе.
Kennzeichen, s, das, признакъ.
Kerker, s, der, темница, заключеніе.
Kern, es-e, der, зернышко, косточка, ядро.
Keſſel, s, der, котелъ; волковня.
Kette, die, цѣпь.
Ketzer, s, der, еретикъ; ein zurückgefallener—еретикъ, впавшій вновь въ ересь.
Keule, die, дубина, булава.
Kiefer, n, die, сосна; жабра.
Kiefel, s, der, голышъ.
Kind, es-er, das, дитя.
Kindermädchen, das, нянька.
Kindheit, die, дѣтство; дѣтскій возрастъ.
Kinnlade, die, челюсть.
Kirche, die, церковь; der Kirchenſtaat церковная область; die Kirchenverſammlung церковный соборъ; eine — halten созвать церковный соборъ.
Kirſche, die, вишня.
Kiſſen, s, das, подушка.
Kiſte, die, ящикъ, сундукъ; тюк.
kitzeln щекотать; льстить; es kitzelt den Gaumen это вкусно.
klaffen тявкать.
Klage, die, жалоба.
klagen жаловаться.
kläglich жалобный, жалостный, жалкій, плачевный.
*Klang, es-e, der, звонъ, звукъ.
Klappe, die, клапанъ.
Klapper, n, die, гремушка; die — ſchlange гремучій змѣй.
klappern гремѣть, стучать.
klapps бацъ.
klar ясный, чистый, свѣтлый.
Klaue, n, die, копыто; коготь.
Klee, s, der, трилистникъ; трава.
Kleid, es-er, das, Kleidung, die, Kleidungsſtück, das, платье, одежда.
kleiden одѣвать, облечь.
klein малый, маленькій; die Kleinen дѣти, птенцы; die Kleinheit малость, ничтожность.
Kleinigkeit, en, die, малость, мелочь, бездѣлица.
Kleinod, es-e, das, сокровище, драгоцѣнность.
klettern лазить.
Klima, das, климатъ.
klingeln звонить.

klingen, klang, geklungen звучать; издавать звукъ; es klingt schön это пріятно слуху; mit klingendem Spiele съ барабаннымъ боемъ.

klirren звенѣть, звучать; стучать.

klopfen стучать.

klöpfeln, Spitzen—кружева плесть.

*Kloſter, s, das, монастырь.

*Klotz, es=e, der, чурбанъ.

*Kluft, e, die, пропасть, ущелье; оврагъ.

klug умный, мудрый.

Klugheit, die, умъ, благоразуміе.

Klumpen, s, der, комъ, куча, груда.

Knabe, n, der, мальчикъ.

Knall, es, der, звукъ, трескъ; выстрѣлъ.

Knappe, n, der, пажъ, щитоносецъ.

Knecht, es=e, der, слуга.

kneiſen, kniff, gekniffen, щипать.

Knie, s, das, колѣно.

knien стать на колѣна.

Knochen, s, der, кость.

knorpelig хрящеватый.

Knospe, die, почка.

Knoten, s, der, узелъ; einen — löſen развязать узелъ.

knurren мурлыкать, ворчать.

Knüttel, s, der, дубина, палка.

*Koch, s=e, der, поваръ.

kochen варить, кипѣть.

Kohl, es, der, капуста.

Kohle, die, уголь.

Kokosnuß, e, die, кокосовый орѣхъ.

Komet, en, der, комета.

Kommando, s, das, начальство.

kommandiren командовать, распоряжаться.

komiſch смѣшной.

kommen, kam, gekommen приходить, наступать; происходить, являться; — laſſen велѣть прійти, позвать; zu ſich—прійти въ себя; woher kommt das отъ чего это происходитъ; er kommt gegangen, gelaufen, gefahren онъ идетъ, бѣжитъ, ѣдетъ; wie kommt es отъ чего это? auf die Füße — становиться на ноги; um etwas — лишиться чего нибудь.

Kompagnie, n, die, рота.

Konfect, s, das, конфекты.

König, es=e, der, король, царь; das —reich королевство.

können, kann, konnte, gekonnt мочь.

Kontraſt, es=e, der, контрастъ.

*Kopf, es=e, der, голова; der —putz головной уборъ;—ſchmerzen,—weh головная боль.

*Korb, es=e, der, корзина.

*Korn, es=er, das, зерно, крупинка; хлѣбъ; рожь; Kornkammer, die, житница; kornreich хлѣбородный.

Körper, s, der, тѣло; der—bau тѣлосложеніе, станъ.

korreſpondiren переписываться; въ соединеніи, въ сообщеніи находиться; соотвѣтствовать.

Koſt, die, пища, кушанье.

koſtbar драгоцѣнный.

koſten, die, издержки; koſten стоитъ; отвѣдать.

köſtlich отличный, превосходный.

Koth, es, der, грязь.

krachen трещать, гремѣть; das — трескъ.

*Kraft, e, die, сила; kräftig сильный;—los безсильный, слабый.

Kragen, s, der, воротникъ.

Krähe, die, ворона; krähen кукурекать, пѣть пѣтухомъ.

Krallen, die, когти.

krank больной; die—heit болѣзнь.

Kränklichkeit, die, хворость, болѣзненность, слабость здоровья.

*Kranz, es=e, der, вѣнокъ, вѣнецъ.

kränzen увѣнчать.

kraus кудрявый, курчавый.

*Kraut, es=er, das, трава, растеніе; зелень; wider den Tod iſt kein Kraut gewachſen отъ смерти нѣтъ лекарства; смерть дорогу сыщетъ.

Krebs, es=e, der, ракъ.

Kreis, es=e, der, кругъ.

kreiſen, вертѣться, кружиться.

Kreuz, es=e, das, крестъ; der —fahrer крестоносецъ; —weg перекрестокъ; der —zug крестовый походъ.

kreuzigen распинать, распять.

kriechen, kroch, gekrochen ползать, пресмыкаться.

Krieg, es=e, der, война; der Krieger воинъ, солдатъ; der Kriegsfürſt военный предводитель; das Kriegsheer войско, рать, полчище; die Kriegseinrichtung военное учрежденіе; der Kriegszug походъ.

kriegen достать, получить.

kriegeriſch воинственный.

Krippe, die, ясли.
Kristall, s, das, хрусталь.
Krokodil, s, das, крокодилъ.
Kritik, die, критика; kritisiren, wir
   sind am — мы критикуемъ, разби-
   раемъ.
Krone, die, корона, вѣнецъ; казна;
   правительство.
krönen вѣнчать, короновать.
Krönung, die, коронованіе.
Krücke, die, костыль.
*Krug, es-e, der, кружка, кувшинъ.
Krümchen, s, das, крошка.
krumm кривой.
Krümmung, die, извилина, изгибъ.
Kubikfaden, s, der, кубическая сажень.
Küche, n, die, кухня.
Kuchen, s, der, пирогъ.
Küchlein, das, цыпленокъ.
Kugel, n, die, шаръ; ядро; пуля.
*Kuh, e, die, корова.
kühlen прохлаждать.
kühn смѣлый, отважный.
Kummer, s, der, печаль, скорбь.
Kukuk, s, der, кукушка.
kümmerlich бѣдно.
kund thun возвѣстить, извѣстить.
Kunde, die, извѣстіе, вѣсть.
*Kunst, e, die, искусство; der Kunst
   zu Liebe изъ любви къ искусству;
   künstlich искусственный, искусный;
   schöne Künste изящныя искусства;
   —reich замысловатый, искусный;
   —stück, das, штука, фокусъ; —richter судья, цѣнитель.
Künstler, der, художникъ.
Kupfer, s, das, мѣдь; — farben мѣд-
   наго цвѣта, мѣдноцвѣтный.
kurz короткій; однимъ словомъ; vor
   Kurzem, vor kurzer Zeit недавно;
   über kurz oder lang рано или поздно; —sichtig близорукій; den Kürzeren ziehen остаться въ накладѣ.
Kurzweil, die, забава; sich — machen
   позабавиться.
küssen цаловать.
Küste, die, морской берегъ.
Kutsche, die, карета.

L.

Labe, die, утѣха, услада; der—trank
   усладительный напитокъ.

laben, sich подкрѣпляться, осве-
   житься.
lachen смѣяться, улыбаться; sich zu
   Tode — помирать со смѣху; zum
   —bringen разсмѣшить.
lächerlich смѣшной.
lächeln улыбаться.
Lachs, es, der, семга, лосось.
Laden, die, ставни.
laden, lud, geladen заряжать.
Laffe, n, der, глупецъ; дуралей.
Lage, die, положеніе; sich in jede
   —finden приспособиться ко всему.
Lager, s, das, постель; логовище;
   лагерь; станъ; слой; sich lagern
   расположиться, стать лагеремъ.
lahm хромой.
Laken, s, das, простыня.
lakiren лакировать.
lallen лепетать.
*Lamm, es-er, das, ягненокъ.
*Land, es-er, das, земля; почва; бе-
   регъ; суша; страна; über —, den
   за городъ идти; der—bau земле-
   дѣліе; —karte, die, ландкарта; das
   — haus загородный домъ; der —
   mann поселянинъ, крестьянинъ;
   die —partie поѣздка, прогулка за
   городъ; der —streicher бродяга;
   der —vogt воевода; die —schaft
   область; das—schaftsgemälbe ланд-
   шафтъ; die—zunge коса; der Frühling kam in das Land наступила
   весна.
landen пристать къ берегу.
Ländereien, die, земли; поля.
Landsmann, es, der, соотечествен-
   никъ.
Landungsplatz, es-e, der, пристань,
   мѣсто высадки.
lang длинный, долгій; продолжительный; länglich продолговатый; die
   Zeit wird mir—мнѣ скучно; einen
   Monat — цѣлый мѣсяцъ; вира-
   долженіе мѣсяца; so lange пока;
   so lange, bis до тѣхъ поръ, пока.
Langmuth, die, долготерпѣніе, снисхожденіе.
langsam тихій, медленный.
Langsamkeit, die, медленность.
längs вдоль.
längst давно, давнымъ давно.
Lanze, die, копье.
Lappen, s, der, лоскутъ, тряпка, лох-
   мотья.

Lappland Лапландія.

Lärm, der, шумъ; — machen шумѣть.

Larve, die, личина, маска.

lassen, ließ, gelassen оставить; заставить; велѣть; допускать; fliegen lassen выпустить,—fallen уронить.

lässig лѣнивый, вялый.

Last, die, тяжесть, бремя, грузъ. das — thier вьючное животное; zur—fallen быть въ тягость.

Laster, 8, das, порокъ.

lästig тягостный, несносный.

Lateiner, der, латынянинъ.

lau тепловатый.

Laub, das, листья.

Laube, die, бесѣдка.

Laubfrosch, der, зеленая лягушка.

lauern караулить, выжидать, подстерегать.

Lauf, es, der, бѣгъ, ходъ; движеніе; теченіе; путь.

laufen, lief, gelaufen бѣгать, течь; нестись.

läugnen отпираться.

Laune, die, причуды; расположеніе духа; er ist nicht bei — онъ не въ духѣ.

laut громкій; Laut, der, звукъ, голосъ; lauten гласить.

läuten звонить.

lauter всё, только, одни лишь.

läutern очищать; клеровать.

leben жить; lebe wohl прощай!

Leben, 8, das, жизнь; ich habe es für mein — дети я это страх какъ люблю; ins—kommen оживляться; —dig живой.

Lebendigkeit, die, живость, пылкость.

Lebensart, —weise, die, родъ, образъ жизни; der Lebensathem жизненный духъ, дыханіе; in Lebensgefahr bringen жизнь подвергнуть опасности; in Lebensgröße во весь ростъ; die Lebensmittel жизненные припасы; lebenslos безжизненный.

Leber, n, die, печенка.

lebhaft живой, сильный, пылкій.

leblos бездыханный, мертвый.

Lebenstage, die, вся жизнь; весь вѣкъ.

lecken лизать; wider den Stachel—идти противъ рожна.

lecker лакомый.

Leckermaul, 8, das, лакомка.

Leder, das, кожа; von — ziehen обнажить, извлечь шпагу.

leer пустой, порожній.

legen положить, класть; sich — ложиться, перестать, утихать; sich aufs Bitten — прибѣгнуть къ просьбамъ; sich auf das Studium —заниматься изученіемъ; an den Tag — обнаружить; eine Falle — поставить ловушку; sich ins Mittel — быть посредникомъ.

Lehm, es, der, глина.

Lehre, die, наставленіе, ученіе.

lehren учить, научать.

Lehrer, 8, der, учитель.

Lehrling, es-e, der, ученикъ.

Lehrstunde, die, урокъ.

Leib, es-er, der, тѣло; aus Leibeskräften что есть мочи; geb' mir vom Leibe отвяжись отъ меня.

Leibgericht, es, das, любимое блюдо.

Leiche, die, Leichnam, der, мертвое тѣло, трупъ, покойникъ.

leichenblaß блѣдный какъ смерть.

Leichenpredigt, n, надгробное слово; das — tuch саванъ, гробная пелена; покровъ; der — zug похоронное шествіе; wagen, der, дроги.

leicht легкій; — sinnig легкомысленный; — lich легко; es ist mir ein Leichtes это для меня бездѣлица, нипочемъ.

Leid, es, das, оскорбленіе; обида; бѣдствіе; ein — thun, etwas zu Leide thun обидѣть; es ist ihm ein — geschehen его обидѣли; es thut mir—мнѣ жаль.

leiden, litt, gelitten страдать, терпѣть; das—страданіе.

Leidenschaft, die, страсть.

leihen занимать, ссудить, дать въ долгъ.

leinen полотняный.

Leinwand, die, холстъ, полотно.

leise тихо;—s Gehör острый слухъ.

leisten, einen Dienst оказать услугу.

leiten водить, провести; указать, направить, на путь наводить.

Leiter, n, die, лѣстница.

lenken управлять, обращать; der Lenker правитель; вождь; der Schlachten Бог брани.

Lenz, es, der, весна.

Lerche, die, жаворонокъ.

lernen учиться.
lefen, lieft, las, gelefen читать.
letzt послѣдній.
leuchten свѣтить; сіять; блистать; сверкать.
Leute, die, люди.
Leutseligkeit, die, снисходительность, привѣтливость.
Levkoje, die, левкой.
Licht, es-et, das, свѣтъ; свѣча; свѣтило; die—seite свѣтлая сторона; der—glanz блескъ, свѣтъ.
licht свѣтлый; ясный.
lieb, lieblich пріятный, милый; — haben, — halten любить; lieber охотнѣе, скорѣе; lieb gewinnen полюбить.
Liebe, die, любовь; lieben любить.
liebenswürdig любви достойный, любезный.
Liebling, es-e, der, любимецъ.
Lieblingsneigung, die, любимая склонность; страсть.
liebvoll,—reich ласковый, снисходительный, привѣтливый.
Lied, es-er, das, пѣснь; das — ist aus, все кончено, конченъ балъ.
liefern доставлять; являть; eine Schlacht — дать сраженіе.
liegen, lag, gelegen, лежать; — lassen оставить, не трогать; was liegt mir daran что мнѣ за дѣло? am meisten lag ihm daran всего важнѣе для него было.
liegende Gründe недвижимое имущество.
linde тихій.
Linde, die, липа.
lindern облегчать, смягчать.
Linie, die, линія, черта, строка, полоса.
link лѣвый; links на лѣво.
Linse, die, чечевица.
linsengroß величиною съ чечевицу.
Lippen, die, губы, уста.
lispeln шептать; журчать.
List, en, die, хитрость.
listig лукавый, хитрый.
Lob, es, das, хвала; der—spruch похвала.
loben хвалить.
lobenswerth достохвальный.
Lobgesang, der, хвалебный гимнъ.
*Loch, es-et, das, дыра, отверстіе; норка, яма.

locken манить, приласкать.
Lockwort, das, приманное слово, приманка.
Löffel, s, der, ложка.
Loge, die, ложа; ложія.
Lohe, die, пламя, пыл.
Lohn, es, der, награда; da hast du deinen—вотъ тебѣ награда.
lohnen вознаградить.
Lootse, n, der, лоцманъ.
Lorbeerbaum, der, лавровое дерево.
los, lose шатко, слабо, нетвердо; — binden развязать; — lassen выпустить; sich — reißen вырваться; — werden сбыть, избавиться; auf Jemand — gehen броситься, напасть, наступить; — schießen, eine Pistole стрѣлять изъ пистолета.
löschen гасить, тушить.
lösen, einen Knoten развязать узелъ; sich—выкупиться, откупиться.
Losung, die, лозунгъ.
Lothringen Лотарингія.
Löwe, n, der, левъ.
*Luft, e, die, воздухъ; вѣтеръ; der—raum воздушное пространство.
lügen, log, gelogen лгать.
Lügner, der, лжецъ.
Lumpen, der, лоскутъ, ветошка.
*Lust, e, die, охота, удовольствіе; радость;—zu etwas haben желать, хотѣть чего, имѣть охоту къ чему; der—gang прогулка; an etwas seine—haben утѣшаться.
lüstern лакомый; прихотливый.
Lüsternheit, die, прихотливость.
lustig веселый.
Luxusartikel, s, der, предметъ роскоши.

M.

machen дѣлать; sich an Jemand — подойти, обратиться къ кому; sich an etwas — приниматься за что; Ansprüche—имѣть притязаніе; ein Ende — положить конецъ, покончить.
*Macht, e, die, власть, могущество, сила; mit—что есть мочи; er ist feiner — nicht gewachsen онъ не въ силахъ ему противиться, съ нимъ управиться.
mächtig сильный, мощный; огром-

ный; ferner nicht mächtig sein не
владѣть собою.
machtlos безсильный.
Mädchen, s, das, дѣвушка, дѣвица;
дѣва.
Made, die, червь.
*Magd, e, die, служанка.
Magen, s, der, желудокъ.
mager худощавый.
Magnetnadel, die, магнитная стрѣлка.
mähen, косить.
Mahl, es, das, Mahlzeit, die, пиръ;
обѣдъ; in einem — e въ одинъ
пріемъ; die Mahlzeit anrichten подавать на столъ.
mahlen (gemahlen) молоть.
Mähne, n, die, грива.
mahnen напоминать; понуждать.
Mähr, die, извѣстіе, вѣсть.
Mährchen, das, сказка.
Mai, der, Май.
Maiblümchen, das, ландышъ.
Maientag, der, майскій день.
Maikäfer, s, der, майскій жукъ.
Majestät, die, величіе, величество;
—isch величественный.
Mal, es-e, das, разъ.
malen (gemalt) рисовать, писать
красками; der Maler живописецъ;
malerisch живописный.
mancher нѣкоторый, иной.
mancherlei разный, различный, всякій.
manchmal иногда.
Mandel, n, die, миндаль.
*Mangel, s, der, недостатокъ, порокъ.
mangeln недоставать.
*Mann, es-er, der, человѣкъ, мужъ;
мужчина; das ist ganz mein — онъ
мнѣ по душѣ; der gemeine — про-
столюдинъ.
Männchen, s, das, самецъ.
mannigfaltig многоразличный.
Mannigfaltigkeit, die, разнообразіе.
männlich мужескій; ein männliches
Thier самецъ.
Mannschaft, en, die, экипажъ корабля, отрядъ.
Mannskleider, die, мужское платье.
Mantel, s, der, плащъ.
Marienblümchen, s, das, маргаритка.
Marder, s, der, куница.
Mark, s, das, мозгъ, сердцевина; die
— межа, рубежъ; граница; die —
genossenschaft товарищество.
Marke, die, клеймо.

*Markt, es-e, der, рынокъ; der—platz
торговая площадь.
*Marsch, s-e, der, маршъ, походъ.
März, der, Мартъ.
Maß, es, e, das, мѣрка; мѣра;—neh-
men снимать мѣрку; die — regel
мѣра; распоряженіе.
mäßig умѣренный, воздержный.
Masse, die, куча, груда, толпа.
Mast,—baum, es, der, мачта.
mästen откармливать.
Materie, n, die, вещество.
matt слабый, безсильный.
Matte, die, рогожа; лугъ.
Mattigkeit, die, слабость, изнеможе-
ніе.
Mauer, n, die, стѣна; der—stein кир-
пичь; das—werk каменная стѣна.
*Maul, es-er, das, рыло; морда;
пасть; der—korb намордникъ; der—
wurf кротъ; der Maulwurfshügel
кротовина.
Maure, n, der, мавръ, арабъ.
*Maus, die, мышь.
Mäusefalle,n,die,ловушка, мышеловка.
Mechanik, die, механика.
Medicin, die, медицина, лекарство.
Meer, es-e, das, море; der — busen
заливъ; die—enge проливъ.
Mehl, es, das, мука.
mehr болѣе.
meiden, mied, gemieden убѣгать, удалиться, избѣгать.
Meierhof, es-e, der, мыза.
Meile, die, миля; eine—weit на разстояніе мили; meilenweit на разстояніи многихъ миль.
mein мой, свой.
meinen думать, полагать, мыслить;
es redlich—добра желать; ich sollte
—мнѣ кажется, по моему мнѣнію.
meinesgleichen подобные мнѣ.
meinetwegen по мнѣ пусть такъ.
Meinung, n, die, мнѣніе.
meist, meistens, meistentheils большею частью.
Meister, s, der, мастеръ, учитель.
Meisterstück, — werk, das, образцовое
произведеніе.
melden докладывать, доносить, объявить.
Melodie, n, die, пѣснь; напѣвъ.
Menelaus Менелай.
Menge, die, множество; толпа.
Mensch, en, der, человѣкъ;—lich че-

ловѣколюбивый, человѣческій.
Menſchengewühl, das, — fluth, die, толпа, множество людей;—liebe, die, человѣколюбіе.
Menuet, das, менуетъ.
merken примѣчать; замѣтить; помнить; ſich nichts — laſſen не показывать виду.
merklich примѣтный; ощутительно.
merkwürdig примѣчательный.
Meſſe, die, армарка.
meſſen, miſſeſt, mißt, maß, gemeſſen мѣрить, измѣрять.
Meſſer, s, das, ножикъ.
Meſſing, das, желтая мѣдь.
Meuchelmörder, der, убійца.
miauen мяукать.
Michälis день св. Михаила.
Miene, die, видъ, мина; die—ſſprache мимика.
Milch, die, молоко;—icht похожій на молоко, млековоподобный.
milde пріятный, нѣжный; теплый; кроткій; милостивый.
Milde, die, кротость, милость.
mildern укрощать, смягчать, умѣрять.
mildthätig благотворный.
mindern уменьшать.
miſchen смѣшать.
Miekäßchen, das, кошка, кисочка.
mißfallen не нравиться; das — не-удовольствіе.
mißhandeln оскорблять, обидѣть.
Mißhandlung, en, die оскорбленіе, обида.
Mißhelligkeit, en, die, несогласіе, раз-доръ.
mißlingen, mißlingen неудаваться.
mißtrauen недовѣрять.
mißtrauiſch недовѣрчивый.
Mißvergnügen, s, das, неудовольствіе.
mit, съ, со.
mitbringen съ собою приносить, при-водить.
mitfliegen вмѣстѣ летѣть.
mitgehen идти вмѣстѣ.
mithin слѣдовательно.
Mitleiden, s, das, состраданіе.
mitleidig состарательный.
mitmachen, etwas участвовать, при-нять участіе.
mitreiſen вмѣстѣ ѣхать.
Mitſchüler, s, der, соученикъ.
Mittag, s, der, полдень, югъ; обѣдъ.
Mittagseſſen, s, das, обѣдъ.

Mitte, die, средина.
mittel средній.
Mittel, s, das, средство, способъ, мѣра; ſcharfe—строгіе мѣры; ſich ins—legen вступаться.
mittelmäßig средственный.
mittelſt посредствомъ.
mitten среди, посреди.
Mitternacht, die, полночь, сѣверъ.
mittheilen сообщать; подать; подѣ-литься чѣмъ.
Mittwoche, die, середа.
Mode, die, мода.
mögen, mag, magſt, möchte, gemocht мочь; хотѣть.
möglich возможный; ſo bald, ſo ſchnell als—какъ можно скорѣе; wo—если возможно.
Moldau, die, Молдавія.
Monat, es=e, der, мѣсяцъ.
Mönch, es, der, монахъ.
Mönchskloſter, s, das, мужской мо-настырь.
Mond, es=e, der, луна; das—licht лун-ный свѣтъ.
Moor, es=e, das, болото, топь.
Moos, es=e, das, мохъ.
Moraſt es=e, der, топь.
Mord, es=e, der, смертоубійство.
Mordbrenner, s, der, зажигатель.
morden убивать; умерщвлять.
Mörder, s, der, убійца.
mörderiſch убійственный; кровожад-ный.
Morgen, s, der, утро, востокъ; mor-gen завтра; morgens утромъ, по-утру; das—land восточныя страны; das — roth, der — ſchein утренняя заря.
Moſchus, der, мускусъ; выхухоль.
Mücke, n, die, комаръ.
müde усталый, утомленный.
Müdigkeit, die, усталость.
Mühe, n, die, трудъ; стараніе; ſich —geben стараться; es iſt nicht der —werth не стоитъ труда; mühe-voll трудно; съ трудомъ.
Mühle, n, die, мельница.
Mulde, die, корыто.
Müller, s, der, мельникъ.
Mund, es, der, ротъ; weß' das Herz voll iſt, deß' geht der Mund über что у кого болитъ, тотъ о томъ и говоритъ.
Mündungsarm, s, der, устье, гирло.

munter веселый, рѣзвый, бодрый.
Münze, n, die, монета, деньги.
murren роптать.
mürrisch сердитый; — e Laune угрю-
мость.
Muschel, n, die, раковина.
Musik, die, музыка; musikalisch музы-
кальный; der Musiker музыкантъ.
müßig праздный; der —gang празд-
ность; der —gänger празднолю-
бецъ.
müssen, muß, mußte, gemußt долженствовать.
Muster, das, образчикъ, образецъ.
Musterung halten дѣлать смотръ.
Muth, es, der, духъ; смѣлость; бод-
рость; расположеніе духа; рѣши-
мость; храбрость; den — darnieder werfen привести въ унынie;
лишить бодрости; der — ist ihr
gebrochen она упала духомъ; es ist
mir so wohl zu — мнѣ весело;
отрадно; — machen ободрять; den
— sinken lassen упасть духомъ; im
Herzen war ihnen ganz anders zu
— на сердцѣ у нихъ было совсѣмъ другое; im frommen — бла-
гочестиво.
muthig смѣлый, бодрый, горячій, ре-
тивый.
Muthlosigkeit, die, робость, мало-
душіе.
*Mutter, die, мать.
Mütterlein, s, das, старушка, ма-
тушка.
Mütze, n, die, шапка.

N.

nach въ; за; вслѣдъ за, спустя, послѣ; nach und nach мало по малу;
— wie vor по прежнему; — der
Musik tanzen плясать подъ му-
зыку.
nachahmen подражать, перенимать.
Nachbar, s-n, der, сосѣдъ.
nachdem послѣ, потомъ, послѣ того
какъ.
nachdenklich задумчивый.
nachdrängen преслѣдовать, слѣдовать
по пятамъ.
nachfolgen слѣдовать.
Nachfolger, s, der, преемникъ, наслѣдникъ.

nachgeben уступать.
nachgehen послѣдовать, слѣдить; преслѣдовать; отставать (о часахъ).
Nachgiebigkeit, die, уступчивость.
nachher послѣ, потомъ.
nachkommen послѣдовать; прійти за
кѣмъ; die Nachkommen потомки.
nachlässig лѣнивый, нерадивый; —keit,
die, нерадѣнie.
nachmachen подражать, переппмать.
nachmalig бывшій потомъ.
Nachmittag, der, послѣобѣденное
время; am — послѣ обѣда.
Nachricht, en, die, извѣстіе; — geben
увѣдомить, извѣстить.
Nachsicht, die, снисхожденіе, по-
блажка.
nachsinnen, sann nach, nachgesonnen
размышлять, думать.
nächst послѣ, за; — dem притомъ,
сверхъ того.
Nächste, der, ближній; ближайшій;
слѣдующій.
nachstellen преслѣдовать.
*Nacht, e, die, ночь; Nachts ночью;
der —frost ночной морозъ.
nachtheilig вредный.
Nachtigall, en, die, соловей.
nächtlich ночной.
nachtragen носить что за кѣмъ; einem
Rache — злопамятствовать.
nachziehen слѣдовать.
Nacken, s, der, затылокъ.
nackt голый.
Nadel, n, die, иголка.
*Nagel, s, der, гвоздь; поготь.
nagen, an etwas грызть, точить что.
nah, näher, nächste близкій; naheкоm-
men приблизиться, подходить.
nahen приближаться, подходить.
nähen шить.
nähern, sich приближаться.
nähren питать; sich von etwas — питаться чѣмъ.
nahrhaft питательный.
Nahrung, en, die, пища, кормъ.
Nahrungsmittel, die, съѣстные припасы, пища, кормъ.
Name, ns-n, der, имя; einen Namen
führen называться, именоваться;
namentlich именно.
nämlich именно; der —e тотъ самый.
Narr, en, der, глупецъ.
närrisch смѣшной; забавный; глупый; — werden съ ума сходить,

213

помѣшаться; — machen съ ума сводить.

naſchen лакомиться.

Näſcher, ß, der, лакомка; die—ei лакомство.

Naſe, die, носъ; die feine—острое чутье.

Naſenloch, das, ноздря.

Nashorn, das, носорогъ.

naß мокрый, влажный.

Näſſe, die, влага, сырость.

Nation, die, нація, народъ.

Nationaleinladungsformel, die, національная пригласительная приговорка.

Natur, en, die, природа; die — erſcheinung явленіе природы; — geſchichte естественная исторія; der — gemäß leben жить сообразно съ природою; in Natura liefern поставлять натурою.

natürlich естественный, природный; врожденный.

Neapel Неаполь.

Nebel, ß, der, туманъ.

neben, nebenan при, подлѣ, возлѣ; der — fluß притокъ.

nebſt вмѣстѣ съ.

necken дразнить; тревожить; щутить.

Neckerei, en, die, шутка; придирка; насмѣшка; neckiſch проказливо.

Neger, ß, der, негръ.

nehmen, nimmſt, nimmt, nahm, genommen брать, взять; ſich Zeit — не торопиться.

Neid, es, der, зависть; neidiſch завистливый.

neigen наклонять.

Neigung, en, die, склонность.

Nelke, die, гвоздика.

nennen, nannte, genannt называть.

Neſt, es-er, das, гнѣздо.

nett красивый.

Netz, es-e, das, сѣть, тоня, неводъ.

netzen орошать.

neu новый; neu abgeſchnitten недавно срѣзанный; von Neuem снова.

Neugierde, die, любопытство.

neugierig любопытный.

nicht не; nichts ничего.

Nichtigkeit, die, ничтожность.

nicken кивать; дремать.

nie никогда.

nieder, auf und — взадъ и впередъ; — fallen упасть; припасть; посунуться; повергнуться; —hauen сру-

бить, изрубить; — knien преклонить колѣна; — laſſen опустить, спустить; ſich —laſſen поселиться; присѣсть.

Niederlage, die, складочное мѣсто; магазинъ, пораженіе.

niedermetzeln изрубать, избить.

niederreißen повалить.

niederſinken опускаться; погружаться; пасть на колѣна.

niederwerfen повалить, повергнуть; бросать на землю.

niederzwingen пригнуть внизъ, увлечь ко дну.

niedlich милый, пригожій.

niedrig низкій.

niemals никогда.

niemand никто.

nimmermehr ни какъ, ни въ какомъ случаѣ, никогда; ни зачто.

nirgends нигдѣ.

niſten гнѣздиться.

noch еще; —mals еще разъ; опять; — dazu сверхъ того.

Nonnenkloſter, das, дѣвичій монастырь.

Nord сѣверъ; das Nordkap сѣверный мысъ, Нордкапъ; der — pol сѣверный полюсъ; die — ſee нѣмецкое море.

Noth, die, нужда, необходимость; es thut — нужно, надобно; Noth bricht Eiſen сила желѣзо ломитъ.

nöthig нужный, необходимый.

nöthigen принуждать; приглашать.

nothwendig необходимый, нужный.

November, der, Ноябрь.

nun теперь; ну; von— an съ этихъ поръ.

nur только; — immer все, безпрерывно; все больше и больше.

*Nuß, e, die, орѣхъ.

nützen пользу приносить.

Nutzen, ß, der, польза; ſich etwas zu Nutze machen воспользоваться; — leiſten доставлять пользу; — ziehen извлекать пользу.

nützlich полезный.

Nymphe, n, die гусеница, куколка.

O.

Ob ли; надъ; о; als — какъ будто бы.

Obdach, es, das, кровъ; убѣжище.

Obelisk, der, обелискъ.

oben вверху, па верху; ober верхній, высшій, верховный, главный.

Oberbefehl, es, der, главное начальство, предводительство.

Oberfläche, n, die, поверхность.

oberhalb выше, поверхъ; вверху.

Oberleder, s, das, передки у сапоговъ.

Oberlippe, die, верхняя губа.

obgleich, obschon хотя.

Obrigkeit, die, начальство, правительство.

Obst, es, das, плоды.

Ochs, en, der, быкъ, волъ.

October, der, Октябрь.

öde необитаемый, ненаселенный, пустынный; die —глушь, захолустье.

Oel, das, масло; der —zweig масличная вѣтвь.

*Ofen, s, der, печка.

offen открытый; отверстый; откровенный, чистосердечный; die offene Hand ладовь.

offenbar явный.

Offenbarung, die, явленіе; предсказаніе, откровеніе.

offenherzig чистосердечный.

öffentlich публичный; всенародный.

öffnen открывать, отворять, развернать.

Oeffnung, en, die, отверстіе.

oft часто.

Oheim, s-e, der, дядя.

ohne безъ, кромѣ; — ein Wort zu sagen не говоря ни слова.

ohnmächtig безсильный, слабый.

Ohr, es-en, das, ухо; слухъ; das —spitzen навострить ухо; прислушиваться.

Olymp, s, der, Олимпъ.

Opfer, s, das, жертва, жертвоприношеніе.

Orange, die, померанецъ.

ordentlich порядочный.

Ordnung, en, die, порядокъ.

Orient, s, der, востокъ; Orientale, der, житель восточныхъ странъ.

Orkan, s-e, der, ураганъ.

*Ort, es-er, der, мѣсто.

Ost востокъ; die —see Балтійское море.

Ostern святая недѣля, пасха.

P.

Paar, es, e, das, пара; — und — по парно.

packen схватить, уцѣпиться.

Palast, es-e, der, дворецъ.

Pantoffeln, die, туфли.

Papagai, der, попугай.

*Papst, es-e, der, папа.

Parade halten дѣлать смотръ.

Paradies, es, das, рай.

Parallellinie параллельная линія.

Paris Парижъ.

Parole, die, пароль.

Partei, die, партія, сторона.

Partie, die, часть; партія.

passen приноровить; быть въ пору; пристойну быть; подходить; быть подъ стать.

passiren проходить; проѣзжать; случаться;—lassen пропустить.

Pauke, die, барабанъ, литавра.

Pause, die, пауза.

Pech, das, смола.

Pein, die, мука.

Peitsche, die, бичъ, кнутъ.

peitschen сѣчь; гнать.

Pelz, es-e, der, шкура; мѣхъ, шуба; das —werk мѣхъ, мягкая рухлядь; пушной товаръ.

Perle, die, жемчугъ.

Perlgraupen, die, перловая крупа.

Person, die, лице; личность; in eigener — лично; persönlich лично.

Personenwagen, der, пассажирскій вагонъ.

Pfad, es-e, der, стезя, тропинка; ein betretener — пробитая стезя, протоптанная дорожка.

*Pfand, es-er, das, залогъ.

Pfau, es-en, der, павлинъ.

Pfeffer, der, перецъ.

Pfeife, die, трубка, свирѣль, дудка.

pfeifen, pfiff, gepfiffen свистѣть.

Pfeil, es-e, der, стрѣла.

Pfennig, der, пфеннигъ, полушка.

Pferd, es-e, das, лошадь.

Pferdegeschirr, s, das, конская сбруя.

pfiffig лукавый, хитрый.

Pfirsche, die, персикъ.

Pflanze, die, растеніе.

pflanzen садить, разводить растенія.

pflastern мостить.

Pflaume, die, слива.

*

Pflege, die, присмотръ, попеченіе, уходъ.
pflegen обыкновеніе имѣть; пещись; имѣть попеченіе; der Ruhe — отдыхать; er pflegt früh aufzustehen онъ обыкновенно рано встаетъ.
Pflicht, en, die, долгъ, обязанность.
pflücken срывать.
*Pflug, es-e, der, плугъ.
pflügen пахать.
Pforte, die, ворота.
Pfote, die, лапа; — darstrecken протянуть, подать лапу.
Phantasie, die, воображеніе.
picken клевать, стучать; pick! pick! стукъ, стукъ.
Pilger, s, Pilgrim, s, der, странникъ, пилигримъ; pilgern странствовать; die — fahrt, die — reise путешествіе къ святымъ мѣстамъ.
Pilz, es-e, der, грибъ.
Plage, die, мука; мученіе.
plagen мучить.
*Plan, es-e, der, планъ; равнина.
Planet, en, der, планета.
platt плоскій.
*Platz, es-e, der, мѣсто, площадь; —regen, der, проливной дождь.
plaudern болтать.
plötzlich внезапно, вдругъ.
plump неуклюжій, грубый.
plündern грабить, расхищать; хищничествовать.
Pol, es-e, der, полюсъ.
Polster, s, das, подушка, тюфякъ, матрацъ.
Pomeranze, die, помаранецъ.
Portugal Португалія; der Portugiese португалецъ; portugiesisch португальскій.
possierlich забавный, смѣшной.
Post, en, die, почта.
Pracht, die, великолѣпіе.
prächtig, prachtvoll великолѣпный, пышный.
prahlen хвастать, величаться; der Prahler хвастунъ; die — ei хвастовство; prahlerisch хвастливый.
prangen величаться, красоваться.
prasseln трещать.
predigen проповѣдывать.
Preis, es-e, der, награда, похвала; слава; цѣна; im hohen Preise stehen быть въ цѣнѣ, вздорожать; sich

über den — vereinigen согласиться, условиться.
preisen, pries, gepriesen прославлять, превозносить.
Preisgeben оставить на произволъ.
Preußen Пруссія; der Preuße прусакъ.
Priamus Пріамъ.
Priester, s, der, священникъ, жрецъ.
Probe, die, опытъ; проба, образчикъ; auf die—stellen испытать кого.
probiren пробовать, отвѣдать.
problematisch сомнительный.
Propfen, s, der, пробка.
Prophet, en, der, пророкъ.
Provinz, en, die, провинція, область.
Prozeß, es, der, тяжба.
Prozession, en, die, крестный ходъ; торжественное шествіе.
prüfen изслѣдовать; испытать.
prüfend испытующимъ взоромъ.
Prüfung, in der — bestehen выдержать экзаменъ.
Prügel, s, der, дубина; палка; er hat — bekommen его поколотили.
Prunkzimmer, s, das, парадная комната.
Pudel, s, der, пудель.
*Puff, es-e, der, толчекъ, ударъ, минокъ.
puffen тузить, колотить.
Pulsader, n, der, жила, артерія.
Pulver, s, das, порохъ; das — korn порошинка.
Punkt, es-e, der, точка.
Pünktlichkeit, die, точность.
Puppe, die, кукла.
pur чистый.
Purpur, s, der, пурпуръ, порфира.
purpurn багрянаго цвѣта.
Purzelbäume machen кувыркаться.
Putz, s, der, уборъ, нарядъ.
putzen чистить, наряжать.

Q.

quaken квакать; im Chor — хоромъ квакать.
Qual, en, die, мученіе, страданіе.
quälen мучить, терзать.
Quelle, die, ключь, источникъ, родникъ.
quellen, quillst, quillt, quoll, gequollen вытекать, проистекать.
Querbalken, der, перекладина.

R.

Rabe, n, der, ворона.

Rache, die, месть, мщеніе; — ausüben, — nehmen мстить; — nachtragen злопамятствовать.

Rachen, s, der, пасть.

rächen, sich мстить; die Rachsucht мстительность; rachsüchtig злопамятный.

*Rad, es-er, das, колесо; der Pfau schlägt ein—павлинъ распускаетъ хвостъ.

raffiniren очищать; рафинировать.

ragen выступить, выдаваться.

*Rand, es-er, der, край.

Ränke, die, козни.

Ranzen, s, der, сума.

rar рѣдкій.

rasch скорый, проворный, быстрый.

rasen неистовствовать.

rasend бѣшеный; — werden придти въ бѣшенство.

rasiren брить.

rasseln гремѣть, шумѣть.

Rast, die, отдыхъ, покой; — los неутомимо.

Rath, es, der, schlag, der, совѣтъ, das —haus ратуша; zu — e ziehen совѣтоваться; — geber, der, совѣтователь, совѣтникъ.

rathen, rieth, gerathen совѣтовать; угадать.

Räthsel, s, das, загадка; — haft загадочный, таинственный.

Raub, es, der, добыча, грабежъ; хищничество; das — thier хищный звѣрь; der — vogel хищная птица;—zug хищническій набѣгъ; rauben похищать, грабить; das—разбой, хищничество.

Räuber, s, der, разбойникъ, хищникъ;—isch хищный.

Rauch, s, der, дымъ.

räuchern курить, коптить.

rauh суровый.

*Raum, es-e, der, мѣсто, пространство.

Raupe, die, гусеница, червь.

*Rausch, es-e, der, хмѣль; einen haben быть на веселѣ; selten sieht man bei ihm einen bösen—хмѣльной, онъ рѣдко бываетъ сварливъ.

rauschen шумѣть; das — журчаніе, шорохъ, шелестъ.

Raute, die, рута (растеніе).

Rebhuhn, s-er, das, куропатка.

rechnen считать, счислять.

Rechnung, en, die, счетъ; seine Rechnung bei etwas finden имѣть прибыль отъ чего, находить выгоду въ чемъ.

Recht, s, das, справедливость; правосудіе; mit—по справедливости.

recht истинный, надлежащій, надлежащимъ образомъ; правый; очень; весьма; точно; hab' ich nicht—неправда ли; zur rechten Zeit во время;—so такъ точно, истинно такъ, ладно.

rechtfertigen, sich оправдываться.

rechtlich законный, честный.

rechtschaffen справедливый, правдивый честный.

Rede, die, рѣчь, слово; seine — fand Eingang рѣчь его отозвалась въ сердцахъ.

reden говорить; in die Ohren—шептать на ухо; er redet frei vom Herzen онъ говоритъ, что мыслитъ; рѣжетъ правду.

redlich честный.

Regel, die, правило; in der — почти всегда, вообще.

regelmäßig правильный.

regen, sich шевелиться; der Wunsch regt sich in mir во мнѣ родилось желаніе.

Regen, s, der, дождь; der — bogen радуга;—wurm дождевой червь.

Regent, en, der, правитель, государь.

regieren управлять, царствовать.

Regierung, en, die, царствованіе.

Regiment, es-er, das, полкъ.

regnen дождить; es regnet дождь идетъ.

Reh, es-e, das, козуля.

reich богатый; er ist — an Geld онъ богатъ деньгами; — lich изобильно; съ избыткомъ; das Reich государство; der Reichthum богатство; zum Reichthum kommen разбогатѣть, разжиться.

reichen подавать; простираться.

Reichstag, der, сеймъ; einen—halten созвать сеймъ.

Reichsversammlung, die, сеймъ.

reif,—lich зрѣлый.
Reif, der, иней, изморозь.
reifen зрѣть, созрѣть.
Reigen, s, der, пѣснь; хороводъ.
rein чистый, ясный; непорочный.
reinigen очищать.
Reinlichkeit, die, опрятность, чистоплотность.
Reise, die, путешествіе, поѣздка; die—gesellschaft,—gefährten попутчики; der—koffer дорожный сундукъ, чемоданъ.
reisen путешествовать; ѣхать куда; auf Reisen gehen отправиться путешествовать.
Reisig, s, das, хворостъ.
Reiß, es, der, сарачинское пшено, рисъ.
reißaus nehmen понести; помчать; обратиться въ бѣгство.
reißen, riß, gerissen рвать; an sich—подбирать, загребать подъ себя.
reißend быстрый.
reiten, ritt, geritten верхомъ ѣздить, скакать.
Reiter, s, der, всадникъ; gehárnischte, gepanzerte — броненосцы; латники; die Reiterei кавалерія; die Reitübung упражненіе въ верховой ѣздѣ.
Reiz, es-e, der, прелесть.
reizen возбуждать, раздражать, прельщать; reizend прелестный.
religiös набожный.
rennen, rannte, gerannt бѣгать; das—und Laufen бѣготня; gegen einander — устремиться другъ противъ друга.
Rennthier, es-e, das, сѣверный олень.
Rentner, der, капиталистъ, живущій доходами.
Residenz, en, die, столица, резиденція.
Rest, es-e, der, остатокъ.
retten спасти.
Rettung, die, спасеніе.
Reue, die, раскаяніе.
Reveille, die, утренняя зоря; сборъ.
richten обращать; ставить; ровнять; судить; казнить; sich — сообразаться; das Auge auf etwas gerichtet halten обращать взоры.
Richter, s, der, судья.
Richthaus, das, судъ, судилище.
Richtplatz лобное мѣсто.

richtig вѣрный, правильный, надлежащій.
Richtung, die, направленіе.
riechen, roch, gerochen пахнуть; нюхать, обонять; scharf — имѣть острый запахъ.
Riese, n, der, исполинъ, великанъ; — nhaft, riesig исполинскій; alles geht ins Riesenhafte все имѣетъ размѣръ исполинскій, огромный.
Riesenburg, die, исполинскій замокъ; die Riesenschlange удавъ.
rieseln струиться; журчать.
Rind, es-er, das, быкъ, бычекъ; корова;—vieh, das, рогатый скотъ.
Rinde, die, кора.
Ring, es-e, der, кольцо, кругъ; звено.
ringen, rang, gerungen бороться.
Ringer, der, борецъ.
rings, ringsum,—her вокругъ, кругомъ, со всѣхъ сторонъ.
rinnen, rann, geronnen течь, струиться.
Rippe, die, ребро.
Rippenstoß, es-e, der, толчекъ подъ бокъ, пинокъ.
Ritt, es-e, der, ѣзда, прогулка верхомъ; скачка.
Ritter, s, der, рыцарь; — lich мужественный.
Ritze, die, щель, скважина, трещина.
*Rock, es-e, der, кафтанъ, сюртукъ.
roh невареный; грубый, необразованный, дикій.
Roggen, s, der, рожь;—brot ржаной хлѣбъ.
Roheit, die, невѣжество, грубость.
Rohr, s, das, тростникъ.
Röhre, die, труба.
Rolle, die, роль.
rollen катиться; гремѣть; das—раскаты (грома); стукъ.
Rom Римъ; der Römer римлянинъ; römisch римскій.
Rose, die, роза, розанъ.
Rosine, die, изюмъ, изюмина.
Rosmarin, s, der, розмаринъ.
Roß, es-e, das, конь, лошадь; sich aufs — schwingen вскочить на лошадь.
roth красный; алый; румяный; рыжій; rothtuchen изъ краснаго сукна; rötlichbraun краснобурый.

Rothkehlchen, s, das, красношейка.
ruchlos нечестивый.
Rücken, s, der, спина; in den — bla-
sen дуть съ тылу.
Rückkehr, die, возвращеніе.
rücksichtslos непочтительный.
rückwärts назадъ, задомъ на передъ;
обратно.
rückwirkend обратно дѣйствующій.
Rückzug, es-e, der. отступленіе.
Ruder, s, das, весло; rudern грести;
das Rudern ѣзда на веслахъ.
Ruf, es-e, der, молва, призывъ, зовъ;
кликъ; rufen кричать; звать; восклицать; beim Namen rufen называть по имени.
rügen хулить, порицать.
Ruhe, die, покой, спокойствіе; отдыхъ; ruhen лежать, отдыхать;
успокоиться.
ruhig спокойный.
Ruhestädte, die, могила.
Ruhm, s, der, слава; rühmen хвалить, прославлять; ruhmwürdig до-
стославный.
rühren трогать; die Schlägel — бить
въ барабанъ; rührend трогатель-
ный.
Rührung, die, умиленіе.
Ruinen, die, развалины.
Rum, der, ромъ.
rund круглый; die Runde окружность;
кругъ; — machen ходить дозо-
ромъ; in die Runde кругомъ.
Ruß, es, der, сажа, копоть; rußig
закопчѣлый; покрытый копотью.
Rußland Россія; russisch русскій; по
русски.
Rüssel, s, der, хоботъ.
rüsten вооружать, ополчать.
rüstig крѣпкій, бодрый.
Rüstung, en, die, вооруженіе; приготовленіе; латы; броня.
rutschen скользить; sich herunter —
lassen спускаться скользкомъ.
rütteln трясти, шевелить.

S.

*Saal, es-e, der, залъ.
Saat, en, die, посѣвъ.
Sache, die, дѣло, вещь.
Sachsen Саксонія; der Sachse саксо-
нецъ.

sachte тихо.
*Sack, es-e, der мѣшокъ.
Sacrament, es-e, das, таинство.
säen сѣять.
*Saft, es-e, der, сокъ.
Sage, die, слухъ, молва.
sagen сказать, говорить; wer A sagt,
muß auch B sagen взявшись за
гужъ, не говори, что не дюжъ.
Saite, die, струна; die Saiten schlagen заиграть, ударить въ струны.
Salbe, die, мазь; die Salbung пома-
заніе; der Salbenhändler купецъ,
торгующій москательными това-
рами; salben помазать, натирать.
Salz, es-e, das, соль; salzen солить.
Same, n-n, der, сѣмя; die —nkar-
fel сѣменная чашечка.
sammeln собирать; der Sammelplatz
сборное мѣсто.
Sammlung, en, die, собраніе, кол-
лекція.
sammt съ, вмѣстѣ съ; sämmtlich всѣ,
вмѣстѣ всѣ.
Sand, es, der, песокъ.
sanft, sänftiglich тихій, кроткій, нѣжный; легкій.
Sänger, s, der, пѣвецъ.
satt сытый; sich — sehen, — essen на-
глядѣться; наѣсться до сыта.
sättigen sich утолить голодъ.
sauber чистый.
sauer кислый; es wird mir —, es
kommt mir — вотъ трудно; Säure,
die, кислота.
saufen, soff, gesoffen пить (о живот-
ныхъ.
saugen сосать; der Säugling грудной
младенецъ; das Säugethier млеко-
питающее животное.
säugen вскормить (грудью).
Säule, die, столбъ; колонна.
*Saum, es-e, der, опушка; край; das
—thier рабочій, вьючный скотъ.
säumen медлить, мѣшкать; hier gilt
kein — здѣсь нельзя мѣшкать.
Säuseln, s, das, шелесть, жужжаніе.
Sausen, s, das, свистъ.
Savoyen Савоя.
scalpiren содрать черепную кожу.
Scene, die, сцена; es kommt Leben in
die — сцена оживляться.
Schaden, s, der, вредъ; —thun, anrichten причинить вредъ, — leiden
понести убытокъ; — nehmen уши-

биться; das ist Schade это жаль; schädlich вредный; durch Schaden wird man klug обжегшись на молокѣ, станешь дуть и на воду.

Schädel, s, der, черепъ.

Schaf, es-e, das, овца; die —schur стриженіе овецъ; die —zucht овцеводство.

Schäfer, s, der, пастухъ.

schaffen, schuf, geschaffen работать, трудиться; доставать; доставлять; создать; aus der Welt — отправить на тотъ свѣтъ.

Schale, die, чашка; оболочка, скорлупа, черепъ.

schälen лупить; aus dem Felle — содрать кожу, вылущить изъ кожи.

Schall, es, der, звукъ; schallen звучать, раздаваться.

Schalmei, die, свирѣль.

Scham, die, стыдъ, стыдливость.

schämen, sich стыдиться.

schamlos безстыдный.

Schande, die, стыдъ, позоръ.

Schanze, die, окопъ, шанецъ.

Schar, die, толпа; отрядъ; куча, стая.

scharenweis толпами.

scharf острый; ѣдкій, строгій.

Schärfe, die, острота; schärfen (die Augen) изострить зрѣніе; seine Sinne sind auf den Fraß geschärft онъ только помышляетъ, какъ бы обожраться.

Scharfrichter, s, der, палачъ.

Scharlach, s, der, алый, краснояркій цвѣтъ; порфира.

Schatten, s, der, тѣнь; сѣнь; прохлада.

schattig тѣнистый.

*Schatz, es-e, der, сокровище, кладъ.

schätzen почитать, уважать; оцѣнить.

Schau, die, смотръ; zur — ausstellen выставить на показъ; das —spiel зрѣлище.

schauderhaft ужасный.

schauen смотрѣть, видѣть; muthig drein — смѣло озираться; schaut's da heraus такъ вотъ въ чемъ дѣло, вотъ гдѣ раки зимуютъ.

Schaufel, n, die, лопатка.

Schauer, der, страхъ, ужасъ, трепетъ.

Schaum, es, der, пѣна.

schäumen пѣниться.

Scheibe, die, кругъ, кружекъ; стекло.

Scheibe, die, пожны.

Schein, es-e, der, свѣтъ, сіяніе, блескъ; видъ; scheinen, schien, geschienen свѣтить, казаться.

Scheiterhaufen, es, der, костеръ.

scheitern разбиваться; сѣсть на мель.

Schellen, die, колокольчики, бубенчики.

schelmisch плутовскій, лукавый.

schelten, schiltst, schilt, schalt, gescholten бранить, журить.

Scheltwort, es-e, das, брань, ругательство.

Schenke, die, шинокъ.

schenken дарить; das Leben — щадить, дарить жизнь.

scheren, schor, geschoren брить, стричь; das schert mich nicht это не мое дѣло, что мнѣ за дѣло.

Scherz, es, der, шутка; einen — gelten lassen принять что за шутку; —haft весело.

scherzen шутить.

scheu пугливый; робкій, — werden пугаться; sich scheuen бояться; страшиться.

Scheune, die, житница; овинъ.

Schicht, die, слой, пластъ.

schicken посылать; sich — быть приличну; годиться; идти къ чему; приходиться.

Schicksal, s-e, das, судьба; бѣдствіе.

schieben, in die Tasche сунуть въ карманъ; zur Seite — отодвинуть въ сторону.

schief косой, кривой.

schier почти.

schießen, schoß, geschossen стрѣлять; устремляться; пускаться; метать.

Schießpulver, s, das, порохъ.

Schiff, es-e, das, корабль; —bar судоходный; schiffen плыть, ѣхать; der Schiffer плаватель, пловецъ; —bau treiben заниматься кораблестроеніемъ; der —bruch кораблекрушеніе; die —fahrt судоходство.

Schiffsvolk, das, матросы, судовщики; экипажъ (корабля).

Schiffende, die-er, der, пловецъ.

Schild, es-er, der, щитъ; etwas im — führen замышлять; das — вывѣска.

Schilderung, en, die, изображеніе; описаніе.

Schildkröte, die, черепаха.

Schildwache, die, часовой; — stehen стоять на часахъ.

schilfig обросшій тростникомъ.

Schimmer, s, der, блескъ, сверканіе.

schimmern сверкать, сіять.

Schimpf, es, der, ругательство, насмѣшка; — lich постыдный; die — тебе ругательство.

Schlacht, en, die, сраженіе; das — beil большой топоръ; das Schlachtendonnerwetter пылъ сраженія.

schlachten убивать, заколоть.

Schlächter, der, мясникъ.

Schlaf, der, сонъ.

schlafen, schlief, geschlafen спать.

schläfert mich, es мнѣ спать хочется.

schlaflos безъ сна.

*Schlag, es-e, der, ударъ; звукъ, пѣніе; щелканіе; schlagen, schlug, geschlagen бить; разбить; ударить; щелкать; eine Brücke schlagen навести мостъ; den Feind — разбить непріятеля.

Schlägel, die, барабанныя палки.

Schlamm, es, der, илъ, тина; — ig иловатый, типистый.

Schlange, die, змѣя.

schlängeln, sich извиваться.

schlank гибкій, тонкій, стройный.

schlau лукавый, хитрый; die — heit лукавство.

schlecht худой, дурной.

schleichen, schlich, geschlichen ползти, красться.

schleppen тащить, волочить.

schleunig поспѣшный.

Schleuse, die, шлюзъ; himmlische Schleusen хлѣба небесныя.

schlichten und richten разбирать, рѣшать; чинить судъ и расправу.

schließen, schloß, geschlossen запирать; смыкать; затворять; замкнуть; заключать; einen Kreis — стать въ кружекъ; die Hand — сжимать руку; Frieden — заключить миръ.

schlimm дурной, худой, плохой.

Schlinge, die, петля, силокъ.

Schlitten, s, der, сани.

Schlittschuh, es-e, der, конекъ; — laufen кататься на конькахъ.

*Schloß, es-er, das, замокъ.

Schlosse, die, градина.

Schlucht, die, оврагъ, лощина.

schlummern дремать, спать.

Schlummerlied, das, колыбельная пѣснь.

schlüpfrig скользкій.

Schlupfwinkel, s, der, убѣжище, притонъ, лазейка.

*Schluß, es-e, der, заключеніе; einen —abfassen опредѣлить, рѣшить.

Schlüssel, s, der, ключь.

Schmach, die, поношеніе, позоръ.

schmackhaft вкусный.

Schmähwort, es-e, das, ругательство.

schmal узкій.

Schmaus, es, der, пиръ, пирушка; —halten, schmausen пировать.

schmecken отвѣдать; имѣть вкусъ; es schmeckt gut это вкусно.

schmeichelhaft лестный.

schmeicheln льстить, ласкать; ich fühle mich hoch geschmeichelt мнѣ это весьма лестно.

schmelzen, schmilzst, schmilzt, schmolz, geschmolzen таять, растоплаться; уменьшаться, истощаться.

Schmerz, es-en, der, боль; скорбь; — lich прискорбный, es schmerzt mich мнѣ больно, прискорбно.

Schmetterling, es-e, der, мотылекъ, бабочка.

schmettern гремѣть; in die Trompete —трубить.

Schmied, es-e, der, кузнецъ.

Schmiede, die, кузница; schmieden ковать.

schminken румянить.

Schmuck, es-e, der, украшеніе.

schmücken украшать, паряжать.

*Schnabel, s, der, клювъ; птичій носъ.

Schnalle, die, пряжка.

schnappen, nach etwas схватить ртомъ: ловить, схватить на лету; schnapp хвать.

Schnauze, die, рыло, морда.

Schnee, s, der, снѣгъ; die — flocken снѣжинки, снѣжные хлопья; — ig снѣжный.

Schneeglöckchen, s, das, подснѣжникъ.

schneiden, schnitt, geschnitten рѣзать.

Schneider, s, der, портной.

schneien, es schneit снѣг идетъ.

schnell быстрый, скорый.

Schnelligkeit, die, быстрота.

ſchnitzen вырѣзывать; geſchnitzt рѣзной.

ſchnüffeln нюхать, обнюхать; рыться.

Schnupftuch, s=er, das, носовой платокъ.

*Schnur, es=e, die, шнурокъ, нитка.

ſchnüren шнуровать.

Schnurrbart, s, der, усы.

ſchon уже.

ſchön красивый, прекрасный; пріятный; die —heit красота; das wäre mir ſchön вотъ еще, вотъ-те на!

Schöne, die, красавица.

ſchonen щадить, беречь.

Schonung, die, пощада.

Schooß, es, der, нѣдро; колѣна; in den — ſchauen потупить взоры.

Schooßhund, der, постельная собачка.

Schöpfer, s, der, создатель, творецъ.

Schöpfung, die, созданіе; вселенная; природа.

ſchrauben винтить; den Preis hoch — набивать цѣну, запрашивать.

Schreck, Schrecken, s, der, страхъ; ужасъ; испугъ; in — ſetzen приводить въ ужасъ; ſchrecken пугать, ужасать; —lich страшный, ужасный.

ſchreiben, ſchrieb, geſchrieben писать.

ſchreien, ſchrie, geſchrien кричать.

ſchreiten, ſchritt, geſchritten шагать, выступать; auf und nieder — ходить взадъ и впередъ; zu etwas — приступить (къ дѣлу).

Schrift, die heilige священное писаніе; —lich письменный.

Schritt, es=e, der, шагъ.

Schrot, es=e, das, дробь.

ſchüchtern робкій; трусливый.

Schuh, es=e, der, башмакъ; der —flicker починщикъ башмаковъ, чеботарь; der —macher башмачникъ.

ſchuldig виновный, виноватый; ich bin dir Dank — я тебѣ благодаренъ; die —keit долгъ, обязанность; des Todes — ſein заслужить смертную казнь.

Schule, die, школа.

Schüler, s, der, ученикъ.

Schulter, n, die, плечо.

Schuppen, die, чешуя.

*Schuß, es=e, der, выстрѣлъ; стремленіе, размахъ; im vollen — на всемъ бѣгу, съ разбѣгу.

Schüſſel, n, die, блюдо.

Schuſter, der, сапожникъ; —kritik нелѣпая критика; Schuſter bleib bei deinem Leiſten знай сверчокъ свой шестокъ.

Schutt, es, der, мусоръ, соръ; der —haufen груда камней, сору, пепла.

ſchütten сыпать, лить.

ſchütteln трясти, потряхивать, кивать, качать головою.

Schutz, es, der, покровительство, защита; in — nehmen принять подъ покровительство; der —brief охранная грамота; ſchützen защищать, предохранять, пріютить.

Schutzgott, der, богъ-хранитель.

ſchwach слабый; ſchwächen ослабить.

Schwadron, en, die, эскадронъ.

Schwalbe, die, ласточка.

*Schwamm, es=e, der, губка.

ſchwanken качаться, колебаться.

*Schwarm, es=e, der, толпа, куча; рой пчелъ.

ſchwärmen гулять; роиться; бродить; мечтать.

Schwärmerei, die, фанатизмъ, изувѣрство.

ſchwarz черный; ſchwärzen чернить; der Brand hat die Glieder geſchwärzt отъ антонова огня почернѣли члены; ſchwärzlich черноватый.

ſchwatzen болтать.

ſchweben носиться; висѣть, парить, летать; in Gefahr — находиться въ опасности.

Schweden Швеція.

Schwefel, s, der, сѣра.

Schweif, es=e, der, хвостъ.

ſchweigen, ſchwieg, geſchwiegen молчать.

Schweiß, es, der, потъ.

Schweiz, die, Швейцарія.

Schwelle, die, порогъ.

ſchwemmen, ans Land пригнать, прибить къ берегу, наносить.

ſchwer тяжелый, трудный; es iſt drei Pfund ſchwer это вѣсить три фунта; es fällt mir — это для меня трудно; es wird ſchwer halten трудно будетъ; —fällig неповоротливый; съ трудомъ; —müthig печальный, унылый.

Schwert, es=er, das, мечъ; — ziehen

обнажить шпагу; sich in sein — stürzen поразить себя мечем.

Schwester, n, die, сестра.

schwierig затруднительный, трудный; die Schwierigkeit затруднение, трудность.

Schwiegervater, der, тесть.

schwimmen, schwamm, geschwommen плавать.

Schwimmhaut, die, плавательная перепонка.

schwindeln, mir schwindelt у меня голова кружится.

schwinden, schwand, geschwunden исчезать.

Schwingen, die, крылья.

schwingen, schwang, geschwungen, sich качаться; sich aufs Pferd — на лошадь вскочить, сесть; sich in die Luft — взвиться; die Fahne — солютовать; sich über etwas — перескочить.

schwirren чирикать.

schwören, schwor, geschworen клясться, божиться.

schwül знойный.

Sclave, n, der, невольник.

sechserlei шести родовъ.

See, die, море; der —fahrer мореплаватель; die —schlacht морское сражение; zur See моремъ, по морю.

Seele, die, душа.

Segel, s, das, парусъ; segeln плыть, ѣхать на парусахъ.

Segen, s, der, благословение, благодать.

segnen благословлять.

sehen, siehst, sieht, sah, gesehen видѣть, смотрѣть; nach etwas — наблюдать; sehen lassen показывать; vom bloßen Sehen по нагляднѣ; siehe da вотъ!

Seher, der, пророкъ; прорицатель.

Sehne, die, жила.

sehnen, sich nach etwas страстно желать, жаждать чего.

sehnlich страстно.

Sehnsucht, die, страстное желание; stillen удовлетворить желание.

sehnsüchtig страстный, нетерпѣливый.

sehr весьма, очень; wie —, noch so — какъ ни, сколько ни.

seicht мелкій.

Seide, die, шелкъ.

sein свой, его.

sein, ich bin, bist, ist, sind, seid, sind; war, gewesen быть.

seit, —dem съ, съ тѣхъ поръ, отъ сего времени; seitwärts съ боку, стороною.

Seite, die, сторона, бокъ; страница; zur — подлѣ; auf die — gehen посторониться; der Seitensprung прыжокъ.

selbander самъ другъ.

selbst самъ; даже; von — самъ собою.

Selbstständigkeit, die, самостоятельность.

selten рѣдкій.

seltsam странный.

Semmel, n, die, булка.

senden, sandte, gesandt посылать.

Sendling, s-e, der, посланный.

Sendung, die, послание; призвание, предназначение.

senken погружать, опускать; die Augen — потупить глаза.

Sense, n, die, коса.

September, der, Сентябрь.

setzen сажать; ставить; sich — садиться; сѣсть; über Meer — перевести; перѣхать; sich die Krone aufs Haupt — возложить корону.

Seuche, die, зараза, чума; зло.

seufzen вздыхать.

Shawl, der, шаль.

Sibirien Сибирь.

Sichel, n, die, серпъ.

sicher безопасный; вѣрный; мѣткій; надежный; уверенный; смѣлый; ich bin sicher etwas zu finden я увѣренъ, что найду что нибудь; er ist seines Lebens nicht — онъ не можетъ ручаться за безопасность своей жизни.

Sicherheit, die, надежность, безопасность; увѣренность.

sichern обезпечить, обезопасить.

sichtbar видимый.

siech хворый, хилый.

Sieg, s-e, der, побѣда; der Sieger побѣдитель.

Signal, das, сигналъ.

Silber, s, das, серебро.

Silberstückchen, s, das, серебряная монета.

singen, sang, gesungen пѣть.

sinken, sank, gesunken опускаться,

погружаться; падать; in Afche —
превращаться въ пепелъ; zu Bo=
den finken упасть; die Sonne finkt
солнце садиться, заходитъ.
Sinn, es=e, der, чувство, умъ, разумъ, смыслъ, нравъ; mit leichtem
Sinn бодро, весело; das —bild
эмблема.
sinnreich замысловатый.
Sippschaft, die, родня.
Sirop, der, патока, сиропъ.
Sitte, die, нравъ, обычай.
sittsam благонравный.
Siß, es=e, der, сѣдалище; стулъ; мѣ-
стопребываніе; столица.
sißen, saß, gesessen, сидѣть.
Sklave, en, der, невольникъ.
slavisch славянскій.
so такъ, столь, тогда, такой; то; —
bald какъ скоро, лишь только; —
eben только что; —sort потомъ,
тотчасъ; немедленно; —gar даже;
—gleich тотчасъ; —wohl, —wohl
als какъ-такъ; so — so какъ ни
но.
Sokrates Сократъ.
Sohle, die, подошва; стопа; auf lei=
sen Sohlen едва слышными ша-
гами.
*Sohn, es=e, der, сынъ.
solcher такой; —lei такого рода, таковой.
sollen долженствовать; er soll reich
sein говорятъ, что онъ богатъ.
Sommer, s, der, лѣто.
sonderbar странный.
sondern но.
Sonnabend, der, суббота.
Sonne, die, солнце.
Sonnengluth, die, палящій зной.
sonnig свѣтлый, ясный.
sonst прежде; нѣкогда; иначе; не то;
впрочемъ.
Sonntag, der, воскресеніе; sonntäg=
lich воскресный.
Sorge, die, забота, хлопоты.
sorgen für etwas заботиться, пещись,
стараться о комъ.
Sorgfalt, die, попеченіе; sorgfältig,
sorglich тщательно, заботливо; sorg=
los безпечный; sorgsam попечи-
тельный.
sowohl — als — какъ — такъ.
spähen подстерегать, подсматривать,

подглядывать; —d осторожно ози-
раясь.
Spalte, die, щель.
Spanien Испанія; spanisch испанскій.
spannen, den Bogen натянуть лукъ;
die Pferde vor den Wagen — впрягать лошадей въ карету; die Auf=
merksamkeit — напрягать вниманіе.
Sparbüchse, die, кружка, копилка.
sparen беречь, копить.
sparsam бережливый; рѣдкій; —keit,
die, бережливость.
*Spaß, es=e, der, шутка; sich einen —
machen сыграть шутку.
spät поздно.
spazieren gehen, — ziehen прогули-
ваться.
Spaziergang, s, der, прогулка.
Specht, es=e, der, дятелъ.
Speck, es, der, сало.
spekuliren дѣлать спекуляціи, пускаться въ —, въ торговые обо-
роты.
Speicher, s, der, амбаръ.
Speise, die, пища; speisen кушать;
кормить; das —haus трактиръ;
харчевня.
Sperling, es=e, der, воробей.
sperren запереть, заключить.
Spiegel, s, der, зеркало; die —se=
den кружки; глазки въ хвостѣ у
павлина.
spiegeln, sich отражаться.
Spiel, es=e, das, игра; spielen играть;
блистать, отливаться; der Spieler
игрокъ.
Spielart, n, die, видоизмѣненіе; порода.
Spielsucht, die, страсть къ игрѣ.
Spieß, es=e, der, пика, копье.
Spinne, die, паукъ; spinnen прясть.
spiß острый, остроконечный.
Spiß, es=e, der, шпицъ, шафка.
Spißbubenstreich, es=e, der, Spißbuben=
künste мошенничество, плутовство,
плутни.
Spiße, die, конецъ, кончикъ, око-
нечность; вершина; sich an — stellen
принять начальство.
spißen острить; die — кружева.
spißig острый; остроконечный.
splittern колоться; щепиться, разле-
таться въ щепи.
Sporen, die, шпоры; — geben пришпорить.

ſpornen пришпорить; побуждать, принуждать; zur Wuth — разжигать.

Spott, es, der, насмѣшка; spotten über etwas надѣваться надъ чѣмъ.

Sprache, die, языкъ; рѣчь.

Sprachlehre, n, die, грамматика.

ſprechen, ſprichſt, ſpricht, ſprach, geſprochen говорить.

ſprengen взорвать; über eine Brücke — промчаться чрезъ мостъ.

Sprichwort, das, пословица.

ſprichwörtlich, zum Sprichwort werden войти въ пословицу.

ſpringen, ſprang, geſprungen скакать, прыгать.

ſpritzen брызгать, прыскать.

Sprößling, ê=e, der, стебелекъ, ростокъ; Sprößlinge treiben пускать ростки.

*Spruch, es=e, der, изрѣченіе.

ſprühen брызгать, метать искры.

*Sprung, es=e, der, скачекъ, прыжокъ.

Spur, en, die, слѣдъ.

ſpüren чувствовать, чуять.

Staat, es=en, der, государство; владѣніе; der Staatsbürger гражданинъ; die Staatsverwaltung управленіе, правленіе государствомъ.

*Stab, es=e, der, посохъ; штабъ.

Stachel, ê=n, der, игла; жало, шипъ.

Stachelbeere, n, die, крыжовникъ.

*Stadt, e, die, городъ; der —halter градоначальникъ; губернаторъ.

Städter, ê, der, городской житель.

Stahl, es, der, сталь; булатъ.

*Stall, es=e, der, конюшня, хлѣвъ.

*Stamm, es=e, der, стволъ; бревно, пень; поколѣніе, племя; stammen f. abstammen.

*Stand, es=e, der, состояніе; in — ſetzen исправить; починить; die —haftigkeit постоянство; der —ort мѣсто стоянія, пребыванія; стоянка; zu — kommen состояться.

Stange, n, die, шесть, жердь.

Stapelplatz, es=e, der, складочное мѣсто.

ſtark сильный, крѣпкій; die Stärke сила, крѣпость; ſtärken укрѣплять; подкрѣплять; крѣпить.

ſtarrend окоченѣлый, твердый.

ſtatt вмѣсто; —lich видный собою; стройный; —finden происходить; совершиться.

Stätte, die, мѣсто.

Statur, die, ростъ.

Staub, es, der, пыль; der —regen мелкій дождь; die —perle самый мелкій жемчугъ.

ſtäuben пылить; сыпать; der Schnee ſtäubt снѣгъ мететъ.

Staude, die, кустъ.

ſtaunen удивляться.

ſtechen, ſtichſt, ſtach, geſtochen колоть, жалить; паить; in See — отправиться въ море.

ſtecken воткнуть; находиться; заключить; торчать; in die Taſche — опустить, сунуть въ карманъ; — laſſen оставить, бросить.

Steckenpferd, das, конекъ.

Stecknadel, n, die, булавка.

Steg, es=e, der, мостикъ; перекладина; тропинка.

ſtehen, ſtand, geſtanden стоять; bleiben остановиться; уцѣлѣть; wie ſteht es um dich каково тебѣ?

ſtehlen, ſtiehlſt, ſtahl, geſtohlen красть, воровать.

ſteif жесткій; твердый; — geſchnürt туго зашнурованный.

ſteigen, ſtieg, geſtiegen восходить; влѣзать; возвышаться; подняться; aufs, zu Pferde — садиться на лошадь; ans Land ſteigen выйти на берегъ.

ſteil крутой, стремнистый.

Stein, es=e, der, камень; der —wurf ударъ камнемъ.

Steinkohlenlager, ê, das, слой каменныхъ углей.

Stelle, die, мѣсто; должность.

ſtellen поставить; ſich — стать; ſich todt — притвориться, прикинуться мертвымъ; ſich überzeugt — притвориться убѣжденнымъ.

Stengel, ê, der, стебель.

Steppe, die, степь.

ſterben, ſtirbſt, ſtarb, geſtorben умереть; im — умирая.

ſterblich смертный.

Stern, es=e, der, звѣзда; die —blume астра; die —ſchnuppe падающая звѣзда.

ſtets всегда, постоянно.

Stich, es=e, der, уязвленіе, уколъ; das iſt mir ein — ins Herz какъ ножъ въ сердце; —halten устоять; in — laſſen оставить, покинуть; ſticheln колоть, язвить (словами); die Sti-chelrede колкая рѣчь.

Stiegen, die, ступеньки, лѣстница.

Stiel, es-e, der, стебель.

Stiefel, s, der, сапогъ.

Stier, der, туръ; быкъ, волъ.

stiften основать.

Stifter, s, der, основатель.

Stiftung, en, die, учрежденіе.

still тихій, неподвижный; спокойный; скромный, безмолвный; — stehen, — halten остановиться;—schweigen молчать; die Stille тишина.

stillen утолить, унять; укротить.

Stimme, die, голосъ; stimmen на-строить; располагать къ чему.

Stimmung, die, расположеніе духа.

Stirn, en, die, лобъ.

*Stock, es-e, der, палка; — blind совсѣмъ слѣпой; das—werk этажъ.

Stoff, es-e, der, матерія; вещество; предметъ.

stolz гордый; — auf etwas sein гор-диться; der — гордость.

Stör, es-e, der, осетръ.

*Storch, es-e, der, аистъ.

stören мѣшать; der Störer наруши-тель.

*Stoß, es-e, der, ударъ, толчекъ.

stoßen, stößt, stieß, gestoßen толкать; auf etwas — наткнуться; встрѣ-тить; vom Throne — свергнуть съ престола.

Strafe, die, наказаніе, пеня.

Strafpredigt, eine, строгій выговоръ; — halten дать нагоняй.

Strahl, es-en, der, лучъ; strahlen бли-стать, сіять.

Strand, der, морской берегъ.

Straße, die, улица, дорога.

Straßenräuber, s, der, разбойникъ.

sträuben, sich, противиться, сопро-тивляться; топыриться, ерошиться.

*Strauch, es-er, der, кустъ.

Strauß, es-e, der, страусъ.

*Strauß, es-e, der, букетъ.

streben стараться; nach etwas—стре-миться къ чему; домогаться.

Strecke, die, пространство; разстоя-ніе.

strecken простирать; подымать; тя-нуть; sich — потягиваться.

Streich, es-e, der, ударъ; шутка, штука; streichen, bestreichen намазы-вать; streicheln гладить.

Streifen, s, der, полоса.

Streit, es, der, споръ; ссора; война; in den — ziehen выступить въ походъ; — bar ратный; — en спорить, ссориться; — ig machen оспоривать.

streng строгій; суровый; die Strenge суровость, строгость.

streuen сыпать.

Strick, es-e, der, веревка; stricken вя-зать, плесть.

Stroh, es, das, солома.

*Strom, es-e, der, рѣка, потокъ.

strömen стремиться; течь.

*Strumpf, es-e, der, чулокъ.

Stube, die, компата.

Stück, es-e, das, кусокъ; картина; часть; штука; ріеса.

studiren изучать, учиться.

Studium, s, das, изученіе.

stumm нѣмой, безмолвный.

stumpf тупой.

Stunde, die, часъ; миля; eine—weit на часъ разстоянія; eine — lang впродолженіе часа; цѣлый (битый) часъ; zur — въ этотъ часъ, во время.

stundenlang по цѣлымъ часамъ.

*Sturm, es-e, der, буря; гроза; при-ступъ; es stürmt бурно, буря сви-рѣпствуетъ; ein — überfiel ihn его застигла буря.

stürzen низвергнуться, оборваться; устремиться; zu Boden — упасть на землю; sich—броситься, устре-миться; aus den Armen — упасть изъ рукъ.

stutzen испугаться, смяться.

stutzig изумленный, остолбенѣлый; — machen пугать.

suchen искать; стараться.

Sucht, die, страсть.

Süd, der, югъ.

südlich южный.

summen жужжать.

*Sumpf, es-e, der, болото; sumpfig болотистый.

Sünde, die, грѣхъ.

süß сладкій; пріятный;—lich сладко-вато.

Sylbe, die, слогъ; es wird dabei keine — gewechselt при этомъ не произносятся ни одного слова, все происходятъ молча.

Synagoge, die, синагога.

Syrop, ᷓ, der, патока.
System, das, система.

T.

tadeln хулить, порицать.
tadelnswerth порицанія достойный.
Tag, es=e, der, день; gute Tage haben жить въ довольствіи, спустя рукава; не житье, а масляница.
Tagebuch, das, дневникъ, журналъ.
Tagelöhner, ᷓ, der, поденщикъ.
Tagereise, n, die, день ѣзды.
Tagesanbruch, der, разсвѣтъ.
Tageslauf, im впродолженіе дня.
täglich ежедневный.
Talent, s=e, das, талантъ, дарованіе.
Tambour, ᷓ, der, барабанщикъ.
tändeln играть, шалить; забавляться.
Tanne, die, ель.
*Tanz, es=e, der, пляска, танецъ.
tanzen плясать.
Tanzmeister, der, танцовальный учитель.
tapfer храбрый; die — keit храбрость, мужество.
Tarantel, die, тарантула.
Tasche, die, карманъ, сума.
Tatze, die, лапа.
Taube, die, голубь.
Taubenschlag, der, голубятня.
tauchen нырять.
täuschen обманывать.
tausend тысяча.
te Deum singen совершить благодарственный молебенъ.
Teich, es=e, der, прудъ.
Telegraph, en, der, телеграфъ.
Tempel, ᷓ, der, храмъ.
Teppich, es=e, der, коверъ.
teufelshart чертовски твердый.
*Thal, es=er, das, долина.
That, en, die, дѣяніе, дѣло; подвигъ; in der — въ самомъ дѣлѣ; thatenreich озваменованный подвигами, преславный.
thätig, дѣятельный.
Thätigkeit, die, дѣятельность.
Thätlichkeit, en, die, насиліе, драка.
Thatsache, die, фактъ.
Thau, es, der, роса.
Theben Ѳивы.
Thee, ᷓ, der, чай.
Theer, es, der, деготь.
Theil, es=e, der, часть, доля; zum —,

theils частію, отчасти; die—nahme участіе; — nehmen принимать участіе; zu — werden достаться на долю; theilen раздѣлять.
theuer дорогой, драгоцѣнный.
Thier, es=e, das, животное; звѣрь.
Thor, es=e, das, ворота; vors—ziehen выйти за городъ; отправиться путешествовать; der—(en) безумецъ, глупецъ; thöricht глупо: —handeln безразсудно поступать.
Thran, es, der, ворвань.
Thräne, die, слеза.
Thron, der, престолъ.
thronen владычествовать, господствовать.
thun, that, gethan дѣлать; zu — haben имѣть дѣло, быть занату; dazu — прибавлять.
Thür, en, die, дверь; der Winter ist vor der—зима близка, на дворѣ; der — hüter привратникъ; die — schwelle порогъ.
*Thurm, es=e, der, башня; die—spitze колокольня; шпицъ башни.
tief глубокій; die Tiefe глубина, глубь; внутренность, нутро, нѣдро.
Tinte, die, чернило.
Tisch, es=e, der, столъ;—geräth, das, столовый приборъ.
Tischler, ᷓ, der, столяръ.
Titel, ᷓ, der, титулъ, званіе, чинъ.
Titus Титъ.
toben неистовствовать, яриться, шумѣть, бушевать.
Toben, ᷓ, das, шумъ.
*Tochter, die, дочь.
Tod, ᷓ, der, смерть.
Todesschreck, der, смертельный страхъ, испугъ.
todt мертвый; усопшій; — schlagen, tödten убивать; er ist todt онъ умеръ; tödtlich смертельный.
Todtenkleid, das, саванъ.
Todtenversammlung, die, собраніе мертвецовъ.
toll бѣшеный, сумасшедшій; сумасбродный; die — heit безуміе.
tölpisch неуклюжій, неловкій.
*Ton, es=e, der, звукъ, тонъ.
Tonne, die, бочка.
*Topf, es=e, der, горшокъ.
Töpfer, der, гончаръ.
Tornister, der, ранецъ.
tosen шумѣть.

Trab, es, der, рысь; sich in — setzen, traben побѣжать, пуститься рысью; прибавить шагу.

Tracht, en, die, одѣяніе.

träge лѣнивый.

Trägheit, die, лѣпость.

tragen, trug, getragen нести, приносить (плоды); er trägt einen Hut на немъ шляпа, онъ ходитъ въ шляпѣ.

Trank, es, der, напитокъ.

Tränke, die, водопой; tränken поить; напитать.

traubig кистями.

trauen вѣрить, довѣрять; auf Gott — уповать на Бога; sich — смѣть.

Trauerfest, es-e, das, печальное торжество.

trauern скорбѣть, сѣтовать.

träufen капать.

*Traum, es-e, der, сонъ, сповидѣніе, мечта; träumen видѣть во спѣ; мечтать, грезить.

traurig печальный; грустный; —keit, die, грусть, печаль.

treffen, trifft, trifft, traf, getroffen попадать; ударить; встрѣтить; застать; постичь.

trefflich прекрасный, славный.

treiben, trieb, getrieben гнать; погонять; нонуждать; побуждать; нести; auf dem Wasser — нестись, плыть; eine Kunst — заниматься искусствомъ; von sich weg — отогнать отъ себя; der Wind treibt das Schiff вѣтромъ несетъ корабль; Jemand aufs schärfste (äußerste) treiben довести кого до крайности, наступать на горло; Blüthen — цвѣсти, пускать ростки; man trieb mit ihm närrische Dinge его заставляли дѣлать забавныя шутки.

Treiber, der, погонщикъ.

treten, trittst, tritt, trat, getreten ступать; aus der Thür — выйти изъ дверей; ins Zelt — войти въ палатку; über etwas hinweg — переступить, перешагнуть; ans Land — на берегъ выйти; in die Nähe — приблизиться.

treu вѣрный; die Treue вѣрность; благонадежность; честность; — herzig чистосердечный; —los вѣроломный.

Trieb, es, der, стремленіе, склонность, желаніе.

triefen капать, течь; die triefende Wolle мокрая, промокшая шерсть.

trillern выдѣлывать трели; напѣвать.

trinken, trank, getrunken пить.

Trinkgelage, s, das, пирушка.

Trinkhaus, s, das, питейный домъ, трактиръ.

Tritt, es-e, der, шагъ.

Triumph, es-e, der, торжество.

triumphiren торжествовать.

trocknen сушить; отирать (слезы).

Troja Троя.

Trommel, n, die, барабанъ;—schlagen, rühren бить въ барабанъ.

Trompete, die, труба; in die — schmettern трубить, гремѣть; der Trompeter трубачъ.

Tropenvegetation, die, тропическая вегетація, растительность.

tröpfeln капать.

Tropfen, der, капля; —weise каплями.

Trost, es, der, утѣшеніе; —los безутѣшный.

trösten утѣшать; der Tröster утѣшитель.

trotz не смотря на; наперекоръ; trotzen упорствовать; противиться; пренебрегать; trotzig упрямый, сварливый; суровый.

trübe мутный; пасмурный, мрачный.

Trümmer, die, развалины; обломки, остатки.

Trunk, es, der, напитокъ; глотокъ; die —sucht пьянство, бражничество.

trunken упоенный; внѣ себя.

Trupp, s, der, толпа; die —en войска.

*Tuch, es-er, das, сукно; платокъ.

tüchtig крѣпкій, здоровый; способный; порядочный.

tückisch коварный, лукавый.

Tugend, n, die, добродѣтель.

Tulpe, Tulipane, die, тюльпанъ.

Tumult, es, der, суматоха, смятеніе.

Turban, s, der, чалма.

U.

übel худой, злой; etwas —nehmen прогнѣваться, обидѣться; einem— abhelfen отвратить зло.
üben исполнить, творить; eine Kunst —упражняться въ искусствѣ.
über на, надъ; чрезъ; болѣе чѣмъ.
überall вездѣ, всюду.
überaus весьма, чрезвычайно.
überbieten запрашивать.
übereinkommen согласиться, сходство- вать.
Uebereinkunft die, согласіе, согла- шеніе, условіе.
Uebereinstimmung, die, согласіе, еди- номысліе.
überfahren перевзжать, перевозить.
Ueberfahrt, en, die, переѣздъ, пере- возъ.
überfallen нападать.
Ueberfluß, es, der, изобиліе.
überflüssig излишній.
Uebergabe, die, сдача.
Uebergang, es-e, der, переходъ.
Uebergeben отдать, вручать, сдать.
überhandnehmen усиливаться.
überhaupt вообще.
überheben, sich превозноситься.
überlassen уступить, предоставить.
überleben пережить.
überlegen обдумать, сообразить.
überlegen, er ist ihm an Kraft, Größe —онъ превосходитъ его силою, сильнѣе его.
Ueberlegung, die, соображеніе; толк.
überlisten перехитрить.
übermüthig кичливый, своевольный, дерзкій.
übernehmen принять на себя.
überraschen застать въ расплохъ.
überreden уговорить, убѣдить.
überreizen, sich, выпить лишнее, под- гулять.
überschauen обозрѣвать.
überschreien перекричать.
Ueberschreier, der, крикунъ, горланъ.
überschwemmen затопить.
Ueberschwemmung, en, die, навод- неніе.
übersehen обозрѣвать.
übersetzen перевозить; переводить.
übersteigen перейти; превосходить.
überstreuen осыпать, засыпать.

überstürzen повалить, свалить съ ногъ.
übertreffen превосходить.
übertreten 'переступить; разлиться.
übervortheilen обмануть; sich—lassen податься (обману).
überwältigen преодолѣть.
überwinden, überwand, überwunden преодолѣть, побѣдить.
überzeugen убѣдить; sich von etwas— убѣдиться въ чемъ.
überziehen покрывать, обтягивать, подернуть.
übrig остальной; — bleiben, sein остаться;—haben имѣть лишнее; ich habe nichts übrig у меня ни- чего не осталось.
übrigens впрочемъ.
Uebung, en, die, упражненіе.
Ufer, s, das, берегъ.
Uhr, en, die, часы; часъ; die—geht nach часы отстаютъ.
Uhu, s, der, филинъ.
um около, за; ради, изъ за;—zu чтобы, дабы; um—herum вокругъ, кругомъ; um zwei Uhr въ два часа.
umarmen обнять.
umbringen убить, умертвить.
umdrängen окружить; обступить.
umdrehen перевертывать, оборачи- вать.
Umfang es, der, объемъ, простран- ство.
umfallen обрушиться, повалиться, упасть.
umfassen обнять; заключать въ себѣ; —de Kenntnisse обширныя позна- нія.
umflattern увиваться.
umfließen обтекать.
umgeben окружить.
Umgegend, en, die, окрестность.
umgehen обходиться; вести знаком- ство.
umgekehrt на оборотъ.
umgrenzen окружать; ограничивать.
umher около; вокругъ, кругомъ;— blicken, schauen озираться; — irren блуждать; бѣгать; —laufen — бѣ- гать, шататься; — schwärmen ле- тать, бродить, роиться; кишѣть; —streuen разсыпать, разметать, сыпать.
umkehren воротиться, вернуться.

Masson Lesestücke.   15

umkommen погибнуть, лишиться жизни.

umkreisen кружиться, вертѣться около чего.

Umlauf, es, der. обращеніе; in — bringen пускать въ оборотъ.

umringen окружать, обнести.

Umschaffung, en, die, преобразованіе.

umschiffen объѣхать вокругъ (моремъ).

umschlingen, umschlang, umschlungen обвивать, обнимать.

umschwärmen окружать, увиваться; роиться.

umschwirren кружиться около чего.

umsegeln объѣхать вокругъ (на парусахъ).

umsehen, sich, оглядываться, озираться.

Umsicht, die, предусмотрительность, благоразуміе, зоркость.

umsonst тщетно; даромъ.

Umstand, es*e, der, обстоятельство; ohne Umstände безъ церемоній.

umstehen стоять кругомъ, обступать.

umstreifen бродить, бѣгать вокругъ; шататься.

umwandeln преобразовать.

Umweg, es*e, der, кругъ, обходъ, окольная дорога; ohne — e безъ околичностей.

umwenden поворачивать, выворотить; sich — повернуться.

umwerfen, опрокинуть, повалить, обрушить.

umwinden обвить; окутать.

umwölken, sich, покрыться, подернуться тучами.

unangenehm непріятный.

unartig, du bist — ты шалунъ.

unaufhörlich, безпрестанный.

unaussprechlich невыразимый.

unbedacht неосторожный, безразсудный.

unbedeutend маловажный.

unbedingt безъусловный.

unbefangen безпристрастный, простодушный.

unbegreiflich непонятный.

unbeholfen неловкій, неуклюжій.

unbekannt неизвѣстный, незнакомый.

unbenutzt безъ пользы, употребленія.

unbeschreiblich неописанный, невыразимый.

unbesiegbar непобѣдимый.

Unbestand, es, der, непостоянство, непрочность.

unbestechlich неподкупный.

unbeweglich неподвижный, недвижимый.

Unbill, die, несправедливость, несправедливые поступки.

undankbar неблагодарный.

unendlich безконечный; чрезвычайный.

unentbehrlich необходимый.

unentschieden нерѣшенный.

unerfahren неопытный.

unerforschlich неисповѣдимый.

unergründlich непостижимый.

unerhört неслыханный.

unermeßlich неизмѣримый.

unermüdlich неутомимый.

unersättlich ненасытный.

unerschrocken неустрашимый.

unerschütterlich непоколебимый.

unerträglich несносный, нестерпимый.

unerwartet неожиданный.

Unfall, der, несчастіе.

unfern недалеко.

unförmlich безобразный.

Unfreie, der, невольникъ, рабъ.

unfreundlich неласковый, суровый.

unfruchtbar безплодный.

Ungarn Венгрія.

ungeachtet не смотря, не взирая на.

ungebeten незванный.

Ungeduld, die, нетерпѣніе.

ungefähr около, почти; wie von — какъ будто бы нечаянно.

ungeheuer огромный, громадный, ужасный.

Ungeheuer, s, das, чудовище.

ungehindert безпрепятственно.

ungelenk неповоротливый.

Ungemach, es, das, страданіе, бѣдствіе.

ungemein необычайный, чрезвычайный.

ungerecht несправедливый.

ungerechnet не считая.

ungern неохотно.

ungeschickt неловкій.

ungestalt безобразный.

ungestört спокойно, безпрепятственно.

ungestüm буйный, бурный, сирѣпый, неистовый.

ungewohnt непривычный.

ungewöhnlich необыкновенный.

Ungläubige, n, der, невѣрующій, невѣрный.
unglaublich невѣроятный.
ungleich неровный.
Unglück, s, das, несчастіе; бѣда; zum — къ несчастію, на бѣду.
unglückweissagend зловѣщій.
Unmensch, en, der, варваръ, извергъ.
unmenschlich безчеловѣчный.
unmittelbar непосредственно.
unnatürlich неестественный, безчеловѣчный.
unrecht несправедливо; нехорошо; — thun дурно поступать; оскорблять; das geschehene —причиненная несправедливость, напраслина; du hast Unrecht ты не правъ.
unreif незрѣлый.
unrein нечистый.
unruhig machen встревожить.
unschädlich безвредный.
unscheinbar невидный, весьма малый, невзрачный.
unschicklich неприличный.
Unschuld, die, невинность; unschuldig невинный.
unsicher нетвердый; ненадежный.
unsinnig безумный.
unstreitig несомнѣнно.
untadelhaft безукоризненный.
unten внизу.
unter нижній; подъ; при; между, въ; — der Regierung во время царствованія.
unterdessen между тѣмъ.
unterdrücken угнетать.
unterreden, sich разговаривать.
untereinander между собою бесѣдовать.
Untergang, es, der, захожденіе; гибель.
untergeben подчинить; der Untergebene подчиненный.
untergehen заходить; погибать; пасть; кончаться.
unterhalb внизу, ниже.
Unterhalt, s, der, содержаніе, продовольствіе.
Unterhandlungen anknüpfen вступить въ переговоры.
unterirdisch подземный.
unterjochen поработить.
Unterlaß, ohne — безпрестанно, безостановочно.
unterlegen подстилать.
unterliegen подлежать; изнемогать; dem Feinde—быть побѣжденнымъ.

unternehmen предпринимать.
unterordnen подчинять.
Unterpfand, es-er, das, залогъ.
unterreden, sich бесѣдовать, разговаривать.
Unterricht, es, der, наставленіе, обученіе; — geben обучать, давать уроки, преподавать.
unterscheiden, unterschied, unterschieden различать, отличать.
Unterscheidungsgabe, die, сила, способность распознанія.
Unterschied,es-e,der, различіе, разница.
Unterstützung, en, die, вспоможеніе; пособіе.
untersuchen изслѣдовать; свидѣтельствовать.
Unterthan, es-en, der, подданный.
unterwegs на дорогѣ, дорогою.
unterwerfen покорить.
unthätig безъ дѣйствія; недѣятельный; праздный.
unübersehbar необозримый.
unüberwindlich непобѣдимый.
unumschränkt неограниченный.
ununterbrochen безпрерывный.
unverdrossen неутомимый, неусыпный.
unvermeidlich неизбѣжный.
unvermuthet нечаянно.
unverschämt безстыдный.
unversehens нечаянно.
unversehrt невредимый.
unversöhnlich непримиримый.
unverwandt не спуская глазъ, пристально.
unverwöhnt неизбалованный.
unverzüglich немедленно.
unvorsichtig неосторожный.
unweit недалеко отъ.
unwiderstehlich неодолимый.
Unwille, ns, der, негодованіе.
unwillig въ досадѣ.
unwürdig недостойный.
unzählig безчисленный.
unzeitig несвоевременно.
unzubeugend непреклонный.
uralt весьма древній, старинный.
Urheber, s, der, виновникъ.
urplötzlich вдругъ.
Urquell, der, начало; источникъ.
Urwelt, die, первобытный, допотопный міръ.
Ursache, die, причина.
Ursprung, s, der, начало, источникъ.

*

ursprünglich первобытный.

Urtheil, 8-e, das, приговоръ; ein — sprechen произнести приговоръ.

Urvater, der, прадѣдъ.

B.

*Vater, 8, der, отецъ; das — land отечество.

Veilchen, 8, das, фіалка.

Venedig Венеція.

verabfolgen laffen отпускать.

verachten презирать.

veränderlich перемѣнчивый; непостоянный.

verändern перемѣнять.

veranlaffen подать поводъ.

Veranlaffung, en, die; поводъ.

veranstalten устроить.

Verantwortung, zur — ziehen потребовать къ суду, къ оправданію, къ отвѣту.

verbannen изгнать.

verbergen, verbirgst, verbirgt, verbarg, verborgen спрятать, скрывать.

verbeffern улучшать.

verbieten, verbot, verboten запрещать.

Verbindung, die, соединеніе; in — bringen приводить въ соединеніе.

verbleiben остаться.

verblenden ослѣплять.

verblühen увядать.

verbreiten распространять; разнести.

Verbrechen, das, преступленіе.

verbrennen сгорать, сжечь, сожигать; sich—обжечься.

verbunden sein быть обязану; быть соединену.

verdächtig подозрительный.

verdanken быть обязану.

verderben, verdirbst, verdarb, verdorben испортить.

verderblich пагубный, гибельный.

verdienen заслужить; заработать.

verdient machen um etwas, sich оказать заслуги; ознаменоваться.

Verdienst, es-e, das, заслуга; nach — по заслугамъ;—voll заслуженный.

verdrängen вытѣснять.

verdrießlich досадный, скучный, сердитый.

verdrießt, verdroß, es—mich мнѣ досадно.

Verdruß, es, der, досада.

verdunkeln помрачить, затмить.

veredeln облагородить.

Veredelung, die, облагороженіе, улучшеніе.

verehren уважать, почитать; поклоняться.

vereinen, vereinigen соединить; согласиться.

Vereinigung, die, соединеніе.

vereiteln сдѣлать тщетнымъ; уничтожить; разрушить.

verfahren, vorsichtig—поступать осторожно.

verfallen впадать; auf eine List — пуститься на хитрость.

verfehlen дать промахъ; er verfehlt nie sein Ziel онъ вѣрно достигнетъ цѣли, не дастъ маху.

verfertigen приготовлять, дѣлать.

verfolgen преслѣдовать.

vergänglich непостоянный, тлѣнный; die Vergänglichkeit тлѣнность, бренность.

vergeben прощать, миловать.

vergebens тщетно, напрасно.

vergeblich тщетный.

vergehen проходить; die Augen—mir у меня въ глазахъ зарябило; vor Lust—отъ радости внѣ себя быть; не чувствовать себя отъ радости.

vergelten, vergiltst, vergalt, vergolten воздать.

vergessen, vergißt, vergaß, vergessen забыть.—

vergiften отравить.

Vergißmeinnicht, das, незабудка.

Vergnügen, das, удовольствіе.

vergnügt веселый.

Vergnügungsort, der, увеселительное мѣсто.

vergolden позлащать.

vergönnen дозволить; доставить случай, удовольствіе.

vergraben зарыть.

vergrößern увеличить.

Vergütung, die, вознагражденіе.

Verhaft in — nehmen взять подъ стражу, арестовать.

Verhältniß, es-e, das, отношеніе, пропорція.

verhaßt ненавистный.

verhehlen таить.

verheirathen, eine Tochter выдать замужъ; einen Sohn женить; sich — жениться.

verheißen, verhieß обѣщать.

verherrlichen прославить, ознаменовать.

verhindern препятствовать.

verhöhnen осмѣивать, обругать.

verhören допрашивать.

verhüllen закутать, окутать.

verhungert голодомъ изнуренный.

verirren, sich заблудиться.

verjüngen, sich помолодѣть.

Berkauf, der, продажа, сбытъ.

verkaufen продавать; der Verkäufer продавецъ.

verkehrt наизворотъ.

verklagen жаловаться, обвинять.

verklärtes Gesicht лице, сіяющее радостію.

Berklärung, die, преображеніе.

verkriechen, sich спрятаться.

verkünden, verkündigen объявлять, возвѣщать, гласить.

verlangen желать, требовать.

verlassen, оставить; sich auf jemand—полагаться, уповать.

Berlauf, nach по прошествіи.

Berlegenheit, die, затрудненіе, замѣшательство.

verleihen, verlieh, verliehen даровать, давать.

verletzen повредить; нарушить; ранить.

verlieren, verlor, verloren потерять; sich — скрываться.

verloren gehen, — sein пропасть, погибнуть, рушиться.

verlöschen гаснуть.

Berlust, es-e, der, потеря, убытокъ.

verlustig werden лишену быть.

vermählen, sich сочетаться бракомъ.

Bermählung, die, бракосочетаніе.

vermehren, sich умножаться; расположаться.

vermeiden избѣгать, уклоняться.

vermeint мнимый.

vermindern уменьшать.

vermischen смѣшать.

vermissen ненаходить; лишиться.

vermittels посредствомъ.

vermögen мочь; смочь; быть въ состояніи; das — имѣніе.

vermummen закутывать; schwarz vermummte Pferde лошади, покрытыя черными попонами.

vermuthen думать, догадываться.

vermuthlich вѣроятно.

vernachlässigen запустить.

vernarrt sein быть влюблену до дурачества; помѣшаться на чемъ.

vernehmen услышать; sich — lassen раздаваться; послышаться.

vernichten уничтожить, истребить.

Bernunft, die, разсудокъ.

vernünftig разумный; благоразумный.

verordnen учреждать, опредѣлять, предписать, установить.

Berordnung, die, узаконеніе.

verpacken уложить, укладывать.

verpflanzen пересадить, переселить.

verpflichten обязать; verpflichtet sein быть обязаннымъ.

verrathen измѣнить; продать кого.

Berräther, s, der, измѣнникъ.

verreisen отъѣхать, отправиться путешествовать.

verrichten исполнить; творить; Wunder — творить чудеса.

verrucht нечестивый.

verrufen извѣстный (съ дурной стороны); заявленный.

versagen отказать.

versammeln собирать.

verschaffen доставать, достать.

verschanzen обнести шанцами, укрѣпить.

verschicken разсылать.

verschieben сдвинуть; отсрочить.

verschieden, verschiedentlich различный, разный; — sein различаться, различествовать.

verschiffen отправлять водою.

verschlagen werden быть занесену.

verschlämmen иломъ засорить.

verschließen затворить, запереть.

verschlingen, verschlang, verschlungen поглощать.

verschmachten изнемогать; истомиться.

verschmähen презирать; пренебрегать; отвергать.

verschonen пощадить.

verschütten разсыпать; пролить; засыпать, завалить.

verschweigen умолчать, утаить.

verschwenden расточать; мотать.

Berschwiegenheit, die, молчаливость, скромность.

verschwinden исчезать.

Berschworene, der, заговорщикъ.

verschwören, sich составить заговоръ.

versehen снабдить; sich — ошибиться; das — ошибка, недосмотрѣніе.

versenden посылать, отправлять, разсылать.

versenken погрузить.

versetzen отвѣчать, возразить; einen Schlag — ударить, дать тумака.

versichern увѣрять.

versiegeln запечатать.

versiegen изсякать.

versinken погружаться; потонуть.

versöhnen примирить; умилостивить.

verspeisen съѣсть.

versperren загородить.

verspotten осмѣивать, насмѣхаться.

versprechen обѣщать; sich — проговориться; ошибиться; das — обѣщаніе.

verspüten чувствовать.

Verstand, es, der, умъ, разумъ.

verständig умный, понятливый.

verstärken усилить.

Versteck, s, der, убѣжище; уголокъ; засада; — spielen играть въ прятки.

verstecken спрятать, скрывать.

verstehen понимать; sich zu etwas — согласиться; das versteht sich von selbst само собою разумѣется.

verstopfen затыкать, запрудить; засорить.

Verstorbene, der, умершій, покойникъ.

verstreichen, verstrich, verstrichen проходить.

verstricken запутать.

Versuch, es-e, der, опытъ, попытка.

versuchen отвѣдать, пробовать; испытать, пытаться.

vertheidigen защищать; оправдать.

vertheilen раздѣлять; размѣщать.

vertilgen истребить.

*Vertrag, der, договоръ.

vertragen, sich помириться.

vertrauen уповать, ввѣрять.

Vertrauen, s, das, довѣріе; надежда, упованіе.

vertraulich дружескій, искренній.

vertraut искренній, задушевный.

vertreiben изгнать, прогнать; eine Krankheit — излечить болѣзнь.

vertreten заступить; den Weg — загородить дорогу.

verüben учинить, сдѣлать, производить; Gräuel — безчинствовать.

verunglücken попасть въ бѣду.

verursachen причинять.

verurtheilen осудить.

verwahren спрятать.

verwalten управлять; исправлять должность.

Verwaltung, die, управленіе.

verwandeln измѣнять, превращать.

Verwandte, der, родственникъ; сродникъ; одноплеменникъ.

verwedeln, eine Spur — затирать, заметать слѣдъ.

verwegen дерзкій, отважный.

Verwegenheit, die, отвага; дерзость.

verweilen, sich остановиться.

verwelken завянуть; увядать.

verwirren смущать; die Verwirrung замѣшательство, смятеніе.

verwöhnen избаловать.

verwunden ранить.

verwundern, sich удивляться.

Verwunderung, die, удивленіе.

verwünschen проклинать.

verwüsten опустошать.

Verwüstung, en, die, опустошеніе.

verzagen унывать, робѣть.

verzehren скушать, съѣдать; истреблять.

Verzeichniß, es-e, das, опись, реэстръ, списокъ.

verzeihen, verzieh, verziehen прощать.

Verzeihung, die, прощеніе; um—bitten просить прощенія;—angedeihen lassen прощать.

verziehen (Kinder) избаловать; (das Gesicht) скривить лицо; морщиться; die Wolken — sich тучи расходятся, небо прояснилось.

Verzierung, en, die, украшеніе.

verzweifeln отчаяться.

Verzweiflung, die, отчаяніе.

vestalische Priesterin, die, весталка.

Vetter, der, двоюродный братъ.

Vieh, es, das, животное; скотъ; die — heerde стадо; die — zucht скотоводство.

viel много; vielerlei многоразличный; — fach многократный; — leicht можетъ быть; — mehr гораздо болѣе; — напротивъ того; лучше сказать; es heißt so viel als это все равно, что —.

Vielgötterei, die, многобожіе.

vier четыре; Viertel, s, четверть.

Violine, die, скрипка.

*Vogel, s, der, птица; der — fänger птицеловъ.

*Volk, es-er, das, Völkerschaft, die народъ; — reich многолюдный; Völkerschlacht международная битва;

Völkerwanderung, die, переселеніе народовъ.

voll полный; im vollen Schuß, Lauf, на всемъ бѣгу;—bringen,—enden, — ziehen совершить, кончить.

Vollendung, die, довершеніе.

völlig совершенно.

vollkommen совершенный.

vollständig совершенно.

von съ, со, отъ; — wo aus откуда.

vor, предъ; прежде; vor einem Jahre за годъ передъ этимъ; vor Freude, отъ, съ радости.

voran, voraus впередъ; впереди;—gehen предшествовать;—eilen поспѣшать впередъ.

voraussehen предвидѣть.

vorbei мимо; es ist — кончено, прошло.

vorbeifließen протекать.

vorbereiten предъуготовить, приготовить.

Vorbereitungen treffen сдѣлать приготовленія.

Vorbote, n, der, предвѣстникъ.

Vorderzahn, es-e, der, передній зубъ.

vordrängen, sich, тѣснить, тѣсниться впередъ, продираться сквозь толпу.

vordringen подаваться, двинуться, идти впередъ.

vorfallen случаться; происходить.

vorfinden, sich находиться, встрѣчаться.

Vorgänger, s, der, предмѣстникъ.

vorgeben утверждать; произносить, говорить (ложное).

Vorgebirge, das, мысъ.

vorgehen идти впередъ; предшествовать; случиться.

vorgesehen берегись!

Vorgesetzte, Vorgesetzter, der, начальникъ.

vorhalten держать что передъ кѣмъ.

*Vorhang, es-e, der, завѣса.

vorher прежде сего, напередъ;—gehen предшествовать.

vorholen достать; вынуть.

vorig прежній; прошлый.

Vorkehrung, en, die, приготовленіе; мѣра;—treffen принять мѣры.

vorkommen попадаться, случаться; встрѣчаться; казаться; das—существованіе.

vorlegen положить предъ кѣмъ; предложить.

vorlieb nehmen за благо принять, довольствоваться.

Vorliebe, die, пристрастіе.

vormachen сдѣлать; показывать кому, какъ сдѣлать что.

vornehm знатный; — sich преимущественно, особливо.

vornehmen предпринять.

*Vorrath, es-e, der, запасъ.

*Vorsatz, es-e, der, намѣреніе.

Vorschein, zum — kommen явиться, выйти наружу.

*Vorschlag, es-e, der, предложеніе.

vorschreiben предписать.

Vorschrift, en, die, предписаніе, наставленіе.

Vorsicht, die, осторожность, die göttliche — провидѣніе; — ist besser als Nachsicht опасеніе половина спасенія; кто всегда бережется, тотъ никогда не обожжется.

vorsichtig осторожный.

vorsingen спѣть.

vorspannen впрягать.

Vorstand, der, старшина, голова.

vorstellen представить.

Vorstellung, en, die, мысль; понятіе; представленіе.

vorstrecken протянуть; высунуть; выдаваться впередъ.

Vortheil, es-e, der, выгода, польза; —haft выгодный.

vortragen, die Speise подавать кушанье.

vortrefflich отличный, превосходный.

vortreten выходить; выступать.

vorüber мимо; — fließen протекать; — gehen, ziehen пройти мимо, миновать; — sein кончиться, пройти; — schweben промчаться, пронестись.

*Vorwand, es-e, der, предлогъ.

vorwärts впередъ; — halten протянуть; выставить.

vorwerfen упрекать; zum Fressen — бросить на съѣденіе.

*Vorwurf, es-e, der, упрекъ.

vorzeigen показывать, предъявлять.

vorziehen предпочитать.

*Vorzug, es-e, der, преимущество.

vorzüglich преимущественный, отличный.

W,

Waare, die, товаръ.
wach бодрствующій.
wachen беречь, бдѣть, бодрствовать, не спать; охранять; wachsam бди-тельный; die Wachsamkeit бдитель-ность.
Wachtel, die, перепелъ.
Wachs, es, das, воскъ.
wachsen, wuchs, gewachsen рости; — lassen произростать; groß — вы-ростать.
Wachtfeuer, s, das, сторожевой огонь.
wackelig шаткій.
Waffe, die, орудіе, оружіе.
waffenlos безоружный.
Waffenträger, s, der, оруженосецъ.
waffnen вооружать.
Wagen, der, карета, повозка; ко-лесница; der —lenker возница.
wagen подвергать опасности; риско-вать, отважиться, осмѣлиться.
Wagestück, es-e, das, отчаянное, от-важное предпріятіе; рискъ.
wählen выбирать, избирать.
Wahlplatz, es-e, der, мѣсто сраженія.
Wahn, der, мечта, заблужденіе.
Wahnsinn, der, безуміе, сумасброд-ство, сумашествіе; умопомѣша-тельство.
wahr истинный; die —heit истина; —nehmen увидѣть; усмотрѣть.
währen продолжаться; ehrlich währt am längsten живи просто, выжи-вешь лѣтъ со сто; будешь лукавить, такъ чертъ задавитъ; праведная денежка до вѣку живетъ.
während во время, впродолженіе, между тѣмъ какъ.
wahrsagen гадать, предвѣщать; der Wahrsager предвѣщатель.
*Wald, es-er, der, die Waldung лѣсъ.
waldig лѣсистый, лѣсной.
Waldstrom, es-e, der, лѣсной потокъ.
Wall, der, валъ, стѣна.
Waller, s, der, странникъ.
Wallfisch, es-e, der, китъ.
Wallnuß, e, die, грѣцкій орѣхъ.
walten господствовать, управлять; проявляться.
wälzen катить; валомъ валить.
*Wand, e, die, стѣна; steile Wand (eines Felsens) крутой спускъ, утесъ; das —gemälde фреска.

wandeln ходить, странствовать.
wandern странствовать; der Wande-rer путникъ, путешественникъ; die Wanderung, die Wanderschaft путе-шествіе, странствіе; перекочевы-ваніе.
Wangen, die, das —paar ланиты, щеки.
wankelmüthig непостоянный.
wanken качаться, колебаться.
wann когда; dann und — иногда.
warm теплый.
warnen предостерегать; увѣщевать.
warten ждать; Kinder — дѣтей нянь-чить, ухаживать, имѣть попече-ніе; лелѣять.
warum за чѣмъ, за что, для чего; — nicht gar какъ-бы не такъ.
was что; was für ein что за такой.
waschen, wusch, gewaschen мыть.
Wasser, s, das, вода; der —behälter водоемъ; die —kunst гидравлика; das —bauwerk гидравлическая по-стройка; der —fall водопадъ, по-рогъ; —leute обитатели водъ; der —spiegel поверхность воды; —grube цистерна; wässerig водяной.
weben, wob, gewoben ткать, плесть.
Wechsel, der, перемѣна.
wechseln перемѣнять; Worte — бра-ниться, спорить.
wecken будить.
wechselweise попеременно.
weder, — noch ни — ни.
weg прочь; in einem — безпрестан-но, безъ умолку.
Weg, es-e, der, дорога, путь; aus dem —e gehen уступить дорогу; auf bösen Wegen gehen кривить душою, зло умышлять; des Weges herkommen идти дорогою.
wegen ради, для, по причинѣ, за.
wegholen, —bringen утащить, уве-сти.
wegnehmen отнять.
wegräumen убрать.
wegschleppen утащить.
wegtreiben прогнать.
Wegweiser, s, der, проводникъ.
wegwischen стереть, отирать.
weh, es thut mir — мнѣ больно; es wird mir — мнѣ грустно стано-вится.
wehen дуть, вѣять; die Fahne — lassen распустить знамя.

wehflagend грустный.

wehren удерживать; не допускать; sich — защищаться.

wehrlos беззащитный.

Weib, es-er, das, женщина; баба; жена; —lich женский, женскаго рода; ein weibliches Thier самка.

Weibchen, s, das, самка.

weich мягкій.

weichen, wich, gewichen уступить; отступить; изчезнуть.

Weichsel, die, Висла.

Weide, n, die, пастбище, луг, поле; weiden пастись, пасти.

weigern, sich отказаться.

weihen посвящать; святить; освящать.

Weiher, der, пруд.

Weihnachten рождество Христово.

weil ибо, потому что.

Weilchen, ein, несколько времени, минуточка.

Weile, die, время, несколько времени; die Lange— скука; Lange— haben скучать.

Wein, es-e, der, вино.

weinen плакать.

Weintraube, n, die, виноград, гроздь.

weise мудрый.

Weise, die, образ, способ; манера; напев; мелодія; nach feiner — по своему; unglücklicher — к несчастію; der — мудрец.

weisen, wies, gewiesen показать; von sich — отказать; не принимать, прогнать.

Weisheit, die, мудрость.

weiß белый.

weissagen пророчить, предвещать.

weit далекій; пространный, просторный; широкій; es ist eben nicht — не слишком далеко; weit und breit везде; всюду; von weitem издали; bei weitem гораздо; — ge- öffnet зіяющій; развёрстый; — umher кругом, окрест.

weiterbringen двигать вперёд; das — дальнейшее отправленіе.

weiterkommen подаваться вперёд; продолжать путь.

weitläufig пространный, обширный.

weitsichtig дальновидный, зоркій.

Weizen, s, der, пшеница.

welcher который, какой.

welken, welk werden вянуть, увядать.

Welschland Италія.

Welle, n, die, волна.

Welt, en, die, свет, вселенная; мір; zur — kommen родиться; zur — bringen рождать; in die weite — ziehen отправиться в дальніе края; der —körper небесное тело; —lich светскій, мірской; das — meer океан; der —umsegler кругосветный путешественник.

Wendekreis, es-e, der, тропик, поворотный круг.

wenden, sich, wandte, gewandt обернуться; etwas an seinen Körper — понежить тело, побаловать себя.

wenig мало; ein — немного; wenig- stens по крайней мере.

wenn когда, ежели, если; als wie — как будто бы.

wer кто.

werden, wirst, wird, ward, wurde, geworden сделаться, становиться.

werfen, wirfst, wirft, warf, geworfen бросать, кидать, метать, повалять; ins Gefängniß werfen lassen приказать заключить в темницу.

Werft, die, верфь.

Werk, das, дело, произведеніе, сочиненіе; механизм (в часах).

Werkzeug, es-e, das, орудіе.

werth достойный; es ist viel — это много стоит; er ist mir — я его уважаю; — halten уважать, почитать; ценить, дорожить чем; sein стоить; es ist nicht der Mühe — не стоит труда.

Werth, es, der, цена.

Werst, die, верста; tausende von — weit her из за многих тысяч верст.

Wesen, s, das, дело; существо; суматоха; das sündige — грешные поступки; wesentlich значительно, существенно.

weshalb почему.

Wespe, die, оса.

West, Westen, запад; западный ветер, зефир; —lich западный.

Weste, die, жилет.

Wette, n, die, заклад; um die — взапуски, наперерыв, наперехват.

Wetter, s, das, погода; es zeucht (zieht) herein ein — гроза настаёт; das —leuchten зарница.

Wettrennen, das, ристалище, скачка, бѣганіе взапуски.
Wettspiel, das, состязаніе.
Wettstreit, es-e, der, споръ.
wetzen точить, наострить.
Wicht, es, der arme—бѣдняга.
wichtig важный; ich habe etwas Wichtiges zu thun я занятъ важнымъ дѣломъ.
wickeln завертывать, закутать, пеленать.
wider противъ, вопреки;—rufen отречься; —stehen, sich —setzen сопротивляться; ==streben противоборствовать.
Widerwille, ns, der, отвращеніе.
widmen посвящать.
widrig противный.
wie какъ, какимъ образомъ; —lange ist es her съ котораго времени? давно ли? wie viel сколько?
wieder опять, вновь, снова; —hallen раздаваться, оглашаться; —holen повторять; —kehren, —kommen возвращаться, опять придти; sich —spiegeln, —strahlen отражаться.
Wiedersehn, auf—до свиданія.
Wiege, n, die, колыбель.
wiegen, wiegte качать; (wog, gewogen) вѣсить, взвѣшивать.
wiehern ржать.
Wiese, die, Wiesengrund, der, лугъ, долъ.
wiewohl хотя.
wild дикій; неистовый, буйный, иступленный; рѣзвый; das —дичина, дичь, дикіе звѣри; die —schur шуба, вильчура.
Wildniß, die, пустыня, пустошь.
Wille, ns, der, воля; willen ради.
willig охотно.
willkommen, sei mir—милости просимъ; er ist mir — я ему радъ, мнѣ пріятно его видѣть.
wimmern визжать.
Wind, es-e, der, вѣтеръ.
winden, wand, gewunden вить; sich—извиваться.
Wink, es-e, der, знакъ, намекъ; повелѣніе.
winken кивать, манить, мигать (глазами), сдѣлать, подать знакъ, махнуть; звать.
winseln визжать.
Winter, s, der, зима.
Wipfel, s, der, верхушка; маковка.

Wirbel, s, der, водоворотъ; einen—schlagen бить дробь; wirbeln крутиться, es wirbelt von Fragen посыпались вопросы; der — wind вихрь.
wirken дѣйствовать, трудиться.
wirklich дѣйствительный, въ самомъ дѣлѣ.
Wirth, es-e, der, хозяинъ.
Wißbegier, die, любознательность.
wissen, weiß, wußte, gewußt знать, умѣть.
Wissenschaft, en, die, наука.
wittern чуять; чувствовать.
Witz, es-e, der, остроуміе, острота.
wo гдѣ;—durch чрезъ что, чѣмъ; —für за что;—her откуда;—hin куда;—mit чѣмъ;—an при чемъ; по чему; ich weiß nicht, woran ich bin не знаю что дѣлать; —rauf на чемъ; послѣ чего;—raus изъ чего; —rin въ чѣмъ; —von отъ чего; чѣмъ; о чемъ; —zu къ чему.
Woche, die, недѣля.
Woge, die, волна; wogend волнующійся; das Wogen волнованіе.
wogegen напротивъ чего.
wohl хорошо, благо; конечно; даже; mir ist —, ich befinde mich —я здоровъ; leben Sie — прощайте; das—благо, счастіе.
wohlangebracht умѣстный.
wohledel благородный, преблагородный.
wohlbehalten благополучно.
wohlergehen благоденствовать, здравствовать; es ergeht ihm wohl у него все идетъ по желанію.
wohlerzogen благовоспитанный.
wohlfeil дешевый.
wohlgefallen нравиться; das —удовольствіе, благоволеніе.
wohlgenährt откормленный; сытый.
wohlgezöhrt съ порядочными ушами.
wohlhabend зажиточный, богатый.
wohlriechend благовонный.
wohlschmeckend вкусный.
Wohlstand, es, der, благосостояніе.
Wohlthat, die благодѣяніе; подаяніе;—genießen пользоваться благодѣяніемъ.
wohlthätig благодѣтельный.
Wohlthätigkeit, die, благотворительность.
wohlthun благотворить.

wohlweislich благоразумно.

Wohlwollen, das, благоволеніе.

wohnen жить.

Wohnsitz, — ort, der, мѣсто пребыванія.

Wohnung, en, die, жилище, квартира.

wölben выводить сводомъ; die Bäume —sich деревья стѣлятся сводомъ.

*Wolf, es=e, der, волкъ.

Wolke, die, облако.

Wolkenbruch, es=e, der, ливень;—gebirge, das, куча облаковъ; густыя тучи.

Wolle, die, шерсть.

wollen, willst, will, gewollt хотѣть.

Wollust, die, отрада, наслажденіе.

Wonne, die, радость, отрада.

woran при чемъ; ich weiß nicht recht —ich bin не знаю что дѣлать.

*Wort, es=er, das, слово; — nehmen начать говорить; das — auß dem Munde nehmen сорвать слово съ языка;—reich многословный; beim — nehmen требовать исполненія даннаго слова.

Wuchs, es, der, ростъ.

wühlen рыть, рыться.

wund раненый; больной.

Wunde, die, рана.

Wunder, s, das, чудо, рѣдкость;— bar удивительный, чудный;—lich, —sam странный; удивительный; —schön прекрасный, дивный;—mild прещедрый.

wundern, sich удивляться.

*Wunsch, es=e, der, желаніе.

wünschen желать.

Würde, die, достоинство.

würdig достойный.

*Wurf, es=e, der, ударъ; бросаніе, метаніе.

würgen душить, удавить.

*Wurm, es=er, der, червь.

*Wurst, e, die, колбаса; liegt denn die Straße voller Würste да развѣ колбаса на улицѣ валяется.

Wurzel, n, die, корень; — treiben пускать ростки.

würzen приправлять.

wüst необитаемый, ненаселенный; die Wüste, Wüstenei степь, пустыня; zur—machen опустошать.

Wuth, die, ярость, бѣшенство; in — bringen взбѣсить, разъярить.

wüthen неистовствовать, яриться.

wüthend неистовый, бѣшеный, свирѣпый.

3.

Zacken, die, концы у оленьихъ роговъ; зубцы.

zackig зубчатый; вѣтвистый.

zagen унывать, робѣть.

zähe, ein zähes Leben haben быть живучу.

Zahl, en, die, число; eine gerade— четное число; zahlen платить; zählen считать; — los безчисленный; die — perle крупный жемчугъ;—reich многочисленный; unter die Zahl der Heiligen aufnehmen причислять къ лику святыхъ.

*Zahn, es=e, der, зубъ.

Zähre, die, слеза.

Zank, es, der, ссора, споръ; брань.

zanken, sich ссориться, браниться.

Zarfenstreich, es, der, вечерняя зоря.

zart нѣжный, тонкій; zärtlich нѣжный, ласковый.

Zauberer, s, der, волшебникъ.

Zauberei, die, чародѣйство, колдовство.

Zauberkünste treiben чародѣйствовать.

Zauberschein, der, волшебное сіяніе, блескъ.

Zauberspruch, der, магическое изреченіе, волшебное заклинаніе.

zaudern мѣшкать, медлить.

Zehe, die, палецъ на ногѣ; перстъ; auf den Zehen на цыпочкахъ; vom Kopf bis zu den Zehen съ ногъ до головы.

zehren ѣсть; питаться; жить чѣмъ.

Zeichen, s, das, знакъ, признакъ, значеніе, знаменіе.

zeichnen рисовать; sich — ознаменоваться; осѣниться (крестомъ).

Zeichnung, die, рисунокъ, эскизъ.

zeigen показывать.

Zeit, en, die, время, пора; sich — nehmen не спѣшить; die — wird mir lang мнѣ скучно; eine—lang нѣсколько времени; von alten Zeiten her издревле; zeitgemäß сообразно съ временемъ; своевременно; zeitig рано; auf Zeitlebens на всю жизнь, на вѣки вѣковъ;

Zelle, die, сотовая ячейка.
Zelt, es=e, das, палатка, шатеръ.
Zephyrwind, es=e, der, зефиръ.
zerbeißen раскусить; искусать; расклевать.
zerbrechen разломать; сломать.
zerdrücken раздавить.
zerfallen распадаться, разделиться.
zerfleischen растерзать; пожирать.
zermalmen раздробить.
zerquetschen раздавить.
zerreiben, zerrieb, zerrieben истереть, растереть.
zerreißen раздирать, расторгнуть, растерзать.
zerren волочить, таскать.
zerschlagen разбить.
zerschmettern разбить въ дребезги.
zerschneiden разрѣзать.
zersprengen разорвать; взорвать; расторгать.
zerstäuben разсыпаться.
zerstechen исколоть.
zerstören разрушать; истреблять.
Zerstörung, en, die, разрушеніе.
zerstreuen разсѣять, разсыпать.
Zerstreuung, en, die, разсѣяніе; развлеченіе.
zerstückeln разробить.
zertheilen, sich раздѣлиться; разступиться, расходиться.
zertreten растоптать, попирать ногами; раздавить.
zertrümmern въ дребезги разбить.
Zeug, es=e, das, матерія, ткань.
Zeuge, n, der, свидѣтель; **zeugen** свидѣтельствовать.
Zeugniß, es=e, das, свидѣтельство.
Zeus Зевесъ, Юпитеръ.
Ziege, die, коза.
Ziegel, s, der, —stein кирпичъ.
ziehen, zog, gezogen тянуть, тащить, везти, влечь, разводить, навлекать, извлекать; идти, плыть; den Beutel — расплачиваться; ins Lager — выступить въ лагерь; nach Italien — отправиться въ Италію; hierher — привлекать; weiter — продолжать путь; über einen Fluß — переправиться; in die weite Welt — отправиться странство-

вать; in den Krieg, zu Felde — выступить въ походъ, идти на войну; vom Leder — обнажить шпагу; sich zurück — отступить; die Vögel — птицы перелетаютъ, отлетаютъ; aufs Land —, in ein anderes Haus — переѣзжать въ другой домъ, на дачу; Pflanzen — разводить растенія; ein Wetter zieht (zeucht) heran несется буря, непогода; groß — взрастить.
Ziel, es=e, das, цѣль; — verfehlen не достигнуть цѣли; ein — setzen поставить предѣлъ.
ziemlich изрядно, довольно.
Zierrath, en, der, украшеніе, уборъ.
Zierde, n, die, украшеніе.
zieren украшать.
zierlich красивый; граціозный.
Zimmer, s, das, комната; der —mann плотникъ.
zimmern плотничать.
Zimmet, es, der, корица.
Zinn, es, das, олово.
Zinne, n, die, зубцы на стѣнѣ, стѣна, башня.
Zinsen, die, проценты; die — bleiben aus онъ не получаетъ процентовъ.
zischen шипѣть.
zittern дрожать; трепетать; — machen приводить въ трепетъ.
Zobel, s, der, соболь.
Zoll, es=e, der, дюймъ, вершокъ; пошлина, дань.
Zorn, es, der, гнѣвъ; seinen — bemeistern укротить свой гнѣвъ.
zornsüchtig гнѣвливый.
zottig космátый.
zu за, на, въ, по, ко; zu Hause дома; — Wasser водою; — Lande сухимъ путемъ; — Pferde верхомъ; — Fuße пѣшкомъ.
Zucht, die, порядокъ, благочиніе.
züchtigen наказывать.
Züchtigung, en, die, наказаніе.
zucken, der Blitz zuckt молнія сверкаетъ.
Zucker, s, der, сахаръ; das —rohr сахарный тростникъ; die —siederei сахарный заводъ.
zudecken покрыть.
zudringlich навязчивый.
zueilen, auf Jemand устремиться; побѣжать, поспѣшить.
zuerst напередъ, сперва, прежде.

*Zufall, es=e, der, случай.
zufallen захлопнуться; притвориться.
Zuflucht nehmen, seine — прибѣгнуть; помощи искать.
zufrieden довольный; sich — geben довольствоваться; успокоиться.
Zufuhr, die, подвозъ.
zuführen привозить, доставлять.
*Zug, es=e, der, шествіе, походъ; движеніе; поѣздъ; черта; — der Vögel полетъ птицъ; — des Characters, Characterzug черта характера; den — antreten выступить въ походъ; einen — mitmachen принять участіе въ походѣ; der — mit Lebensmitteln обозъ, отрядъ съ жизненными припасами; der jahrelange — походъ, продолжавшійся болѣе года; in den letzten Zügen при послѣднемъ издыханіи.
zugegen sein присутствовать.
zugehen случиться; запираться.
Zügel, s, der, узда, поводъ; zügeln обуздать.
zugleich въ тоже время, вдругъ, вмѣстѣ.
zugreifen хватать, броситься на что; хапнуть.
Zugvogel, ö, der, перелетная птица.
Zugwind, der, сквозной вѣтеръ.
Zukunft, die, будущее время.
Zulage, die, прибавокъ; дополнительное жалованье.
zulangen брать (кушанье съ блюда); ѣсть безъ церемоніи; подавать.
zuletzt наконецъ.
zumachen затворить, заткнуть.
zumal наипаче, особливо.
zunächst прежде, ближе всего, непосредственно.
zunehmen прибавляться; усиляться; рости, умножаться; die Tage nehmen zu дни становятся длиннѣе; der Mensch nimmt zu человѣкъ толстѣетъ.
Zuneigung, die, привязанность, благосклонность.
Zunge, die, языкъ.
zupfen дергать, теребить.
zurechnen приписывать; вмѣнять въ вину.
zurechtweisen наставлять; учить.
zureden уговаривать, убѣждать.
zürnen гнѣваться.
zurück назадъ, обратно; —bleiben

оставаться, отставать; —denken вспоминать о прошедшемъ; —führen отвести назадъ, вернуть; —legen (einen Weg) пройти, совершить путь; —leiten обратно направить; sich —halten помечтать, вспомнить о прошедшемъ; —weichen разступаться; sich —ziehen отступить; —weisen отказать, отвергать; —schlagen отбить; отразить; —kehren возвратиться; —wirkend обратно дѣйствующій.
zurufen кричать, крикнуть кому; призвать.
zusammen вмѣстѣ; —fallen обрушиться; —kommen сходиться; собираться; —raffen складывать; leiten сводить; —pressen сжимать; стиснуть; sich —rotten, —schaaren собираться; —scharren сгребать, скоплять; das —scharren скопленіе; —setzen составить, сложить; —stoßen столкнуться; —suchen сыскать; приискать; —treiben сгонять въ одно мѣсто.
Zusammenfluß, es=e, der, стеченіе; сліяніе, совпаденіе.
Zusammenhang, es=e, der, связь.
zusammenstoßen столкнуться; —leiten сводить, соединить, сосредоточить.
Zusatz, es=e, der, дополненіе; примѣсь.
Zuschauer, s, der, зритель.
zuschlagen захлопнуть (дверь).
zuschließen запирать.
zuschreiben записать, приписать.
zuschreiten идти на кого; плестись.
zusehen смотрѣть, глядѣть, присматриваться; быть зрителемъ, свидѣтелемъ чего.
zusperren запирать, запереть.
zusprechen, freundlich — ласково говорить съ кѣмъ, убѣждать; ободрять, уговаривать.
Zustand, es=e, der, состояніе, положеніе.
zuströmen притекать.
zuthun, затворить, закрыть.
zutragen приносить, подавать, таскать; sich — случиться.
zuträglich полезный, выгодный.
Zutrauen, das, довѣренность; довѣріе.
zutraulich довѣрчивый, ласковый.
zutreffen сбыться.

zuverlässig надежный.

zuvor сперва, сначала.

zuvorkommend предупредительный, услужливый.

zuvor sein опередить.

zuweilen иногда.

zuwerfen бросить кому что нибудь.

zuwider противный.

zuwinken дать знак, кивнуть, мигнуть.

Zwang, es, der, принуждение.

zwar хотя; und — а именно.

Zweck, es-e, der, цѣль; —mäßig цѣлесообразный; полезный.

zweierlei двухъ родовъ, двоякаго рода.

zweifeln, an etwas сомнѣваться.

Zweig, es-e, der, вѣтвь, отрасль.

Zweikampf, es-e, der, поединокъ.

Zwerg, es-e, карликъ.

zwingen, zwang, gezwungen принуждать.

Zwingherr, der, деспотъ, тиранъ.

Zwirn, s, der, нитки.

zwischen между.

zwitschern чирикать.

Inhaltsverzeichniß.

№   Seite.

1—62. Vorübungen ......1—22
63—85. Wortfamilien ...23—30
63—65. Gehen ....22—23
66. Stehen................... 23
67—68. Liegen .... —
69—70. Sehen 24
71. Schlagen............... —
72—73. Richten 25
74. Fahren................. —
75. Führen 26
76. Stechen............... —
77. Stecken 27
78—79. Fallen .... —
80. Sprechen 28
81—82. Ziehen............. —
83. Nehmen................ 29
84. Klein, gering.......... 30
85. Gerade, krumm......... —

Aus der Naturgeschichte:

86. Der Weizen............. 30
87. Der Roggen 31
88. Die Kartoffeln .... —
89. Der Pfeffer............ —
90. Der Zimmt............. —
91. Der Muskatennußbaum ... —
92. Der Thee 31
93. Der Kaffeebaum........ 32
94. Der Zucker............ —
95. Der Pomeranzenbaum..... —
96. Der Feigenbaum .... —
97. Der Mandelbaum .... —
98. Der Lorbeerbaum........ 33
99. Der Reiß............... —
100. Der Ochse............ —
101. Das Pferd............ —
102. Der Zobel............ 34
103. Der Löwe............. —
104. Der Tiger............. —
105. Der Elephant.......... 35
106. Der Adler............. —
107. Der Papagei .... —
108. Der Pfau............. 36
109. Der Strauß........... —
110. Der Kolibri........... —
111. Der Lachs............ 36

№   Seite.

113. Der Hering............. 37
114. Der Stör .... —
115. Der Wallfisch .... —
116. Der Haifisch .... —
117. Die Schlangen.......... —
118. Die Klapperschlange...... 38
119. Die Riesenschlange....... —
120. Das Krokodil........... —
121. Die Ameisen........... —
122. Die Spinnen 39
123. Die Buschspinne .... —
124. Die Tarantel .... —
125. Von der Welt .... —
126—146. Fabeln, Anekdoten,
       Erzählungen u. f. w.. 42
147. Vom listigen Vöglein...... 45
148. Liebe zur Arbeit........ —
149. Gott ist Vater......... 46
150. Die alten Griechen........ —
151. Die olympischen Spiele.... 47
152. Wie gut ist Gott....... 48
153. Der trojanische Krieg 48
154. Der kleine Vogelfänger 49
155. Gottes Fürsorge.......... —
156. Rothkehlchen............ 50
157. Der Vogel am Fenster 52
158. Misekätzchen............ 52
159. Das Schwalbennest....... —
160. Der Käfer............. 53
161. Spitz und Pudel......... 54
162. Glaube an Gott......... 55
163. Die Gründung Roms 56
164. Wettstreit 57
165. Der Fuchs wird gefangen.. 58
166. Das Renntthier......... 59
167. Morgenlied............ —
168. Schooßhund und Kettenhund 60
169. Das Rothkehlchen .... —
170. Der Landmann zu einem
      reichen Städter 61
171. Der Räuber und der Esel.. —
172. Die kluge Maus......... —
173. Bet' und singe......... 62
174. Der Specht und die Taube. —
175. Die beiden Ziegen........ —
176. Abendlied............... 63

№		Seite.	№		Seite.
177.	Die Mücke und der Löwe..	64	219.	Das Mädchen von Orleans	99
178.	Das Krokodil und der Tiger	—	220.	Hoffnung	103
179.	Der hungrige Araber	65	221.	Einkehr	104
180.	Der Ochs und der Esel	—	222.	Die Entdeckungen der Portugiesen	—
181.	Das zerbrochene Hufeisen..	—			
182.	Der Kukuk und die Lerche..	66	223.	Die Entdeckung von Amerika	105
183.	Der Gärtner	—	224.	Die drei Blümchen	108
184.	Die Eulen	67	225.	Trost	—
185.	Zwei Gespräche	—	226.	Raphael	109
186.	Die vier Brüder	68	227.	Die beiden Fensterlein.	110
187.	Der Strom und der Bach.	—	228.	Die Russen	111
188.	Frohsein und Gutsein	69	229.	Englein im Blumenkelchen	113
189.	Drei Freunde	—	230.	Kehlen wie Seelen	—
190.	Das Hirtenbüblein	—	231.	Die Sternlein	—
191.	Das Schneeglöckchen	70	232.	Heuchelei	114
192.	Die alten Deutschen	71	233.	Sparsamkeit	—
193.	Die Schlacht im Teutoburger Walde	72	234.	Das Buch ohne Buchstaben	115
			235.	Prahlerei	—
194.	Erzählung aus dem Morgenlande	73	236.	Veränderlich	116
			237.	Zwei Wanderer	—
195.	Was ist die Welt	74	238.	Die Messe zu Nischnij-Nowgorod	117
196.	Meister Jakob und sein Hündchen	—	239.	Der Sänger	120
197.	Fröhlicher und traurigerSinn	75	240.	Aus dem Leben Peter's des Großen	—
198.	Drei Paar und Einer	—			
199.	Der kluge Richter	76	241.	Die beiden Boten	124
200.	Der Adler und die Lerche..	77	242.	Napoleon's Zug nach Rußland	125
201.	Die Pantoffeln des Abu Kasem	78	243.	Die Grenadiere	129
202.	Sichere Kennzeichen	81	244.	Die Wolga und ihre Verbindung mit der Newa	130
203.	Der Fuchs und der Esel	—			
204.	Die Völkerwanderung. Die Franken	82	245.	Die nächtliche Heerschau	133
			246.	Das Erdbeben zu Lissabon	134
205.	Karl der Große	—	247.	Gottes Treue	138
206.	Karl's Kaiserkrönung	83	248.	Auerochs	—
207.	Karl's Staatsverwaltung u. Tod	84	249.	Elephant	139
			250.	Der Bär	141
208.	Die Reise nach Babylon	85	251.	Der Wolf	143
209.	Gott hat Alles schön gemacht	87	252.	Der Tropfen	145
210.	Kannitverstan	—	253.	Das Gewitter	—
211.	Wiegenlied	89	254.	Die Natur nach einem Gewitter	146
212.	Der Araber in der Wüste..	90			
213.	Die Worte des Koran	92	255.	Der kleine Hydriot	147
214.	Einladung ins Freie	93	256.	Schuster-Kritik	—
215.	Die Kreuzzüge	—	257.	Der Fuchs	148
216.	Die Rache	97	258.	Hoffnung	—
217.	Der bestrafte eingebildete Sohn	98	259.	Gebet während der Schlacht	—
			260.	Grammatische Anmerkungen	150
218.	Frankreich und England vor dem Jahre 1430	98	261.	Verzeichniß der Zeitwörter der starken Conjugation	166